novum pro

Heinz Karel Lorenz

Metamorphose auf dem Mars

novum ◢ pro

Dieses Buch ist auch als
e-book
erhältlich.

www.novumverlag.com

Bibliografische Information
der Deutschen Nationalbibliothek:

Die Deutsche Nationalbibliothek
verzeichnet diese Publikation in
der Deutschen Nationalbibliografie.
Detaillierte bibliografische Daten
sind im Internet über
http://www.d-nb.de abrufbar.

© 2021 novum Verlag

ISBN 978-3-99107-999-6
Lektorat: Marie Schulz-Jungkenn
Umschlagfotos: Sebastian Kaulitzki,
Elena Polina, Sergey Khakimullin,
Imagesrouges | Dreamstime.com
Umschlaggestaltung, Layout & Satz:
novum Verlag

Gedruckt in der Europäischen Union
auf umweltfreundlichem, chlor- und
säurefrei gebleichtem Papier.

www.novumverlag.com

Inhaltsverzeichnis

KAPITEL 1

Erinnerungen

Erik Barnard stieß sich leicht von der gewölbten Innenwand der ISS ab und schwebte quer durch den Raum zu einem der Bullaugen der internationalen Raumstation. Er klammerte sich an die Umrandung des Bullauges und blickte hinaus. Er sah die PRO-METHEUS neben der Raumstation im grellen Sonnenlicht glänzen und ihr Anblick löste in ihm eine Mischung aus Ehrfurcht und Stolz aus. Dabei glich die PROMETHEUS eher einer flügellosen Libelle als einem Raumschiff und, so wie sie konstruiert war, hätte sie keinen einzigen Höllenritt durch die irdische Atmosphäre überstanden. Aber das war ja auch nicht ihre Aufgabe, fuhr es Erik durch den Kopf. Sie sollte als interplanetarisches Raumschiff eine fünfköpfige Crew zum Mars und wieder zurück befördern. Sie war ein Weltraumvehikel und sollte nie in die dichte Atmosphäre eines Planeten eintauchen – hoffentlich nie, dachte Erik und seufzte.

Er hatte das Schiff wachsen gesehen. Beinahe 5 Jahre hatte es gedauert, bis es aus den Teilen, die Shuttles zur ISS befördert hatten, zusammengebaut war. Nun war es startbereit. Eriks Blick wanderte noch einmal von einem Ende des Konstrukts zum anderen. Es war beileibe nicht schön, aber sehr zweckmäßig. Vorne die kugelförmige Mannschaftskabine, dahinter der kegelförmige Mars-Lander, dann folgte eine 50 Meter lange Gitterkonstruktion mit den verstellbaren Sonnenkollektoren und ganz am Heck der Atomreaktor mit dem Plasmatriebwerk. Eine strahlungsabsorbierende Kunststoffschicht umhüllte die Mannschaftskabine und schützte die Crew vor den harten Gammastrahlen des Weltraums und vor dem Reaktor, und quer zur Gitterkonstruktion befand sich eine Wand, welche die Astronauten vor den radioaktiven

Strahlen schützen sollte. Erik kam der Gedanke, dass das Schiff wohl eher einem Fisch als einer Libelle glich. Ein Bild tauchte in seinem Geist auf. Er sah die PROMETHEUS gleich einem riesigen Walfisch durch die Weiten des Alls gleiten. Bei dieser Vorstellung musste er unwillkürlich lächeln. Doch das mächtige Raumschiff war alles andere als vorsintflutlich, es war vielmehr das Modernste und technisch Ausgereifteste, was die Menschen in der Mitte des 21. Jahrhunderts auf die Beine zu stellen vermochten. Aber würde das reichen, um fünf Menschen zum Mars und wieder zurück zu bringen?

„Werden wir zurückkehren?", dachte Erik wohl zum tausendsten Mal. Es lag ja nicht nur an der Technik, die versagen konnte – nein, Erik glaubte, dass die viel größere Gefahr vom Menschen, von der Besatzung selbst ausgehen mochte.

Man musste sich nur einmal vorstellen, wie Menschen in völliger Schwerelosigkeit und auf engstem Raum miteinander auskommen sollten, dabei in ständiger Gefahr, von Meteoriten getroffen, von Sonnenflares geröstet oder von technischen Pannen getötet zu werden – und schon stellten sich jedem risikobewussten Menschen die Nackenhaare auf. Dann, falls die Landung mit dem Mars-Lander glücken sollte, folgten eineinhalb Jahre Aufenthalt auf der lebensfeindlichen Marsoberfläche und nach dieser Zeit der Aufstieg zur PROMETHEUS in der Umlaufbahn und der Rückflug zur Erde. Erik gab es auf, sich auszumalen, was da alles schiefgehen konnte.

Er ließ das Bullauge los und hechtete gekonnt mit einem einzigen Satz hinüber zu seiner Schlafkoje, denn er wollte sich vor der letzten Mannschaftsbesprechung noch etwas ausruhen. Danach würden sie an Bord der PROMETHEUS gehen. Er schlüpfte in seinen an der Liege festgezurrten Schlafsack, denn in der Schwerelosigkeit musste der Körper selbst beim Schlafen fixiert werden, sollte er nicht durch eine unbewusste Bewegung davontreiben und sich Beulen holen.

Erik schloss die Augen, doch schlafen konnte er nicht. Zu viele Gedanken schwirrten ihm durch den Kopf. Er dachte an die handverlesene Crew, die er führen sollte, für deren unversehrte Rückkehr er sich verantwortlich fühlte, und er schwor sich: „Ich werde alles Menschenmögliche tun, um euch gesund zum Mars und wieder heim zur Erde zu bringen." Aber würde das Menschenmögliche genügen? Überstieg dieses Unternehmen nicht schlicht und einfach die Möglichkeiten der Menschen, trotz all ihrer Technik und ihrer minutiösen Vorbereitung?

Die Leute vom Missionszentrum der NASA versuchten zwar, alle denkbaren Notfälle und Eventualitäten zu berücksichtigen und Pläne für deren Lösungen zu machen, aber bei dieser nie dagewesenen Expedition konnte so viel passieren, dass man unmöglich für alle Notfälle Lösungen parat haben konnte. Blitzschnell die richtigen Entscheidungen vor Ort zu treffen, das war eine der Stärken von Erik, und deshalb hatte man ihn zum Kommandanten der Mars-Mission ernannt.

Vor einem Jahr allerdings war er nahe daran, alles hinzuwerfen und von seinem Kommando zurückzutreten. Das war exakt zu dem Zeitpunkt gewesen, als er erfahren hatte, dass eine Frau mitfliegen würde. Im Nachhinein erschien ihm seine Reaktion natürlich lächerlich, doch damals meinte er es bitterernst. Er hatte sich sofort das Dossier des zukünftigen Crewmitglieds besorgt und, nachdem er es durchgelesen hatte und vor allem ihr Bild zu Gesicht bekommen hatte, sah er erst recht rot. Mit der Akte in der Hand stürmte er wie ein gereizter Stier zum Büro des Missionsleiters Ernest Pullok. Vergeblich versuchte ihn die erschrockene Sekretärin aufzuhalten, aber Erik schob sie einfach zur Seite und drang wutschäumend in das Büro ein.

Beim Knall der Tür war Pullok hinter seinem Schreibtisch zusammengezuckt, hatte sich aber gleich wieder gefangen, als er Erik erblickte. Dieser stürmte mit hochrotem Kopf auf den Schreibtisch zu, schmetterte die Akte auf die blankpolierte

Teakholzplatte und schrie: „Ernst, das kann nicht dein Ernst sein, jetzt soll auf einmal eine Frau mitfliegen!" Pullok verzog keine Miene angesichts des wütenden Kommandanten und schon gar nicht wegen der Verballhornung seines Vornamens. Er deutete gelassen auf einen Sessel und meinte trocken: „Beruhige dich erst einmal und nimm Platz, Erik." Aber der wollte sich auf keinen Fall beruhigen, blieb stehen und starrte seinen Chef wütend an. Dieser jedoch wirkte überhaupt nicht eingeschüchtert, sondern blickte Erik, ein ironisches Lächeln auf den Lippen, fest in die Augen. Nach einer Weile, nachdem keiner der beiden Anstalten machte, den Blick zu senken, knurrte Erik: „Also, was ist, ich warte auf eine Antwort." Pullok erwiderte lakonisch: „Ja, sie fliegt mit, das ist definitiv." Da kochte die Wut in Erik erst richtig hoch. Mühsam um Selbstbeherrschung ringend, umklammerte er die Stuhllehne vor sich, bis seine Knöchel weiß hervortraten. Schwer atmend stieß er hervor: „Du und die Leute von der Einsatzleitung seid wohl alle auf einmal meschugge geworden! Hast du die junge Frau schon einmal angesehen. Sie ist erst 33 Jahre alt und würde bei jedem Schönheitswettbewerb als Siegerin vom Platz gehen. Glaubst du, ich bin scharf darauf, das Kommando über eine Gruppe von balzenden Hähnen zu übernehmen?" Pullok meinte kopfschüttelnd: „Willst du ihr ihr gutes Aussehen zum Vorwurf machen? Im Übrigen werden sich deine Teamkollegen nicht so leicht den Kopf von ihr verdrehen lassen, sie sind immerhin alle, außer dir, verheiratet." „Als ob das ein Hinderungsgrund wäre", knurrte Erik. In dem Bestreben, sein Gegenüber zu überzeugen, beugte sich Pullok nach vorn, wobei er seinen mächtigen Oberkörper mit seinen nicht minder gewaltigen Armen auf der Schreibtischplatte abstützte und erklärte: „Sieh es doch einmal von der positiven Seite! Dass ihr einen guten Arzt an Bord braucht, wirst nicht einmal du bestreiten. Nun, Julia Winter ist sowohl Fachärztin für Innere Medizin als auch für Chirurgie. Außerdem hat sie einen Master in Psychologie und besitzt einen Pilotenschein. Nur ein Blinder würde ihre Qualifikation infrage stellen. Ich bin mir sicher, dass ihr in ihr ein kompetentes Crewmitglied bekommt, das auch noch die Zustimmung der ESA hat."

„Du kannst dir ja gar nicht vorstellen, welches Gezerre es bei der Auswahl der Crewmitglieder gegeben hat. Jeder Staat, der Geld in das Marsprojekt gesteckt hat, will einen seiner Leute zum Roten Planeten schicken. Wenn es nach dem Willen prestigehungriger Politiker ginge, müssten wir an die 30 Leute zum Mars katapultieren. Letztendlich einigten wir uns mit Abstrichen darauf, dass die Hauptzahler auch die größte Mitsprache bei der Auswahl der Besatzung der PROMETHEUS erhielten – ganz nach dem bekannten Sprichwort: wer zahlt, schafft an.

Noch im Nachhinein scheint es wie ein Wunder, dass wir die 3 Billionen Dollar für das Projekt den Staaten aus dem Kreuz geleiert haben. Du hast ja selbst die Werbetrommel für unser Projekt gerührt und kennst auch die Argumente unserer Gegner, wie: gigantische Geldverschwendung, schafft mit diesem Geld doch erst mal Ordnung auf unserer Welt, bekämpft den Hunger in der Dritten Welt, etc., etc. Allerdings hatten auch wir von der NASA gute Gründe für unsere Expedition zum Mars. Neben den Erkenntnissen für die Wissenschaft war es vor allem die Einigung der Staaten auf der Erde unter einem gemeinsamen Projekt, die wir ins Feld führten, die womöglich Kriege verhindern könnten, und du weißt, Kriege, das war bisher wohl, abgesehen vom Leid, das sie über die Menschen brachten, sicherlich die größte und sinnloseste Ressourcenverschwendung.

Diese Argumentation hat die Staaten letztendlich dazu veranlasst, sich an der Marserforschung zu beteiligen. Allerdings gab es dann das schon erwähnte Gezerre um die Crewmitglieder, alle wollten dabei sein." Hier unterbrach Erik Pullok: „Du sprachst doch davon, dass man die Auswahl der Crewmitglieder von der Höhe der Geldbeträge abhängig machen wollte, den jeder Staat für das Projekt ablieferte. Wie steht es da mit Amerika? Die haben schließlich 40 Prozent der Gesamtsumme beigesteuert und müssten demnach auch zwei Astronauten losschicken dürfen."

„Das ist richtig", räumte Pullok ein, „aber dann hätten wir die anderen Geberländer nicht ausreichend berücksichtigen können, denn mehr als fünf Leute können wir in der PROMETHEUS nicht unterbringen. Überlege doch mal: Amerika und die NASA 40%, Europa mit der ESA 25%, die Chinesen und Japaner zusammen15% und die Russen und die Südamerikaner je 10%. Das sind schon einmal zwei Organisationen und mindestens sechs große Länder und wir haben nur fünf Plätze zu vergeben! Kannst du dir das Gerangel hinter den Kulissen vorstellen?

Am schwierigsten gestaltete sich die Suche und Auswahl eines geeigneten europäischen Kandidaten. Sowohl Deutschland, als auch Frankreich und England, wollten unbedingt einen ihrer Landsleute durchboxen, ja selbst Spanien und Italien waren sehr interessiert. Schließlich einigte man sich auf die hochqualifizierte Julia Winter. Vielleicht verschaffte ihr der Umstand, dass sie eine Frau ist, den Job eher, als es einem Mann gelungen wäre, denn einem deutschen Mann hätten die Franzosen oder Engländer wohl kaum zugestimmt. Nach langer Debatte gelang es uns jedenfalls, die Engländer und Franzosen so weit zu beruhigen, dass sie die deutsche Kröte schluckten. Die Franzosen köderten wir mit dem Hinweis, dass der Kommandant der Mission – also du – ja ein halber Franzose wärst, da deine Vorfahren vor 200 Jahren in die Staaten ausgewandert seien. Die Engländer konnten wir damit beruhigen, dass die Kommandosprache auf der PROMETHEUS Englisch sei und Engländer und Amerikaner sich schon seit jeher wie Brüder verhalten.

Du siehst also, Erik, du bist unser politischer Kompromiss-Kandidat, auf den wir nicht verzichten können." „Ich fühle mich geehrt", brummte Erik.

„Aber das waren nicht die einzigen Schwierigkeiten, die wir hatten. Rate mal, wie sich das Kandidatenkarussell weiterdrehte." „Die Chinesen und Japaner?", vermutete Erik. „Volltreffer!", schnaufte Pullok. „Jeder der beiden großen Nationen wollte natürlich einen der ihren bei der Mission dabeihaben. Wir suchten lange nach einem Kompromiss und fanden ihn schließlich in Han Li, einem Hongkong-Chinesen, in dessen Adern sowohl chinesisches als auch japanisches Blut fließt. In Südamerika einigte man sich ziemlich schnell auf den Brasilianer Louis Vargas. Dazu trug nicht nur seine hervorragende Qualifikation als Planetologe und Astronom bei, sondern auch sein fröhliches Naturell und sein ungebremster Optimismus. Du bist ihm ja schon begegnet."

„Ja, ich traf ihn auf einem astronomischen Kongress, ein wahrer Sonnyboy!

Das kann man von Gregori Danilov nun nicht gerade behaupten. Der wirkt eher miesepetrig und wortkarg, und diesen Finsterling habt ihr zu meinem Stellvertreter ernannt, ausgerechnet einen Russen!" „Aber Erik, dass du unsere Entscheidung gerade in diesem Punkt infrage stellst, wundert mich doch sehr", empörte sich Pullok. „Schließlich waren es die Russen, die als Erste eine Sonde in eine Umlaufbahn schossen, also sind sie die eigentlichen Pioniere des Weltraums. Ein Flug zum ‚Roten Planeten' ohne einen Vertreter Russlands ist doch schlichtweg nicht vorstellbar. Deine Aversion gegen Gregori ist unbegründet. Er ist wie du Testpilot gewesen. Außerdem gilt er als begnadeter Ingenieur, von dem man munkelt, er könne mit ein wenig Draht und einigen Transistoren wahre Wunderdinge zaubern."

„Mag sein", gab Erik zu, „doch ich tat mit ihm wohl zu lange Dienst auf der Internationalen Raumstation und das kann schon mal zu Aversionen führen. Zudem ist da sicherlich auch Konkurrenzdenken mit im Spiel, wie so häufig zwischen Amerikanern und Russen."

Pullok wirkte aufgebracht, er hob den Zeigefinger und schnaubte: „Aversionen und Konkurrenzdenken bei einem langen und risikoreichen Raumflug kann zum Scheitern der ganzen Mission führen, Erik, das solltest du wissen! Die Psychologen haben mir steif und fest versichert, dass alle ernannten Crewmitglieder miteinander können, oder, wie sie sich in ihrem Kauderwelsch ausdrückten, dass deine Leute mental miteinander kompatibel sind, und nun muss ich so was von dir hören." „Die Sache mit Greg ist halb so wild", beeilte sich Erik zu versichern. „Im Großen und Ganzen verstehen wir uns ja auch und jeder hat Achtung vor der Leistung des anderen. Übrigens, bin ich heute etwas gereizt, wie du sicherlich bemerkt hast, also solltest du meine Worte nicht auf die Goldwaage legen."

Doch Pullok wollte sich anscheinend nicht beruhigen, sondern lamentierte weiter: „Da hat man nun alles Menschenmögliche für diese wichtige Expedition getan, hat sich abgerackert, hat versucht, alle Eventualitäten mit in Rechnung zu stellen, nur um am Ende festzustellen, dass die wichtigste Person, nämlich der Kommandant der Mission, selbst ein Risiko für das Unternehmen darstellt." Und Pullok wischte sich seufzend den Schweiß von der Stirn. Hätte es für Erik noch eines Fingerzeigs bedurft, dass Pullok wieder einmal seine Ablenkungsmasche durchzog, so machte diese theatralische Geste alles klar. „ Ach du Gauner, du Gauner!", rief Erik entrüstet, „jedes Mal, wenn man dich in die Defensive drängt oder eine unangenehme Entscheidung von dir verlangt, weichst du aus oder redest einen besoffen. Hier geht es doch gar nicht um mich – Julia Winter ist das Problem, aber du redest wie ein Wasserfall, nur damit man das Offensichtliche aus den Augen verliert. Ich bezweifle ja gar nicht, dass diese Ärztin fachlich kompetent ist, sondern mir macht Sorge, dass sie die einzige Frau unter lauter Männern ist. Sie wird damit automatisch zu einem Objekt der Begierde, und das kann zu Zwietracht und Konkurrenzdenken unter der Mannschaft führen.

Nimm dazu die drangvolle Enge in der Mannschaftskabine und den Mangel an Intimsphäre für jeden Einzelnen von uns und du wirst zugeben, wie explosiv die Lage mit einer Frau an Bord werden kann. So alltägliche Dinge wie Toilettenbesuche oder

Umkleiden werden angesichts einer gemischten Mannschaft bestimmt nicht einfacher. Außerdem glaube ich, dass eine Frau den Strapazen dieser Expedition einfach nicht gewachsen ist." Pullok gab ein ersticktes Lachen von sich, wurde jedoch gleich wieder ernst und sagte mit gefährlich leiser Stimme: „Deine Argumente sind so lachhaft, dass es einem nicht schwerfällt, sie in der Luft zu zerreißen. Eure männliche Begierde dürfte einen argen Dämpfer erhalten, wenn ihr eure Astronautenkost verdrückt, sie enthält nämlich ein Libido hemmendes Medikament. Außerdem ist Julia Winter als Ärztin bestimmt nicht prüde und weiß, worauf sie sich einlässt. Dein drittes Argument ist allerdings köstlich, denn es hat mir gezeigt, dass du von den wahren Stärken der Frauen keine Ahnung hast. Nach deinem Machoverständnis haben Frauen wohl nur etwas an Heim und Herd zu suchen. Frauen, mein Lieber, sind psychisch wesentlich stabiler, deutlich leidensfähiger und gehen weniger Risiken ein als Männer. Wenn wir nur genug technisch versierte Frauen hätten, würden wir eine reine Frauenmannschaft zum Mars schicken, denn die hätten eine deutlich bessere Überlebenschance." Erik fühlte, wie die Wut wieder in ihm hochstieg. „Na dann stell doch bitteschön eine reine Frauenmannschaft zusammen!", rief er mit überkippender Stimme, „aber ich wette, wenn sie so risikoscheu sind, wie du behauptet hast, werden sie auf dein Angebot pfeifen! Im Übrigen – was würdest du sagen, wenn ich dich vor die Wahl stellen würde, entweder auf die Ärztin oder auf mich zu verzichten? Wie würdest du dich dann entscheiden?"

Pullok schüttelte in gespieltem Bedauern den Kopf. „Eine leere Drohung, Erik, halte mich nicht für dümmer, als ich bin. Ich weiß, du würdest sonst was anstellen, um bei diesem Raumflug dabei zu sein, eine Julia Winter ist für dich kein Hinderungsgrund. Ich kenne deinen Ehrgeiz und die Sehnsucht, die dich in den Raum zieht. Wie gern würde ich mit dir tauschen! Aber sieh mich an: keine Kondition, massives Übergewicht und dazu noch Diabetes. Die Ärzte würden mich zu ihren verdammten Gesundheitschecks nicht einmal einladen. So bin ich also an diesen verfluchten Drehstuhl in meinem Büro gefesselt und muss von hier aus versuchen, mein Bestes für die Mission zu geben. Nun gut, das ist wohl mein Schicksal, doch dir will ich einen Vorschlag zur Güte machen. Lerne Julia Winter erst einmal persönlich kennen, beobachte sie, studiere sie und wenn du dann immer noch Zweifel hast, ob sie in eure Crew passt, können wir immer noch einmal miteinander reden."

„Ein fairer und akzeptabler Vorschlag", brummte Erik und gab Pullok, der sich erhoben hatte, die Hand. „Was ich noch gerne wissen wollte: Weshalb fliegt sie eigentlich mit, welchen Grund könnte sie haben, ein solches Risiko einzugehen?" Pullok wand sich, gab sich jedoch einen Ruck und erklärte: „Die Psychologen haben bei ihr einen ausgewachsenen Vaterkomplex festgestellt. Sie bewundert und liebt ihren Vater abgöttisch, der vor 5 Jahren den Nobelpreis für Medizin erhalten hat. Offenbar will sie sich ihm als ebenbürtig erweisen. Falls sie allerdings von ihrem Marsabenteuer zurückkehren sollte, wird sie ihn sicherlich an Berühmtheit übertreffen." „Hm, ich verstehe", sagte Erik leise, obwohl er es nicht verstand, und marschierte gedankenversunken aus Pulloks Büro.

Die Sekretärin im Vorzimmer sah Erik erstaunt nach, wie er mit langsamen Schritten, scheinbar nichts um sich wahrnehmend, an ihr vorüberging. Dieser Mann wirkte auf sie wie verwandelt und hatte keine Ähnlichkeit mehr mit dem aufgescheuchten Irren, der vor einer guten halben Stunde ins Zimmer ihres Chefs gestürmt war.

Nachdem er den quadratischen Gebäudekomplex des Kontrollzentrums verlassen hatte, ging Erik wie ein Schlafwandler zu seinem Quartier hinüber. Die Unterkünfte der Astronauten befanden sich lediglich 100 Meter vom Kontrollzentrum entfernt, in ebenerdigen, schmucklosen Plattenbauten. Sie umschlossen das Kontrollzentrum von drei Seiten, während zur vierten Seite hin, in circa 400 Meter Entfernung, ein gewaltiger Rundbau, der an ein riesiges Silo erinnerte, in den Himmel ragte. Dies war das

Trainingszentrum für die Astronauten, mit den Beschleunigungskarussellen, dem Unterwasserbecken als Übungsbecken für die Schwerelosigkeit und den Flugsimulatoren für die Space-Shuttles und nun auch für die PROMETHEUS. Auf dem Weg zu seinem Quartier ging Erik das Gespräch mit Pullok nicht aus dem Sinn.

Besonders erbost war er über die Äußerung des Missionschefs, er habe keine Ahnung von Frauen und er verhalte sich wie ein typischer Macho. Dabei hatte er, obwohl unverheiratet, durchaus Erfahrungen mit allen möglichen Frauen gesammelt. Zugegeben, sie hatten es ihm leicht gemacht, ihn als Test- und Shuttlepilot angehimmelt und vermutlich hatte ihn das ein wenig stolz und überheblich gemacht, doch als Macho empfand er sich nicht. Allerdings waren seine Beziehungen zu Frauen immer sehr flüchtig gewesen, sie gingen wohl niemals tiefer als bis ans Ende einer Vagina, musste er einräumen. Doch dies war nicht seine Schuld, denn schon von Berufs wegen führte er ein ruheloses Leben und nichts hielt ihn für längere Zeit an einem Ort. Wie sollte man unter diesen Umständen eine vertrauensvolle, tiefere Beziehung aufbauen?

Aber alle diese Überlegungen, die er zu seiner Beruhigung und zur Herstellung seines inneren Gleichgewichts anstellte, konnten nicht verhindern, dass die Worte Pulloks weiter an ihm nagten. Und plötzlich glaubte er, eine gemeine Stimme in seinem Kopf zu hören, die höhnisch fragte: „Na, du Held, wenn du schon meinst, so fabelhaft mit Frauen umgehen zu können, weshalb vermag dich dann eine Julia Winter so auf die Palme zu bringen?" „Das kommt von meiner Überzeugung, dass eine Frau bei einer derart gefährlichen Expedition nichts zu suchen hat", wies er die Flüsterstimme barsch zurecht. Doch diese ließ sich nicht einschüchtern, sondern fuhr hämisch fort: „Vielleicht liegt es daran, dass sie keines deiner Betthäschen ist, die du nach Herzenslust herumkommandieren konntest. Jetzt triffst du endlich einmal auf eine Frau, die auf gleicher Augenhöhe mit dir ist, und ich bin schon ganz gespannt, welche Figur DU dabei abgeben wirst."

Mit Schrecken musste Erik feststellen, dass sein vorlautes, widerspenstiges ICH nicht so unrecht hatte. Diese Frau konnte ihm gefährlich werden, sie hatte sogar die Macht, ihn aus dem Verkehr zu ziehen. Eine eisige Woge schien ihn zu streifen, als ihm eine Zeile aus dem Missionsprotokoll wieder einfiel. Danach hatte der Psychologe, in dem Fall die Psychologin der Crew, das Recht, den Kommandanten abzusetzen, falls sie eine psychische Erkrankung bei ihm feststellen sollte. Sie musste dazu nur noch das Kontrollzentrum auf der Erde kontaktieren und er wäre seinen Job als Kommandant los. Der Russe Gregori Danilov würde ihn dann ersetzen; ein ungeheurer Affront, fand Erik, und zwar nicht nur ihm gegenüber, sondern gegenüber der ganzen amerikanischen Nation. Sofort beschloss er, seine Psychotests ausschließlich bei Louis Vargas zu absolvieren, denn den kannte er bereits und er hatte den Eindruck, dass der Brasilianer es mit der Psychologie nicht so genau nahm. Er stellte sich vor, wie er bei Louis in lockerer Atmosphäre – z. B. bei einem Glas Bier – die psychologischen Fragebögen ausfüllen würde. Danach könnten sie sich gegenseitig versichern, dass sie völlig normal seien.

Rechtzeitig fiel ihm allerdings ein, im Weltraum würde es kein Bier geben, nur diese unsäglichen Nahrungsmittel in Tuben. Er beglückwünschte die Missionsleitung zu ihrer weisen Voraussicht, alle Qualifikationen der Crewmitglieder doppelt besetzt zu haben, sodass sie sich gegenseitig ersetzen konnten. Louis Vargas, der Astronom und Planetologe, hatte zusätzlich Philosophie und Psychologie studiert, sodass er Julia Winter bei ihren psychologischen Tests ersetzen konnte. Diese wiederum war nicht nur Ärztin, sondern auch eine passable Biologin und konnte die wichtigste Aufgabe der Marsmission, nämlich die Suche nach primitivem Leben auf dem Planeten, fortsetzen, falls Han Li etwas zustoßen sollte.

Umgekehrt konnte Han Li, der gleichzeitig Arzt war, Julia Winter in dieser Funktion ersetzen. Er selbst war in der Lage, die Aufgaben von Gregori Danilov zu übernehmen, was natürlich auch umgekehrt galt. Schließlich konnte Erik darüber hinaus zur Not noch die Aufgaben von Louis Vargas übernehmen, da er Astronomie und Geologie studiert hatte. Und jeder von ihnen, also alle fünf Astronauten, waren darin unterwiesen worden, die PROMETHEUS und den Mars-Lander zu steuern, sodass selbst, wenn alle Stricke reißen sollten, ein einzelner Überlebender vom Mars zurückkehren konnte. Daran mochte Erik allerdings gar nicht denken, obwohl die Einsatzleitung diese allerletzte Möglichkeit mit sichtlichem Stolz verkündet hatte.

Das Schnarren seiner Armbanduhr ließ Erik von seiner Liege in der ISS hochfahren. Er hatte die Uhr gestellt, um sich vor der letzten Einsatzbesprechung vor Abflug der PROMETHEUS noch etwa frisch zu machen, falls er einschlafen sollte. So aber hatte er nur gedöst und sein Geist hatte in der Vergangenheit verweilt. Laut seiner Digitalanzeige blieb ihm noch eine gute Stunde bis zur letzten Einsatzbesprechung. Er fühlte sich zwar etwas abgespannt, doch nicht so müde, dass er einzuschlafen drohte. Deswegen blieb er liegen, genoss die Schwerelosigkeit und sträubte sich nicht, als seine Erinnerungen ihn wieder in die Vergangenheit zogen, damals, als er Julia Winter zum ersten Mal begegnete.

Er traf die Deutsche zum ersten Mal im Casino des Astronautentrainings-lagers in Houston, einen Tag nach seinem Gespräch mit Pullok. Da das Training für die Besatzung der PROMETHEUS tags darauf beginnen sollte, war er nicht überrascht, sie beim Mittagessen im Casino anzutreffen. Schon eher überrascht war er, als er Gregori in einer Ecke des Raumes beim Schachspiel entdeckte. Der Russe hatte nämlich die Angewohnheit, erst auf den letzten Drücker zu erscheinen. Von Louis Vargas und Han Li fehlte noch jede Spur. Erik war sich für einen Augenblick unschlüssig, wen von seiner Mannschaft er zuerst begrüßen sollte. Da Julia Winter noch beim Essen war, entschied er sich für Gregori.

Er schlenderte auf die Ecke zu, in der der Russe über seinem Schachspiel brütete, und sagte leise: „Hallo Greg, lässt du dich schon wieder von deinem Schachcomputer zur Schnecke machen?" Gregori gab einen unwirschen Laut von sich und blickte zornig von seinem Schachbrett hoch. Als er Erik erkannte, verzog sich sein Gesicht zu etwas, was er wohl für ein Grinsen hielt, und brummte: „Ich staune, dass du dich überhaupt schon auf den Beinen halten kannst, bei der ungewohnten Schwerkraft." „Wahrscheinlich schaffe ich das besser als du", griff Erik den flapsigen Ton seines Freundes auf, „schließlich war ich zwei Wochen in Florida beim Schwimmen, ehe ich hierher nach Houston flog. Und du, was hast du so getrieben, seit wir vor 3 Wochen von der ISS gelandet sind?" „Familie", antwortete der Russe in einer Art betrübten Stolzes, „ich habe selbstverständlich die ganzen 3 Wochen bei meiner Familie in Petersburg zugebracht. Bewegung im Wasser mag zwar gut sein für geschwächte Muskeln, doch Familienaktivitäten sind da wesentlich effektiver, wenn auch strapaziöser. Na, gestern konnte ich mich dann schließlich hierher nach Houston absetzen, doch morgen werde ich das vermutlich schon wieder bereuen, denn dann beginnt die Schinderei beim Training und das bei unseren schlaffen, vom Weltraum geschädigten Muskeln." „Wird schon nicht so schlimm werden, das haben wir ja schon oft überstanden", meinte Erik tröstend. Dann nickte er mit dem Kopf in Richtung Julia Winter und fragte gedämpft: „Hast du dich schon mit unserer neuen Kollegin bekannt gemacht?" „Nein, sie hat noch bis vor Kurzem gegessen, da wollte ich nicht stören. Entwickelt einen ganz schönen Appetit, das Mädel, hat das ganze Menü samt Nachtisch weggeputzt", meinte der Russe. „Geh du schon mal vor, ich komme nach, sobald ich meinen Computer vernichtend geschlagen habe." „Das kann dauern", brummte Erik und machte sich auf den Weg.

Erik ging zögernd auf den Tisch zu, an dem Julia Winter saß. Die junge Frau blätterte in einer Zeitschrift, während sich neben ihr das schmutzige Geschirr stapelte. Die Kantine wurde zur der Zeit nur von wenigen Leuten besucht, doch es kam Erik so vor, als ob alle Anwesenden ihn anstarrten, während er sich der hübschen blonden Frau näherte. Aufatmend kam er vor ihrem

Tisch an, räusperte sich und sagte: „Miss Winter, wenn ich mich nicht irre?" Die junge Frau blickte von ihrer Zeitschrift rasch auf und musterte ihn aus blitzenden blauen Augen, wie man ein störendes Insekt mustert. Als sie das Astronautenembleme auf seiner Uniform bemerkte, wurde ihr Gesichtsaus-druck eine Nuance freundlicher und sie erwiderte: „Erik Barnard, wenn ich mich nicht irre?"

Da haben wir's, dachte Erik verärgert, kaum angekommen, äfft sie mich nach und macht sich über mich lustig. Aber geschieht mir ganz recht, meine Anrede war auch zu dämlich. In seiner Verlegenheit streckte er ihr die Hand entgegen und stotterte: „Freut, freut mich sehr, Sie kennenzulernen, Miss Winter."

Sie stand in einer einzigen fließenden Bewegung auf und reichte ihm die Hand. Die Leichtigkeit, mit der sie sich und ihre atemberaubende Figur bewegte, versetzte ihm einen Stich in der Herzgegend und vor seinem inneren Auge tauchte eine antike Gestalt auf: Aphrodite, wie sie, angeblich schaumgeboren, vor den Gestaden Zyperns dem Meer entstiegen sei. Er konnte nicht anders, er starrte sie unverwandt an und ihm wurde schmerzlich bewusst, dass sie noch viel schöner war als auf ihren Fotos. Als das Ganze peinlich zu werden begann, verzogen sich ihre Lippen zu einem ironischen Lächeln und sie sagte: „Wollen Sie sich nicht setzen?"

Erik gelang es, sich irgendwie in den Stuhl zu zwängen, auf den sie gedeutet hatte. Verzweifelt versuchte er, sein inneres Gleichgewicht wiederzufinden, und die ersten Worte einer Konversation musste er sich förmlich abringen. „Hatten Sie einen guten Flug?", begann er. „Der Flug zog sich hin", erklärte sie bereitwillig. „Ich musste in New York umsteigen und der Anschlussflug hatte Verspätung. Außerdem macht mir die Zeitumstellung zu schaffen." Er schwieg, denn außer einem Kopfschütteln und einem Laut des Mitgefühls fiel ihm nichts ein. Als sich die Stille zwischen ihnen unangenehm in die Länge zog, ergriff sie die Initiative. „Ich habe Sie mir ganz anders vorgestellt – ich meine

Ihre Größe. Bisher habe ich nur das Bild in Ihrer Akte zu Gesicht bekommen und da wirkten Sie kleiner als in Natura. Ist es nicht so, dass Raumfahrer eine gewisse Größe nicht überschreiten sollten, schon wegen des Gewichtes und der Enge in den Raumfahrzeugen?"

„Im Allgemeinen stimmt das schon, ich bin mit meinen Einsneunzig eigentlich zu groß für einen Raumfahrer, doch bei meiner Einstellung hat man eine Ausnahme gemacht", brummte Erik. „Gilt das auch für die anderen Crewmitglieder?", wollte sie wissen. „Wo sind sie übrigens, ich hätte sie gerne kennengelernt?" „Die anderen sind eher mittelgroß, bis auf Han Li, der klein und zierlich sein soll. Louis Vargas und Han Li sind noch nicht eingetroffen, aber Gregori Danilov kann ich Ihnen zeigen. Er sitzt dort drüben in der Ecke und spielt Schach." Erik drehte sich um und wies auf Danilov.

Die Ärztin blickte interessiert auf den Russen, der jedoch so in sein Schachspiel vertieft war, dass er ihren Blick nicht bemerkte. Ehe sie noch weitere Fragen stellen konnte, betrat Louis Vargas das Casino und zog sofort alle Blicke auf sich. „He, Erik, lass deine Finger von unserer neuen Kollegin!", rief er über die Tische hinweg und lachte laut über das verdutzte Gesicht seines Kommandanten. Leichtfüßig wie ein Sambatänzer steuerte der Brasilianer auf ihren Tisch zu. Er begrüßte zunächst Julia Winter und meinte galant: „Wenn ich gewusst hätte, dass eine so schöne Frau auf mich wartet, wäre ich selbstverständlich früher gekommen." Erik klopfte er zur Begrüßung lediglich kumpelhaft auf die Schulter, während er keinen Blick von der Ärztin ließ. Julia Winter schien Vargas auch zu gefallen, denn sie lächelte gutmütig über seine Scherze, während sie ihn interessiert betrachtete.

Der Brasilianer bot mit seiner athletisch wirkenden Figur, seinen ebenmäßigen, bronzefarbenen Gesichtszügen und seinem schwarzen, leicht gekräuseltem Haar auch keinen schlechten Anblick. Seine dunklen Augen, in denen der Schalk funkelte, sprühten vor

Lebensfreude und, wenn er lachte, blitzten seine weißen Zähne gleich einer Perlenkette auf. „Na, wo steckt denn der Rest der Crew?", wandte er sich an Erik, nachdem er die Ärztin so lange angestarrt hatte, bis diese errötend den Blick gesenkt hatte.

„Danilov sitzt dort drüben und versucht, seinen Schachcomputer auszutricksen, und Han Li ist bis jetzt noch nicht aufgetaucht", erwiderte Erik leicht irritiert.

In dem Moment, als der Brasilianer in die Richtung blickte, in die Erik gedeutet hatte, kippte der Russe frustriert seinen König um und verstaute seine Schachfiguren. Danach stand er auf und kam langsam, scheinbar immer noch über sein verlorenes Spiel grübelnd, auf ihren Tisch zu. Als er die Gruppe erreicht hatte, schien er beim Anblick von Julia Winter etwas aufzuwachen. Er rang sich bei der Begrüßung der Ärztin ein „Hallo" ab und schüttelte Vargas wortlos die Hand. Danach setzte er sich unaufgefordert neben die Ärztin, stützte den Kopf in die Hände und grübelte vor sich hin. Die Ärztin betrachtete den Russen mit hochgezogenen Augenbrauen, deutete dann, zu Vargas gewandt, einladend auf die noch freien Plätze am Tisch, worauf auch dieser Platz nahm.

Julia Winter betrachtete die drei Männer neben sich mit den Augen der Psychologin. Gregori, der Russe, schien, ganz im Gegensatz zu dem Brasilianer, ein ziemlich introvertierter Typ zu sein. Wie er dasaß, das grobknochige Gesicht mit der Hakennase gänzlich unbewegt, da musste sie unwillkürlich an die titanischen Kunstfiguren der Stalin-Ära denken. Sein militärisch kurzer Bürstenhaarschnitt betonte die strengen Gesichtszüge noch und sein Körper, obwohl er nicht größer als der Brasilianer war, wirkte noch massiger und athletischer. Dieser Mann war vermutlich ein mit Eigensinn und Willensstärke ausgestattetes Kraftpaket.

Erik Barnards Anblick löste in der Ärztin widerstreitende Gefühle aus. Er war gut 15 Zentimeter größer als die beiden anderen und von eher schlanker Statur. Sein dunkelblondes Haar umrahmte ein Gesicht, das eher zu einem Künstler als zum Kommandanten eines Raumschiffs passte. Doch die sensible Mundpartie wurde konterkariert durch eine raubvogelartige Nase und kalt blickende Augen, die auf Willensstärke und Intelligenz hindeuteten. Im Augenblick wirkten seine Gesichtszüge allerdings angespannt, so, als ob ihm irgendetwas Sorgen machte.

Da die Ärztin ihre Kollegen musterte und Gregori, finster wie eine Gewitterwolke, vor sich hin brütete, herrschte am Tisch eine angespannte Stille.

Alle schienen erleichtert, als der Bann durch das Erscheinen von Han Li gebrochen wurde. Der Asiate betrat zögernd den Raum und sah sich suchend um. Dabei erinnerten die großen, leicht mandelförmigen Augen hinter einer schmalen Nickelbrille an die einer Eule. Han Li war höchstens einen Meter sechzig groß und von zierlicher Gestalt. Zudem schienen seine Arme und Beine, gemessen an seiner Körpergröße, etwas zu kurz geraten zu sein. Louis flüsterte Erik zu: „Ach herrje, diese halbe Portion übersteht doch nicht einmal den 1. Tag unseres Astronautentrainings." Erik erwiderte leise: „Täusche dich nicht, Asiaten sind oft zäher, als sie aussehen. Außerdem hätten ihn die Mediziner nie zum Training zugelassen, wenn er nicht fit und kerngesund wäre." Han Li hatte sie schließlich entdeckt und eilte, so schnell ihn seine kurzen Beine trugen, auf ihren Tisch zu. Dort angekommen, verbeugte er sich, schüttelte jedem die Hand und piepste: „Freut mich sehr, Sie alle endlich kennenzulernen." Dabei schien ein höfliches Lächeln für alle Zeit auf seinem Gesicht festgefroren zu sein. Nachdem er glaubte, der Konvention der Begrüßung Genüge getan zu haben, setzte er sich und sah alle erwartungsvoll an. Louis ergriff als Erster das Wort: „Tja, nachdem wir nun vollzählig sind, ist es, denke ich, an der Zeit, auf gute Zusammenarbeit und das Gelingen unserer Mission anzustoßen." Er winkte einen Stuart herbei und bestellte eine Flasche Champagner.

Na toll, dachte Erik, Louis kommt mir wieder einmal zuvor, die Idee hätte eigentlich von mir kommen müssen. Er konnte es sich nicht verkneifen, Louis einen kleinen Seitenhieb zu verpassen, und sagte: „Das finde ich riesig nett von dir, dass du uns zu einem Glas Sekt einlädst." „Oh", meinte der Brasilianer, „das muss ein Missverständnis sein – der Sekt geht natürlich, wie üblich, auf den Leiter der Gruppe, unseren hochverehrten Kommandanten!" Erik schaute zwar etwas verwundert, wusste jedoch darauf nichts zu erwidern.

Nach dem Sekt lockerte sich die Stimmung merklich auf. Sie unterhielten sich angeregt über ihre Mission sowie über das anstehende Training, wobei sie es tunlichst vermieden, über die Risiken ihres Fluges zum Mars zu diskutieren. Julia Winter wollte vor allem wissen, wie das morgen beginnende Training ablaufen würde. Da Gregori nur einsilbig antwortete, wenn man das Wort an ihn richtete, wandte sie sich mit ihrer Frage an Erik: „Sie haben doch schon oft dieses Trainingsprogramm absolviert, ich würde gerne wissen, was da auf mich zukommt." „Die ganze Sache wird schweißtreibend", begann Erik. „Unser Tagesablauf sieht in etwa so aus: Wecken um 6 Uhr, danach Frühstück, um 7 Uhr beginnt das Training mit Jogging zum Aufwärmen, dann folgt eine Stunde Konditionstraining im Fitnessstudio. Um 10 Uhr wird es dann spannend, denn dann ziehen wir uns die Raumanzüge an und hüpfen ins Wasserbecken. Dort, unter Wasser, das mit seinem Auftrieb die Schwerelosigkeit im Raum simulieren soll, traktiert man uns mit einer Shuttle-Imitation, an der wir allerlei Tests ausführen müssen."

„Mit Raumanzügen unter Wasser?", erkundigte sich die Ärztin und erbleichte, „Sie müssen nämlich wissen, ich habe Tauchen nie gemocht. Ich liebe diese dämmrige Tiefe nicht, wo man immer das Gefühl hat, irgendein Ungeheuer könne daraus hervorbrechen." „Nun, das Becken ist nur 10 Meter tief und zudem hell ausgeleuchtet, da verstecken sich bestimmt keine Ungeheuer", versuchte Erik, die junge Frau zu trösten. „Na schön, wie geht es weiter?", erkundigte diese sich tapfer. „Nach dem Mittagessen, so gegen ein Uhr, stehen Übungen am Flugsimulator auf dem Programm. Das Innere des Simulators entspricht dabei haargenau unserem Mannschaftsmodul auf der PROMETHEUS, mit der wir hoffentlich in etwa einem Jahr unterwegs zum Mars sein werden. Gegen 4 Uhr nachmittags wird es dann nochmals turbulent. Wir werden ins Beschleunigungskarussell gesetzt und nach und nach bis auf 7 g beschleunigt. Gregori hat allerdings schon 10 g für kurze Zeit ausgehalten. Ich kann Ihnen versichern, man fühlt sich dabei wie ein breitgetretener Fisch auf dem Trockenen! Wenig später dürfen Sie in der Unterdruckkammer bei minimalem Sauerstoffpartialdruck verzwickte Rechenaufgaben lösen. Damit will man ihre Konzentration bei Sauerstoffmangel testen. Danach …“ „Danach – ist hoffentlich Schluss", stöhnte Vargas, „der Mensch muss schließlich einmal ausruhen und was essen." Gregori Danilov blickte den Brasilianer mitleidig an und verzog verächtlich den Mund. „Beinahe Schluss, Louis", fuhr Erik ungerührt fort, „denn nach der Unterdruckkammer folgt nur noch das abendliche Jogging und ein kurzer Check beim Arzt, der dir mitteilt, ob du den Tag ohne größere Blessuren überstanden hast." „Das ist ja ein Horrorszenario!", rief Louis aufgebracht. „Wenn ich das vorher gewusst hätte, hätte ich mich zu diesem Marsabenteuer erst gar nicht gemeldet." In diesem Augenblick ergriff Han Li das Wort und gab Erstaunliches von sich. Mit gefalteten Händen sagte er andächtig: „Ein sehr, sehr gutes und ausgewogenes Trainingsprogramm, ich kann es gar nicht erwarten, morgen damit zu beginnen!" Die anderen vier sahen ihn entgeistert an.

Der 1. Tag des Astronautentrainings lief für Erik nicht so ab, wie er sich das vorgestellt hatte. Das fing schon am frühen Morgen beim Joggen an. Han Li spurtete los, als wolle er unbedingt den Landesrekord über 10 Kilometer brechen. Natürlich ließen sich die anderen mitreißen, denn sie konnten einfach nicht glauben, dass Li mit seinen kurzen Füßen dieses mörderische Tempo lange durchhalten würde. Mit ihren geschwächten Muskeln vom kürzlichen Aufenthalt auf der ISS fielen zunächst Gregori und Erik zurück. Danach mussten auch Louis und Julia einsehen, dass das Tempo von Han für sie zu schnell war, und Han entschwand ihren Augen. Als Gregori und Erik schließlich schwer atmend als Letzte durchs Ziel liefen, fanden sie einen putzmunteren Han vor, der Lockerungsübungen machte. „Das gibt es doch gar nicht, dass uns diese halbe Portion so aus den Schuhen läuft", keuchte Gregori. „Du vergisst, dass für unsere drei Leidensgenossen die Erdschwere, im Gegensatz zu uns, etwas ganz Normales ist", stöhnte Erik. „Aber warte nur ab, unsere Zeit kommt noch!"

Zunächst kam jedoch die Plackerei im Fitnessstudio, und das fiel den beiden auch nicht leichter als das Laufen. Manchmal scheint es im Leben allerdings einen gerechten Ausgleich zu geben, denn beim Tauchgang im Raumanzug waren Gregori und Erik nicht zu schlagen. Nachdem die künftigen Raumfahrer die Sache hinter sich gebracht hatten, sagte Louis giftig zur bleichen Ärztin: „Kunststück, die beiden haben das ja schon bis zum Erbrechen geübt!" Der Russe und der Amerikaner durften nämlich als Erste zeigen, was sie bei der simulierten Schwerelosigkeit alles draufhatten. Als schließlich die Ärztin an die Reihe kam, rief der Übungsleiter schon sehr bald: „Um Gottes willen, zieht sie hoch, bevor sie uns noch ersäuft!"

Julia Winter war ganz geknickt wegen ihrer Tollpatschigkeit, sodass die anderen sie zu trösten versuchten. „Kopf hoch, das wird schon mit der Zeit, man kann nicht überall erstklassig sein", meinten sie unisono. Bei den Übungen am Flugsimulator waren der Amerikaner und der Russe als ausgebildete Shuttle-Piloten gegenüber den anderen wiederum im Vorteil. Erik wunderte sich allerdings, wie schnell auch die anderen drei dazulernten. Das war wohl der Tatsache geschuldet, dass auch sie alle einen Pilotenschein besaßen. Die schlimmste Schikane an diesem Tag war jedoch der Beschleunigungstest im Karussell. Erik hielt vor dem Test eine aufmunternde Ansprache an seine drei Neulinge. „Wenn man das Siebenfache seines Normalgewichts wiegt, fühlt man sich wie eine Flunder und man schafft es nicht einmal mehr, seine Hand schnell zu heben. Also atmet ruhig und geratet nicht in

Panik, wenn ihr glaubt, der Kopf zerspringt euch, und das Herz wie eine überdimensionale Ölpumpe in euren Ohren dröhnt."

Nach dem Test atmeten alle erleichtert auf, nur Han torkelte zum Klo und erbrach sich ausgiebig. Der Konzentrationstest in der Unterdruckkammer wurde ein Fiasko für die Männer, denn ausgerechnet die einzige Frau unter ihnen schlug sie um Längen. Das war auch ein schwerer Schlag für Eriks Selbstbewusstsein, denn bisher war immer er der beste Proband gewesen. „Frauen brauchen für ihre Hirntätigkeit eben weniger Sauerstoff, das haben wir Russen schon vor Jahren festgestellt", knurrte Gregori.

Am Anfang stöhnten die fünf Menschen, die sich die Eroberung des Mars' in den Kopf gesetzt hatten, unter den Anforderungen des Astronautentrainings, doch mit der Zeit gewöhnten sich ihre Körper an die Strapazen. Nach einigen Wochen wurde das körperliche Training reduziert, dafür wurde das wissenschaftliche Programm, das für die Erforschung des Planeten dienen sollte, intensiviert. So sollte Vargas den Mars mineralogisch untersuchen und sein Klima erkunden. Han Lis Aufgabe war es, nach primitivem Leben zu suchen. Die Ärztin sollte Studien über die Wirkung langer Schwerelosigkeit auf den menschlichen Organismus beisteuern und erforschen, was für Schäden die harte Gammastrahlung des Weltraums den Menschen zufügen konnte.

Danilov war sowohl für die Wartung der Technik in der PRO-METHEUS als auch im Mars-Lander zuständig. Außerdem sollte er den Zusammenbau des Mars-Habitats leiten. Die Bauteile dafür, sowie genügend Vorräte an Luft, Nahrung und Ersatzteile für ihren 18 Monate dauernden Aufenthalt auf dem Planeten, waren schon 1 Jahr vor ihrer geplanten Landung mit unbemannten Lastraketen zum Planten befördert worden. Und Erik? Nun, der hatte die Aufgabe, alle Vorhaben zu koordinieren und zu überwachen.

Nachdem Erik mit seiner Crew 6 Monate im Trainingszentrum in Houston geschuftet hatte, erreichte sie eine freudige Nachricht.

Zwei unbemannte Frachtschiffe hatten den Mars erreicht und ihre Ladung an Vorräten und Ausrüstung für die kommende Marsmission sicher an Fallschirmen zu Boden gebracht. Die zur Erde gefunkten Bilder sowie die in der Fracht befindlichen Sensoren zeigten, dass offenbar alles heil unten angekommen war. Pullok war so begeistert, dass er die künftige Crew der PROMETHEUS sowie seinen gesamten Stab zu einer kleinen Feier einlud. Er konnte es sich nicht verkneifen, eine kurze Rede zu halten, in der er freudestrahlend verkündete, dass man mit dem heutigen Tag der Eroberung des Mars' einen gewaltigen Schritt näher gekommen sei.

Kaum hatte Pullok seine pathetische Ansprache beendet, stürmte man das Buffet und auch an „geistigen Getränken" wurde nicht gespart. Erik saß neben Pullok, der begeistert ein Glas Rotwein nach dem anderen trank, bis seine Augen glasig und seine Zunge schwer wurden. Da wurde der Missionschef sentimental, umarmte mit seinen gewaltigen Armen den verdatterten Kommandanten und nuschelte: „Weißt du, Erik, du bist ja mein bester Mann und infolge der mentalen Konditionierung, die man dir verpasst hat, ja sozusagen mein verstecktes Ass im Ärmel! Dir kann ich es anvertrauen: Vorhin, bei meiner Rede, habe ich gelogen. Ich glaube nicht daran, dass alles in Butter ist, dass alle vorausgeschickten Gegenstände, die ihr für euren 18 Monate dauernden Aufenthalt braucht, heil geblieben sind. Dagegen spricht die Wahrscheinlichkeit. Also bitte ich dich nur um eines: Gehe kein Risiko ein, versäume um Himmels willen nicht das Startfenster zur Rückkehr vom Mars. Du weißt, wenn ihr innerhalb einer Woche nach Ankunft wieder startet, schafft ihr die ständig größer werdende Distanz zur Erde so gerade noch. Ich pfeife auf die Erforschung des ‚Roten Planeten', wenn es euch das Leben kostet. Ihr seid wie meine Familie und wenn ihr nicht zurückkehrt, erschieße ich mich, bei Gott, ich hänge mich auf oder nehme Gift!", rief er mit überkippender Stimme und eine einsame Träne rollte über sein Gesicht.

Erik war die Entgleisung Pulloks in aller Öffentlichkeit äußerst peinlich und er sagte mit Nachdruck: „Nein, ich werde nichts vergessen, wir kehren zurück, Ernest, ganz sicher. Willst du dich nicht etwas ausruhen? Die Ansprache, das Fest, der ganze Rummel, das kann schon an die Nieren gehen." „Ausruhen, niemals!", begehrte Pullok lautstark auf und kippte vor Empörung beinahe vom Stuhl.

„Ein Missionschef ist immer im Dienst, Urlaub gibt es nicht und ausruhen werde ich mich erst dann wieder, wenn ihr heil zurück seid!" Endlich wurden zwei seiner Adjutanten auf die prekäre Verfassung ihres Chefs aufmerksam. Sie kümmerten sich um ihn, redeten begütigend auf ihn ein und erteilten ihm Ratschläge. Daraufhin wurde Pullok noch renitenter und wütender. Deshalb hakten sie ihn einfach unter und schleppten ihn aus dem Saal.

Erik verstand Pulloks Besorgnis, was ihr Marsabenteuer betraf, denn auch ihn plagten häufig vor dem Einschlafen Horrorvisionen. Da tummelten sich in seiner Fantasie Solarstürme und Meteoriteneinschläge auf ihrer Reise durch den Weltraum und was auf dem Mars selbst alles passieren konnte, daran wagte er noch nicht einmal zu denken. Kurz erwog er, die Feier einfach zu verlassen, denn der unrühmliche Abgang Pulloks hatte ihn seines Gesprächspartners beraubt. Anderseits hatte er, eben wegen seiner häufigen Albträume, wenig Lust, schon schlafen zu gehen. Als er sich unschlüssig umsah, bemerkte er, dass Julia Winter im Augenblick nicht von Männern umschwärmt wurde, und so schlenderte er zu ihr. Sie empfing ihn mit den Worten: „Ah, guten Abend, Erik, war das nicht Pullok, den man gerade aus dem Saal geführt hat? Es ist hoffentlich nichts Ernstes?" „Nein, das Übliche, vermutlich Überarbeitung und zu viel Rotwein", antwortete Erik ausweichend. „Na, dann bin ich beruhigt", meinte die Ärztin. „Ich wundere mich nur, Sie so fit auf den Beinen zu sehen, haben Sie bei dem Saufgelage nicht mitgehalten?" Es ist immer wieder erstaunlich, wie es ihr gelingt, mich in die Defensive zu drängen, dachte Erik irritiert. Dieses Mal würde er jedoch nicht mitspielen. „Ich mache mir nicht viel aus Alkohol – wenn es das ist, was Sie wissen wollten.

Und Pullok ist auch kein Säufer, nur der Druck, ein so gefährliches Unternehmen zu leiten, macht ihn fertig. Im Übrigen sollten auch Sie sich langsam darüber klar werden, an welchem Himmelfahrtskommando Sie teilnehmen. Ich habe Mühe, Sie zu verstehen. Sie sind jung, Sie sind hübsch, haben eine gute Karriere als Ärztin vor sich und die Männer reißen sich um Sie. Also, warum haben Sie sich gerade eine Reise zum Mars in den Kopf gesetzt?" „Kommen Sie mir jetzt mit dem typischen Klischee, das immer noch 90 Prozent der Männer vertreten, nämlich: Heirat, Kinder und Haushalt ist das Beste für den überwiegenden Teil der Frauen?", erwiderte die Ärztin kalt, „doch da muss ich Sie enttäuschen, mein Lieber, es gibt noch mehr im Leben! Sie rätseln über meine Motive für den Flug zum Mars? Na gut, ich will sie Ihnen verraten." Aha, jetzt kommt ihr Vater ins Spiel, dachte er, doch zu seiner Verblüffung folgte eine ganz andere Erklärung. „Als Ärztin bin ich an allem interessiert, was mit dem Leben zusammenhängt", fuhr Julia fort.

„Die Evolution und die Entwicklung des Lebens auf der Erde hat mich schon immer fasziniert. In der Paläontologie, die mein bevorzugtes Hobby ist, kann man verfolgen, wie sich im Verlaufe großer Zeitabschnitte Arten entwickelt, eine mehr oder minder lange Blütezeit durchlebt haben und wieder untergegangen sind.

Dabei fällt auf, dass sie im Verlaufe ihrer Existenz versucht haben, alle Lebensräume, auch die unwirtlichsten, zu besetzen. Nehmen Sie die Quastenflosser, wenn sie trotz aller Risiken nicht an Land gekrochen wären, gäbe es bis heute keine Landtiere und also auch keine Menschen. Man fragt sich unwillkürlich, was trieb diese Tiere zu solch einer riskanten Verhaltensweise? Offenbar muss es neben dem Trieb, sich zu vermehren, noch einen weiteren mächtigen Trieb geben, der die Lebewesen zwingt, alle ihnen gebotenen Nischen zu besiedeln, und seien sie noch so lebensfeindlich. Auch wir Menschen scheinen diesen Trieb zu besitzen und daher ist es nur folgerichtig, dass wir jetzt den ersten Schritt zur Besiedlung eines fremden Planeten tun.

Da haben Sie mein Motiv: Ich will dabei sein, wenn wir diesen Schritt machen, denn auch in mir ist der ‚Wandertrieb‘ mächtig."

Verblüffung zeichnete sich auf dem Gesicht Eriks ab, denn die Ärztin hatte etwas geschildert, das er selbst nur allzu oft verspürt hatte. Sein ruheloses Leben, es hielt ihn nie lange an einem Ort, immer trieb es ihn Gott weiß wo hin. Stets hatte er es für bloße Neugierde gehalten, doch Julias Erklärung passte besser. Mit aller Macht trieb es ihn in die Ferne und nun vermochte ihn nicht einmal mehr die Erde zu halten. Es zog ihn hinaus ins Weltall! Obwohl diese unerwartete Gemeinsamkeit zwischen ihm und Julia seine Vorbehalte ihr gegenüber dämpften, war seine Skepsis, was Frauen im Weltraum betraf, noch nicht ganz erloschen. Und so hörte er sich sagen: „Wandertrieb, meinen Sie, sei der Grund für Ihr Weltraumabenteuer? Das mag eine Rolle spielen, doch gibt es dafür nicht gewichtigere Gründe? Wie wäre es mit Ruhm und Selbstbestätigung?" Julia lächelte wehmütig und meinte: „Ruhm ist in unserer schnelllebigen Zeit etwas sehr Vergängliches, Selbstbestätigung, ja das mag eine Rolle spielen, denn wer sucht die nicht?" „Oder Bestätigung dem Vater gegenüber", dachte Erik flüchtig und laut sagte er: „Sie erwähnten, dass Tiere, vor allem Herdentiere, einem unbezwingbaren Wandertrieb ausgesetzt sind. Ich muss da immer an die Lemminge denken. Stimmt es, dass sie nicht einmal an den Klippen halt machen, sondern sich hinabstürzen und jämmerlich ersaufen?" Die Ärztin lachte laut auf. „Sie vergleichen uns offenbar mit diesen Tieren. Auch uns treibt es in gefährliche Regionen, allerdings hoffe ich doch sehr, dass wir nicht blindlings in unser Verderben rennen." „Wer weiß das schon?", murmelte Erik.

Er fühlte sich nicht wohl in seiner Haut, denn er musste seine Meinung über Julia Winter revidieren. Ihre Motive bei diesem Raumabenteuer ähnelten den seinen. Wie konnte er da Julia kategorisch infrage stellen? „Was ich Ihnen noch sagen wollte", begann er zögerlich: „Sie machen sich bei Ihrer Astronautenausbildung erstaunlich gut. Also werde ich meine Meinung Ihnen

gegenüber korrigieren und Sie als Crewmitglied akzeptieren."
Julia Winter strahlte, als habe er ihr das schönste Kompliment
gemacht. „Heißt das, Sie mindern Ihre Vorbehalte, was Frauen
im Weltall betrifft?"

Er musste über ihre vorsichtige Ausdrucksweise lächeln. „Ganz
recht, ich mindere sie, gebe sie aber nicht völlig auf!"

Ehe sie sich über ihre bessere Beziehung zueinander noch so recht
freuen konnten, wurden sie gestört. Gregori und Louis kamen vom
Buffet zurück. Der Russe, der seinen Teller bis zum Rand vollge-
laden hatte, nahm wortlos links neben der Ärztin Platz und widmete sich sofort seiner Mahlzeit. Louis stand mit seinem Teller etwas unschlüssig herum und blickte mit gerunzelter Stirn auf Erik.
Der bemerkte, dass er den Stuhl des Brasilianers in Beschlag genommen hatte, dachte jedoch nicht daran, aufzustehen. Er wollte
sehen, wie Louis es anstellen würde, seinen Kommandanten vom
Stuhl zu jagen. Der Brasilianer löste das Problem auf seine unnachahmliche lockere und charmante Art. „Wenn du mir mein
Besteck herüberreichst, kann ich im Stehen weiteressen", meinte
er lächelnd. Erik tat erstaunt. „Ach, ich sitze auf deinem Platz, das
tut mir leid. Ich hatte nicht vor, dich von der Seite unserer schönen
Astronautin zu vertreiben, bitte sehr!" Und er erhob sich. Natürlich hätte er sich auf die andere Seite des Tisches setzen können,
doch er zog es vor, in sein Quartier zu gehen. So wünschte er den
drei anderen noch einen schönen Abend und verließ das Casino.

Nie und nimmer hätte er sich eingestanden, dass er nur deshalb
das Fest verließ, weil er nicht mit ansehen wollte, wie Louis Julia
den Hof machte. Die Situation bestätigte ja geradezu seine Vorbehalte, was Frauen in einer Mannschaft mit Männern betraf: Sie
schafften es immer wieder, Zwietracht zu säen. Dass Louis versuchte, heftig mit Julia zu flirten, war ja noch verständlich, Brasilianer fanden sich von Haus aus für unwiderstehlich; dass aber
der introvertierte Russe der künftigen Astronautin kaum von der
Seite wich und ihr, wie ein Sklave, den schweren Raumanzug

nachschleppte, befremdete Erik doch sehr. Und selbst der kleine Chinese zog die Gesellschaft der Ärztin allen anderen Crewmitgliedern vor, wenn auch aus rein beruflichen Gründen, wie er immer wieder betonte.

Als Erik in die Nacht hinaustrat, empfingen ihn eine überraschend milde Luft und ein wolkenloser Himmel. Er atmete tief durch und begann, nach bekannten Sternbildern zu suchen. Das Frühjahrs-Dreieck war bereits untergegangen, doch das Sommer-Dreieck stand noch hoch am Himmel. Sein Blick glitt die Ekliptik entlang und dann hatte er gefunden, wonach er suchte: Er betrachtete das gelbrote Pünktchen, das nahe dem Stern Antares im Sternbild Skorpion stand, mit ergriffener Ehrfurcht. Da war er: der Mars, ihr fernes Ziel! Würden sie je den Fuß auf ihn setzen? Oder war alles nur ein flüchtiger, schöner Traum? In dieser stillen, wunderbaren Nacht besiegte er alle seine Zweifel und eine nie gekannte Zuversicht erfüllte ihn mit einem Mal.

Ja, dachte er entschlossen, wir werden dich trotz aller Hindernisse erreichen, ob dir das als antiker Kriegsgott nun passt oder nicht! In dieser Nacht plagten ihn keine Albträume und er schlief tief und fest bis zum nächsten Morgen.

Endlich war es so weit: Der Bau der PROMETHEUS im Erdorbit war abgeschlossen und auch die Ausbildung ihrer zukünftigen Besatzung ging ihrem Ende entgegen. Erik hatte den Zeitplan für die Marsmission von Pullok erhalten und mit seiner Mannschaft besprochen. Danach war vorgesehen, dass die fünf Astronauten Ende Dezember zur ISS fliegen würden, um sich dort 4 Wochen lang an die Schwerlosigkeit zu gewöhnen. Während dieser Zeit konnten sie die PROMETHEUS gründlich testen, sodass Ende Januar der Flug zum Mars starten konnte. Der Flug selbst würde etwa 4 Monate dauern.

Das Raumschiff sollte dabei den Planeten exakt zum Zeitpunkt seiner Opposition erreichen, also genau dann, wenn der Mars seine geringste Entfernung zur Erde aufwies. Pullok hatte die Ausbildung der Astronauten so geplant, dass sie kurz vor Weihnachten beendet war. Erik und seine Leute machten drei Kreuze und feierten, je nach Glaubensrichtung, ein ungetrübtes Christfest oder ihren gelungenen Abschluss. Erik musste zugeben, Pullok und sein Stab hatten, was die Mannschaft betraf, eine exzellente Auswahl getroffen. Insbesondere die drei Neulinge hatten sich bei der Astronauten-ausbildung bravourös geschlagen, während es für ihn und Gregori lediglich die ermüdende Wiederholung einer längst bekannten Prozedur gewesen war. Jeder der drei Weltraumneulinge vermochte nun die PROMETHEUS im Notfall allein zu steuern. Sie trugen ihre Raumanzüge wie eine zweite Haut und in simulierter Schwerelosigkeit beherrschten sie selbst die komplexesten Bewegungsabläufe. Zum Ausruhen und Feiern ließ ihnen Pullok allerdings wenig Zeit, denn schon eine Woche nach Weihnachten hatte er das Flugzeug bestellt, das sie nach Cape Canaveral bringen würde.

Der Abschied von ihrem Ausbildungscamp fiel ihnen trotz der Strapazen, denen sie dort ausgeliefert gewesen waren, nicht leicht. Dafür gab es vor allem zwei Gründe: Zum einen fühlten sie sich in dem Lager sicher und gut versorgt. Der andere Grund lag wohl an der Fürsorglichkeit und dem Engagement Pulloks, den sie alle schätzen gelernt hatten. Zum Abschied hielt er wieder einmal eine seiner feierlichen Reden. Im Blitzlichtgewitter der Kameras wurde es zu einer sehr emotionalen Rede, von der Pullok selber offenbar am meisten gerührt war. Das hektische Treiben der Reporter und die Sensationsgier der Menschen am Flughafen führten den Astronauten nur allzu deutlich vor Augen, dass diese feierliche Verabschiedung wie eine letzte Segnung von Opfertieren gesehen wurde, ehe man sie zur Schlachtbank führte.

Besonders Erik fühlte sich nicht wohl in seiner Haut, denn er hasste den ganzen Zirkus, der da um sie gemacht wurde. Er war deshalb sogar mit Pullok in Streit geraten. „Geht es nicht eine Nummer kleiner?", hatte er gefaucht. Pullok hatte gekränkt geantwortet:

„Aber Erik, ich weiß nicht, was du hast, ohne Presse und Fernsehen läuft doch nichts mehr auf unserer medienbesessenen Welt.

Übrigens solltest du dich freuen, die in alle Teile der Welt übertragene Zeremonie steigert doch deine Berühmtheit!" „Gerade die ist mit zuwider", hatte Erik geknurrt. „Man kann keinen Schritt mehr tun, ohne dass einem die Medienhyänen auflauern. Das ganze Privatleben ist im Eimer! Und zu allem Überfluss muss ich von dir erfahren, dass wir das Fernsehen noch mit ‚Geschichten aus dem Cockpit der PROMETHEUS' beglücken dürfen. Seid Ihr jetzt ganz meschugge geworden? Wir sind doch keine Schauspieler! Ich versuche mir gerade Gregori als publikumswirksamen Weltraumhelden vorzustellen – ein reizender Gedanke!"

Pullok winkte ab: „Gregori kommt gar nicht ins Bild, er wird die Kamera bedienen. Wir haben das alles schon bis ins Kleinste geplant und die Fernsehrechte sind auch schon verkauft. Sie wurden uns förmlich aus den Händen gerissen." „Kann ich mir denken", meinte Erik wütend. „Und uns hat man erst gar nicht gefragt!" „Wir dachten, ihr wäret begeistert", entgegnete Pullok unschuldig. „Schließlich wird dadurch eure langweilige Routine an Bord etwas aufgelockert und ihr werdet als angehende Filmstars noch berühmter, als ihr es eh schon seid. Denk doch auch mal an das viele Geld, das uns eure Show einbringen wird. Die NASA musste Milliarden an Krediten aufnehmen, um die Finanzierungslücke für euer Unternehmen zu schließen. Da ist es wohl nicht zu viel verlangt, wenn ihr auch einen kleinen Beitrag leistet." „Ich weiß zwar, dass die NASA notorisch klamm ist, aber dass du uns klammheimlich an die Medienhaie verhökert hast, ohne uns vorher auch nur zu fragen, das will mir nicht in den Kopf." „Ich teile es dir doch jetzt in aller Form mit und bis es so weit ist, vergehen noch Monate", entgegnete Pullok erstaunt.

So war der Streit um die Übertragung von Fernsehsendungen noch einige Zeit weitergegangen, bis es Erik zu viel wurde und er Pullok wortlos stehen ließ. Jetzt, unter dem Ansturm der Medien auf dem Flugfeld, kochte die Erinnerung an den Streit in Erik wieder hoch. Er starrte Pullok finster an, der gerade in Anlehnung an Neil Armstrong den Flug zum Mars als einen riesigen Schritt für die Menschheit pries.

KAPITEL 2

Auf der ISS

Die Verabschiedung der Astronauten auf dem Flughafen von Houston war, was die Medien betraf, allerdings ein Klacks im Verhältnis zu dem, was sie auf Cape Canaveral erwartete. Praktisch jede Fernsehstation, die etwas auf sich hielt, hatte ein Aufnahmeteam vor Ort, als die fünf Astronauten zur ISS starteten. Erik atmete auf, als bei ihrem Shuttle die Türe des Cockpits hinter ihnen einrastete und die Augen der Öffentlichkeit ausschloss.

Seine ärgerliche Anspannung wich, denn was jetzt kam, war ihm vertraut. Bei den drei Raumflugneulingen dagegen nahm sie eher noch zu. Julia wirkte ungewöhnlich bleich, als sie sich mit fahrigen Bewegungen die Gurte ihrer Andrucksliege umschnallte. Auch Louis hatte viel von seiner Fröhlichkeit eingebüßt und musterte mit ernster Miene das Innere des Shuttles. Das Gesicht von Han war zwar wie immer ausdruckslos, doch in seinen Augen blinkte die Angst. Nur Gregori schien für seine Verhältnisse gut gelaunt, als er die Checkliste für den Start durchging. Pullok hatte nämlich ihn und nicht Erik damit beauftragt, das Shuttle zu fliegen. Erik fühlte sich bemüßigt, die drei Neulinge zu beruhigen, und sagte forsch: „Der Flug zur ISS wird ein Katzensprung. Wenn Gregori das Andockmanöver gleich beim ersten Mal gelingt, sind wir in ca. 3 Stunden dort!"

„Ich muss immer an die Shuttle-Katastrophen aus dem vorigen Jahrhundert denken, und jetzt sitze ich selbst in so einem Ding", meinte die Ärztin gepresst. „Aber, aber, das kann man doch nicht miteinander vergleichen", gab Erik zu bedenken. „Unser Gefährt ist ein wieder verwendbarer Raumgleiter, der wie ein Flugzeug startet und landet. Wir nennen es nur aus Tradition

Shuttle. Es funktioniert viel zuverlässiger, denn es besitzt keine absprengbaren Teile. Glauben Sie mir, hier sind Sie viel sicherer, als wenn Sie sich mit Ihrem Wasserstoff-Auto in den Verkehr von New York stürzen." Von Louis kam ein ersticktes Lachen: „Netter Vergleich, nur sitzen wir hier auf mehr flüssigem Wasserstoff, als unsere verehrte Kollegin mit ihrem Minicar in ihrem ganzen Leben verbrauchen kann." „Exakt 110 Tonnen", ließ sich Han mit piepsiger Stimme vernehmen. „Schluss mit dem Gequassel!", rief Gregori. „Wir haben grünes Licht von der Bodenstation, es geht los!"

Nachdem er sich vergewissert hatte, dass alle gut festgeschnallt waren, startete er die Triebwerke. Ein gedämpftes Brausen drang in die Kabine und der Gleiter begann sanft zu vibrieren. Gregori blickte kurz auf Erik, der neben ihm im Copiloten-Sessel saß, und als dieser nickte, schob er den Hebel für die Raketentriebwerke leicht nach vorne. Das Ergebnis der vergleichsweise winzigen Bewegung war frappierend.

Die Triebwerke heulten auf und die Insassen des Shuttles wurden durch die rasante Beschleunigung in ihre Sitze gepresst. Die Lichter der Startbahn glitten immer schneller vorbei, wurden schließlich zu einer grellgelben Linie – und die Maschine hob ab. Sie durchstieß in einem irrwitzigen Steigflug die niedrig hängenden Wolken und verschwand aus den Augen der gaffenden Zuschauer. Die vielen Leute, die den Start des Shuttles verfolgt hatten, wollten sich schon wegen der Kürze des Schauspiels enttäuscht abwenden, als sie ein lauter Knall zusammenzucken ließ. Das Shuttle hatte die Schallmauer durchbrochen.

Im Inneren des Gleiters wurde es für die Insassen langsam ungemütlich. Nach dem Durchbrechen der Schallmauer hatte Gregori die Nase des Shuttles senkrecht nach oben gerichtet und auf vollen Schub geschaltet. Wie ein Geschoss raste der Gleiter in den Himmel, während seine Besatzung unter der Beschleunigung von 6 g ächzte. Zum Glück währte der mörderische

Andruck nur einige Minuten. Den Astronauten wurde dabei der Brustkorb zusammengeschnürt und ihr Herz dröhnte in ihren Ohren wie ein Dampfhammer und vermochte dennoch ihr sirupartiges Blut kaum durch die Adern zu treiben. Dann erreichte der Gleiter die vorgesehene Geschwindigkeit, die ihn in einer Parabel zur ISS tragen würde, und Gregori schaltete die Triebwerke ab.

Die Neulinge unter Eriks Kommando seufzten erleichtert auf, um gleich darauf festzustellen, dass die plötzliche Schwerelosigkeit auch so ihre Tücken hatte. Auf die besorgte Frage Eriks: „Na, wie geht's, sind alle wohlauf?", entgegnete Louis stöhnend: „Der Druck ist Gott sei Dank weg, doch jetzt ist mir speiübel und ich habe das Gefühl, kopfüber zu Teufels Großmutter zu stürzen." Erik lachte und meinte: „Ja, die Schwerelosigkeit, simuliert im Wasserbecken, oder sie tatsächlich im freien Fall zu erleben, macht schon einen gewaltigen Unterschied. Aber tröste dich, Louis, mit der Zeit gewöhnt man sich daran und das Gefühl ständigen Fallens verschwindet allmählich." „Eine simple Störung unseres Gleichgewichts-Organs im Innenohr", erklärte Julia mit müder, schleppender Stimme, „die Lymphe in den Bogengängen und die Statolithen im Innenohr funktionieren nur bei vorhandener Schwerkraft oder Beschleunigung. Unter null Gravitation leiden wir quasi unter einer verschärften Form der Seekrankheit." „Na toll, Ihre Erklärungen, Frau Doktor, haben mir ungemein geholfen! Mir wäre es allerdings lieber gewesen, Sie hätten mir ein Mittel gegen diese ‚Seekrankheit' verordnet." „Ich habe bereits vor dem Start ein Antiemetikum genommen und mir geht es ausgezeichnet", meldete sich Han Li mit vergnügter Stimme. Ich dachte, das hätten Sie alle getan, sonst hätte ich Sie daran erinnert." Die anderen starrten Han entgeistert an, bis ihnen einfiel, der kleine Chinese war nicht nur Biologe, sondern auch Arzt, und wie es schien, ein umsichtiger dazu. Erik räusperte sich: „An Bord haben wir leider keine Antiemetika, aber auf der Raumstation sind wir gewiss damit ausgestattet. Also, habt noch etwas Geduld!"

Der Flug zur Raumstation dauerte jedoch nicht so lange, dass die Geduld der Besatzung überstrapaziert wurde. Schon wenige Minuten, nachdem sie in den freien Fall übergegangen waren, machte Gregori sie auf einen glänzenden Punkt vor ihnen aufmerksam. Es war die aus Modulen zusammengesetzte, in der Sonne funkelnde ISS. Mit ihren ausladenden Sonnenpaddeln wirkte sie wie ein bizarres, riesiges Insekt, das die Erde umkreiste.

In den letzten 50 Jahren hatte man die ISS ständig ausgebaut und vergrößert, sodass sie schließlich bis zu 40 Leute aufnehmen konnte. Die routinemäßige Besatzung betrug 25 Astronauten und Forscher aus verschiedenen Ländern. Sie erforschten die Erde aus dem All und beschäftigten sich mit Dingen, wie die Drift der Kontinente, das Klima und Experimente in der Schwerelosigkeit. In den letzten 5 Jahren waren allerdings mehr Ingenieure und Techniker als Forscher auf der ISS anzutreffen gewesen, denn sie hatten die Aufgabe, die PROMETHEUS in der Erdumlaufbahn zusammenzubauen. Die Teile des Raumschiffes wurden auf der Erde gefertigt und dann mit computergesteuerten Shuttles in die Umlaufbahn gehievt. Jetzt, da die PROMETHEUS endlich nach 5 Jahren Bauzeit fertiggestellt worden war, waren die Ingenieure zur Erde zurückgekehrt und die Astronauten und Forscher hatten wieder das Regiment auf der Raumstation übernommen. Die derzeitige Besatzung freute sich schon auf die Ankunft der fünf Mars-Astronauten. Sie wurden sogar schon sehnlichst erwartet, denn sie würden die Routine auf der ISS unterbrechen und neues Leben in die Bude bringen.

Gregori gelang das heikle Andockmanöver gleich im ersten Anlauf und die Astronauten krochen aus der Enge ihres Shuttles in die komfortable Luftschleuse der Raumstation. Hier wurden sie von Bob Miller, dem derzeitigen Kommandanten der ISS, begrüßt. Miller winkte Erik und Gregori, die er schon von früheren Aufenthalten kannte, freundschaftlich zu, während er die drei Neulinge interessiert musterte. Überflüssig hinzuzufügen, dass sein Blick dabei am längsten bei Julia Winter verweilte. Erik stellte Miller die drei Neuankömmlinge vor. Ganz Kavalier, begrüßte dieser Julia Winter zuerst, doch tat er es auf eine etwas sonderbare Weise. Er stieß sich von der Wand der Luftschleuse ab, segelte auf die Ärztin zu, doch anstatt sich an der Haltestange abzufangen, die rings um die Luftschleuse angebracht war, umklammerte er die schöne Frau. Ja, dachte Erik amüsiert, Bob versteht es meisterhaft, die Schwerelosigkeit zu seinen Gunsten auszunützen. Die Ärztin sah das offenbar genauso, denn nach einem kurzen Augenblick der Überraschung erschien eine steile Falte auf ihrer Stirn und ihre blauen Augen sprühten Feuer. Bob ließ die indignierte Frau los und entschuldigte sich mit den Worten: „Ja, ja, die Schwerelosigkeit, sie spielt einem hier oben immer wieder Streiche. Sie werden das bei sich selber auch noch erfahren, daher schlage ich vor, dass Sie sich anfangs an den Haltestangen entlanghangeln, bis Sie sich an Ihre Gewichtslosigkeit gewöhnt haben."

Nachdem Bob, unverschämt lächelnd, bei der Ärztin einen Handkuss angedeutet hatte, segelte er gekonnt zu Han Li hinüber. Diesmal passierte ihm natürlich nicht das Malheur, dass er die Haltestange verfehlte. Dennoch verlief auch hier seine Begrüßung nicht glatt. Han ließ nämlich die Haltestange los, um Bob die Hand zu schütteln, und als er sich, in typischer asiatischer Höflichkeit, tief verbeugen wollte, stieß er mit dem Fuß gegen die Wand der Luftschleuse. Der Stoß ließ ihn einen Salto nach vorne machen und er schwebte davon. Gregori fing den schmächtigen Biologen auf und bugsierte ihn zurück zu Miller.

Louis Vargas hingegen hatte aus der schwierigen Begrüßungszeremonie schnell gelernt. Offenbar musste man seinen Körper dafür irgendwo fest verankern. Er klammerte sich deshalb wie ein Ertrinkender mit der linken Hand an die Führungsstange, während er mit der Rechten den Händedruck von Bob erwiderte. Miller wandte sich nach seiner Begrüßung den fünf Neuankömmlingen zu und sagte mit unüberhörbarer Ironie in der Stimme: „Nachdem ich Sie als die künftigen Helden der Raumfahrt, die sich anschicken, den Mars zu erobern, nun alle kennengelernt habe, zeige ich Ihnen wohl am besten zunächst Ihre Quartiere. Ja, noch was! Von Ihrer Bodenstation habe ich grünes Licht erhalten, die Wissenschaftler unter Ihnen in das Forschungsprogramm der Station zu integrieren. Ich freue mich also auf ihre kompetente Mitarbeit, die Ihnen die Langeweile hier oben hoffentlich vertreiben wird. Erik und Gregori haben den Auftrag, die PROMETHEUS zu testen und einsatzbereit zu machen. Wenn Sie mir bitte folgen wollen!"

„Die PROMETHEUS testen", knurrte Gregori neben Erik, „darauf wäre ich von alleine nicht gekommen. Bob kann es schon wieder einmal nicht lassen, den Chef heraushängen zu lassen."
„Hier oben ist er der Chef, also sollten wir seine Anordnungen befolgen", bemerkte Erik lakonisch.

In den kommenden Wochen fehlte den Neuankömmlingen auf der ISS, genau wie Bob verkündet hatte, schlichtweg die Zeit, sich zu langweilen. Die drei Wissenschaftler der Crew, nämlich Dr. Winter, Professor Han Li und Dr. Dr. Vargas fügten sich nahtlos in das Forschungsprogramm der Internationalen Raumstation ein. Erik und Gregori hingegen testeten die PROMETHEUS auf Herz und Nieren. Besonders der Russe war in seinem Element und kein Relais oder Stromkreis, kein Computer oder Schalter entgingen seiner sorgfältigen Prüfung.

Endlich war es so weit: Ein Probeflug mit der PROMETHEUS konnte riskiert werden. Erik wollte diese erfreuliche Nachricht seiner Crew mitteilen und bat sie zu einem Treffen im Gemeinschaftsraum der ISS. Als alle versammelt waren, begann er forsch: „Meine Herrschaften, unser Raumabenteuer rückt näher, morgen starten wir zu einem Probeflug mit der PROMETHEUS."

„Was heißt, wir?", wollte der Brasilianer wissen. „Na, Gregori und meine Wenigkeit, wir sind schließlich die ausgebildeten Piloten für dieses Vehikel", entgegnete Erik. „Ich denke, wir sollten bei diesem Jungfernflug alle dabei sein", wandte Han Li ein. „Wir haben doch alle am Simulator geübt und sollten uns beim Steuern des Schiffes abwechseln, um etwas Praxis im Umgang mit der PROMETHEUS zu bekommen." „Erprobungen neuer Fluggeräte sind etwas für Testpiloten", brummte Gregori, „wenn etwas schiefgeht, dann verglühen wenigstens nur zwei von uns in der Erdatmosphäre." „Du machst mir Spaß, Gregori!", rief Julia Winter und zog einen Schmollmund. „Wie sollen wir denn mit diesem Vehikel bis zum Mars kommen, wenn du schon einen kurzen Probeflug für gefährlich einstufst?" „Wir haben natürlich Vertrauen in die Konstrukteure des Raumschiffes", versuchte Erik, die Gemüter zu beruhigen. „Trotzdem halten wir einen Probeflug unbedingt für erforderlich, allein schon wegen des neuen Plasma-Triebwerkes. Das muss schließlich monatelang einwandfrei funktionieren, sonst können wir den Flug zu einem fremden Planeten gleich ganz vergessen. Zwar wurde es schon auf der Erde im Dauerbetrieb getestet, doch noch niemals unter Weltraumbedingungen. Das herauszufinden, ist Aufgabe von Greg und mir, denn wir waren Testpiloten, ehe wir zur Raumfahrt wechselten. Wie ihr euch denken könnt, gehören Risiken zu unserem Beruf, und deshalb wollen wir sie so klein wie möglich halten." „Das heißt, ihr wollt uns nicht dabeihaben", konstatierte Louis etwas verschnupft. „Ist das definitiv?" „Ja, das ist definitiv", betonte Erik in ungewohntem Befehlston. „Ja, dann", meinte Louis und verließ gekränkt das Casino. Han und Julia folgten seinem Beispiel.

„War das nicht etwas zu grob, Erik?", gab der Russe zu bedenken, nachdem die Wissenschaftler den Raum verlassen hatten. „Ich meine, musstest du so den Kommandanten heraushängen lassen, da Wissenschaftler doch gewohnt sind, das Für und Wider einer Entscheidung ausgiebig zu diskutieren. Schließlich sind wir ein Team und auf sie angewiesen." „Das musste sein", brummte Erik. „Je eher sie sich daran gewöhnen, wer hier die Befehle erteilt, desto besser. Und apropos Diskussionen! Meinst du, wir können uns in Notsituationen den Luxus von Diskussionen leisten? Ich denke, nein! Je früher die Kommandostrukturen geklärt sind, desto schneller können Entscheidungen getroffen und durchgeführt werden. Das habe ich schon früh auf der Militärakademie lernen müssen." „Okay, du bist der Kommandant", räumte Gregori mit undurchdringlicher Miene ein.

Wie ein überdimensionaler Elefantenrüssel spannte sich der Verbindungs-Tunnel von der ISS zur PROMETHEUS. Durch diesen ziehharmonikaartigen Tunnel stapften Gregori und Erik mit ihren Magnetstiefeln und versetzten ihn in rhythmische Schwingungen. Beide wirkten angespannt, denn nun musste es sich erweisen, wie raumtüchtig das Schiff, mit dem sie den Mars erreichen wollten, tatsächlich war.

Während der Russe unter der Anspannung noch wortkarger als sonst wirkte, versuchte Erik, sie durch Reden erträglicher zu machen. „Siehst du, unsere Kameraden haben es uns nicht übel genommen, dass wir sie auf der Station zurückgelassen haben", wandte er sich an Gregori. „Alle drei sind im Kontrollraum erschienen, um uns zu verabschieden und uns Glück zu wünschen." Da der Russe schwieg, fuhr er fort. „Na ja, wer begibt sich schon freiwillig in diese Konservendose, wenn er nicht muss. Außerdem fügen sich unsere drei Koryphäen so brillant in das Forschungsprogramm der Station ein, dass es eine Schande wäre, sie von dort früher als nötig wegzubeordern. Erst neulich hat mir Louis ganz begeistert berichtet, wie toll er die Erderkundung aus dem Orbit findet. Vom Wettergeschehen über die Erderwärmung bis zur Drift der Kontinente, das alles kann mit nie gekannter Präzision registriert werden. Zurzeit arbeitet er, mittels Radarabtastung, an einer Reliefkarte unserer guten alten Erde. Mit dieser Methode kann man die Höhe des Mount Everest bis auf 3 Zentimeter genau messen. Man stelle sich das einmal vor!" Der Russe grunzte, schritt jedoch ungerührt weiter.

Erik blickte Gregori irritiert von der Seite an, da dieser offenbar durch nichts zu beeindrucken war. Er nahm einen neuen

Anlauf: „Und unser Professor für Biologie testet unentwegt das Wachstum der Pflanzen in der Schwerelosigkeit, mit typischer asiatischer Ausdauer." Als der Russe auch dazu keinen Kommentar abgab, versuchte es Erik mit Humor. Er blieb stehen, grinste zweideutig und meinte: „Ist dir schon aufgefallen, mit welchen Wehwehchen die Besatzung der Raumstation der Krankenstation die Türen einrennt, seit unsere hübsche Ärztin dort dem Stationsarzt assistiert? Die Männer haben schon ein halbes Jahr keine Frau mehr gesehen, und dann gleich ein solches Exemplar! Nun ist mir auch klar, weshalb Bob Miller damals in der Luftschleuse Julia so offensichtlich umklammerte." „Hm, ich verstehe", brummte der Russe und machte sich konzentriert an der Tür der Luftschleuse zu schaffen, denn sie hatten das Ende des Verbindungstunnels erreicht.

Die kreisrunde Tür glitt zur Seite und sie krochen in die Luftschleuse der PROMETHEUS. Nachdem Gregori die Türe wieder sorgfältig verriegelt hatte, begaben sie sich in das kreisrunde Kommandomodul des Schiffes. Zwei Andruck-Liegen befanden sich vor einer ovalen Steuerkonsole, die mit einer schier unübersehbaren Anzahl von Konsolen, Schaltern und Bildschirmen bestückt war. Ein Handgriff, und die Liegen verwandelten sich in zwei komfortable Pilotensessel. Die beiden Raumfahrer nahmen Platz, schnallten sich an und Erik öffnete als Erstes einen Kommunikationskanal zur ISS. Das erwartungsvolle Gesicht von Bob Miller, der sich ein Lächeln abrang, tauchte auf. „Ich grüße das Himmelfahrtskommando auf der PROMETHEUS", flachste er, „können wir mit der Prozedur beginnen?" „Nur mit der Ruhe, wir müssen erst noch die Bordcomputer hochfahren", entgegnete Erik und drückte die entsprechenden Knöpfe. Eine Reihe von Displays leuchtete auf und ein Ventilator begann zu summen.

„Vor das Vergnügen hat Gott die Arbeit gesetzt", seufzte Erik und griff auf der Konsole vor sich nach einer ellenlangen Checkliste. Die Prozedur, wie Bob sich ausdrückte, war nichts anderes als die penible Überprüfung aller wichtigen Funktionen des

Raumschiffes. Das war nicht nur eine Riesenarbeit für die beiden an Bord, nein, das Ganze wurde auch noch von den Leuten auf der ISS und von der Bodenstation gegengecheckt. „Dreifach genäht hält eben besser", dachte Erik in einer Art Galgenhumor und zu Gregori gewandt knurrte er: „Du kannst anfangen." Der Russe begann, das Protokoll herunterzuleiern: „Computer hochgefahren, Außen-Kommunikationskanäle eingeschaltet, Kreiselkompass auf ‚on', Vorwärmpumpe für Steuertriebwerke auf ‚on' und so ging es endlos weiter. Würden sie nur eine Position des Protokolls übersehen, würde sie Bob mit erhobenem Zeigefinger darauf aufmerksam machen und der Bordcomputer Alarmgeräusche von sich geben. Die Prozedur war zwar nerv-tötend, aber absolut notwendig, denn schon eine kleine Nachlässigkeit konnte in der lebensfeindlichen Umgebung des Weltraums tödlich sein.

Endlich war den Initialisierungs- und Sicherheitschecks Genüge getan und Erik lehnte sich aufatmend zurück. Nach einer kurzen Pause erkundigte er sich bei Miller: „Na, wie sieht es bei euch aus, Bob?" „Unsere Instrumente bestätigen die Ergebnisse eurer Bordinstrumente. Falls die Bodenstation nichts dagegen hat, habt ihr grünes Licht für den Start. Ich trenne jetzt den Verbindungstunnel ab und ihr könnt dann nach eigenem Ermessen loslegen. Viel Glück und Hals- und Beinbruch! Ja, noch etwas: Achtet auf euer rechtes Seitentriebwerk, damit ihr keinen Schaden an unserer Station anrichtet." „Wird gemacht, Bob", erwiderte Erik, „obwohl, etwas Feuer unterm Hintern könnte euch doch bei der Kälte hier draußen nur willkommen sein. Adieu, wir sehen uns dann, so Gott will, in zwei Tagen wieder."

Bob winkte lächelnd zum Abschied und verschwand vom Bildschirm. Ein Rumpeln ertönte und sie spürten eine leichte Erschütterung, als der Verbindungstunnel vom Schiff abgetrennt wurde. Trotzdem schwebte die PROMETHEUS noch nicht frei im Raum, denn drei Streben, mit Magnetklammern versehen, verbanden das Schiff noch mit der ISS. Erik befahl Gregori, die Klammern zu lösen. Danach blickte er zu seinem Copiloten

hinüber und fragte: „Sind wir startbereit?" Gregori deutete auf
die zahllosen Anzeigen vor sich, die alle in beruhigendem Grün
leuchteten, und meldete: „Der Computer meint, ja." Da atmete der Kommandant tief durch und befahl: „Rechte Steuerdüse
auf ein Viertel, Heckdüse auf halben Impuls."

Langsam, wie in Zeitlupe, löste sich die PROMETHEUS von
der ISS und trieb davon. Während die Raumstation hinter ihnen langsam ihren Blicken entschwand, hatten die beiden Männer nun freie Sicht auf die blau schimmernde, leicht gekrümmte Planetenoberfläche.

Schweigend, ja geradezu andächtig, beobachteten Erik und Gregori, wie weit unter ihnen federartige Wolken zogen. In den
Wolkenlücken konnte man die dunklen Konturen der Kontinente ausmachen, umspült vom Blau der Weltmeere. Erik brach als
Erster das Schweigen: „Erst aus dem Orbit kann man die ganze
Schönheit und Einzigartigkeit unsere Erde erfassen", meinte er
sinnend. „Ich weiß nicht, von welchen Teufeln wir geritten werden, dass wir dieses Juwel partout verlassen wollen, um uns dem
kalten lebensfeindlichen Weltall auszuliefern." Nach einer Pause
fügte er hinzu: „Was ich schon immer wissen wollte, Greg, was
trieb dich in dieses riskante Abenteuer?" Gregori, aus seinen Be-
trachtungen gerissen, schnaubte ärgerlich: „Es geht zum Mars,
dem ‚Roten Planeten', da darf ein Russe nicht fehlen, du Spei-
chellecker des Kapitalismus! Außerdem solltest du wissen, dass
in Wahrheit Russland die Pionierarbeit im Weltall geleistet hat."
„Sehe ich das richtig, allein zum Ruhm von Mütterchen Russland, allein aus Patriotismus, sitzt du hier neben mir?", staunte
Erik. Als der Russe nicht antwortete, ahmte Erik einen Tusch
nach und rief: „Leute, feiert mit mir den Helden der Sowjetuni-
on! Er hält den Kommunismus immer noch eisern hoch, obwohl
schon alles den Bach hinuntergegangen ist."

Damit hatte es der Amerikaner endgültig geschafft, den Russen auf die Palme zu bringen. „Du solltest Ideale, von denen du

nichts verstehst, nicht in den Schmutz ziehen", erwiderte Gregori mit gefährlich leiser Stimme. „Natürlich ist das Experiment eines real existierenden Sozialismus' im vorigen Jahrhundert leider gescheitert. Doch das lag weniger an der Idee selbst als an dem Unvermögen der Menschen, die mit der Realisierung dieser Idee betraut waren. Schon in der Urkirche gab es Bestrebungen, das Eigentum abzuschaffen und die Interessen der Gemeinschaft über die des Individuums zu stellen. Daran siehst du, dass diese Idee nicht so schlecht sein kann!"

„Das ist alles ideologischer Humbug und geht völlig an der Realität vorbei", unterbrach Erik den Russen heftig und fuhr fort: „Ich kann dir auch verraten, weshalb das Ganze scheitern musste. Der Mensch ist nämlich in erster Linie ein eingefleischter Egoist und benützt den Altruismus nur, um dies zu bemänteln. Eure ganze Erziehung zum Sozialismus ist am Menschen abgetropft, denn die Selbstsucht des Menschen ist in seinen Genen verankert und kann durch Umerziehung nicht beseitigt werden. Und selbst wenn ihr bei einer Generation Erfolge gehabt hättet, die nächste hätte alles wieder zunichtegemacht." „Wir haben Erfolge gehabt", fiel Gregori Erik wütend ins Wort, „aber nicht die kommende Generation, sondern unsere Partei, unsere oligarchische Führung hat sie zunichtegemacht. Das kann man im Nachhinein deutlich erkennen. Die Menschen in unserem Land hätten vielleicht noch weiter an den Kommunismus geglaubt, hätte nicht unsere Führung eine Karikatur aus der Idee gemacht." „Gut erkannt, Gregori", stimmte ihm Erik zu, „aber gerade das stützt meine These – Egoismus dominiert Altruismus!"

Nach kurzem Schweigen fuhr Erik fort: „Wenn ich dich also recht verstehe, so hat dich Idealismus und Patriotismus zu diesem Marsabenteuer getrieben?" „Nicht ganz – es gibt noch andere Gründe", erwiderte der Russe zur Eriks Überraschung. „Ich bin wie du Testpilot gewesen und da habe ich mich daran gewöhnt, Risiken einzugehen. Seien wir doch einmal ehrlich: als Testpiloten brauchen wir den Adrenalin-Kick und, wie jeder

Junkie, erhöhen wir die Risikodosis." Gregori starrte gedankenverloren auf die blau schimmernde Erde unter ihnen und fuhr dann etwas verlegen fort: „Ich glaube, es gibt noch einen weiteren Grund, doch den wirst du als Junggeselle wohl kaum verstehen. Du kennst nicht die russische Großfamilie! Meine Familie, meine Eltern und die Eltern meiner Frau, wir alle leben unter einem Dach. Da sind Reibereien vorprogrammiert. Versteh mich nicht falsch, ich liebe meine Familie und kehre gern zu ihr zurück. Zunächst ist die Wiedersehensfreude groß, doch nach ein paar Tagen stehe ich plötzlich in der lästigen Pflicht, ständig Familienstreitigkeiten zu schlichten oder meine drei Lausbuben zu züchtigen und dann, ob du es glaubst oder nicht, fühle ich mich erleichtert, wenn mich eine dringliche Aufgabe von zu Hause wegholt."

Erik, der bei den letzten Worten des Russen immer mehr zu grinsen begonnen hatte, konnte sich nicht länger zurückhalten und prustete los: „Greg, das ist köstlich, du bist also in erster Linie bei diesem Himmelfahrtskommando dabei, weil du vor deiner stressigen Großfamilie davonläufst?" „Quatsch", knurrte der Russe, „meine ersten beiden Gründe wiegen natürlich viel schwerer, aber warum erzähle ich dir das alles? Seit wann versteht ein Junggeselle etwas von Familienangelegenheiten?"

„Ah, ich verstehe, Patriotismus und Adrenalin-Kick", japste Erik, der sich immer noch nicht beruhigen konnte und sich die Tränen aus den Augen wischte. „So viel zu meinen Gründen", brummte Gregori beleidigt. „Nun würde ich aber im Gegenzug gerne wissen wollen, was dich zu diesem Selbstmordkommando veranlasst hat?" Erik wurde wieder ernst. „Am besten fragst du dazu unsere Musterpsychologin, Julia Winter, denn die hat längst herausgefunden, weshalb ich hier bin", antwortete er ausweichend. Der Russe lächelte zynisch und meinte: „Das glaube ich dir aufs Wort, denn unsere hübsche Kollegin versteht es meisterhaft, Männer einzuwickeln und ihnen die Würmer aus der Nase zu ziehen. Besonders gut gelingt ihr das bei unbedarften

Machos, die hinter jedem Rock herlaufen." Diesmal reagierte Erik erbost und wütend: „Das ist doch lachhaft! Wer hat denn Miss Winter ständig den Raumanzug hinterhergeschleppt, war das nicht ein gewisser Gregori Danilov? Oder sieh dir mal Louis an! Seit er unsere Ärztin zum ersten Mal zu Gesicht bekommen hat, balzt er um sie herum wie ein betrunkener Auerhahn. Und selbst Han Li, dieser Zwerg, verbringt fast seine ganze Freizeit mit Julia, angeblich, um mit ihr über extraterrestrisches Leben auf dem Mars zu diskutieren." „Mein Gott", amüsierte sich Gregori, „hat es dich aber erwischt. So eifersüchtig habe ich dich ja noch nie erlebt!"

„Eifersüchtig!", donnerte Erik, „spinnst du jetzt komplett? Ich mache mir lediglich Gedanken darüber, wie wir dieses gefährliche Unternehmen über die Bühne bringen wollen, wenn wir, statt wie ein zusammengeschweißtes Team zu handeln, ständig untereinander Privatfehden und Rivalitäten austragen." „Na, dann würde ich an deiner Stelle schon mal damit anfangen, Job und Privates voneinander zu trennen, denn du bist der einzige Junggeselle unter uns, während wir drei anderen bereits erprobte Ehegatten und beziehungs-gefestigte Persönlichkeiten sind", erklärte Gregori schmunzelnd. Erst jetzt bemerkte Erik, dass ihn der Russe auf die Schippe genommen hatte, und wiederholte lachend: „Erprobte Ehegatten und gefestigte Persönlichkeiten, das ist gut, das muss ich mir merken. Ich fürchte nur, wenn ihr nicht aufpasst, seid ihr bald tote gefestigte Persönlichkeiten. Aber Schluss mit dem Geplänkel, wir müssen das Plasmatriebwerk testen!"

„Sind wir weit genug von der ISS entfernt?" Der Russe zog eine Anzeige zu Rate und meinte: „In 10 Minuten ist es so weit, dann können wir den Reaktor hochfahren, ohne die Station zu gefährden, wenn wir ihn im Notfall absprengen müssten." „Ich würde das an deiner Stelle nicht beschreien, doch ich bin sicher, ein solcher Notfall wird nicht eintreten. Schließlich wurde der Reaktor auf der Erde monatelang im Dauerbetrieb getestet." „Ja, ganz recht, auf der Erde, doch noch nie im Weltall!", brummte Gregori. „Weißt du übrigens, dass ich seit Wochen den gleichen Albtraum habe? In diesem Traum versagt das Plasmatriebwerk gerade auf halber Strecke zwischen Erde und Mars." „Ein reizender Gedanke", knurrte Erik. „Du weißt schon, was das bedeutet? Adieu Erde und her mit den Giftkapseln!"

„Das wird nicht so einfach sein", gab der Russe zu bedenken. „Was?" „Na die Sache mit den Giftkapseln. Ich denke, der Überlebenswille jedes Einzelnen von uns ist so übermächtig, dass wir die Kapseln nicht schlucken würden, wenn auch nur noch ein kleines Fünkchen Hoffnung bestünde." „Hoffnung?", fragte Erik mit diabolischer Miene, „wo siehst du da Hoffnung, 30 Millionen Kilometer von der Erde entfernt? Wir hätten nur die Wahl zwischen Ersticken oder Erfrieren, denn wenn der Reaktor ausfiele, hätten wir im Mannschaftsmodul auch keine Energie mehr für die Lebenserhaltung." „Falsch", behauptete Gregori, „wir hätten immer noch die Sonnenpaddel und wer sagt denn, dass bei einem Ausfall des Plasmatriebwerkes gleichzeitig auch der ganze Reaktor ausfallen müsste." „Aber wir hätten keinen Antrieb mehr und eine derartige Havarie im Weltraum hat noch keiner überlebt. Doch ich sehe schon, du hast auch darauf eine Antwort." „Ganz recht, ich habe mir Gedanken über eine derartige Situation gemacht und du wirst zugeben, dass permanente Albträume ein starker Anreiz dafür sind, nach Lösungen für solche Probleme zu suchen. Also hör dir an, was mir dazu eingefallen ist, und unterbrich mich, wenn ich deiner Meinung nach anfange, Blödsinn zu verzapfen.

Sagen wir, auf der Hälfte der Strecke zum Mars fiele unser Antrieb aus, dann hätten wir in etwa unsere Maximalgeschwindigkeit erreicht, stimmt es?" „Ja, stimmt", räumte Erik ein. „Und da wir nicht abbremsen können", fuhr Gregori fort, „würden wir den Mars früher als geplant erreichen. Das heißt doch, wir könnten noch innerhalb des Startfensters zurückfliegen. Und, was noch toller ist, wir könnten sogar durch ein Swingby-Manöver um den Mars herum noch mehr Geschwindigkeit für den Heimflug aufnehmen. Wir wären dann, sagen wir mal, in 2 Monaten wieder in Erdnähe." „Ah, ich verstehe", staunte Erik. „Du spielst das Apollo 13 Szenario nach. Aber bedenke, wir hätten immer noch keine Energie für die Lebenserhaltung und wir kämen mit einer affenartigen Geschwindigkeit bei der Erde an."

„Bei dieser kurzen Flugdauer könnten die Plutonium-Batterien im Mars-Lander und die Energie aus den Sonnenpaddeln durchaus reichen", behauptete Gregori. „Die PROMETHEUS könnten wir ohne Antrieb natürlich nicht abbremsen. Sie würde in der Atmosphäre verglühen. Doch wir könnten zuvor in den Mars-Lander umsteigen und diesen durch mehrmaliges Umkreisen der Erde in der oberen Stratosphäre langsam abbremsen. Vielleicht könnten uns die ISS oder die Bodenstation auch ein Shuttle entgegenschicken, dann müssten wir das nur für den Mars konstruierte Gerät nicht einmal landen. Du siehst, wir hätten eine Chance." „Ja, eine Chance hätten wir, wenn auch eine sehr geringe", gab Erik zu.

Gregori deutete auf den Bildschirm über ihren Köpfen, der die im Sonnenlicht strahlende Erde zeigte und sagte: „Um sie noch einmal aus der Nähe zu sehen, um zu ihr zurückzukehren, dafür würde ich alles Menschenmögliche tun, du etwa nicht?" „Natürlich", seufzte Erik. „hoffen wir, dass wir es irgendwie schaffen!"

Eine Weile herrschte Schweigen im Cockpit und die beiden Piloten hingen ihren Gedanken nach. Erik unterbrach schließlich die Stille und meinte: „Da ich nun deinen Albtraum kenne, ist es nur recht und billig, dass du auch meine diesbezüglichen Träume kennenlernen solltest. Das Ganze fing schon während unseres Trainings auf der Erde an. So durchschlug z. B. in einem meiner Träume ein Meteor das Mannschaftsmodul und die Luft entwich – wie aus einem Gummiballon. Danach träumte ich, die zum Mars vorausgeschickten Ausrüstungsgegenstände seien defekt und wir säßen für immer auf diesem verrosteten Planeten fest. Soll ich fortfahren?" „Um Himmels willen, nein, du bist ja ein heilloser Pessimist, mit so jemandem zu fliegen, ist ja geradezu eine Strafe! Wenn unsere Mission schon so brandgefährlich ist, sollten wir dann nicht zum Rückzug blasen? So könnten wir beispielsweise bei unserem Probeflug den Reaktor absprengen und behaupten, er sei defekt gewesen. Das würde die Mission um Monate verzögern. Wir würden das Startfenster verpassen und andere lebensmüde Astronauten müssten den Flug zum Mars antreten."

„Was?", rief Erik entsetzt, „du willst ein 500 Milliarden-Dollar-Projekt an die Wand fahren? Bist du noch bei Trost? Doch was wundere ich mich, ihr Russen wart ja schon immer die geborenen Saboteure!"

Gregori schüttelte in gespieltem Bedauern den Kopf: „Wie gesagt, du bist ein heilloser Pessimist, ohne einen Funken Humor. Erik, du würdest einen Scherz nicht einmal erkennen, selbst wenn er dir vor der Nase baumelte. Hältst du mich wirklich für so feige, dass ich zu so einer Tat fähig wäre?" „Für einen Moment …, du hast so ernst und überzeugt geklungen", meinte Erik kopfschüttelnd. „Das ist ja der Witz beim Scherz, der Erzähler muss überzeugend klingen, ansonsten kann man es gleich bleiben lassen", erklärte der Russe lächelnd. „Du mäkelst also an meiner pessimistischen Einstellung herum?" Erik klang immer noch etwas beleidigt. „Hast du dir schon einmal überlegt, welch schwere Verantwortung als Kommandant dieses Unternehmens auf mir lastet? Das Ganze ist doch absolutes Neuland und es ist nur natürlich, dass ich mir auch Katastrophen ausmale, auf die ich eine richtige und schnelle Antwort finden muss. Da wird man zwangsläufig zum Pessimisten und findet nur noch wenige Dinge witzig." „Willst du jetzt als armer geplagter Kommandant Mitleid bei mir schinden?", fragte Gregori. „Aber du hast wohl recht, um nichts in der Welt möchte ich mit dir tauschen! Mir reicht vollauf mein Ingenieursjob. Wie du gesehen hast, führt schon die Verantwortung, all die Technik am Laufen zu halten, bei mir zu

Albträumen." „Vergessen wir die blöden Albträume und testen wir lieber das Plasmatriebwerk", schlug Erik vor.

„Reicht der Abstand zur ISS inzwischen?" „Ja, der Abstand ist o.k., fangen wir also an", stimmte Gregori zu. Er drückte auf den Knopf, der den Reaktor hochfahren würde. Während sie beide auf die Temperaturanzeige der Reaktorkammer starrten, knurrte der Russe: „Eines solltest du allerdings wissen, Erik, wenn der atomare Antrieb nur ein einziges Mal ins Stottern gerät, setze ich keinen Fuß mehr in diese Blechkiste, denn meine Großmutter hat gesagt, man soll auf seine Träume hören." „Wollen wir wetten, du Angsthase, dass nichts dergleichen passieren wird?", bot Erik seinem Ingenieur an. Doch der Russe zeigte ihm nur den Vogel und schwieg.

Erik lag mit seiner Vermutung völlig richtig, die Initialisierung des Plasma-Triebwerkes verlief völlig reibungslos. Erik teilte die gute Nachricht sowohl Bob Miller als auch der Bodenstation mit. Pullok geriet vor Begeisterung ganz aus dem Häuschen. „Hab ich es euch nicht gesagt, ihr habt das beste Raumschiff, das ihr kriegen könnt. Also testet es jetzt 48 Stunden auf Herz und Nieren – wie ausgemacht!" Der Schub, den dieser neuartige Antrieb erzeugte, war zwar minimal, doch das Ergebnis summierte sich im Laufe der Zeit und die PROMETHEUS wurde in immer höhere Umlaufbahnen gehoben. Nach 24 Stunden befanden sich die beiden Astronauten weiter von der Erde entfernt als jeder Erdsatellit und jeder Mensch. Pünktlich nach 24 Stunden schaltete Erik auf Umkehrschub.

Die PROMETHEUS näherte sich in Spiralen wieder der Erde und erreichte schließlich erneut die Umlaufbahn der ISS. Mit den von flüssigem Wasserstoff betriebenen Steuertriebwerken näherte sie sich wieder der Raumstation und dockte an.

Die beiden Männer waren hundemüde, obwohl sie sich bei der Steuerung des Raumschiffes abgelöst hatten. Dennoch konnten sie mit Ablauf der letzten beiden Tage zufrieden sein, denn die PROMETHEUS hatte sich als raumtüchtig erwiesen. Als das Raumschiff wieder sicher mit der ISS verbunden war, vertrieb die Euphorie über den gelungenen Testflug Eriks Müdigkeit. Er knuffte Gregori in die Seite und sagte aufgekratzt: „Na, was sagst du nun, ist das Schiff jetzt startbereit oder nicht? Endlich hat die elende Warterei ein Ende." Der Russe ließ sich Zeit mit der Antwort. Schließlich meinte er nüchtern: „Sieht so aus, als ob die alte Blechkiste o. k. ist. Du solltest aber bedenken, wenn wir damit zum Mars und zurück fliegen wollen, muss das Schiff zwei Jahre lang einwandfrei funktionieren. Die lächerlichen zwei Tage unseres Testflugs sagen da noch herzlich wenig aus." „He, wer ist nun eigentlich der Pessimist von uns beiden?!", rief Erik verwundert aus, „oder hat dir am Ende die Müdigkeit das Hirn vernebelt. Komm, lass uns aussteigen, sonst schläfst du mir hier am Ende noch ein."

Das Schnarren seiner Armbanduhr weckte Erik am anderen Tag aus einem unruhigen Schlaf voller bizarrer Träume. Für einen Moment glaubte er, sich noch auf der PROMETHEUS zu befinden, bis er seine eigene Kabine auf der ISS erkannte.

Es war schon seltsam, wie Bilder aus der Vergangenheit den Geist gefangen zu halten vermochten. Das Gespinst von Erinnerungen zeigte doch mehr Verknüpfungen zwischen Gegenwart und Vergangenheit, als dem Menschen je bewusst werden konnte. Erik schüttelte benommen den Kopf, um seine Schlaftrunkenheit loszuwerden, denn die Zeit drängte. Morgen würde er mit der PROMETHEUS zu einem nie gekannten Abenteuer aufbrechen und heute … ja heute würde er zu spät zur Pressekonferenz kommen. Er befreite sich vorsichtig aus seinem fixierten Schlafsack, stieß sich leicht von seinem Bettgestell ab und segelte hinüber zu einem Spiegel, der an der Schmalseite des Raumes angebracht war. Was ihm da entgegenblickte, quittierte er mit einer Verwünschung. Der Spiegel zeigte ein müdes Gesicht mit verquollenen Augen und Haare, die in allen Richtungen vom

Kopf abstanden. So konnte er unmöglich vor eine Fernsehkamera treten! Wie gern hätte er jetzt eine heiße Dusche genommen, doch in der Schwerelosigkeit war das so gut wie unmöglich. Er griff deshalb zu einer Tube, die unterhalb des Spiegels befestigt war, quetschte aus ihr etwas Haargel heraus und verteilte es vorsichtig auf seinem Kopf. Danach griff er zu einem Kamm und versuchte, sein Haar zu bändigen. Er zerrte ein Taschentuch aus seiner Hose, befeuchtete es an einer aufgehängten Wasserflasche, fuhr sich damit über das Gesicht und rieb sich den Schlaf aus den Augen.

Das Ergebnis seiner Bemühungen war zwar dürftig, doch es war alles, was er im Moment tun konnte. Toilette zu machen und ein Minimum an Ordnung in seiner Kabine aufrechtzuerhalten, war auf der ISS, verglichen mit der gleichen Tätigkeit auf der Erde, eine wahre Sisyphusarbeit. Buchstäblich alles, was man vergaß festzuzurren, schwebte irgendwo im Zimmer herum oder war unauffindbar. Erik schnitt seinem Ebenbild im Spiegel eine Grimasse, stieß sich von der Wand ab und hechtete zur Tür. Er hatte es wirklich eilig.

Draußen auf dem Bogengang vor seiner Koje angekommen, hangelte er sich mit affenartiger Geschwindigkeit an einem Geländer entlang. Er wurde immer schneller, bis er sich wie ein Habicht im Sturzflug fühlte und prallte prompt an der nächsten Gangkreuzung mit einem Crewmitglied der Station zusammen. Beide verloren den Halt an ihrer jeweiligen Führungsstange und schlugen Purzelbäume. Der Mann starrte Erik grimmig an, denn er gab ihm die Schuld an dem Zusammenstoß, da er von links gekommen war. Trotz ihrer misslichen Lage musste Erik unwillkürlich grinsen. Wie bescheuert waren doch die Menschen, dass sie selbst auf einer Raumstation die Regel rechts vor links beibehalten hatten. „Haben Sie sich verletzt?", erkundigte sich Erik bei dem Mann, nachdem sich das Menschenknäuel entwirrt hatte. Der Mann winkte ab und wurde sogar eine Spur freundlicher, als er in Erik den Kommandanten der PROMETHEUS erkannte. Erik hastete weiter und landete kurze Zeit später im Konferenzraum der ISS.

Dort war schon seine ganze Crew versammelt und selbst Bob Miller hatte sich mit einigen seiner Männer eingefunden, um an der Pressekonferenz teilzunehmen. Doch ehe die Konferenz begann, hatte man es so eingerichtet, dass zuerst die Astronauten sich von ihren Familien verabschieden konnten. Da Erik von niemandem Abschied nehmen konnte (seine Eltern waren bereits tot und Geschwister hatte er keine), nahm er in der zweiten Reihe neben Miller Platz. Der flüsterte ihm zu: „Na, gerade noch geschafft, gleich geht das Heulkonzert los. Sie fangen mit Südamerika an." Eriks Crew saß angeschnallt in der ersten Reihe und starrte auf den großen Bildschirm vor ihnen, als hinge ihr Leben davon ab. Plötzlich erglühte der Bildschirm, eine Art Schneegestöber wanderte über sie hinweg und dann stand die Leitung zur Erde. Man sah ein Studio in Rio und darin saß Maria Vargas. Sie hatte ein süßes, etwa 8-jähriges kaffeebraunes Mädchen auf dem Schoß, das eine rote Schleife im Haar trug. Ihre rechte Hand umklammerte die Hand eines etwa 10-jährigen Jungen, der erschrocken in die Kamera blickte. Durch den Körper von Louis ging ein Ruck, er zwang ein Lächeln auf sein zuvor ernst blickendes Gesicht und er begann sofort, seine Familie mit einem Schwall portugiesischer Worte zu überschütten. Erik erkannte die rassige, fröhliche und bildschöne Frau von Louis nicht wieder, wie sie mit großen, traurigen Augen an den Lippen ihres Mannes hing, damit ihr nur ja keines seiner Worte entging.

Auch ihr Sohn schien den Ernst der Lage erfasst zu haben, denn er blickte genau so traurig wie seine Mutter. Nur das kleine Töchterchen lachte und klatschte in die Hände, als sie ihren Vater erkannte. Der Brasilianer wollte offenbar die Stimmung seiner Familie etwas auflockern, denn er schnallte sich los und zeigte, wie man in der Schwerelosigkeit schweben konnte. Da verzog sich auch das Gesicht seines Jungen zu einem schwachen Lächeln. Doch seine Frau konnte er damit nicht aufheitern. Sie rief ihm mit trauriger Stimme einige Abschiedsworte zu, denn ihre Sendezeit ging dem Ende zu. Augenblicke später wurde die Verbindung unterbrochen. Das gezwungene Lächeln schien auf dem Gesicht des Brasilianers zu gefrieren. Er blickte zu Boden und schlug die Hände vors Gesicht.

„Es ist eine Schande", brummte Bob neben Erik, „die Sender opfern gerade einmal fünf Minuten für die Verabschiedung jeder Familie, obwohl das ein Abschied für immer sein könnte." „Ja", knurrte Erik, „und dann nehmen sie sich zwei Stunden dafür Zeit, dass uns Klatschreporter mit ihren dämlichen Fragen löchern können."

Er wollte sich noch weiter über die unbegreiflichen Gepflogenheiten von Fernsehsendern auslassen, kam aber nicht dazu, weil schon ein neues Bild über den Monitor flimmerte. Es wurde von St. Petersburg aus gesendet und zeigte Nastassia Danilowa mit ihren drei Söhnen. Erik kannte die Frau von Gregori nur aus dessen Erzählungen, aber genauso hatte er sie sich vorgestellt. Konnte man die Frau des Brasilianers mit einem rassigen Rennpferd vergleichen, so hatte man es hier offenbar mit einem biederen Ackergaul zu tun. Frau Danilowa war ebenso athletisch gebaut wie ihr Mann und hatte ein breitflächiges Gesicht mit hohen Wangenknochen. Dass etwas mongolisches Blut in ihren Adern floss, war offensichtlich. Gregori redete in gutturalem Russisch auf sie ein und sie antwortete ihm mit tiefer Altstimme und unbewegtem Gesicht. Nur in der Art, wie sie ihren jüngsten Sohn auf ihrem Schoß umklammerte, konnte man ihre Erregung erraten. Wie Wachsoldaten standen die beiden älteren Söhne von Gregori, in strammer militärischer Haltung, rechts und links von ihrer Mutter. Ein Vaterschaftstest erübrigte sich beim Anblick dieses Nachwuchses, dachte Erik amüsiert. Die Buben waren dem Vater wie aus dem Gesicht geschnitten.

Nachdem Gregori einige Worte mit seiner Frau gewechselt hatte, wandte er sich seinen Kindern zu. Mit strenger Miene und erhobenem Zeigefinger schien er sie zu ermahnen. Mein Gott, dachte Erik, selbst in so einer Situation liest er ihnen noch die Leviten, das darf doch nicht wahr sein! Doch offenbar geschah genau dies, denn Bob, der perfekt russisch sprach, lachte plötzlich laut auf und gluckste: „Das ist Gregori, wie er leibt und lebt! Er macht seine Söhne zur Schnecke und droht ihnen gar Prügel an, wenn sie der Mutter nicht aufs Wort folgen." Zum Glück wurde Gregoris Gardinenpredigt unterbrochen, als die 5 Minuten Sendezeit vorüber waren und seine Frau samt Kinder vom Bildschirm verschwanden.

An ihrer Stelle erschien nun Hans Gattin mit ihrer Tochter, die von einem Studio in Hongkong zugeschaltet waren. Genau genommen, sah man nur die Frau von Han, denn seine Tochter hatte sich hinter dem Rücken der Mutter versteckt und lugte nur mit einem ihrer mandelförmigen Augen dahinter hervor. Han gelang es, mit beruhigenden Worten das Mädchen hinter ihrer Mutter hervorzulocken. Jetzt sah man, dass die Kleine einen Wimpel der Volksrepublik China in der Hand hielt, während sie sich mit der anderen Hand ängstlich an ihre Mutter klammerte. Ihre Mutter schaffte es, ihren eh schon kleinwüchsigen Gatten noch um 10 Zentimeter an Größe zu unterbieten.

Sie war eine zierliche Kindfrau mit hochgestecktem schwarzem Haar und einem Gesicht wie aus Meißener Porzellan. Sie antwortete ihrem Gatten mit glockenheller Stimme, was in Eriks Ohren wie Vogelgezwitscher klang. Ihr Gesicht wirkte dabei maskenhaft, war jedoch von unnatürlicher Blässe, was auf ihre innere Erregung hindeutete. Als sie sich schließlich am Schluss der Sendung, mit gefalteten Händen, vor ihrem Gatten verbeugte, war es mit Hans mühsam aufrechterhaltener Beherrschung vorbei. Seine sonst so undurchdringlichen Gesichtszüge verzerrten sich wie im Krampf und eine einsame Träne rollte über seine rechte Wange.

Hans Familie verschwand vom Monitor und an ihrer Stelle erschien ein würdiger alter Herr mit schlohweißem Haar und einem

Oberlippen-Bärtchen. Es war der Vater von Julia Winter, der sich in einem Hamburger Studio eingefunden hatte, um Abschied von seiner Tochter zu nehmen. Die Ärztin versteifte sich etwas beim Anblick ihres Vaters, hatte sich jedoch gleich wieder gefasst und versuchte, ihm freudige Begrüßungsworte zuzurufen.

Das Gleiche hatte offenbar auch ihr alter Herr vor, sodass sie am Anfang ihres Gespräches etwas aneinander vorbeiredeten. Die Spannung zwischen den beiden war mit Händen zu greifen, obwohl sie sie tunlichst unter den Teppich zu kehren versuchten. Erik konnte sich gut vorstellen, wie der Vater lange Zeit versucht hatte, die Tochter von diesem „irrsinnigen Schritt" in den Weltraum abzuhalten. Doch die Tochter hatte letztendlich ihren Kopf durchgesetzt. Ihre Querelen wollte allerdings keiner der beiden beim Abschied wieder hochkochen lassen. So verschwand der Medizinprofessor nach letzten aufmunternden Worten an seine einzige Tochter vom Bildschirm.

„Geschafft", seufzte Bob neben Erik, „wenigstens den ersten Teil der Tortur, denn das Schlimmste steht uns ja noch bevor! Gleich wird Pullok eine ganze Meute von Reportern auf euch hetzen." „Ah, Pullok leitet die Pressekonferenz, das hätte ich mir denken können. Unser Missionsleiter lässt doch keine Gelegenheit aus, wenn es um Publicity geht." „Ich glaube, da tust du ihm unrecht", wandte Bob ein. „Er wirbt ja nicht für sich selbst, sondern für die ewig klamme NASA.

Ich sitze doch ebenfalls nur hier, um die Belange der ISS ins rechte Licht zu rücken, damit der Kelch der nächsten Kürzung unseres Budgets an uns vorübergehen möge. Und dabei würde ich noch lieber als Straßenbahn-Schaffner arbeiten, als mich hier von bescheuerten Reportern löchern zu lassen." „Wann fängt der Zirkus an?", wollte Erik wissen. „In fünf Minuten", brummte Bob. „Man lässt uns, oder besser gesagt deiner Crew noch etwas Zeit, damit sie den Abschied von ihren Familien verdauen kann."

Die 5 Minuten mussten längst verstrichen sein, als der Bildschirm vor ihnen wieder zum Leben erwachte. Er zeigte einen großen Saal, der bis auf den letzten Platz besetzt war, und selbst entlang der Wände standen die Leute. Die Menschen im Saal waren erregt, diskutierten, gestikulierten – der Lärmpegel war beachtlich. An der Stirnseite des Raumes hatte man ein Podium errichtet, dort thronte Pullok, von zwei seiner Assistenten flankiert. Er hatte seinen mächtigen Oberkörper, durch seine nicht minder gewaltigen Arme abgestützt, nach vorne gebeugt und maß mit dem Blick eines Raubtierdompteurs die Meute der Reporter. Nachdem ihm durch ein Zeichen mitgeteilt worden war, dass man bereits auf Sendung war, straffte sich sein Oberkörper und er griff zum Mikrophon. In kurzen Worten erklärte er, wie die Pressekonferenz ablaufen würde. Zunächst kämen die Reporter zu Wort, die ihre Fragen schriftlich eingereicht hätten, danach diejenigen, die sich spontan zu Wort meldeten. „Würde mich nicht wundern, wenn der alte Gauner die Fragen, die der NASA unangenehm werden könnten, gleich in den Papierkorb geworfen hätte", meinte Bob lachend. „Darauf kannst du wetten, dass der Schlaumeier alle Fragen zensiert hat", brummte Erik. „Apropos Wette: wetten, dass die erste Frage, wie auch die meisten anderen, an unsere hübsche Astronautin gehen werden?" Bob lachte, „das könnte dir so passen, mein Lieber, aber gegen aussichtslose Wetten bin ich immun."

Erik sollte recht behalten. Ein Reporter der „Herold Tribune" hatte die Ehre, die erste Frage zu stellen. Aus der Masse der Reporter erhob sich ein Herr mit graumeliertem Haar und griff zum Mikrofon. Sich der weltweiten Aufmerksamkeit bewusst, legte er zunächst eine kleine Kunstpause ein, ehe er mit sonorer Stimme verkündete: „Meine erste Frage geht an Dr. Winter. Miss Winter, wie fühlen Sie sich als einzige Frau unter lauter Männern, sozusagen als Henne im Korb?"

Über das Gesicht der Ärztin lief ein unheilverkündendes Zucken, doch sie beherrschte sich und antwortete kühl: „Jeder im

Team der Mars-Astronauten hat seine speziellen Aufgaben und dabei spielt es überhaupt keine Rolle, ob es sich dabei um einen Mann oder eine Frau handelt." Der Mann wollte eine weitere Frage stellen, doch Pullok schnitt ihm einfach das Wort ab und erteilte es stattdessen einem kleinen agilen Mann, der den größten Fernsehsender Brasiliens vertrat.

Der Mann kam ohne Umschweife zur Sache und seine Frage richtete sich – wie könnte es auch anders sein – dachte Erik ergeben, an Julia Winter. „Frau Dr. Winter, Sie sind meines Wissens die einzige Ärztin an Bord der PROMETHEUS", begann er, „wie steht es mit der medizinischen Ausrüstung an Bord ihres Schiffes? Sind Sie damit in der Lage, Notoperationen durchzuführen? Sagen wir: Knochenbrüche oder Blindarmentzündungen zu behandeln?" „Die medizinische Ausrüstung an Bord ist exzellent", antwortete die Ärztin lebhaft. „Wir sind damit durchaus in der Lage, leichte bis mittelschwere Operationen durchzuführen. Im Übrigen bin ich nicht der einzige Arzt an Bord. Professor Han Li hat neben Biologie auch noch Medizin studiert und könnte mir daher im Notfall, der hoffentlich nicht eintreten wird, assistieren."

Offenbar hatten sich die Reporter auf Julia Winter eingeschossen, denn auch die nächste Frage ging an sie. Ein junger Mann mit modischer Brille und einem sorgfältig gestutzten Oberlippenbärtchen fragte sie, wie das Mannschaftsmodul der PROMETHEUS vor den harten Gammastrahlen aus dem Weltraum geschützt sei. Doch die schöne Ärztin leitete die Frage geschickt an Gregori weiter, indem sie behauptete, nicht so viel von Technik zu verstehen wie der Ingenieur der Crew.

Gregori antwortete auf seine unnachahmliche brummige Art: „Natürlich ist unser Mannschaftsmodul gegen Strahlen geschützt, und zwar durch eine 5 cm dicke Schicht aus Nano-Kohlenstoffröhren. Trotzdem kriegen wir noch jede Menge an Sekundärstrahlen ab. Die einzige Möglichkeit gegen größere gesundheitliche

Schäden besteht darin, unseren Aufenthalt im Weltraum so kurz wie möglich zu halten. Daher wurde eine direkte Route zum Mars gewählt, während er in Opposition zu uns steht, was wiederum nur durch das neu entwickelte Plasma-Triebwerk möglich wurde."

Endlich wurde auch eine Frage an den Kommandanten der Mission gestellt. Erik hatte sich schon gefreut und gemeint, man habe ihn vergessen. Eine junge Reporterin, die ihn anstrahlte, wollte wissen, wie er sich verhalten würde, wenn das zum Planeten vorausgeschickte Material Mängel aufweisen sollte. „Würden Sie dann sofort wieder die Heimreise antreten oder würden Sie improvisieren, um die Mission doch noch zu einem Erfolg zu führen?" Erik wunderte sich, dass Reporter immer wieder Fragen stellten, bei denen die Antwort bereits auf der Hand lag. „Ich würde selbstverständlich noch innerhalb des Startfensters umkehren", antwortete er mit fester Stimme. „Sie machen mir vielleicht Spaß, junge Frau, improvisieren auf einem fremden Planeten mit unbekannten Gefahren, das wäre das reinste Vabanque-Spiel. Außerdem bin ich nicht der Meinung, dass damit die Mission komplett gescheitert wäre. Die Menschheit hätte zum ersten Mal einen fremden Planeten erreicht und allein die gesammelten Bodenproben hätten einen unschätzbaren wissenschaftlichen Wert."

Die junge Reporterin, der langsam klar wurde, dass sie eine überflüssige, wenn nicht gar dumme Frage gestellt hatte, setzte sich errötend. An ihrer Stelle erhob sich eine grauhaarige Dame mit modischem Pagenschnitt und griff gelassen zum Mikrophon. „Professor Li", scholl ihre klare Altstimme durch den Saal, „erwarten Sie, auf dem Mars extraterrestrisches Leben vorzufinden?" Oh je, Volltreffer, dachte Erik bekümmert. Die Reporterin hatte das Lieblingsthema von Han getroffen. Jetzt würde der Professor niemanden mehr zu Wort kommen lassen und den Rest der Pressekonferenz alleine bestreiten! Han legte auch sogleich los: „Hochverehrte Reporterin, der Mars war nicht immer der knochentrockene, verrostete Wüstenplanet, der nun kaum noch eine Atmosphäre besitzt. Vor circa 4 Milliarden Jahren ähnelte der Mars vielmehr der Erde in ihrer Frühphase. Das heißt, es gab flache Meere, Vulkanismus, die Atmosphäre war dichter und selbst die Temperaturen lagen höher als heute. Etwa zu dieser Zeit, also schon vor 4 Milliarden Jahren, begannen sich in den irdischen Weltmeeren Vorstufen des Lebens zu bilden. Diese haben sich schon eine Milliarde Jahre später zu kompletten Einzellern entwickelt, die man heute als Fossilien in 3 Milliarden altem Felsgestein nachweisen kann. Diese schon erstaunlich hochentwickelten Blaualgen, sogenannte Eukaryonten, besaßen bereits Zellkerne und Mitochondrien und ... "

Hier wagte die Reporterin, den Professor zu unterbrechen. „Hochverehrter Herr Professor, mich interessiert weniger die irdische Evolution, ich wollte lediglich wissen, ob sich auch auf dem Mars Leben entwickelt haben könnte." „Aber diese Frage bin ich ja im Begriff zu beantworten", polterte Han ungehalten über die Unterbrechung seiner Ausführungen, „denn so die glasklare Schlussfolgerung: Warum sollte auf dem Mars denn nicht auch eine biologische Evolution in Gang gekommen sein, wenn die Ausgangsbedingungen auf dem Mars mit denen der Erde fast identisch waren?" „Aber die Marssonden aus dem vorigen Jahrhundert", warf die Reporterin schüchtern ein – doch weiter kam sie nicht. Han Li gebot ihr mit einer herrischen Geste zu schweigen und rief erzürnt: „Die früheren Marssonden, diese uralten Marssonden, haben doch nur an der Oberfläche des Planeten gekratzt. Dort konnten sie ja gar kein außerirdisches Leben finden! Es befindet sich nämlich meiner Meinung nach exakt dort, wo auch das Wasser des Planeten verschwunden ist, nämlich in der unterirdischen Permafrostschicht." „Im Eis?", fragte die Reporterin zweifelnd. „Selbstverständlich!", behauptete der Professor kühn, „natürlich in partiell geschmolzenem Eis, denn Wasser benötigt das Leben in jedem Fall. Und wenn Sie nun meinen, das sei unmöglich, so will ich Ihnen gern vor Augen führen, unter welch lebensfeindlichen Bedingungen Einzeller auf der Erde zu überleben vermögen." Doch dazu kam der Professor nicht mehr. Pullok dankte ihm für seine interessanten Ausführungen und entzog ihm schlicht das Wort. Er rief einfach den nächsten Reporter auf.

Der Aufgerufene, ein kleiner schlanker Mann mit Hakennase und stechenden Augen, wandte sich an Louis. „Dr. Vargas, weshalb schickt man ausgerechnet einen Astronomen auf die gefährliche Reise zum Mars?" Louis zeigte sein schönstes Kameralächeln, seine weißen Zähne blitzten auf, doch seine Augen lächelten nicht mit. In ihnen glitzerte eher so etwas wie Mordlust. Schließlich siegte jedoch seine gute Erziehung über sein brasilianisches Temperament und er erklärte gelassen: „Wie Sie vielleicht wissen, obwohl ich da wegen Ihrer Frage so meine Zweifel habe, bin ich Spezialist im Fach Planetologie und schließlich fliegen wir ja zu einem Planeten und wollen ihn erforschen. Dies ist für alle Planetologen ein äußerst spannendes Unterfangen, denn wir können dabei zwei Himmelskörper, die sich vor Jahrmilliarden aus der protoplanetaren Scheibe unserer Sonne gebildet haben, miteinander vergleichen. Wir Wissenschaftler erwarten uns davon insbesondere neue Erkenntnisse über die Entstehung unseres Sonnensystems." Der Reporter blickte etwas verwirrt drein, setzte sich dann und begann, sich eifrig Notizen zu machen.

Auch an Bob Miller hatte man Fragen. So wollte eine Reporterin wissen, welchen Beitrag die ISS zur Durchführung der Marsmission geleistet habe. Hier war Bob in seinem Element, denn er konnte für seine Station kräftig die Werbetrommel rühren.

Er antwortete, dass es ohne die ISS die PROMETHEUS gar nicht gäbe, denn schließlich sei sie von der Station aus zusammengebaut worden. Er wies darauf hin, wie wichtig die ISS für die Wissenschaft und die Raumfahrt sei, und nannte sie gar das „Sprungbrett zu den Sternen".

Je länger sich das Karussell der Fragen und Antworten drehte, desto klarer erkannte Erik den Tenor dieser ganzen Veranstaltung. Hier ging es weniger um wissenschaftlichen Fortschritt oder um ein epochales Ereignis in der Menschheitsgeschichte, sondern um eine Werbeveranstaltung und um pure Sensationsgier. Die Reporter wetteiferten darin, ihrem Publikum Sensationen zu liefern. Die Zuschauer indes hatten sich sicher längst ihre Meinung gebildet. Für sie waren die fünf Astronauten lediglich Opfertiere, die man auf dem Altar der Wissenschaft zu opfern gedachte. Interessant war dabei nur, auf welche Weise die fünf Leute umkommen würden.

Schafften sie es bis zum Mars? Kamen sie auf dem Planeten um? Oder erwischte es sie erst auf dem Rückflug? Wetten wurden noch angenommen! Die wenigsten glaubten daran, dass sie die vier Männer und die hübsche junge Frau je wiedersehen würden. Besonders eine Frage machte deutlich, dass es hier im Wesentlichen um reine Sensationsgier ging. Sie wurde von einem untersetzten glatzköpfigen Mann an Julia Winter gestellt.

Der Mann lächelte süffisant und begann: „Frau Dr. Winter, stimmt es, dass die harte Gammastrahlung des Weltraums insbesondere das Erbgut in den Keimdrüsen schädigt, sodass man eventuell mit Missgeburten rechnen muss? Stimmt es ferner, dass die NASA Ihnen deshalb angeboten hat, die Keimzellen der Astronauten kryostatisch zu konservieren? Und haben Sie von diesem Angebot Gebrauch gemacht?" Die Ärztin fixierte den kleinen käferartigen Mann mit einem derartig eisigen Blick, dass Erik glaubte, dem Mann müsste auf der Stelle das Blut in den Adern gefrieren. Dann antwortete sie mit frostiger Stimme: „Ad 1: ja, ad 2: ja, ad 3: kein Kommentar!" „Was meinen Sie damit?", fragte der Reporter verblüfft. „Das ist doch klar", entgegnete die Ärztin verächtlich. „Ja, es ist wahr, die Gammastrahlung schädigt das menschliche Erbgut und ja, es stimmt, die NASA hat uns dieses Angebot gemacht. Doch Sie werden sicher nicht im Ernst erwarten, dass ich Ihnen und der ganzen Weltöffentlichkeit auf die Nase binden werde, ob ich dieses Angebot angenommen habe. Wenigstens einen Hauch von Intimsphäre sollte man auch Astronauten lassen!"

Der Reporter, einer von der hartnäckigen Art, wollte sich mit dieser Antwort nicht zufriedengeben und versuchte sein Glück bei Erik. „Kapitän Barnard, Sie sind doch ein liberaler Geist und ein Mann von Welt", begann er schmeichlerisch, „vielleicht können Sie mir sagen, ob Sie vom Angebot der NASA Gebrauch gemacht haben?" Erik verschlug es angesichts der Frechheit des Mannes für einen Moment die Sprache und er überlegte fieberhaft, wie er es dem unverschämten Frager heimzahlen könnte. Nach kurzem Nachdenken erwiderte er: „Sie scheinen sich ja mächtig für Spermien-Konservierung und extrakorporale Befruchtung zu interessieren. Daher würde ich Ihnen raten, probieren Sie es selbst einmal aus, d. h., falls Sie dazu noch in der Lage sind und die Sache nicht mangels Masse in die Hose geht." Der Reporter lief rot an, wollte noch etwas sagen, überlegte es sich dann aber anders und setzte sich. Unnötig zu erwähnen, dass die Astronauten an diesem Tag vor weiteren unverschämten Fragen verschont wurden.

Glücklicherweise gehen im Leben selbst die unangenehmsten Dinge einmal zu Ende – wie übrigens alles einmal enden wird … so auch diese Pressekonferenz. Bob sprach ihnen allen aus der Seele, als er meinte: „Zum Teufel mit diesem neugierigen Reporterpack, das einen besoffen schwatzt und Löcher in den Bauch fragt! Ich glaube, wir haben uns etwas Erholung verdient, daher ließ ich in der Kantine ein Abschiedsessen für uns vorbereiten. Dafür opfere ich blutenden Herzens meinen letzten Whisky-Vorrat." „Oh", rief Gregori, „habe ich mich da verhört, ich dachte immer, Alkohol sei auf der ISS verboten?" „Ist er auch", meinte Bob grinsend, „aber gerade du als Russe solltest wissen, dass Alkohol selbst auf den verschlungensten Pfaden seinen Weg zum Endverbraucher findet."

Eine Abschiedsfeier, noch dazu mit reichlich Whisky, das war wirklich ein gelungener Einfall von Bob und ein versöhnlicher Abschluss eines stressigen Tages. Die fünf Astronauten folgten Bob in die Kantine und sämtliche Besatzungsmitglieder der ISS, die keinen Dienst hatten, schlossen sich ihnen an. Die gedämpfte Stimmung, ausgelöst durch den anstehenden Abschied der fünf Astronauten, wurde mit reichlich Alkohol vertrieben. Erst gegen Mitternacht löste Miller die Feier mit den Worten auf: „Alles beim Teufel, mein ganzer vom Mund abgesparter Whisky! Es wird Zeit, schlafen zu gehen. Gute Nacht, ihr Halunken." Manche der Zecher fanden nur mit Mühe ihre Schlafkojen, dafür schliefen sie tief und fest, wie Steine.

KAPITEL 3

Flug zum Mars

Nachdem Erik in der Nacht geschlafen hatte, als wäre er in ein schwarzes Loch gestürzt, war sein Erwachen weniger erfreulich. Im ersten Augenblick glaubte er, die Raumkrankheit habe ihn doch noch erwischt. Die vormals geraden Wände seiner Kabine schienen sich nach innen zu wölben und bildeten bizarre Winkel mit dem Fußboden. Der wiederum glich einer schiefen Ebene, sodass Erik das Gefühl hatte, kopfüber in den Pazifik zu stürzen, den die ISS gerade überflog. Nebulös und bruchstückhaft tauchten die Erinnerungen an den gestrigen Abend auf und Erik erkannte, dass sein Zustand rein gar nichts mit der Raumkrankheit zu tun hatte. Im Stillen schmähte er den Einfall von Bob, ihren Abschied mit so viel Alkohol zu feiern, einen Einfall, den er tags zuvor noch für grandios gehalten hatte. Ein Blick auf seine Uhr zeigte ihm, dass er vergessen hatte, die Weckfunktion einzustellen und dass er verschlafen hatte. Der Umstieg in die PROMETHEUS sollte in einer halben Stunde stattfinden und er lag hier, festgezurrt in seiner Koje.

Einen Fluch auf den Lippen, schnallte er sich los und hechtete zum Waschbecken. Im Spiegel über dem Becken blickten ihm blutunterlaufene Stieraugen und ein kalkweißes Gesicht entgegen. An einer sorgfältigen Toilette war natürlich nicht zu denken. Er griff nach einer Tube, presste daraus etwas Wasser auf einen Waschlappen und fuhr sich damit übers Gesicht. Danach versuchte er, mit einer Bürste sein Haar zu bändigen, gab es jedoch bald wieder auf. Schließlich schwebte er zu seinem Raumanzug hinüber, der an einem Haken an der Wand baumelte. Zum Glück handelte es sich um das neueste Modell für Astronauten, kein Vergleich mehr mit den klobigen unhandlichen Dingern aus dem vorigen Jahrhundert, die gleich eine ganze Gruppe von Helfern beim Anziehen beschäftigt hatten. Erik schlüpfte in einen Anzug aus mehrschichtigem, synthetischem Material, das sich wie eine zweite Haut um seinen Körper legte.

Eine leichte Ausbeulung am Rücken des Anzuges verriet das integrierte Lebenserhaltungssystem, das man nicht mehr als Koffer mit sich herumschleppen musste. Erik schnappte sich den Helm seines Anzuges und machte sich auf den Weg zum Verbindungstunnel zwischen ISS und der PROMETHEUS. Dort erwarteten ihn schon Bob mit seinen Leuten sowie der Rest seiner Crew. Bob kam auf ihn zu mit den Worten: „Mein Gott, wo bleibst du bloß, hast du dich verlaufen? Du wirst noch einmal zu deiner eigenen Beerdigung zu spät kommen!" „Beerdigung ist gar nicht mal so falsch", brummte Erik und deutete in Richtung PROMETHEUS. „Diese Konservendose von einem Raumschiff könnte recht gut zu unserem Sarg werden." „Defätismus", knurrte Gregori, „und das vom Kommandanten höchstpersönlich, der eigentlich ein Vorbild an Zuversicht sein sollte." „Entschuldigt", seufzte Erik, „ich bin noch nicht ganz wach."

Zu Bob gewandt, meinte er: „Wo sind denn unsere Magnetstiefel oder sollen wir zur PROMETHEUS fliegen?" „Erraten", staunte Bob. „Dank deiner Verspätung hinken wir unserem Zeitplan hinterher und deshalb werden wir euch einen kräftigen Schubs verpassen, damit ihr schnell durch den Tunnel segeln könnt. Eure Magnetstiefel haben wir schon im Schiff verstaut." „Aber wenn wir uns beim Aufprall am Ende des Ganges verletzen?", gab Erik zu bedenken. „Keine Sorge", beruhigte ihn Bob, „ich habe am Ende des Tunnels zwei Männer postiert, die euch auffangen werden. Und nun sag Adieu, du Held, denn als Kommandant hast du die Ehre, als Erster hinüberzufliegen."

Zwei von Millers Männern hakten Erik unter, schwenkten ihn ein paarmal vor und zurück, und ließen ihn dann los. Der Kommandant der PROMETHEUS segelte mit beachtlicher Geschwindigkeit auf sein Schiff zu. Wie versprochen, wurde er von zwei Männern, die in ihren Magnetstiefeln einen prima Halt hatten, mühelos aufgefangen. Das gleiche Verfahren wurde bei den restlichen Crew-Mitgliedern angewandt. Lediglich Julia Winter wurde von Bobs Männern derart hin und her geschwenkt, dass sie wie eine Kanonenkugel angeflogen kam und die Männer, die sie auffangen wollten, einfach umriss. Die Männer lachten und halfen der Ärztin wieder auf die Beine. Zorn blitzte in den Augen der jungen Frau auf, doch sie beherrschte sich und schluckte die Bemerkung, die ihr auf den Lippen lag, hinunter.

In der Luftschleuse hielten sich die fünf Astronauten nicht lange auf, sondern sie krochen gleich weiter, einen schrägen Gang hinauf zum Mannschaftsmodul der PROMETHEUS. Das Mannschaftsmodul hatte die Form einer Kugel von 30 Metern Durchmesser. Die Ingenieure hatten diese Form bewusst gewählt, da hier das Verhältnis von Oberfläche zu Rauminhalt optimal war. Sie sparten damit zum einen Gewicht für die Hülle, zum anderen konnten wegen der geringen Oberfläche weniger Gammastrahlen ins Innere dringen.

Das Innere der Kugel wurde durch drei Querwände in drei Segmente unterteilt. Im vorderen Segment befand sich das Cockpit der PROMETHEUS. Das mittlere war quasi der Wohn- und Schlafraum der Besatzung. Im hinteren Segment gab es eine kleine Ambulanz für medizinische Notfälle sowie ein Ersatzteillager. Die fünf Raumfahrer begaben sich alle ins Cockpit, denn keiner von ihnen wollte das Ablegen des Raumschiffs von der ISS verpassen, zumal sich im Cockpit die großen Monitore befanden, welche die Umgebung der PROMETHEUS zeigten.

Erik setzte sich als Pilot in den rechten Sessel, während Gregori als Copilot links neben ihm Platz nahm. Die drei Wissenschaftler standen hinter ihnen und verfolgten ungeduldig mit, wie die beiden Piloten mit der Überprüfung der Instrumente begannen.

Der Countdown wurde sowohl vom Kontrollzentrum auf der Erde als auch von der ISS aus überwacht.

Zuerst gaben die beiden unabhängig voneinander operierenden Bordcomputer grünes Licht für den Start. Kurz danach gaben auch die Stationen auf der Erde und der ISS den Start frei. „Glückwunsch, ihr seid auf ‚go'", rief ihnen Bob zu und Sekunden später erschien das schweißnasse Gesicht von Pullok auf dem Monitor über ihren Köpfen. Widerstreitende Gefühle spiegelten sich auf diesem Gesicht. Einerseits wirkte Pullok erleichtert, dass die „Mission Mars" endlich losging, andererseits quälte ihn die Sorge, dass etwas schiefgehen könnte.

Seine Abschiedsworte ließen erahnen, was in ihm vorging. „Also Leute, ihr habt Startfreigabe, viel Glück und Hals- und Beinbruch", begann er forsch. „Aber tut mir den Gefallen, strapaziert euer Glück nicht allzu sehr bei diesem sowieso schon riskanten Unternehmen. Ich habe allerdings volles Vertrauen in euch und habe daher ein Vermögen darauf verwettet, dass ihr heil zurückkehren werdet. Also enttäuscht mich nicht, sonst muss ich in Zukunft als armer, vereinsamter Mann mein Leben auf diesem schnöden Planeten fristen." „Wir werden unser Bestes tun, damit du nicht verhungern musst", erwiderte Erik lachend. „Ich schalte jetzt den Monitor aus, bleibe aber in Funkverbindung mit euch." „Ja, ist gut", stimmte Pullok zu, „und denkt immer daran, wir sind immer für euch da, wenn es Schwierigkeiten geben sollte."

Erik schaltete den Monitor vor seinem Pilotensessel auf Außenansicht. Er zeigte jetzt die ISS rechts vom Raumschiff. Der linke Bildschirm über dem Kopf von Gregori zeigte immer noch das Kontrollzentrum der Raumstation. Auch Bob wollte sich noch von ihnen verabschieden, doch ihm versagte dabei die Stimme. So winkte er ihnen nur zu und machte das Siegeszeichen. Die Astronauten winkten zurück und dann schaltete Gregori auch diesen Schirm auf Schiffsumgebung. Er zeigte nun das linke Umfeld der PROMETHEUS und im Hintergrund einen blauvioletten Himmel mit einzelnen verstreuten Sternen.

Dem zweiten Schirm schenkten die Astronauten jedoch keine Beachtung. Sie blickten wie gebannt auf den ersten, der das Bild der Raumstation und darunter die Erde zeigte. Wehmut beschlich ihre Herzen, denn wohl jedem war klar, dass sie die Erde und auch die Raumstation womöglich niemals wiedersehen würden. Erik betrachtete mit gerunzelter Stirn seine vier Begleiter und sagte betont munter: „Tja, Leute, nun sind wir auf uns allein gestellt und es liegt an uns, ob wir aus unserer Mission einen Erfolg machen oder nicht. Gregori, kopple uns ab." Der Russe betätigte einen Schalter und die PROMETHEUS schwebte frei neben der ISS. Erst als Erik etwas Schub auf die rechte Navigationsdüse gab, löste sich das Raumschiff träge, beinahe widerwillig von der Raumstation. Nachdem sich die PROMETHEUS etwa 300 Meter von der ISS entfernt hatte, erklärte Erik feierlich: „Leute, jetzt wird es spannend! Ich zünde das chemische Haupttriebwerk für eine Minute. Genießt noch einmal die dreifache Erdschwere, ehe wir fast 4 Monate lang in fast völliger Schwerelosigkeit dahindümpeln."

Von Genuss konnte natürlich keine Rede sein. Nach drei Monaten Schwerelosigkeit auf der ISS erschien ihnen die 3-g-Beschleunigung wie ein Albtraum. Insbesondere die drei Wissenschaftler glaubten, sie würden von der Faust eines Titanen in ihre Sitze gequetscht. Pünktlich und nach 60 Sekunden Brenndauer, die ihnen wie eine Ewigkeit vorkamen, schaltete sich das Haupttriebwerk ab. „Puh", keuchte Julia, „ich glaube, ich kann gut und gerne auf die Schwerkraft verzichten." „Nichts leichter als das, Verehrteste", antwortete ihr Erik. „Wenn wir das Plasma-Triebwerk zünden, erhalten wir einen Schub, der nur eine minimale Schwerkraft simuliert, sodass jeder von uns nur etwa ein Pfund wiegen wird." „Han natürlich nur ein halbes Pfund", fügte Gregori grinsend hinzu. Der Asiate steckte den Seitenhieb des Russen weg, ohne mit Wimper zu zucken.

Nach einem kurzen Augenblick der Überlegung stellte er Gregori eine Frage: „Eins verstehe ich nicht, Greg. Wenn unser Plasma-Triebwerk einen so mickrigen Schub liefert, woher nehmen wir dann die Geschwindigkeit, um die Erdanziehung zu überwinden?" Der Russe schnappte nach dem Köder wie ein hungriger Fisch. „Hm, Han, du magst zwar ein exzellenter Biologe sein, aber von Physik hast du augenscheinlich wenig Ahnung." Er blickte auf ein Instrument und erklärte: „Im Augenblick fliegen wir mit circa 50.000 Stundenkilometern und ich kann dir auch sagen, wie die zustande kommen." Er zählte an den Fingern ab: „Erstens haben wir die Geschwindigkeit der Erde um die Sonne mitgenommen, hinzu kommt die Geschwindigkeit der ISS in der Erdumlaufbahn und dann haben wir unsere Geschwindigkeit noch durch Zündung unseres Triebwerkes erhöht. Außerdem unterschätze mir nicht die Leistung unseres Plasma-Triebwerks. Es bringt uns zwar nur circa 300 Pond Schub pro Sekunde, aber wenn man das auf den Tag hochrechnet, so macht das immerhin ... " „25.920.000 Pond Schub pro Tag", ergänzte Han und begann nun seinerseits zu grinsen. Der Russe stockte und warf einen misstrauischen Blick auf den Professor, ehe er ärgerlich fortfuhr: „Han, du alter hinterhältiger Asiate, das hast du natürlich alles gewusst. Immer wieder falle ich auf dein unschuldiges, glattes Kindergesicht herein!" „Greg, wie hätte ich es nicht wissen sollen? Das haben wir doch alle beim Training auf der Erde bis zum Erbrechen vorgerechnet bekommen. Aber du erzählst alles, was mit Raumfahrttechnik und Flugbahnen zusammenhängt, mit solcher Begeisterung, dass ich dir diese Frage einfach stellen musste", erklärte Han fröhlich. „Der Teufel soll dich ... ", begann Gregori, doch Erik unterbrach das Geplänkel: „Schluss mit dem Geschwätz, Gregori, hast du den Reaktor schon hochgefahren?" Der Russe, der immer noch verärgert war, erwiderte patzig: „Reaktor auf 50 Prozent Leistung, Eure Majestät können alsbald auf vollen Plasma-Schub zugreifen." „Du, pass auf", knurrte Erik. Doch der Kommandant beruhigte sich schnell wieder, als der Russe wenig später mit cooler Stimme mitteilte: „Reaktor jetzt auf volle Leistung, Zerstrahlungs-koeffizient auf Maximum!" Mit einem Knopfdruck startete Erik das Plasma-Triebwerk.

Die Veränderung war kaum zu spüren. Allerdings zeigte ihnen der sanfte Druck in ihrem Rücken wenigstens wieder an, wo in dem Raumschiff vorne und hinten war. Mit leiser Stimme verkündete Erik feierlich: „Nun beginnt unsere Reise erst wirklich. Das andere war alles nur Vorspiel, doch jetzt sind wir tatsächlich auf dem Weg zum Mars. Stellt bitte eure Uhren jetzt auf 0 Uhr Bordzeit ein. Wir werden, um den menschlichen Biorhythmus nicht überzustrapazieren, an Bord einen 24-Stunden-Tag einhalten. Abwechselnd wird jeder von uns 5 Stunden Dienst im Cockpit übernehmen. Der Diensthabende hat die Instrumente zu überwachen und den Funkverkehr mit der Bodenstation aufrechtzuerhalten. Gregori wird diese Aufgabe als Erster übernehmen. Das wäre vorerst alles."

„Das habe ich mir beinahe gedacht", brummte der Russe. Erik ging nicht weiter auf diese Bemerkung ein. Er wandte sich vielmehr an den Rest der Crew und meinte: „Also Leute, worauf wartet ihr noch, ihr könnt euch jetzt in den Mittelteil des Moduls zurückziehen. Genießt eure Freizeit!"

Nachdem die drei Wissenschaftler das Cockpit verlassen hatten, seufzte Erik: „Die sind wir los. Ich wollte die drei nicht in Panik versetzen, aber ich glaube, in den nächsten Stunden liegt einer der gefährlichsten Abschnitte unserer Reise vor uns." „Du meinst, der Reaktor könnte echt Zicken machen?", staunte der Russe. „Nein, nein, ich sorge mich vielmehr um den herumfliegenden Weltraumschrott. Wir sind noch in einer relativ niedrigen Umlaufbahn, sodass wir durchaus mit einem derartigen Relikt ausgemusterter menschlicher Technik kollidieren können. Dabei fürchte ich vor allem die kleineren Teilchen. Vor den größeren Brocken, wie ausgemusterten Satelliten, warnt uns das Radar und wir können zur Not ausweichen. Daher habe ich auch dich zur ersten Wache eingeteilt. Du warst Testpilot und kannst mit riskanten Situationen umgehen." „Stimmt", räumte Gregori ein, „doch wenn uns etwas trifft und gleich alle drei Segmente des Mannschaftsmoduls durchschlägt, kann ich auch nicht mehr viel ausrichten."

„Die Wahrscheinlichkeit für ein derartiges Szenario halte ich für äußerst gering", meinte Erik nachdenklich. Und selbst wenn, ist noch nicht alles verloren. Die Konstrukteure der PROMETHEUS haben natürlich an die Möglichkeit eines Treffers gedacht und Vorkehrungen getroffen. Bei einem Druckabfall werden alle Segmente des Mannschaftsmoduls luftdicht voneinander abgeriegelt und mit Hochdruck ein Stickstoff-Sauerstoffgemisch in sie gepumpt. Der Wachhabende, der gemäß Sicherheitsbestimmungen im Raumanzug Dienst tut, kann dann die anderen in ein Segment der Kugel bugsieren, das noch genügend Luft enthält, und die Löcher abdichten." „Ja, wenn er nicht selbst getroffen wurde", brummte der Russe. „Alle Eventualitäten kann man natürlich nicht ausschließen", gab Erik zu. „Aber tröste dich, je weiter wir uns von der Erde entfernen, desto unwahrscheinlicher wird ein solches Szenario.

Also behalte den Radarschirm im Blick und sei wachsam, ich werde dich in 5 Stunden ablösen." Gregori murmelte etwas Unverständliches vor sich hin und Erik verließ das Cockpit.

Er zwängte sich durch die schmale Röhre, die den Kommandostand mit dem mittleren Segment des Mannschaftsmoduls verband. Hier, sozusagen im Wohn-Schlafraum der Astronauten, saßen Han und Louis angeschnallt vor ihren Computern. Von Julia Winter war nichts zu sehen. Erik schwebte zu Louis hinüber und schaute ihm über die Schulter. Der Planetologe steuerte über seinen Computer das Außenteleskop der PROMETHEUS. Das Bild zeigte die leicht gekrümmte, blaue Silhouette der Erde. „Ist sie nicht wunderbar?", begeisterte sich Louis. „Erst aus dem Orbit kann man erkennen, auf welch herrlichem Planeten wir leben. Siehst du: dort unten erkennt man Südamerika, Brasilien, meine Heimat. Ich habe das untrügliche Gefühl, dass Maria eben zu mir hochblickt."

„Falls deine Frau eben zu dir hochblicken sollte, wird sie nichts weiter erkennen als blauen Himmel. Wir sind schon zu hoch", sagte Erik lächelnd. „Irrtum", konterte Louis, „hast du vergessen, dass ich Astronom bin? Natürlich habe ich ein passables Teleskop auf dem Hausdach und Maria kann damit umgehen. Zudem kennt sie unsere Flugbahn." „Selbst dann wird sie uns gleich einer Sternschnuppe durch das Gesichtsfeld huschen sehen. Wir sind schon zu schnell." „Immerhin wird sie wissen, dass in dieser Sternschnuppe ihr Mann sitzt. Vielleicht wünscht sie sich was."

Und nach einen kurzen Augenblick fügte Louis träumerisch hinzu: „Und ich weiß sogar schon, was. Apropos Wunsch, ich hätte gern den Raumanzug gegen etwas bequemere Klamotten getauscht. Weshalb sitzen wir, wenn auch ohne Helme, immer noch in diesen Anzügen herum? Droht uns irgendeine Gefahr?" Erik fühlte sich ertappt und stotterte: „Eine reine, von der Bodenstation angeordnete, Vorsichtsmaßnahme. In ein paar Stunden legen wir die Dinger ab." „Ach komm schon, mir kannst du nichts vormachen, als Astronom kenne ich mich in der Raumfahrt fast so gut aus wie du. Du fürchtest eine Kollision mit irgendwelchem Weltraumschrott, hab ich recht?" „Na ja, diese Möglichkeit ist nicht ganz von der Hand zu weisen. Doch je weiter wir uns von der Erde entfernen, desto unwahrscheinlicher wird sie.

Wo ist übrigens unsere Miss Universum?" Louis deutete mit dem Daumen nach unten. „Sie steckt auf der Krankenstation, will offenbar nach dem Rechten sehen." „Na schön, ich haue mich aufs Ohr, bis ich Gregori in ca. 5 Stunden im Cockpit ablösen werde. Danach bist du mit dem Wachdienst an der Reihe, dann Han und zum Schluss unsere Ärztin. Ich hoffe, mein Schlaf wird nicht durch irgendwelche Katastrophen gestört." Er klopfte Louis auf die Schulter, stieß sich von dessen Stuhl ab und schwebte hinüber zu den wannenartigen Schlafkojen, die auf der andern Seite des Raumes lagen.

Sie hatten das notwendige Quäntchen Glück. In den ersten drei Tagen ihrer Reise zum Mars verlief alles wie am Schnürchen. Ihr Schiff kollidierte nicht einmal mit einem Stäubchen und die Technik an Bord funktionierte einwandfrei. Nun hatte die PRO-METHEUS das Gravitationsfeld der Erde praktisch verlassen und lag bereits auf dem Kurs, der sie in einer lang-gestreckten Parabel zum Roten Planeten bringen würde.

Erik betrachtete mit einem gewissen Misstrauen, dass alles so glatt verlief. Er war ein ungeduldiger, entscheidungsfreudiger Mann und er begann die Routine an Bord allmählich als Last zu empfinden. Louis und Han hatten ihre wissenschaftlichen Ambitionen, mit denen sie sich beschäftigen konnten. Julia Winter checkte in ihrer Ambulanz den Gesundheitszustand der Mannschaft. Gregori hatte die Marotte, ständig die Technik der PRO-METHEUS zu überwachen … und Erik? Was hatte er zu tun, womit konnte er sich beschäftigen, wenn er nicht gerade Dienst im Cockpit hatte? Er schlief viel, hörte manchmal über Kopfhörer Musik oder sah sich am Computer einen Film an. Das Ganze befriedigte ihn allerdings keineswegs. So sehnte er, mehr als alle anderen, die Ankunft auf dem Mars herbei, denn dann würde er wieder Entscheidungen treffen müssen.

Zu seinem eigenen Erstaunen freute er sich sogar auf seine medizinischen Tests bei Julia Winter. Sie brachten immerhin etwas Abwechslung in das tägliche Einerlei. Schon bei seinem ersten Arzttermin erwartete ihn eine Überraschung. Er lag angeschnallt auf der Liege, in dem kleinen abgeteilten Raum, der als Ambulanz diente, und die Ärztin stach ihm eine Nadel in die Armbeuge, um ihm Blut abzuzapfen. Während sich die Spritze langsam füllte, fragte sie ihn ganz nebenbei: „Kapitän, können Sie mir sagen, weshalb Sie alle Mannschaftsmitglieder duzen, nur mich nicht?" Erik verzog das Gesicht, zum Teil, weil ihn die Frage überraschte, zum Teil aber auch, weil sie ihm äußerst unangenehm war. „Sehen Sie", begann er vorsichtig, „Sie und ich – wir sind die einzigen unverheirateten Personen hier an Bord. Eine zu große Nähe zwischen uns würde das Mannschaftsgefüge stören. Als Kapitän muss ich objektiv sein, muss alle gleich fair behandeln, wenn Sie so wollen und … ", er wurde verlegen, verhaspelte sich.

„Ich verstehe", sprang sie ihm bei, „Sie befürchten, eine sich anbahnende Beziehung zwischen uns könnte unsere Mission gefährden. Auch mir ist daran gelegen, dass unsere Mission reibungslos verläuft. Ich will jedoch keine Sonderbehandlung. Dadurch, dass wir uns als Einzige in der Crew siezen, wird mein Sonderstatus offenkundig. Sie erreichen damit das genaue Gegenteil von dem, was Sie eigentlich beabsichtigen." „Ich glaube, Sie haben recht", gab Erik widerwillig zu. „Und überhaupt, ein Du schafft noch keine Beziehung, kann auch ein Zeichen von Kameradschaft sein."

„Also wollen wir dazu übergehen?", fragte sie knapp. „Einverstanden", antwortete er nach kurzem Zögern. „Schließlich sind unsere Vornamen keine Zungenbrecher und werden uns leicht über die Lippen gehen. Also Julia – Sie … , ich meine natürlich du hast einen Vornamen, der mir schon immer gefallen hat. Er erinnert mich an Shakespeare, dessen Dramen mich schon immer beeindruckt haben." Julia lächelte bei diesem Kompliment und meinte: „Der Vornahme Erik passt hingegen eher zu einem verschlossenen Skandinavier als zu einem Amerikaner. Wie bist du zu diesem Namen gekommen?" „Meine Vorfahren waren Hugenotten, die zunächst nach Schweden geflüchtet sind und dann nach Amerika auswanderten."

„Oh, verstehe", nickte Julia und zog mit einem Ruck die Nadel aus seiner Ellenbeuge. Mit der Spritze in der Hand blickte sie auf ihn herab und als sie sein erwartungsvolles Lächeln sah, fragte sie: „Ja, was gibt es noch?" „Ich warte auf den Kuss. Ist der nicht üblich, wenn man vom Sie zum Du übergeht?" „Nein, nein, bleib mir vom Leib, so war das nicht gemeint", meinte

sie lachend. Das widerspricht doch völlig deinen vormaligen Absichten." „Ich halte mich nur an alt hergebrachte Traditionen", erklärte er. „Außerdem bin ich angeschnallt, also wovor fürchtest du dich?" „So sind mir die Männer übrigens am liebsten", scherzte sie. „Ich meine, angeschnallt und bewegungsunfähig, da kommen sie wenigstens nicht auf dumme Gedanken!"

Sie wurde wieder ernst, schien mit sich zu ringen und sagte schließlich: „Na schön, ein Kuss auf die Wange kann nicht schaden." Sie näherte ihr Gesicht dem seinen, küsste ihn auf die Wange und für einen flüchtigen Moment roch er den verführerischen Duft ihrer Haut. Danach blieb ihm gerade noch Zeit, ihr seinen Kuss auf die Wange zu hauchen, weil sie ihren Kopf rasch wieder zurückzog.

Diese flüchtige Berührung schien bei ihr keinerlei Wirkung zu zeigen, während sie bei ihm einen Sturm der Gefühle auslöste. Sein Gehirn malte ihm beglückende Vorstellungen aus, während sich, zu seinem Erstaunen, bei ihm weiter unten gar nichts rührte. Grimmig fiel ihm ein, dass Pullok, dieser alte Halunke, ihnen ja Libido hemmende Mittel in ihre Nahrung gemixt hatte, und die schienen bereits ihre Wirkung zu entfalten. War das nun ein Fluch oder ein Segen? Dies zu entscheiden, fiel ihm im Augenblick schwer. Um sich abzulenken, rief er der Ärztin, die gerade dabei war, sein Blut in einer Kühlbox zu verstauen, nach: „Wie ist es denn um meine und die Gesundheit der Crew bestellt, Frau Doktor?"

„Deine Werte habe ich natürlich noch nicht, aber bei den anderen sieht es ganz gut aus", antwortete Julia ihm über die Schulter. „Ich konnte lediglich eine leichte Anämie und Neutropenie in ihrem Blut feststellen." „Eine Neutro … was?", wollte Erik wissen.

„Neutropenie bedeutet eine zu geringe Anzahl von weißen Blutkörperchen im Blut, genauso, wie Anämie eine zu geringe Zahl von roten Blutkörperchen bedeutet", erklärte die Ärztin. „Das hängt sicherlich mit der Strahlenbelastung hier draußen zusammen und ich fürchte, die wird umso schlimmer, je weiter wir uns vom Erdmagnetfeld entfernen."

„Wie schauen unsere Strahlen-Dosimeter aus?", erkundigte sich Erik. „Wie gesagt, noch ist alles im grünen Bereich, aber das heißt nicht, dass alles so bleibt. Tja, und noch etwas: Louis, Han und selbst Gregori haben zu hohe Calciumwerte im Blut. Das zeigt mir, dass ihre Knochen in der Schwerelosigkeit zu demineralisieren beginnen. Ihr müsst also mehr trainieren, mehr im Netz arbeiten." „Schöne Aussichten!" murrte Erik. „Ich hasse es, wie eine Fliege in diesem Netz zu zappeln."

Das Netz, das sich im Wohn-Schlafraum der Astronauten befand, war eine grandiose Erfindung der NASA-Mediziner. Es bestand aus einem Kunststoffanzug, der mit elastischen Bändern in einem viereckigen Rahmen aufgespannt war. Wenn man in diesem Anzug steckte, den man mittels Klettverschlüssen an die eigene Körperform anpassen konnte, und sich bewegte, so musste man dies stets gegen den Widerstand der elastischen Bänder tun.

So konnte man, je nach Art der Bewegung, beinahe jeden Muskel trainieren. Da jeder, der in diesem Anzug schwitzte und wie eine Fliege in einem Spinnennetz zappelte, hatte sich für diese sinnige Einrichtung bei der Crew der Name „Netz" eingebürgert. „Warst du heute schon im Netz?", war eine der häufigsten Fragen, die man auf der PROMETHEUS zu hören bekam. Die Antwort lautete meistens: „Heute noch nicht, aber morgen will ich es wieder einmal versuchen." Da eine Viertelstunde Netztraining eine schweißtreibende Angelegenheit war, versuchte sich jeder, so gut es ging, davor zu drücken. Aber Julia Winter war unerbittlich. Sie führte Buch über das Training jedes Einzelnen und ermahnte jeden, der ihrer Meinung nach zu wenig gegen den Muskelschwund bei minimaler Schwerkraft tat. Julia hatte natürlich recht, die Mannschaft musste sich fit halten, ihre Gesundheit und ihr Wohlbefinden hingen davon ab.

Erik war daran gelegen, dieses leidige Thema schnell abzuhaken, deshalb fragte er die Ärztin: „Wie sieht es mit der psychischen Verfassung der Mannschaft aus?" „Noch gut", antwortete diese bereitwillig, „allerdings ist das nicht erstaunlich, wir sind ja noch nicht allzu lange im Raum und hatten noch keine stressigen Situationen zu meistern." Nach einem Augenblick der Überlegung fügte sie hinzu: „Nur Louis macht mir etwas Sorge." Erik fiel aus allen Wolken und rief: „Louis, unser Sonnyboy, mit psychischen Problemen, das kann ich mir gar nicht vorstellen!"

„Tja", meinte Julia, „jeder Mensch ist für eine Überraschung gut und gerade Leute, die man gut zu kennen glaubt, sorgen oft für die größte. Louis ist ein gigantischer Zweckoptimist, aber wie jeder, der zu Extremen neigt, fällt er auch oft ins andere Extrem. Du kennst ja das Sprichwort: himmelhoch jauchzend und zu Tode betrübt. Ich glaube, zurzeit gewinnt in seiner Verfassung das letztere die Oberhand. Er leidet unter Heimweh, vermisst seine geliebte Frau und sein Töchterchen."

Erik wollte das Gehörte immer noch nicht so recht glauben, daher bemerkte er sarkastisch: „ Auf der ISS, wo er dir ständig nachgestiegen ist, gelang es ihm aber, diese Liebe zur Familie ganz gut zu verbergen." „Ach das", bemerkte Julia leichthin, „das habe ich doch nicht ernst genommen. Männer, insbesondere brasilianische Machos, denken doch, es fällt ihnen ein Zacken aus der Krone, wenn sie nicht jedem Weiberrock hinterherlaufen. Nein, nein, verlass dich auf meine Intuition, Louis liebt seine Familie!"

Weibliche Intuition, auch so ein unbegreifliches, unerklärbares Phänomen, das Frauen oft und gerne ins Feld führen! Aber er war nun halbwegs überzeugt, dass Julia recht hatte, und er meinte zögernd: „Also, was willst du jetzt tun, wirst du mit ihm reden?" „Ich dachte eher daran, dass du mit ihm reden solltest", hörte er Julia zu seiner Überraschung sagen. „Weißt du, wenn zwei Psychologen versuchen, sich über ihre jeweilige seelische Verfassung klar zu werden, kommt meistens nichts Brauchbares dabei heraus. Solche Leute haben zu viele Hintergedanken. Und falls ich versuchen würde, ihn über seine sich ständig weiter von ihm entfernende Familie hinwegzutrösten, könnte er das sogar missverstehen."

„Ach so, jetzt verstehe ich dich", brummte Erik, „na gut, ich will es versuchen, obwohl Psychologie nicht gerade meine Stärke ist." „Du bist darin besser als du glaubst, du schaffst das schon", stärkte ihm Julia den Rücken. „Im Übrigen glaube ich, dass jeder Führungsoffizier ein ganz passabler Psychologe ist, sonst stünde er nicht in einer Führungsposition." Julia wirkte sichtlich erleichtert, nachdem die Sache mit Louis geklärt war. Sie schnallte Erik von der Liege los uns sagte forsch: „So mein Herr, Sie sind entlassen! Das nächste Mal sind die psychologischen Tests an der Reihe. Du kannst ja schon einmal mit Louis üben." „Darauf bin ich ganz wild", seufzte Erik und schwang seine Beine von der Liege.

Erik erhielt die Gelegenheit, das Versprechen, das er Julia gegeben hatte, früher einzulösen, als ihm lieb war. Nachdem er sich nämlich vom Unterdeck ins Zwischendeck gehangelt hatte, sah er Louis vor seinem Computerschirm hocken, während Gregori schlief und Han im Cockpit Dienst tat. Der Brasilianer starrte selbstvergessen auf ein Bild, das die Erde mit ihrem Mond zeigte.

Erik hatte zwei Möglichkeiten. Er konnte hinter Louis' Rücken ins Cockpit schweben, ohne dass dieser ihn bemerkte, oder er konnte den Stier bei den Hörnern packen und das ihm unangenehme Gespräch gleich hinter sich bringen. Die erste Variante erschien ihm natürlich als die weitaus verlockendere, dennoch entschied er sich für die zweite, also näherte er sich Louis und tippte ihm auf die Schulter. Der Brasilianer zuckte wie ertappt zusammen und hob erschrocken den Kopf. Als er Erik erkannte, schien er erleichtert. Er deutete mit einem Lächeln auf den

Bildschirm und meinte: „Da drehen sie sich nun majestätisch und beinahe ewig umeinander, die Erde und ihr Mond. Weißt du, dass wir die ersten Menschen sind, die dieses Schauspiel vom Weltraum aus betrachten können?" „Hm", brummte Erik, der krampfhaft überlegte, wie man einem Psychologen klarmachte, dass etwas mit seiner Psyche nicht mehr stimmte.

Nach einem Augenblick der Überlegung fuhr er fort: „Ich wusste gar nicht, dass unser kleines Außenbordteleskop so brillante Bilder liefert. Was mich aber wundert, Louis: Weshalb hast du immer nur das Erde-Mondsystem im Visier? Es gibt doch im Weltall so viele interessante Objekte für Astronomen, wie Galaxien, Kugelsternhaufen etc. Sieh es einmal so, wir entfernen uns von der Erde Tag für Tag, da sollten wir uns gefühlsmäßig nicht allzu sehr an sie klammern."

Louis runzelte die Stirn und sah Erik kalt an. „Sie hat dich also vorgeschickt, so etwas habe ich mir beinahe gedacht", erklärte er brüsk. „Was meinst du damit?", brachte Erik mühsam heraus, „wer soll wen vorgeschickt haben?" „Nun stell dich nicht dümmer, als du bist, und spiele nicht den Unbedarften, denn du warst noch nie ein guter Schauspieler. Wen könnte ich wohl mit „Sie" gemeint haben, oder haben wir mehrere Frauen an Bord?" Leugnen war zwecklos, deshalb trat Erik die Flucht nach vorn an. „Na ja, deine Kollegin war der Meinung, ein Gespräch unter Männern wäre besser, als wenn zwei Psychologen aufeinander träfen. Was ist daran so falsch?" „Nichts wäre daran falsch, wenn sie dir nicht die falschen Gründe geliefert hätte", erklärte Louis erbittert.

„Du leidest also gar nicht an Heimweh?", staunte Erik. „Das ist nicht der springende Punkt", erklärte Louis und schaltete den Computer ab. „Natürlich leide ich darunter, von meiner Familie getrennt zu sein, genauso wie Han und Gregori darunter leiden. Das zu erraten, ist nicht schwer. Aber dass sie dich vorgeschickt hat, um mir das Heimweh auszureden, ist schlicht damit zu erklären, dass sie Angst hat, es selbst zu tun." „Jetzt verstehe ich gar nichts mehr", erwiderte Erik verblüfft. „Weshalb sollte Julia Angst haben, mit dir zu reden? Du siehst Gespenster, mein Lieber!" „Keineswegs", behauptete Louis. „Sie will um jeden Preis vor den anderen etwas verbergen und sie ahnt, dass ich ihr Geheimnis kenne, genauso wie ich weiß, dass sie weiß, was mit mir los ist."

„Ihr Psychologen seid ein seltsames Völkchen: ständig vermutet ihr Gott weiß was hinter den Motiven eurer Mitmenschen und greift Dinge aus der Luft, die gar nicht vorhanden sind." „So einfach, wie du es dir machst, ist es nicht", entgegnete Louis. „Die Psychologie mag zwar keine exakte Wissenschaft sein, trotzdem kann man aus bestimmten Verhaltensweisen auf die psychische Verfassung eines Menschen schließen. Nimm ruhig meine Behauptung, Julia Winter habe ein Geheimnis als ziemlich sichere Tatsache hin, denn dafür habe ich Beweise." „Na gut", konterte Erik, „aber wenn du schon davon anfängst, willst du mir ihr Geheimnis nicht endlich verraten?" „Auf keinen Fall", erwiderte Louis zu Eriks Überraschung, „denn da auch du mit involviert bist, solltest du von selbst darauf kommen." Jede Geduld hat ihre Grenzen und bei Erik waren sie nun erreicht. Er forderte ihn auf: „Als Kommandant der PROMETHEUS ist es meine Pflicht, alles zu wissen, was unsere Mission in irgendeiner Weise beeinträchtigen könnte. Also red' schon, dies ist ein Befehl!"

Louis meinte grinsend: „Das sieht dir ähnlich, diese Reaktion habe ich erwartet. Na schön, sie ist in dich verknallt, gesteht es sich aber selbst nicht ein. Sie will es vor allen verbergen, insbesondere vor dir." Die Antwort versetzte Erik einen Stich und er wusste nicht, ob dieser Stich von seiner Überraschung oder der freudigen Erregung herrührte, die ihn plötzlich durchzuckte. „Du spinnst", murmelte er schließlich. Der Brasilianer schüttelte den Kopf und sein Grinsen vertiefte sich noch mehr. „Du weißt doch selbst, dass ich die Frau nicht an Bord haben wollte, gemäß der alten Seemanns-weisheit: eine Frau an Bord bringt nur

Unglück", gab Erik zu bedenken. „Außerdem warst doch du es, der ihr die ganze Zeit den Hof gemacht hat. Wie kommst du also auf die absurde Idee, sie hätte was für mich übrig?"

„Die gefühlsbetonten Reaktionen von Frauen sind meist unberechenbar, manchmal sogar hirnrissig", seufzte der Brasilianer. „Zerreiße dich für sie, lies ihnen jeden Wunsch von den Augen ab, liege ihnen, bildlich gesprochen, zu Füßen und du wirst in den meisten Fällen nichts anderes ernten als einen Tritt in den Hintern. Beachtest du sie aber nicht, verhältst dich sogar feindlich ihr gegenüber, so wird die gleiche Frau auf die absurde Idee kommen, du seist der Mann, den sie schon immer haben wollte." „Und du meinst, Julia hätte bei mir so reagiert?", fragte er zweifelnd.

„Genau so", behauptete Louis, denn dass jemand ihr nicht zu Füßen liegt, ist ihr bisher noch kaum passiert. Auf Ablehnung zu stoßen, ist für sie offensichtlich eine ganz neue Erfahrung." Die Argumente des Brasilianers wirkten schlüssig, doch Erik konnte noch immer nicht so recht daran glauben. Er war innerlich im Zwiespalt. Einerseits wünschte er, Louis zu glauben, andererseits konnte er sich nicht vorstellen, dass sich die kühle, blitzgescheite Ärztin so von ihren Gefühlen leiten ließ.

Dieser innere Zwiespalt verwirrte ihn, machte ihn ratlos, sodass er schließlich Louis fragte: „Was soll ich jetzt deiner Meinung nach tun – etwa eine Affäre mit Julia anfangen?" Louis lachte, bis ihm die Tränen kamen, und japste: „Ich versuche mir gerade vorzustellen, wie du hier in dieser drangvollen Enge eine Affäre mit unserer hübschen Ärztin anfangen willst. Und, wenn ihr dann endlich ein lauschiges Plätzchen gefunden habt, du keinen mehr hochkriegst, weil dir Pullok Libido hemmende Mittel ins Essen gekippt hat." „Louis, sei nicht albern, ich brauche deinen Rat", beharrte Erik. Der Brasilianer wurde wieder ernst und meinte sachlich: „Ich sehe die Sache so: Julia leidet darunter, dass du sie wie ein notwendiges Übel behandelst. Sie möchte auf jeden Fall deine Achtung, wenn nicht gar Freundschaft gewinnen, also, warum tust du ihr nicht den Gefallen?" „Aber, wenn ich zu nett zu ihr bin, kann das auch wieder zum Problem werden", wandte Erik ein. „Selbst das wäre mir noch lieber, als das Risiko einzugehen, mich von einer unglücklichen Ärztin behandeln zu lassen", meinte Louis lakonisch.

„Es ist schon seltsam, dass gerade ich und meine zwei Psychologen als Erste in seelische Konflikte geraten sind", meinte Erik kopfschüttelnd. „Und, da wir gerade dabei sind, wie steht es mit der psychischen Verfassung von Han und Gregori?" „Ausgesprochen gut, Gregori ist zufrieden, wenn er die Maschinen und Technik der PROMETHEUS überwachen darf. Als ich ihn gestern fragte, warum er alles nochmals im Cockpit überprüfe, da dort ja stets einer von uns Dienst tue, antwortete er in typisch russischer Manier: ‚Vertrauen ist gut, Kontrolle ist besser.' Ja und Han frönt auch hier seinem Hobby, alle Möglichkeiten von außerirdischem Leben zu erforschen." „Wenigstens ein Lichtblick", brummte Erik, „aber nun musst du mich entschuldigen, ich will über das Gehörte nachdenken. Ihr Seelenklempner habt die unangenehme Angewohnheit, alle Leute zu verwirren und zu Patienten abzustempeln." „Ja, überschlafe das Ganze und wenn du morgen aufwachst, wirst du erkennen, dass ich recht habe", stimmte ihm Louis zu. „Nein, an Schlaf ist jetzt nicht zu denken, ich verziehe mich ins Cockpit, im Pilotensessel kann ich am besten nachdenken." „Aber da ist Han!", rief ihm Louis nach. Doch Erik winkte nur ab und segelte davon.

Zum Nachdenken kam Erik allerdings auch im Cockpit nicht und daran trug Han die Schuld. Der Biologieprofessor brütete nämlich über einem Fachartikel, den er sich auf den linken Bildschirm der Steuerkonsole heruntergeladen hatte, anstatt die Instrumente der PROMETHEUS zu überwachen. Erik platzte der Kragen: „Han, dazu habe ich dich nicht ans Steuer gesetzt, dass du hier eine Lesestunde veranstaltest." Der Chinese verzog keine Miene und erwiderte: „Das menschliche Gehirn ist durchaus in der Lage, zwei Dinge gleichzeitig zu tun. Ich vernachlässige die Kontrollen hier nicht. Außerdem haben die zwei unabhängig voneinander arbeitenden Bordcomputer hier alles im Griff."

„Womöglich auch den Funkverkehr mit der Bodenstation?" murmelte Erik ärgerlich. „Die habe ich erst vor fünf Minuten kontaktiert und man versicherte mir, alles stehe zu Besten." Eriks Zorn verrauchte und er beugte sich über den Professor, um zu sehen, was der auf seinem Bildschirm hatte. „Mögliche Lebensformen im Eismeer des Jupitermondes ‚Kallisto'", las er stirnrunzelnd. „Das hätte ich mir ja denken können, dass du wieder auf Alienjagd bist. Kennst du eigentlich nichts anderes als Fachliteratur über extraterrestrisches Leben? Im Übrigen, was ich dich schon immer einmal fragen wollte, bist du wirklich so felsenfest davon überzeugt, dass wir auf dem Mars Leben finden werden?" „Felsenfest ist das richtige Wort", antwortete Han lebhaft, „sonst hätte ich mich nie auf dieses Abenteuer eingelassen, sondern wäre in meinem sicheren, gut ausgerüsteten Labor geblieben." „Aber entschuldige, ich halte das für äußerst unwahrscheinlich, der Mars wirkt doch sehr lebensfeindlich!"

„Wahrscheinlichkeit, Wahrscheinlichkeit!", ereiferte sich der Professor. „Wahrscheinlichkeit ist doch nur ein Ausdruck für menschliche Voreingenommenheit! Bei allem, was wir nicht genau wissen, operieren wir mit Wahrscheinlichkeiten. War es zum Beispiel wahrscheinlich, dass wir in ‚schwarzen Rauchern' Leben gefunden haben?" Als er den verständnislosen Blick Eriks bemerkte, erklärte er: „‚Schwarze Raucher' sind Spalten im Meeresboden, aus denen fast kochend heißes Schwefelwasser austritt. Und selbst in diesem absolut lebensfeindlichen Umfeld haben wir massenhaft Protozoen, bakterienähnliche Einzeller gefunden. Also, warum sollte uns das auf dem Mars, der unserer Erde vor 4 Milliarden Jahren so ähnlich war, nicht gelingen? Ja, noch einmal, ich bin überzeugt, dass wir auf dem Mars primitive Einzeller oder wenigstens fossile Spuren davon finden werden, und ich habe auch schon eine Vorstellung, wo wir danach suchen müssen. Mich treibt eigentlich nur eine Sorge um: werden wir lange genug auf dem Mars bleiben können, damit ich meine Forschungen zu Ende führen kann?"

„Hm, das kann niemand voraussagen", meinte Erik achselzuckend. „Das hängt ganz davon ab, ob die vorausgeschickten Vorräte unbeschadet und an der richtigen Stelle auf dem Marsboden für uns bereitliegen werden. Doch selbst wenn wir innerhalb einer Woche wieder starten müssen, bleibt uns genügend Zeit, Bodenproben zu sammeln, die du dann auf dem Heimweg untersuchen kannst." „Aber ich muss unbedingt zum ‚Valis Marineris', denn dort haben wir die größten Chancen, auf Leben zu stoßen", lamentierte der Professor. „Oho, das ist aber ein gutes Stück von unserem Landeplatz entfernt", gab Erik zu bedenken, „so schätzungsweise 300 Kilometer." „Das Marsmobil?", fragte Han hoffnungsvoll, „damit könnten wir die Strecke doch in einem Tag schaffen!" „Dieses exotische Vehikel müssen wir erst zusammenbauen und kein Mensch weiß, ob die Teile beim Abwurf heil geblieben sind", dämpfte Erik den Optimismus von Han. „Also kann auch ich dir nicht sagen, ob dieses Gefährt je auf dem Mars herumkutschieren wird!

Außerdem ist dir ja bekannt, dass wir uns, selbst im Raumanzug, nicht zu lange im Freien aufhalten dürfen, sonst bringt uns die Strahlenbelastung um. Der Mars besitzt kein Magnetfeld und kaum Atmosphäre und deshalb sind wir der Gammastrahlung ziemlich schutzlos ausgeliefert." „Ich höre immerzu wenn und aber, ich hätte also doch lieber in meinem sicheren Labor bleiben sollen", nörgelte Han genervt. „Nun wirf nicht gleich die Flinte ins Korn, vielleicht klappt ja auch alles und wir können den Mars eineinhalb Jahre lang erforschen", ermunterte Erik den Biologen. „Und nun mach's gut, ich hau' mich noch aufs Ohr, ehe ich dich in etwa 3 Stunden ablöse."

Nachdem Erik Han im Cockpit abgelöst hatte, kontaktierte er als Erstes die Bodenstation. Er musste fast eine Minute warten, bis das Bild des Kontrollzentrums auf seinem Bildschirm erschien. Die PROMETHEUS musste demnach schon ein gutes Stück von der Erde entfernt sein, wenn selbst die lichtschnellen Funksignale so lange brauchten. Sekunden später tauchte das sorgenvolle und ängstliche Gesicht von Pullok auf. „Habt ihr Probleme, ist was passiert, dass du dich außerhalb der Kontaktzeiten meldest?", fragte er aufgeregt. „Nein, nein, bei uns ist alles in Ordnung", beruhigte ihn Erik. „Ich habe nur eine private Frage an euch." Pullok atmete erleichtert auf und meinte: „Na, dann schieß los!"

Da sie ihm etwas unangenehm war, überlegte Erik einige Sekunden, wie er seine Frage formulieren sollte. Schließlich begann er: „Sag mal Ernest, war das mit den Libido hemmenden Medikamenten wirklich nötig? Ich finde das schon etwas krass." Pullok tat erstaunt und erklärte: „Unsere Mediziner meinten, das könnte bei eurer drangvollen Enge an Bord und in Anbetracht der Länge eurer Reise nur hilfreich sein. Sie glauben, ihr seid dann ausgeglichener und könnt euch besser auf eure Aufgaben konzentrieren."

„Aber ist dieser Eingriff in unsere Persönlichkeitsrechte angemessen?", gab Erik zu bedenken. Pullok wischte Eriks Einwand genervt beiseite. „Für eure Mission habt ihr doch äußerst krasse Einschränkungen und Risiken in Kauf genommen, also komm mir jetzt nicht mit solchen Kinkerlitzchen."

Nach ein paar Augenblicken verschwand der Ärger aus Pulloks Gesicht und an seiner Stelle trat ein amüsiertes Lächeln. „Ah, jetzt verstehe ich dich", fuhr er lebhaft fort. „Offenbar bist du jetzt selbst ein Opfer unserer schönen Ärztin geworden und dieses ‚rien ne va plus' auf der sexuellen Schiene kommt dir gar nicht gelegen!"

„Du redest Quatsch", erboste sich Erik. Doch Pullok fuhr genüsslich fort: „Kennst du übrigens das Wort ‚Stuten-Bissigkeit'? Da ihr aber nur eine Stute an Bord habt, würde ich mich an deiner Stelle schon mal mit dem Wort ‚Hengst-Bissigkeit' vertraut machen." Erik schrie wütend das Wort: „Over!" ins Mikrophon und unterbrach die Verbindung.

Nachdem sich Erik wieder etwas beruhigt hatte, schaltete er die Außenbordkameras der PROMETHEUS ein. Er war der Meinung, der Anblick des vertrauten Sternenhimmels könne seinen strapazierten Nerven nur guttun. Er fokussierte die Kameras und staunte über den grandiosen Ausblick, den er vom Weltraum aus hatte. Er blickte auf die bekannten Sternbilder sowohl des Nordhimmels als auch des Südhimmels. Er veränderte den Blickwinkel der Kameras weiter und dann hatte er sie gefunden: Die Erde mit ihrem Mond! Die Erde war auf die Größe einer Orange geschrumpft, während der Mond in Gestalt einer Apfelsine neben ihr hing. Bei diesem Anblick beschlich eine ihm bis dahin unbekannte Wehmut sein Herz. Würde er je wieder seinen Fuß auf diesen wunderbaren Planeten setzen können? Es dauerte lange, bis er die Kameras abschaltete und sich wieder seinen Instrumenten im Cockpit zuwandte.

Sie waren nun schon 10 Tage auf dem Weg zum Mars und bisher verlief alles nach Wunsch. Allerdings benötigten sie noch mehr als 100 Tage bis zum Roten Planeten und da konnte viel passieren. Nun jedoch stand in 2 Tagen die erste Fernsehübertragung von der PROMETHEUS zur Erde auf dem Programm, eine Sendung, die ihnen Pullok aufgehalst hatte.

Der Chef der NASA konnte es wieder einmal nicht lassen, die Werbetrommel zu rühren. Natürlich hatten fast alle Fernsehsender auf der Welt eine Riesensumme für die Übertragungsrechte bezahlt. Pullok rieb sich die Hände und sah das Ganze als eine grandiose Benefizveranstaltung für seine Firma. Erik hasste zwar den ganzen Rummel, rief aber notgedrungen seine Leute zusammen, um ein Programm für die Sendung zusammenzustellen, und bat um Vorschläge.

„Wir könnten den Fernsehzuschauern den Alltag auf der PROMETHEUS schildern, sozusagen eine Sendung direkt aus dem

‚Container'", schlug Louis vor. „Das ist doch sterbenslangweilig", widersprach Julia, „damit lockt man ja keinen Hund hinter dem Ofen hervor." „Ich glaube, etwas aus unserem Alltag sollten wir den Leuten schon zeigen, sonst denken sie am Ende noch, wir machen hier eine Vergnügungsfahrt", schaltete sich Erik ein. „Louis z. B. könnte im Netz agieren und demonstrieren, wie Bodybuilding im Weltraum aussieht." „Warum ich?", beschwerte sich der Brasilianer, „im Netz herumzuhampeln macht doch keinen Spaß und wirkt auf die Zuschauer nur lächerlich." Julia erklärte heiter: „Du, Louis, bist dafür genau der Richtige. Wer hat denn immer mit seiner Sportlichkeit geprahlt und gesagt, dass er es mit jedem Bodybuilder aufnehmen könne?" „Ja, dann wäre die Sache geklärt", beeilte sich Erik zu sagen, „du, Louis, bist unser Netzkandidat. Aber um dich für die Strapazen zu entschädigen, darfst du den Zuschauern auch deine tollen Weltraumfotos vorführen, die du mit dem Außenteleskop gemacht hast.

„Julia, du könntest einen kurzen Vortrag aus deinem Fachgebiet halten, nach dem Motto: Gesundheitsgefahren im Weltraum. Du kannst dabei ruhig etwas übertreiben, die Zuschauer lieben es, wenn ihnen Schauer über den Rücken laufen.

Und du, Han … " Der Chinese unterbrach Erik und sagte schnell: „Ich könnte ein Referat über die Möglichkeit außerirdischen Lebens im Sonnensystem halten." „Was?", warf Louis entsetzt ein, „das kann ja Tage dauern! Der Mars reicht dir wohl schon nicht mehr, jetzt muss es gleich das ganze Sonnen-System sein."

„Die Sendung dauert eine Stunde", klärte sie Erik auf. „Jeder hat demnach für seinen Auftritt eine Viertelstunde Zeit. Also Han, richte dich danach und fasse dich kurz." „Und, Kommandant, was wirst du zum Besten geben?", erkundigte sich Han sichtlich verärgert, weil man ihm seinen Vortrag kürzen wollte. „Ähm … ich werde den Leuten etwas über unsere Mission erzählen, d. h. im Wesentlichen über Flugbahn, Dauer unserer Reise sowie Landung und Aufenthalt auf dem Mars." „Unser Kommandant hat sich natürlich wieder die Rosinen aus dem Kuchen gepickt", erklärte Louis neidisch, „er wird den Leuten als Held der Raumfahrt in Erinnerung bleiben."

Erik ging auf den Vorwurf nicht näher ein und erklärte stattdessen: „Jetzt müssen wir unser Programm nur noch mit Gregori, unserem Regisseur und Kameramann besprechen." „Wo steckt er denn, der Meister der Maschinen und Geräte?", wollte Julia wissen. „Im Cockpit, wo sonst?", erwiderte Erik, „einer muss ja auf das Schiff aufpassen, während wir hier plaudern."

Die Fernsehübertragung wurde ein voller Erfolg und Pullok fühlte sich bemüßigt, den Raumfahrern persönlich zu danken. Zu diesem Zweck hatte Erik seine Mannschaft ins Cockpit beordert. Pulloks rundes Gesicht erschien bildfüllend auf dem rechten Monitor über ihren Köpfen und blickte wohlwollend auf sie herab. „Ihr wart großartig!", dröhnte es aus den übersteuerten Lautsprechern, „fast 2 Milliarden Menschen haben eure Sendung gesehen. Miss Winter, für Sie flatterten mir kurz nach der Sendung, gleich ein halbes Dutzend Angebote von Fernsehregisseuren auf den Tisch. Sie können, wenn Sie vom Mars zurück sind, gleich eine Karriere als Fernsehstar starten. Aber auch die anderen waren gut. Louis, deine Bodybuilding-Nummer im Netz kam vor allem bei Frauen gut an und deine brillanten Fotos aus dem Weltraum waren Spitze.

Auf viel Interesse stieß auch der Vortrag von Professor Li, doch sollten Sie beim nächsten Mal mit weniger Fachausdrücken um sich schmeißen, dann wird Ihr Vortrag noch wesentlich verständlicher. Nicht zu vergessen ist die gute Kameraführung von Gregori, die für einen Laien schon recht professionell wirkte." „Meinen Vortrag unterschlägst du wohl ganz?", schaltete sich Erik ein.

„Na ja, Erik", erwiderte Pullok etwas zögerlich, „bei deinem Vortrag schalteten die meisten Leute ab. Weißt du, mit Zahlen und technischen Details wissen die Leute nicht viel anzufangen, das interessiert sie nur am Rande."

„Aber ich habe mich doch nur im streng wissenschaftlichen Sinn an die Realität gehalten", wandte Erik beleidigt ein. „Das war ja gerade das Manko deines Vortrags", klärte ihn Pullok auf. „Die Leute sitzen doch in erster Linie vor dem Fernseher, um die Realität auszublenden. Sie wollen unterhalten werden und keinesfalls ihren Grips anstrengen.

Du solltest beim nächsten Mal besser darüber berichten, welche Abenteuer euch womöglich auf dem Mars begegnen könnten. Damit erzielst du höhere Einschaltquoten!" „Hohe Einschaltquoten, hohe Einschaltquoten, dir geht es wieder einmal nur ums Geld", ereiferte sich Erik. „Nicht nur, und das weißt du auch", erwiderte Pullok, nun seinerseits beleidigt, „aber ohne Geld – keine Missionen, so einfach ist das!"

Louis, der die Wogen glätten wollte, entschloss sich einzugreifen und wandte sich an den Missionschef mit den Worten: „Pullok, Sie alter Gauner, Sie wollten doch mit unserem Fernsehauftritt nicht nur Geld verdienen, Sie hatten dabei doch noch einen Hintergedanken, stimmt's?" „Sieh mal an", griff Pullok den flapsigen Ton von Louis auf, „da dominiert der Psychologe in dir wieder einmal den Astronomen. Aber du hast recht, ich wollte zwei Fliegen mit einer Klappe schlagen. Genau genommen, eigentlich stammt die Idee zu eurem Fernsehauftritt von unseren Psychologen. Sie waren der Meinung, etwas Ablenkung von der Routinearbeit in eurer Konservendose könnte nicht schaden. Also heckten sie dieses Beschäftigungsprogramm für euch aus."

„Dachte ich mir's doch, auf so eine bescheuerte Idee können nur Psychologen verfallen!", rief Erik erbost aus. „Aber sie haben sich wieder einmal verrechnet, denn in einigen Wochen fällt die ganze Chose ins Wasser, denn dann sind wir für Fernsehauftritte schon viel zu weit von der Erde entfernt."

„Ja, leider", musste Pullok zugeben, „doch bis dahin werdet ihr gefälligst eure Köpfe anstrengen und uns noch drei ordentliche Sendungen liefern. Bodenstation Ende!"

Nachdem die PROMETHEUS ein Viertel der Distanz zum Mars bewältigt hatte, nämlich circa 14 Millionen Kilometer, wurde die Routinearbeit an Bord jäh gestört. Der erste Hinweis, dass etwas Ungewöhnliches im Gange war, kam von Louis. Der Planetologe hatte mit seinem Teleskop die Sonne ins Visier genommen und rief aufgeregt nach Erik, um ihm am Computer etwas zu zeigen. Als Erik Louis gespannt über die Schulter guckte, deutete dieser auf die abgedunkelte Sonnenscheibe und meinte: „Hast du schon jemals eine so große Protuberanz gesehen? Ich glaube, das alte Mädchen sticht der Hafer." „Erstaunlich, der Lichtbogen erstreckt sich ja über ein Viertel des Sonnenumfangs", brummte Erik. „Ob er sich wohl von der Sonnenoberfläche lösen wird?" „Darauf kannst du Gift nehmen", behauptete Louis überzeugt. „Kein Magnetfeld kann einen solchen Plasmabogen halten, er wird sich mit Sicherheit von der Sonnenoberfläche lösen und in den Raum hinaustreiben. Das wird auf der Erde ganz schön heftige Funkstörungen und tolle Polarlichter auslösen." „Moment mal!", rief Erik beunruhigt, „könnte die Wolke nicht auch uns gefährlich werden?" „Verdammt, du hast recht!", rief Louis. „Wenn sie in unsere Richtung zieht, geraten wir in einen Schauer von Atomen, Alphateilchen und relativistischen Elektronen. Das könnte für uns und für unsere Bordelektronik gefährlich werden." „Aber vielleicht zieht die Wolke ja auch weit an uns vorbei und wir bleiben verschont", meinte Erik hoffnungsvoll.

Fünf Stunden später hatten sie Gewissheit. Pulloks besorgte Stimme meldete sich über Funk mit den Worten: „Leute, es gibt Ärger, ein Sonnensturm zieht auf euch zu." „Wann müssen wir mit seinem Eintreffen rechnen und was können wir dagegen tun?", fragte Erik mit belegter Stimme. „Vermutlich so gut wie nichts", räumte Pullok ein. Doch ich habe meinen Stab von Wissenschaftlern einberufen und die sind am Rechnen und Überlegen. In etwa einer Stunde teile ich euch deren Überlegungen mit", vertröstete sie Pullok. „Das ist ja eine schöne Bescherung, das hat uns gerade noch gefehlt", knurrte Erik. „Wo sind Gregori und unsere Ärztin, die brauche ich jetzt dringend." „Ich glaube, Julia schläft und Gregori drückt sich wie üblich im Cockpit herum", erwiderte Louis. „Gut, dann weckst du Julia auf und ich gehe Gregori suchen."

Wie von Louis vorhergesagt, traf Erik Gregori im Cockpit an. Als er dem Russen die fatale Neuigkeit mitteilte, fiel dessen Reaktion drastisch aus: „Verdammte Scheiße, so ein Sonnensturm kann die ganze Elektronik an Bord schachmatt setzen", polterte er los. „Das sieht dir ähnlich", meinte Erik kopfschüttelnd, „du denkst natürlich in allererster Linie an deine Maschinen, dass wir Menschen dabei draufgehen könnten, kommt dir nicht in den Sinn!" „Ganz im Gegenteil, ich denke in erster Linie an das Wohl unserer Besatzung", knurrte Gregori. „Sieh es mal so, einen Strahlensturm kann der Mensch mit einigen Blessuren überleben, aber wenn das Lebens-Erhaltungssystem ausfällt, sind wir alle im Eimer."

„So gesehen, hast du natürlich recht", gab Erik zu. „Wir müssen demnach so viele Systeme der PROMETHEUS abschalten, wie nur irgend möglich. Komm mit, lass uns die ernste Lage mit den anderen besprechen. Wir können nur hoffen, dass auch der Bodenstation etwas Vernünftiges zu unserer Rettung einfällt."

Erik und Gregori eilten zum Zwischendeck und platzten dort mitten in eine heftige Diskussion der beiden Wissenschaftler hinein. „Könnten wir nicht der Wolke ausweichen oder ihr davonfliegen?", schlug Han gerade vor.

„Ha, ha, davonfliegen!", lachte Louis, ohne eine Spur von Humor. „Die Teilchenwolke saust mit etwa 800 Kilometer pro Sekunde auf uns zu, dagegen wirkt selbst unser schnelles Raumschiff wie eine Schnecke."

„Hat irgendjemand sonst noch eine Idee, wie wir aus dem Schlamassel einigermaßen glimpflich herauskommen?", erkundigte sich Erik mit ernster Stimme. Julia, die sich den Schlaf aus den Augen gewischt hatte und nun hellwach wirkte, meinte: „Ich könnte die Dosis des Antistrahlenmedikaments erhöhen und wir könnten unsere Raumanzüge anlegen, dann sind wir auch einigermaßen vor den Strahlen geschützt."

„Genial, Julia!", rief Gregori, „wir steigen in unsere Anzüge, dann könnten wir für eine Weile das Lebenserhaltungssystem abschalten und haben das wenigstens aus der Schusslinie genommen." Er zwinkerte der Ärztin zu und meinte, „man trifft unter Wissenschaftlern hin und wieder auch auf kluge Köpfe, gar keine Frage." Julia errötete angesichts des Lobs des Russen.

„Hat sonst noch jemand einen Geistesblitz?", erkundige sich Erik hoffnungsvoll. Als sich niemand meldete, fuhr er fort: „Na gut, dann soll Julia die Spritzen vorbereiten und Gregori und ich gehen in die Steuerzentrale und überlegen uns, welche elektronischen Geräte wir guten Gewissens eine Zeit lang abschalten können."

Die beiden Astronauten waren schon auf dem Weg ins Cockpit, als ein Knacken im Lautsprecher sie abrupt stoppen ließ. Die Bodenstation mit Pullok in der Leitung meldete sich wieder. „Also Leute, meine Experten haben sich Folgendes ausgedacht", verkündete er mit fester Stimme, „ihr solltet die PROMETHEUS mit dem Heck in Richtung Sonnensturm drehen. Damit dient euch die Schutzwand zwischen Reaktor und dem Mannschaftsmodul als Abschirmung gegen den Sonnensturm. Auch euer Plasmatriebwerk bremst so die Teilchen, die auf euch zufliegen, etwas ab, wenn auch nur minimal. Doch man muss in einer prekären Lage für jede Unterstützung dankbar sein. Aber denkt daran: Schaltet das Triebwerk erst einige Sekunden vor Eintreffen des Sturms ein, sonst kommt ihr zu weit von eurem Kurs ab."

Erik bedankte sich bei Pullok für die guten Ratschläge, doch Gregori hatte Einwände. „Wir werden durch diese Aktion ein gutes Stück von unserer Flugbahn abweichen und wir werden eine Menge Flüssigtreibstoff benötigen, um wieder auf unseren alten Kurs zu gelangen. Dieser Treibstoff wird uns fehlen, wenn wir in eine Umlaufbahn des Mars einschwenken müssen", gab er zu bedenken. „Euch bleibt keine Wahl, oder wollt ihr lieber gegrillt werden?", fragte Pullok mit Nachdruck. „Achtet vor allem auf eure Elektronik! Der Funk wird vermutlich ausfallen und auch einige andere Systeme könnten in Mitleidenschaft gezogen werden." „Was du nicht sagst, darauf wären wir von alleine nie gekommen", meldete sich Erik in einer Art Galgenhumor.

Er hatte nach den Vorschlägen von der Bodenstation wieder Hoffnung geschöpft, dass sie vermutlich mit einem blauen Auge davonkommen würden. „Aber was du bis jetzt unterschlagen hast, wann wird denn der Sturm bei uns eintreffen und wie lange wird er uns behelligen?" „In circa 36 Stunden ist es so weit", erklärte Pullok. „Und nun die gute Nachricht: Die Wolke hat zwar eine laterale Ausdehnung von etwa eineinhalb Millionen Kilometer, ist aber nur etwa zehntausend Kilometer dick. In einigen Sekunden ist sie über euch hinweggezogen. Wir melden uns automatisch eine halbe Stunde, bevor die Wolke bei euch eintrifft, und ihr solltet euch melden, sobald ihr die Wolke verlassen habt und der Funk wieder funktioniert. Natürlich sind wir auch zwischenzeitlich für euch da, falls weitere Probleme auftauchen sollten und ihr noch Fragen habt. Pullok Ende!"

„Der hat gut reden", knurrte Louis. „er sitzt ja nicht in einem vom Untergang bedrohten Raumschiff, sondern sicher und warm an seinem Schreibtisch auf der Erde. Ich habe übrigens einmal nachgerechnet. Die Protuberanz hat sich vor etwa 6 Stunden von der Sonnenoberfläche gelöst und wird uns in ungefähr 36 Stunden erreichen. Sie benötigt also von der Sonne bis zu unserer jetzigen Position etwa 42 Stunden. Da wir circa 160 Millionen Kilometer von der Sonne entfernt sind, bewegt sie sich mit beinahe

4 Millionen Kilometer/Stunde auf uns zu und sie wird demnach schon in etwa zehn Sekunden über uns hinweggezogen sein." „Oh, das ist heftig!", rief Julia und erbleichte. „Da kommen die Teilchen mit einer ganz schönen kinetischen Energie auf uns zu. Ich gehe schon mal die Spritzen vorbereiten."

Erik besann sich auf seine Rolle als krisenversierter Kommandant und befahl: „Ganz recht, du verpasst Louis und Han die Spritzen und vergiss dich dabei selbst nicht, während Gregori und ich im Cockpit checken, welche Systeme wir später gefahrlos abschalten können. In einer Stunde treffen wir uns wieder im Mitteldeck und besprechen den Countdown bis zum Eintreffen der Wolke." Erik und Gregori erstellten im Steuerraum der PROMETHEUS eine Liste der Elektronik, die sie sicherheitshalber abschalten wollten, und legten die Reihenfolge fest.

Das Ganze ging nicht ohne Diskussionen ab und dauerte länger, als Erik gedacht hatte. Schließlich stand die Liste, doch Gregori war immer noch nicht zufrieden. „Wir sollten auch einen der Zwillingscomputer abschalten, denn wenn beide abstürzen, haben wir ein Problem", beharrte er. „Aber die Computer überwachen alle Funktionen der PROMETHEUS!", wandte Erik ein. „Nur einer von ihnen überwacht, der andere kontrolliert den Überwacher", widersprach Gregori. „Wie du weißt, sind alle wichtigen Systeme der PROMETHEUS doppelt ausgelegt, die Konstrukteure wollten ein Maximum an Sicherheit garantieren." „Ja, du hast recht", gab sich Erik geschlagen und fügte als letzten Punkt auf seiner Liste die Abschaltung einer der beiden Zwillingscomputer hinzu.

Nun wurde es aber für sie höchste Zeit, ins Zwischendeck zu eilen, denn die anderen warteten bestimmt schon auf sie. Die Aufstellung des Abschaltprotokolls hatte sie mehr als zwei Stunden gekostet. „Wir müssen uns noch von Julia impfen lassen", drängte Erik, doch der Russe machte keine Anstalten, aufzustehen. „Weißt du, Spritzen sind für mich der reinste Horror, ich denke, ich werde den Sturm auch ohne Medikamente überstehen", meinte er zögerlich. Erik überraschte das Eingeständnis der Spritzenphobie seines Freundes, zugleich amüsierte es ihn aber auch. „Was?!", rief er in gespieltem Ernst, wobei er aber ein Grinsen nicht unterdrücken konnte. „Du willst dich dem Strahlensturm ungeschützt ausliefern, nur weil du Angst vor einem kleinen Piekser hast?" „Ich habe keine Angst vor dem Schmerz beim Einstich, aber beim Anblick von Nadeln dreht sich mir der Magen um", brummte der Russe. „Weißt du, die Strahlen, die unser Schiff treffen werden, jagen mir keine Angst ein. Die sind unsichtbar, was man von Nadeln nicht behaupten kann." „Quatsch!", rief Erik, „ich werde nicht zulassen, dass du dich wegen einer Phobie in Gefahr begibst. Komm schon, du Held, ich begleite dich zu unserer Ärztin, sie wird dich schon nicht gleich umbringen."

Als Erik mit Gregori im Schlepptau im Zwischendeck ankam, wurden sie von den übrigen Besatzungsmitgliedern schon sehnlichst erwartet. Louis empfing sie mit den Worten: „Da seid ihr ja endlich! Es wurden schon Wetten abgeschlossen, wer früher hier eintrifft, die Teilchenwolke oder ihr." „Ihr hattet ja auch nur einen kleinen Impftermin wahrzunehmen, während wir im Cockpit richtige Denkarbeit leisten mussten", konterte Erik. „Julia, kannst du uns jetzt unsere Spritzen verpassen?" „Das hat Zeit", erwiderte die Ärztin zu Gregoris Freude. „Sollten wir nicht lieber die Bodenstation kontaktieren, um zu erfahren, ob sie noch weitere gute Ratschläge für uns haben?" Dieser Vorschlag erschien Erik vernünftig und so stellte er die Verbindung her. Doch leider war den Wissenschaftlern auf der Erde, außer den bereits gemachten Vorschlägen auch nichts Brauchbares mehr eingefallen. Sie waren mit ihrem Latein am Ende. Dass ausgerechnet Han noch einen Vorschlag hatte, erstaunte alle.

„Wir könnten uns doch während des Solarsturms alle ins Cockpit zurückziehen und das Schott schließen", schlug er vor. „Das Schott ist meines Wissens auch mit strahlungsabsorbierendem Material beschichtet und könnte uns daher von den vom Heck kommenden Strahlen etwas schützen." „Ein genialer Einfall, Han, so werden wir es machen", stimmte ihm Erik sofort zu. „Du meine Güte, Han, du interessierst dich ja plötzlich für das Wohl von irdischem Leben und nicht nur für die Außerirdischen", staunte Louis. „Wenn ich bei diesem wahnsinnigen Unternehmen sterbe, kann ich mich auch nicht mehr um die Erforschung außerirdischen Lebens kümmern", erklärte der Chinese lakonisch.

„Schluss jetzt mit dem Geplänkel", unterbrach Erik die beiden. „Wir müssen uns überlegen, was wir bis zum Eintreffen der Wolke noch alles zu tun haben und wie wir dabei vorgehen sollen. Wir haben dafür 36 Stunden Zeit, nein, jetzt nur noch 33 Stunden." Sie berieten sich und danach teilte Erik der Bodenstation mit, wie sich die Besatzung der PROME-THEUS auf das Eintreffen des Solarsturms vorbereiten wollte. Ihr Plan fand Anerkennung und Zustimmung bei Pullok und dessen Stab und sie erhielten die Absolution für ihr Vorhaben von der Bodenstation.

Im Einzelnen sah der Zeitplan folgendermaßen aus: Eine Stunde vor Eintreffen der Wolke würden sie die PROMETHEUS mit dem Heck gegen die Sonne drehen und das Plasmatriebwerk abschalten. Danach würden sie in ihre Raumanzüge steigen, sich ins Cockpit zurückziehen und das Schott schließen. Das Abschalten aller sensiblen und nicht unbedingt benötigten elektronischen Geräte, selbst des Lebenserhaltungssystems, würde erst in den allerletzten Minuten geschehen. Entgegen dem Rat von Pullok würden sie das Plasmatriebwerk vor dem Sturm nicht wieder aktivieren. So würden sie das Triebwerk am besten vor Schäden schützen, da es aufgrund seiner geringen Leistung sowieso kaum etwas gegen die Plasmawolke auszurichten vermochte. „Auf diese Weise sparen wir Treibstoff, kommen weniger weit von unserm Kurs ab und schützen vor allem die komplexe Elektronik des Triebwerkes", hatte Gregori ihnen immer wieder vorgebetet.

Schließlich hatten die anderen vier zugestimmt, nachdem auch die Bodenstation ihr „O. K." gegeben hatte. Pullok lobte die Umsicht der Astronauten und meinte, einen besseren Zeitplan hätte auch er mit seinem Stab nicht vorschlagen können. Er wünschte ihnen viel Glück und schärfte ihnen ein, sich sofort, nachdem der Funk wieder funktionieren sollte, bei der Bodenstation zu melden. Julia und ihre vier Leidensgenossen diskutierten noch eine Weile über weitere Möglichkeiten, wie sie sich vor dem Strahlensturm schützen könnten. Allerdings kam nichts Brauchbares mehr dabei heraus. Je mehr die Anspannung und die ängstliche Erwartung unter den Besatzungsmitgliedern wuchsen, umso einsilbiger wurden sie.

Julia beendete die stockende Diskussion, indem sie Erik und Gregori aufforderte, ihr ins Unterdeck zu folgen, wo sie ihnen ihr Antistrahlen-Medikament verabreichen wollte.

Gregori schlug sich tapferer, als Erik es ihm zugetraut hatte. Als die Ärztin bei dem Russen die Spritze ansetzte, schloss er zwar die Augen, doch ansonsten verzog er keine Miene. Vermutlich wollte er sich vor Julia keine Blöße geben. Nach Verabreichung der Spritze wurde er allerdings kreidebleich und verließ auffällig schnell die Ambulanz. Auch Erik wurde rasch und fachmännisch verarztet und danach fragte er Julia, ob sie mit nach oben komme. Sie antwortete, sie habe hier unten noch zu tun, und so stieg Erik alleine die Leiter zum Zwischendeck hoch. Dort traf er nur Han an, der vor seinem Computer saß und ganz versunken im Studium seiner Fachliteratur war. Auf Eriks Frage, wo denn die anderen seien, schreckte der Biologieprofessor kurz hoch und deutete mit dem Daumen einmal in Richtung Schlafkojen und dann in Richtung Cockpit. Da fiel Erik wieder ein, dass Louis ja Wache hatte, während Gregori sich offenbar zum Schlafen in seine Koje zurückgezogen hatte.

Liebend gern hätte Erik jetzt mit Louis getauscht, denn der war wenigstens beschäftigt und hatte damit ein Ventil zum Abbau seiner Spannungen und vielleicht sogar seiner Furcht. Erik fiel auf, dass jedes Besatzungsmitglied die lebensbedrohliche Stresssituation auf seine Weise zu meistern versuchte. Julia ordnete hektisch die Utensilien in der Ambulanz. Gregori hatte sich wie eine Schnecke in seine Koje zurückgezogen. Han schließlich hatte sich aus der Realität ausgeklinkt, indem er sich hinter seiner biologischen Fachliteratur verschanzte. Und was tat der Kommandant des Schiffes, um sich abzulenken?

Eigentlich das Dümmste, was man in so einer Situation tun konnte! Er versuchte sich ständig auszumalen, was passieren würde, wenn der Strahlensturm das Schiff erreichte. So drehten sich denn auch seine Gedanken ständig im Kreise, wenn er versuchte, alle Maßnahmen, die sie besprochen hatten, auf ihre Vollständigkeit und Durchführbarkeit zu überprüfen. Hatte er auch nichts übersehen? Er trug letztendlich die Verantwortung für seine Leute und das Schiff. Seine Gedanken schienen in einer Endlosschleife gefangen zu sein. Immer wieder kehrten sie zu ihrem Ausgangspunkt zurück, ohne dass etwas Substantielles dabei herauskam. Gleichzeitig wurde er das Gefühl nicht los, etwas Wichtiges übersehen zu haben. Verdammt, er musste sich von diesen Zweifeln losreißen, sonst konnte er gleich sein Kommando an Gregori abtreten. Entschlossen setzte er sich neben Han an den zweiten PC. Er hatte vor, eine CD mit einem alten Film abzuspielen und sich so ein wenig Ablenkung zu verschaffen. Doch irgendwie konnte er sich nicht dazu aufraffen, eine geeignete CD herauszusuchen, und so starrte er nur auf den dunklen Bildschirm, während seine Gedanken ganz woanders waren.

Er musste an ein Gespräch mit Pullok denken, bei dem es darum gegangen war, ob man eine Kammer in das Mannschaftsmodul der PROMETHEUS einbauen sollte, die absolut vor Strahlung schützen konnte. Pullok hatte dies unter Hinweis auf die Kosten und des Gewichts abgelehnt. „Pullok, du alter Geizkragen", dachte Erik grimmig, „sollten wir deinetwegen sterben, so werde ich dich als Geist heimsuchen und dir die Hölle heißmachen!"

Ein Gong über seinem Kopf ließ Erik aufschrecken. Essenszeit! Aber offenbar war allen der Appetit vergangen, denn außer Han und Erik erschien niemand mehr im Mannschaftsraum. Offenbar verspürten auch die beiden Anwesenden keinen Hunger, denn keiner griff zu den Tuben, die ein Automat ausspuckte.

Erik versuchte, seine Gedanken auf Julia zu lenken, doch da stolperte er von einem Problem ins andere. Wie zum Teufel schaffte man es, dass eine Frau, die Gefühle für einen Mann entwickelt hatte, sich mit bloßer Freundschaft begnügte. Eine Grabesstimme in seinem Kopf ertönte und zitierte gewichtig: „Das Weib ist nicht zur Freundschaft fähig." „Verdammt, musste jetzt auch noch der längst verblichene Philosoph Nietzsche seinen Senf dazugeben?", dachte Erik grimmig. Aber das lag wohl daran, dass er lange Zeit mit Nietzsche einer Meinung war. Dieser hatte in typisch machohafter Manier geglaubt, eine Frau könne einen Mann nur lieben oder hassen oder sich ihm gegenüber gleichgültig verhalten, und Freundschaft existiere nur unter Männern.

Erik beschloss, über dieses Problem später nachzudenken, jetzt gab es wichtigere Dinge. Tja, der Strahlensturm, sinnierte er, wobei er wieder bei dem Thema angekommen war, dem er hatte entrinnen wollen. Zum Glück rettete ihn ein weiterer Gong vor seinen trüben Gedanken. Es war das Zeichen für die Wachablösung im Cockpit. Erik machte sich dankbar auf den Weg dorthin, denn nun war er an der Reihe, und sinnvolle Tätigkeit sowie Pflichterfüllung schafften immer noch die beste Ablenkung vor Problemen.

Die Zeit in der Steuerzentrale der PROMETHEUS verging für Erik wie im Fluge. Vollauf beschäftigt mit der Kontrolle von Anzeigen und dem Funkverkehr mit der Bodenstation, gelang es ihm, jeden Gedanken an den Zusammenstoß mit der Plasmawolke aus seinem Gehirn zu verbannen.

Erst als Pullok ihm vorschlug, die Raumanzüge tunlichst vor dem Abschalten des Plasmatriebwerkes anzuziehen, wurde er wieder mit der drohenden Katastrophe konfrontiert. Er schlug sich an den Kopf und rief: „Natürlich, danke für den Tipp! Einen Raumanzug in völliger Schwerelosigkeit anzuziehen ist wirklich eine Heidenarbeit." Er schaltete die Innenlautsprecher der PROME-THEUS ein und gab den guten Rat von Pullok an seine Mannschaftskollegen weiter.

Einige Minuten später erschien Gregori mit dem Raumanzug und dem Helm unterm Arm. „Was", staunte Erik, „du kommst mich schon ablösen, ist es denn schon so spät?" „Ja", meinte der Russe, „die Zeit vergeht oft schneller, als man denkt. Wir haben noch circa 17 Stunden bis zum Eintreffen des Sturms. Nur noch drei Wachen, dann müssen wir mit der Abschaltprozedur beginnen und danach das Schiff drehen."

Erik gurtete sich von seinem Sessel los und wünschte Gregori eine ruhige Wache. Danach katapultierte er sich in Richtung der Röhre zum Zwischendeck und schoss, einem Torpedo gleich, durch sie hindurch. Im Zwischendeck angekommen, fing er sich an der gegenüberliegenden Wand ab und sah sich um. Was er sah, erstaunte ihn. Louis saß vor seinem Computer, während Julia und Han sich rechts und links hinter ihm platziert hatten und gespannt über seine Schultern auf den Bildschirm starrten. Erik segelte neugierig näher und da erkannte er auf dem Schirm das Sternbild der Plejaden.

„Du hast vielleicht Nerven, Louis, du erteilst den Leuten seelenruhig Astronomie-Unterricht, während ein Sonnensturm auf uns zurast!" „Mitnichten", widersprach Louis mit Nachdruck, „ich versuche nur, unsere Lage zu analysieren." „Indem du unser Bordteleskop auf Sternbilder ausrichtest?", fragte Erik, nicht ohne Ironie. „Eigentlich sollte ich dich schmoren lassen, bis du von selbst drauf kommst, denn schließlich hast du ja auch einmal Astronomie studiert", antwortete Louis gelassen.

„Aber da auch Julia und Han wissen wollen, was ich vorhabe, will ich versuchen, es zu erklären. Wie ihr seht, habe ich unser Teleskop in einem Winkel zur Achse der PROMETHEUS ausgerichtet, wo sich gerade die Plejaden befinden. Nach der Drehung unseres Schiffes werden sie genau im rechten Winkel zu uns stehen. Wenn nun der Plasma-Sturm über uns hinwegrast, wird er das Licht dieser Sterne verändern. Ich habe nun einen Algorithmus erarbeitet, mit dem ich die laterale Ausdehnung des Plasmabandes, seine Dicke, sowie seine Teilchenkonzentration messen kann."

„Meinst du, dass uns deine Berechnungen in irgend einer Weise nützen können?", warf Erik ein. „Darum geht es doch gar nicht", erklärte der Brasilianer beleidigt. „Sie nützen der Wissenschaft! Bisher konnte niemand sagen, wie eine Protuberanz, die 160 Millionen Kilometer in den Raum hinausgetrieben worden ist, aussieht und wie hoch die Konzentration der Teilchen darin ist." „Aha, du willst also selbst Messungen durchführen, traust du das den Wissenschaftlern der Bodenstation nicht zu?", fragte Erik Louis nachdenklich. „Natürlich traue ich ihnen das zu, aber ich bin doch hier viel näher dran und werde damit viel genauere Ergebnisse erzielen als meine Kollegen auf der Erde."

Louis redete sich in Begeisterung: „Habt ihr schon einmal daran gedacht, dass wir uns hier im Weltraum im sterilsten Labor überhaupt befinden? Kein Stäubchen wird mein Experiment mit dem Plasmaband dieser Sonnenprotuberanz verfälschen. Es handelt sich nämlich um ein Plasmaband und keineswegs um eine Wolke, von der ihr immer schwafelt." „Jawohl, Herr Lehrer, wir werden es beherzigen", erwiderte Erik ironisch. Er wusste aber auch, dass der Brasilianer sein Experiment um jeden Preis durchführen würde, selbst um den Preis einer direkten Befehlsverweigerung. So gab Erik nach und meinte: „Also gut, arbeite meinetwegen an deinem Experiment weiter. Doch Julia und Han, ihr verzieht euch sofort in eure Kojen und schlaft gefälligst. Ihr müsst fit sein, wenn hier in ein paar Stunden der Zauber

losgeht. Auch ich werde mir eine Mütze Schlaf genehmigen."
Julia und Han begaben sich folgsam zu ihren Schlafplätzen und
Erik folgte ihnen.

Da zu viele Gedanken in seinem Kopf kreisten, konnte Erik
nicht gleich einschlafen. Letztendlich siegte der müde Körper
über den aufgewühlten Geist und er verfiel in einen unruhigen
Schlaf voller bizarrer Träume. Einige Stunden später wurde er
grob aus dem Schlaf gerissen. Eine kräftige Hand fasste nach seiner Schulter und schüttelte ihn heftig. „Aufwachen, du Schlaf-
mütze, für uns wird es höchste Zeit", ertönte die tiefe Stimme
Gregoris an seinem Ohr. „Wofür wird es Zeit?", gähnte Erik
schlaftrunken. „Na für unsere Abschaltprozedur, hast du vergessen, wo wir sind?", erwiderte der Russe erstaunt.

Nun richtete sich Erik auf und kehrte abrupt in die Wirklichkeit
zurück. Er sah die drei Wissenschaftler, die bereits ihre Raumanzüge trugen, neben seinem Bett stehen, ein amüsiertes Lächeln
auf den Lippen. Da schnallte sich der Kommandant in schuldbe-
wusster Eile von seiner Liege los und herrschte die drei Wissenschaftler an: „Ihr bleibt gefälligst im Mannschaftsraum, bis wir
euch rufen, ihr habt es ja gehört, wir haben im Cockpit etwas zu
tun!" Und er folgte rasch Gregori, der ebenfalls seinen Raumanzug noch nicht übergezogen hatte.

Im Cockpit waren sie fast zwei Stunden damit beschäftigt, Anzeigen zu kontrollieren und die nicht unbedingt benötigten abzuschalten. Zum Schluss legten sie einen der Zwillingscomputer
still. Sie meldeten den Vollzug der Prozedur Pullok, der sie für ihre
Umsicht lobte. „Na ja", meinte Gregori, „die wichtigsten Punkte
kommen noch, nämlich die Drehung des Schiffes, das Abschalten
des Plasmatriebwerkes und des Lebenserhaltungssystems. „Das
schafft ihr auch noch", meinte der Missionschef zuversichtlich.

„Aber ihr solltet euch beeilen, ihr habt nur noch eine Stunde
bis zum Eintreffen des Sturms. Und vergesst ja nicht, euch zu

melden, wenn der Funkverkehr wieder funktioniert. „Wird gemacht", versprach Erik. „PROMETHEUS Ende!"

„Für uns wird es auch Zeit, in die Raumanzüge zu steigen", mahnte Gregori. Während sie in ihre Anzüge schlüpften, sinnierte Erik: „Ich habe kein gutes Gefühl, mir kommt es so vor, als hätten wir schon zu viel abgeschaltet." „Keinesfalls", widersprach der Russe heftig. Jedes Gerät ohne Strom kann schon einmal nicht durchschmoren. Beeilen wir uns lieber, wir müssen das Schiff drehen!" Sie starteten die Seitentriebwerke und drehten das Heck der PROMETHEUS zur Sonne. Danach riefen sie Julia, Louis und Han ins Cockpit. „Haltet euch irgendwo fest, ich schalte jetzt das Plasmatriebwerk ab", forderte Erik die drei auf. Die drei Wissenschaftler befolgten den Rat des Kommandanten und hielten sich an Gegenständen in ihrer Nähe fest. Lediglich Louis packte die günstige Gelegenheit beim Schopf und hielt sich an Julia fest.

„Wie eine Herde, die sich bei Gefahr zusammendrängt", fuhr es Erik durch den Kopf. Doch der tat sich leicht, denn der saß, ebenso wie der Russe, gut angeschnallt in einem Pilotensessel. Alle wirkten durch die plötzliche totale Schwerelosigkeit etwas orientierungslos, bis auf Han, denn der blickte auf seine Uhr und meinte trocken: „Leute, wir haben bis zum Beginn der Show noch genau 8 Minuten." „Na dann", antwortete Erik dem Chinesen, „setzt die Helme auf und aktiviert eure Anzüge, denn ich schalte jetzt zu guter Letzt auch noch das Lebenserhaltungssystem der PROMETHEUS ab."

Die Geräusche, die das System verursachte, erloschen und eine unheimliche Stille erfasste das Cockpit. Je mehr diese wuchs, umso ängstlicher blickten die Astronauten und umso schneller sank die Temperatur im Raum. Die Weltraumkälte fraß sich rasend schnell durch die Wände der Kugel, die der Crew bisher als gemütliches Habitat gedient hatte. Die Anspannung wuchs und keiner sprach mehr ein Wort bis zur Ankunft des Plasma-Sturmes. Jeder war mit seinen eigenen Gedanken beschäftigt.

Als dann endlich die Plasmateilchen durch das Schiff und die Körper der Menschen rasten, horchte jeder in sich hinein, ob und wie ihr Körper darauf reagierte. Zu ihrem Erstaunen spürten sie nichts. Aber dass etwas passierte, konnten sie an der Elektronik der PROMETHEUS ablesen. Der Funkkontakt zur Erde brach ab, der noch aktive Zwillingscomputer im Cockpit stürzte ab und viele der Kontrolllämpchen und Displays begannen zu flackern oder verloschen gleich ganz.

„Kaum zu glauben, was 10 Sekunden Sonnensturm so alles anzurichten vermögen", stöhnte Gregori. Alle im Cockpit versammelten Personen standen offenbar unter Schock und starrten sprach- und regungslos auf die vielen toten Anzeigen vor ihnen. Schließlich raffte sich Erik auf und verkündete: „So, die Welle dürfte jetzt vollständig über die PROMETHEUS hinweggezogen sein. Gregori fahre bitte das Lebenserhaltungssystem wieder hoch."

Der Russe flüsterte: „Ich werde es tun", und drückte mit geschlossenen Augen auf einen Knopf. Das System sprang klaglos wieder an und man konnte das erleichterte Aufatmen der Besatzung förmlich spüren. Sie warteten ein paar Minuten ab, bis sie sicher waren, dass das System problemlos weiterlief und sich die Temperatur im Cockpit wieder etwas erhöht hatte. Dann setzten sie die Helme ab und taten einen tiefen, langen Atemzug. „Sieht so aus, als ob wir mit einem blauen Auge davongekommen sind", meldete sich Louis fröhlich zu Wort. „Sag das nicht", bremste Gregori den Optimismus des Brasilianers, „denn wenn die Triebwerke nicht anspringen, sind wir hier, zehn Millionen Kilometer von der Erde entfernt, ganz schön aufgeschmissen!" Doch auch das Antriebssystem der PROMETHEUS erwachte wieder zum Leben und nun kannte der Jubel im Cockpit keine Grenzen mehr. Die Astronauten schrien wild durcheinander und fielen sich in die Arme.

Nachdem sich der Trubel gelegt hatte, wandte sich Erik glückstrahlend an die Wissenschaftler: „Ich denke, ihr könnt jetzt wieder ins Zwischendeck und eure Anzüge ausziehen, während Gregori und ich die PROMETHEUS wieder auf Kurs bringen." Han eilte wortlos und überhastet auf den Verbindungsschacht zum Mannschaftsraum zu, während ihm die beiden anderen etwas langsamer folgten. Einige Minuten später hatten die beiden Piloten das Schiff wieder auf seinen alten Kurs zum Mars gebracht. Sie begutachteten den Schaden, den der Sturm angerichtet hatte, und beratschlagten, was sie zuerst reparieren mussten. „Natürlich müssen wir zu allererst den Funkkontakt zur Erde wiederherstellen, wie ich es Pullok versprochen habe", entschied Erik. „Dafür werden wir sicherlich Ersatzteile benötigen", brummte Gregori, „ich geh schon mal ins Unterdeck und hole welche."

Doch er kam nicht weit, denn vor ihnen erschien ein sichtlich erregter Han mit zappelnden Bewegungen und kalkweiß im Gesicht. „Was gibt es, Han, ist etwas passiert?", rief Erik erschrocken aus, denn er hatte den Chinesen noch nie so aufgeregt gesehen. Han brachte zunächst kein Wort heraus und stotterte dann: „Die Toilette ... , die Toilette im Mannschaftsraum, sie hat ihren Geist aufgegeben!" „Ach du heilige Scheiße", lachte der Russe dröhnend, „Toiletten zu reparieren, gehört nun wahrlich nicht zu meinen Lieblingsbeschäftigungen!" „Was stimmt denn nicht mit dem edlen Teil?", erkundigte sich Erik schmunzelnd. „Ich musste dringend den Abtritt benutzen", erklärte der Asiate geziert und äußerst verlegen. „Ich erledigte also mein Geschäft, konnte sogar noch die Abdeckung der Toilette luftdicht verschließen, aber die Klappe zum Vakuum öffnete sich nicht. Und nun ... " „Und nun hast du das Klo verschissen und kriegst es nicht mehr sauber", rief der Russe und lachte, bis ihm die Tränen kamen. Hätte ich etwa meinen Raumanzug beschmutzen sollen?", rief Han empört und beleidigt.

Gregori machte sich, noch immer lachend, auf den Weg ins Unterdeck, um Werkzeuge und Ersatzteile für die Reparaturen zu holen. Das Unterdeck barg nämlich neben der Ambulanz auch das Ersatzteillager der PROMETHEUS. Inzwischen zwang sich

Erik eine ernste Miene auf und versuchte, den Biologieprofessor zu beruhigen. „Mach dir keinen Kopf, Han, das hätte doch jedem von uns passieren können", begann er.

Aber Han unterbrach ihn sogleich und meinte schuldbewusst: „Ich hätte wenigstens vorher die Funktionstüchtigkeit der Toilette überprüfen müssen." „Um dann was zu tun?", hakte Erik nach. „Dir wäre nur noch der sinnige Behälter in deinem Raumanzug als Ausweg übrig geblieben und der wird, wie du weißt, über die Toilette ins All entsorgt. Wir wären demnach vor dem gleichen Problem gestanden, nur über einen Umweg." Der Professor dachte kurz nach, dann hellte sich seine Mine auf und er gab zu: „Ich glaube, du hast recht", und er verließ das Cockpit, deutlich zufriedener und ruhiger, als er hereingekommen war.

Kurz nachdem Han den Raum verlassen hatte, erschien Gregori mit einer ganzen Kiste voller Drähte, Isolierungen, Transistoren, Chips und Werkzeugen. Er wollte sich sogleich an die Reparatur des Funkgeräts machen, doch Erik hielt ihn zurück. „Zuerst reparieren wir das Klo, oder glaubst du, wenn wir hier durch unsere Klimaanlage zum Glück wieder genug Luft bekommen, will ich später am Gestank ersticken?" Der Russe sah das ein und so machten sie sich auf den Weg ins Zwischendeck.

Die Reparatur der Toilette ging erstaunlich rasch vonstatten. Ein Draht war in der Öffnungsautomatik der unteren Klo-Klappe durch den Plasmasturm verschmort. Gregori ersetzte ihn, drückte auf einen Knopf und Hans Exkremente verschwanden für immer in den Weiten des Weltraums.

Die beiden Piloten wollten sich wieder ins Cockpit begeben, wurden jedoch von einem strahlenden Louis aufgehalten. „Mein Experiment ist gelungen!", rief er ihnen zu. „Mein Computer ist zum Glück nicht abgestürzt und hat alle Werte gespeichert. Die Sonnenprotuberanz, die uns hier draußen überrascht hat, war exakt 9334 Kilometer dick und etwas über eine Million

Kilometer lang. Ich werde die Werte gleich an die Bodenstation weitergeben." „Da wirst du dich noch etwas gedulden müssen, das Funkgerät ist noch außer Funktion", dämpfte Erik die Begeisterung des Brasilianers. „Was, ihr habt es noch nicht repariert?!", rief dieser erstaunt, „da wird sich Pullok aber gewaltige Sorgen machen."

„Vielleicht bekommt er sogar einen Herzinfarkt, der alte Geizkragen", murmelte Gregori hoffnungsvoll neben Erik. „Er hätte eben gleich ein gescheites Funkgerät einbauen lassen sollen und keins, das schon beim leisesten Sonnenwind gleich seinen Geist aufgibt."

„Ein leiser Sonnenwind!", empörte sich Louis. „Das war ein gewaltiger Sonnensturm, der uns alle hätte umbringen können! Allein seine Teilchendichte war hier draußen immerhin noch …"
„Später, später Louis, kannst du uns das alles noch im Detail erzählen", unterbrach Erik den Brasilianer, „jetzt müssen wir dringend ins Cockpit, denn dort wartet eine Menge Arbeit auf uns."

Die Reparatur der Funkstation beanspruchte natürlich viel mehr Zeit und Aufwand, als ihre Reparatur des Klos. Sie benötigten mehr als drei Stunden, um das Funkgerät und wenigstens einen der Bildschirme im Cockpit wieder zum Laufen zu bringen. Damit stellten sie die Verbindung zur Erde her und mussten etwa eine Minute warten, bis das besorgte und verschwitzte Gesicht Pulloks auf dem Bildschirm auftauchte.

Der Missionschef überfiel sie gleich mit zahlreichen Fragen: „Geht es euch gut, warum dauerte das so lange, was macht das Schiff?", tönte seine aufgeregte Stimme aus dem Lautsprecher. „Eins nach dem anderen", versuchte ihn Erik zu beruhigen. „Immerhin sind wir alle noch am Leben. Doch wie es uns gesundheitlich geht, kann ich dir erst sagen, nachdem uns Julia gründlich untersucht hat. Dem Schiff geht es, na sagen wir, mittelprächtig. Der Antrieb und das Lebenserhaltungssystem funktionieren wieder und wir sind auch schon wieder auf unserem alten Kurs. Trotzdem – der Sturm hat einen ganz schönen Schaden in unserem Cockpit angerichtet."

„Seid ihr weit vom Kurs abgekommen?", wollte Pullok wissen. „Ich denke, nicht, wir haben ja den Antrieb zu unserem Glück abgeschaltet. Wer weiß, ob wir ihn sonst je wieder zum Laufen gebracht hätten." „Ihr könnt also euren Flugplan mit nur minimalen Abweichungen einhalten?", erkundigte sich Pullok. „Ich denke schon, wir sind ja gleich nach dem Sturm, der nur etwa 10 Sekunden gedauert hat, auf unsere alte Flugbahn eingeschwenkt." „Sehr schön", freute sich der Missionschef. Er wurde zusehends ruhiger und optimistischer, verstieg sich gar zu einem Witz. „Seht es einmal so, ihr habt gerade eure ‚Feuertaufe' mit der PROMETHEUS mit einigen Blessuren hinter euch und nichts kann euch mehr schrecken."

„Feuertaufe ist das richtige Wort, du beschreibst es richtig", schaltete sich Gregori ein. „Im Cockpit sieht es aus, als habe eine Feuersbrunst gewütet. Ich mag gar nicht daran denken, was da alles kaputtgegangen ist." Der Russe zählte an seinen Fingern ab: „Du hast ja selbst einen Teil davon mitgekriegt: Die Funkverbindung unterbrochen, die Überwachungscomputer außer Funktion und jede Menge Kontrolllämpchen einfach erloschen. Es wird Tage dauern, bis wir das alles repariert haben." „Ihr kriegt das schon wieder hin", sprach ihnen Pullok Mut zu. Doch jetzt muss ich euch leider verlassen, ich habe eine Pressekonferenz anberaumt." Und der Missionschef unterbrach die Verbindung.

„Da haben wir's", schnaubte Gregori, als Pullok vom Bildschirm verschwunden war. „Der Herr hält eine Pressekonferenz ab und lässt uns in unserem Schlamassel sitzen." Er stockte kurz, als wäre ihm etwas eingefallen, und fuhr dann empört fort: „Man muss sich das einmal vorstellen: Er ruft zu einer Pressekonferenz, ohne zu wissen, ob wir überhaupt noch am Leben sind." „Nun, das war vielleicht etwas voreilig", räumte Erik ein.

„Nein, das ist in meinen Augen völlig pietätlos! Dieser Mensch hat nur das Wohl der NASA im Blick und keineswegs das Wohl seiner Mitmenschen." „Na, als Missionsleiter muss es ihm doch ein Herzenswunsch sein, dass seine Mission ein Erfolg wird", versuchte Erik Pullok zu verteidigen. „Nicht unbedingt", knurrte der Russe, „schlechte Nachrichten bringen in unserer Welt mehr Publicity als gute! Die Öffentlichkeit giert geradezu danach." Der Russe war ganz außer sich. Er schmiss ein Stück Draht, das er gerade in den Händen hielt, in die Ecke und rief: „Schluss für heute, Schluss mit Reparaturen, die Öffentlichkeit kann mich mal … ich meine, sie interessiert mich keinen Deut!"

Erik war über den Wutausbruch des Russen sichtlich erschrocken. Zögerlich gab er zu bedenken: „Aber die Überwachungscomputer oder wenigstens einen davon sollten wir schon noch zum Laufen bringen. Das gehört zum Sicherheitsprotokoll." Der Russe beruhigte sich wieder etwas und gab widerwillig zu: „Ja, du hast recht, das sollten wir noch tun." Es stellte sich heraus, dass der Zwillingscomputer, der während des Sturms online gewesen war, völlig im Eimer war, wie Gregori sich ausdrückte. Es gelang ihnen jedoch, den zweiten abgeschalteten Computer wieder hochzufahren. „So, jetzt langt's mir auch", murmelte Erik, „lass uns morgen weitermachen." Die beiden Piloten kletterten ins Zwischendeck, wo sie schon sehnlichst von Louis erwartet wurden.

Der Brasilianer erklärte ihnen lang und breit, was sein Experiment für tolle Ergebnisse erzielt hätte. Selbst die Astronomen auf der Erde wären schon ganz aus dem Häuschen. Erik hörte nur mit halbem Ohr zu, denn ihm gingen andere Gedanken im Kopf herum. Er hatte in den letzten Stunden erfahren müssen, an welch seidenem Faden das Leben hier im Weltraum hing. Jetzt versuchte er sich vorzustellen, was von ihm übrig blieb, wenn er dieses Abenteuer nicht überleben würde. Die anderen drei Männer hatten Familien, hatten Kinder und in denen würde wenigstens das Erbgut ihrer Väter weiterleben.

Er aber hatte niemanden! Seine Eltern waren verstorben, Kinder hatte er keine, also hinterließ er so gut wie nichts. Allerhöchstens ein paar enttäuschte Geliebte, doch ob die um ihn trauern würden, nun, das glaubte er eher nicht. Langsam tauchte in seinem Geist ein seltsamer Gedanke auf, formte sich eine bizarre Idee. Doch ehe er sie richtig zu fassen bekam, war sie auch schon wieder verschwunden.

Nachdem der Sonnensturm die PROMETHEUS quasi nur gestreift hatte und sie damit nur knapp einer Katastrophe entgangen waren, kehrten die Astronauten wieder zur Alltagsroutine zurück. Das galt allerdings nicht für Erik, denn der schob ein Problem vor sich her und wusste nicht, wie er es lösen sollte. Das Problem hatte einen Namen: Julia. Ständig lag ihm Louis in den Ohren mit Fragen, in der Art: „Hast du schon mit ihr gesprochen, oder ist dir schon was eingefallen?" Und immer konnte Erik nur mit dem Kopf schütteln. Das Problem erschien ihm wie die Quadratur des Kreises. Wie konnte man die Freundschaft einer Frau gewinnen, ohne in ihr die Hoffnung zu wecken, dass mehr daraus werden könnte. In ihrer derzeitigen Situation, das war ihm schmerzlich bewusst, wäre das „mehr" eine schlichte Katastrophe. Würde sie das genauso sehen? Die verzwickte Angelegenheit erschien ihm wie eine Gleichung mit mehreren Unbekannten. Egal, wie sehr er auch mit diesen Unbekannten jonglierte, es kam dabei keine Lösung heraus.

Endlich, nach vielen Erwägungen und schlaflosen Stunden, glaubte er, einen akzeptablen, wenn auch einen etwas seltsamen Weg gefunden zu haben. Bei seinem nächsten Gesundheits- und Psychologietest wollte er ihr einen überraschenden Vorschlag machen.

Da die Ärztin alle Crewmitglieder nach dem Solarsturm möglichst schnell testen wollte, hatte Erik schon einen Tag nach der Beinahe-Katastrophe einen Untersuchungstermin bei Julia. Er fragte sie: „Was glaubst du, wie stark hat der Sturm unserer Gesundheit geschadet?" „Nun, unsere Stahlen-Dosimeter sind noch näher an den roten Bereich herangerückt. Ich werde insbesondere Herz, Lunge, Leber und Nieren untersuchen, dann kann ich dir mehr sagen. Zur Sicherheit will ich noch eine Weile mit den Spritzen fortfahren und erst dann wieder zu Tabletten übergehen. Eines ist allerdings gewiss: Geschadet hat uns die Sache allemal!"

Sie untersuchte ihn und nahm ihm Blut ab. Danach folgte der Psychotest. Dieser lief für Erik nach dem sattsam bekannten Schema ab. Zunächst wollte Julia etwas über seine vegetativen Funktionen wissen, wie Schlaf, Verdauung etc., danach folgten ein Assoziations- und ein Rohrschachtest. Bei Letzterem musste er der Ärztin erklären, was er in den Klecksen zu erkennen glaubte oder was ihm spontan dazu einfiel. Dieser Test nervte Erik besonders und so schimpfte er: „Ich weiß überhaupt nicht, was das soll, das ist ja wie lesen aus dem Kaffeesatz, in jedem Fall höchst unwissenschaftlich – meiner Meinung nach."

„Das kommt daher, dass du dich nie ernsthaft mit Psychologie beschäftigt hast", erwiderte Julia schnippisch. „Aus deiner Auslegung der Figuren kann ich sehr wohl auf deine psychische Verfassung schließen!" „Na, wie sieht es aus: Muss ich schon in die Klapsmühle oder kann ich das Schiff noch weiterführen?", fragte Erik ungeduldig.

„Keine Anzeichen für psychotische oder neurotische Störungen", teilte ihm die Ärztin lakonisch mit. „Na also", brummte Erik, machte jedoch keine Anstalten, seine Liege zu verlassen. Julia runzelte die Stirn und fragte: „Hast du sonst noch was auf dem Herzen?"

„Ja, so könnte man es nennen", begann Erik zögerlich. „Weißt du, gestern, bei dem Sonnensturm, hätten wir alle sterben können. Da kommt man schon ins Grübeln." „Worauf willst du hinaus? Du wirst mir doch nicht plötzlich ein Angstsyndrom entwickeln? Schließlich kannten wir ja die Risiken unserer Mission", bemerkte Julia verwirrt." „Nein", wehrte Erik ab, „mit Angst hat das nichts zu tun, schon eher mit Nachdenklichkeit. Man wird mit seiner eigenen Endlichkeit konfrontiert und fragt sich, was bleibt, wenn man von der Bühne des Lebens abgetreten ist. Womöglich zwei Zeilen in einem Geschichtsbuch nach dem Motto: Er nahm an der 1. Marsmission teil!"

„So kleinmütig kenne ich dich eigentlich nicht", staunte Julia, „wo bleibt der große Draufgänger?" Diese Bemerkung brachte Erik aus dem Konzept und er stotterte: „Was ich dich eigentlich fragen wollte, hast auch du die Möglichkeit genutzt und deine … äh … Eizellen einfrieren lassen, ehe wir in den Weltraum gestartet sind?" Julia errötete und antwortete widerwillig: „Habe ich, ich will ja schließlich gesunde Kinder zur Welt bringen, falls ich zurückkehre." „Gott sei Dank, dann ist mein Plan ja durchführbar", erwiderte Erik. „Welcher Plan?", fragte die Ärztin verständnislos. „Nun, ich habe mir gedacht, vielleicht wärest du einverstanden, dass meine Spermien eines deiner kostbaren Eier befruchten könnten, falls wir nicht zurückkehren … ähm, wenn auch nur im Reagenzglas."

Julia blieb vor Überraschung der Mund offen stehen. Nachdem sie sich wieder etwas gefasst hatte, beschloss sie, das Ganze von der humoristischen Seite zu sehen, und sagte: „Wenn das ein Heiratsantrag sein soll, so ist das bestimmt der bizarrste, den ich je erhalten habe." „Nein, nein, kein Heiratsantrag", erwiderte Erik hastig. „Nur eine posthume Chance für uns beide, falls wir wirklich ins Gras beißen müssen. Glaub mir, ehe ich womöglich für irgendeine Unbekannte als Samenspender herhalten muss, möchte ich doch lieber sicherstellen, dass ich die Mutter meiner zukünftigen Kinder wenigstens kenne. Und bringen wir nicht, genetisch gesehen, die besten Voraussetzungen mit? Wir sind beide gesund und leistungsfähig. Du bist eine intelligente Wissenschaftlerin und ich eher ein Mensch der Tat. Unser Nachwuchs könnte sich also nicht über seine Erbanlagen beklagen."

„So gesehen, hast du vielleicht recht", gab Julia nachdenklich zu. „Allerdings würde ich meine Kinder natürlich viel lieber selbst austragen und vor allem würde ich sie gerne heranwachsen sehen, doch falls dies nicht möglich ist, birgt dein Vorschlag immerhin die Möglichkeit, dass etwa von uns unseren Tod überdauert."

Sie lächelte; es war ein kleines, trauriges Lächeln, und sagte dann mit warmer Stimme: „Ich fühle mich durch deinen Vorschlag geehrt und bin damit einverstanden." Erik fiel ein Stein vom Herzen, denn offenbar war seine absurde und etwas peinliche Idee auf fruchtbaren Boden gefallen. „Dann werde ich also Pullok mitteilen, wie er mit unseren tiefgefrorenen Keimzellen verfahren soll, falls wir unser Abenteuer nicht überleben sollten", sagte er entschlossen. „Ja, tu das", stimmte Julia zu. „Falls wir jedoch zurückkehren, wird neu verhandelt, dann kommst du mir ohne Heiratsantrag nicht davon!"

Ein im Vergleich zum Universum winziges Schiff trieb durch die Weiten des Alls. Lichtschnelle, elektromagnetische Wellen verbanden es mit dem Planeten, von dem es gestartet war. Fünf Menschen kämpften darin um ihr Überleben. Jeder von ihnen hatte einen anderen Grund, bei diesem Abenteuer dabei zu sein. Entsprechend sah die Gefühlslage der fünf Astronauten bei jedem etwas anders aus. Da vermischten sich Zuversicht, Wissensdurst, Ängste, Heldentum und pure Abenteuerlust zu einem schizophrenen Ganzen, das durch die starken Bande, ein gemeinsames Schicksal miteinander zu teilen, zusammengehalten wurde. Noch trotzten sie der eisigen, lebensfeindlichen Umgebung, doch die Frage blieb, wie lange noch?

Die PROMETHEUS hatte die halbe Strecke zum Mars zurückgelegt. Die Erde war zu einem Stern zusammengeschrumpft, der heller als die Venus strahlte, und der Mond war mit bloßem Auge nicht mehr zu erkennen. Erik fand, dies war ein Grund, eine kleine Feier zu veranstalten, bei der er auch eine ermunternde Rede zu halten gedachte. Und Ermunterung hatte seine Mannschaft auch dringend nötig, denn die drangvolle Enge des Schiffes und das tägliche Einerlei an Bord zehrten doch sehr an den Nerven jedes einzelnen Besatzungsmitgliedes. Man konnte es an dem gereizten Umgangston erkennen und wie jeder bemüht war, sich seine eigene kleine private Welt zu schaffen.

Julia hielt sich immer länger in der Ambulanz auf dem Unterdeck auf. Louis saß die meiste Zeit wortlos an seinem Computer und studierte über das Teleskop stundenlang Bilder vom näher kommenden Mars. Er hatte sich demnach ein neues Zielobjekt gesucht, das sein Heimweh zur Erde in Schach hielt. Han vergrub sich in seiner Fachliteratur und wechselte kaum ein Wort mit den anderen. Gregori wiederum widmete fast seine ganze freie Zeit der Kontrolle und Überwachung der Schiffstechnik. Menschlichen Kontakten wich er aus. Nur hin und wieder spielte er ein Partie Schach am Computer. Erik sah zwar, wie das Mannschaftsgefüge bröckelte, konnte aber wenig dagegen tun. Nun, da sie die Hälfte der Strecke zum Mars zurückgelegt hatten, glaubte er, dies sei eine günstige Gelegenheit, an jenen Korpsgeist zu appellieren, den seine Crew einst ausgezeichnet hatte.

Er wollte also eine kleine Feier veranstalten und bei der Gelegenheit eine aufmunternde Rede an seine Mannschaftskollegen halten. Er beorderte sie ins Zwischendeck, ohne ihnen zu sagen, was er vorhatte. Langsam, beinahe widerwillig trudelten seine Leute, einer nach dem anderen, ein. Louis rieb sich die Augen, zeigte auf den Tisch, auf dem einige Tuben lagen, und sagte zu Erik: „Bist du jetzt unter die Butler gegangen, weil du uns nun schon zu den Mahlzeiten rufst?" „Die Tuben enthalten Sekt und ich spendiere sie zur Feier des Tages, an dem wir die Hälfte der Strecke zum Mars geschafft haben", erwiderte Erik. „Sekt aus Tuben, das klingt barbarisch", meinte Julia. „Egal aus welchem Behälter der Alkohol fließt, Hauptsache, er tut seine Wirkung", brummte Gregori und griff gierig nach einer Tube. Die anderen folgten seinem Beispiel und, nachdem man sich zugeprostet und die Tuben ausgesaugt hatte, wurde die Stimmung schlagartig besser. Erik sah den Augenblick für seine kleine Ansprache gekommen.

„Also Leute", begann er, „die Hälfte unserer Reise haben wir geschafft und ich bin stolz auf eure Leistung. Das gilt in besonderem Maße für unsere Ärztin, die uns medizinisch gut betreut hat. Sie hat dafür gesorgt, dass wir physisch und psychisch nicht allzu weit abgedriftet sind. Aber auch alle anderen an Bord haben einen guten Job gemacht, sodass ihr heute keine Klagen von mir hören werdet. Umso mehr wundert es mich, dass ich euch in letzter Zeit mit hängenden Köpfen herumlaufen sehe. Dazu besteht nicht der geringste Grund. Ich bin felsenfest davon überzeugt, dass wir auch die zweite Hälfte dieses Marathons schaffen werden, wenn wir weiterhin unser Bestes geben."

„Danke für die Blumen", brummte Gregori, „ich glaube allerdings, du hast eine wichtige Sache dabei übersehen." „Welche?", erkundigte sich Erik erstaunt. „Nicht nur wir müssen einwandfrei funktionieren, sondern auch die PROMETHEUS", klärte ihn der Russe auf. „Gibt es deiner Meinung nach Probleme mit dem Schiff?", hakte Erik nach. „Nun, der Reaktor schwankt minimal in seiner Leistung, doch das beunruhigt mich eigentlich noch nicht. Ich wollte nur darauf hinweisen, dass es nicht selbstverständlich ist, dass sämtliche Mechanik und Elektronik des Schiffes immer wie am Schnürchen funktionieren."

„Danke, Gregori, das ist mir bewusst", stimmte ihm der Kommandant zu. „Aber da das Schiff gründlich getestet wurde, setze ich natürlich voraus, dass es auch weiterhin verlässlich funktionieren wird. Wenn nicht, sehen wir alt aus."

Am Tag nach Eriks aufmunternder Rede an seine Crew drehten sie das Schiff. Die PROMETHEUS flog nun mit dem Heck voran in Richtung Mars und verzögerte, anstatt zu beschleunigen. In 6 Wochen würden sie ihre Geschwindigkeit so weit reduziert haben, dass sie in eine Umlaufbahn um den Roten Planeten einschwenken konnten.

Das Flugmanöver, das der Kommandant zusammen mit Gregori durchführte, verlief problemlos. Anders als der Russe hatte Erik vollstes Vertrauen in die Funktionstüchtigkeit und Belastbarkeit der PROMETHEUS. Um die Belastbarkeit der Menschen an Bord machte er sich dagegen schon mehr Gedanken. Noch nie in ihrer Geschichte hatten sich Menschen weiter von ihrem Heimatplaneten entfernt. Selbst die lichtschnellen elektromagnetischen Wellen benötigten nun fast 4 Minuten, um vom Schiff zur Erde und wieder zurück zu gelangen. Eine vernünftige Kommunikation war so kaum noch möglich.

Schon vor vier Wochen hatte man die Fernsehshows aus der PROMETHEUS eingestellt, die Distanz war einfach zu groß geworden. Kaum verwunderlich, wenn sich die Menschen an Bord unter solch extremen Bedingungen immer einsamer und verlassener fühlten. Ihre Gruppe war einfach zu klein, um geistige Ausgewogenheit und Gesundheit auf die Länge zu garantieren. Ihnen fehlte die Geborgenheit in der Masse. Noch nie hatte Erik die vielen Menschen, die ihm zuvor oft so lästig waren, so vermisst. Seinen Mitstreitern musste es ähnlich ergehen. Die PROMETHEUS war ein Nichts in den Weiten des Alls und dennoch, in diesem Nichts pulsierte Leben, keimten Hoffnungen und Wünsche.

Allerdings hatte sich bestimmt niemand gewünscht, was ihnen zwei Wochen vor ihrer Ankunft auf dem Mars passierte. Es war zur Nachtzeit auf der PROMETHEUS und Erik schlief wie alle anderen, außer Gregori, der im Cockpit Dienst tat, als er von einem lauten Knall, gefolgt von einem Master- Alarm geweckt wurde. Er fuhr hoch, stieß mit dem Kopf gegen die Kojendecke und überlegte krampfhaft, was den Alarm ausgelöst haben könnte. Als er das unheilvolle Zischen hörte, wurde ihm alles klar.

„Dekompression!", gellte es durch sein Gehirn, das Schlimmste, was einem Raumfahrer passieren konnte. Zwar verriegelte der Bordcomputer sofort alle Schotts und leitete mit Überdruck Luft in das Zwischendeck, doch diese und noch viel mehr entwich sofort wieder durch die beiden Löcher, die der winzige Meteorit in die Wände des Zwischendecks gerissen hatte. Erik rang nach Atem und Panik überflutete sein Gehirn. Er wusste, er musste irgendwie in seinen Raumanzug gelangen, der links von den Kojen an einer Stange hing, sonst würde er ersticken. Er schnallte sich los und wollte seine Koje verlassen, doch er schaffte es nicht mehr und fühlte, gleich würde er das Bewusstsein verlieren. Ihm blieb nur noch eine Möglichkeit: seine mentale Konditionierung, das Notfallprogramm, das in seinem Gehirn schlummerte. Er flüsterte die Codeworte und augenblicklich vollzog sich eine erstaunliche Verwandlung in seinem Inneren. Eine Flut von Hormonen wurde freigesetzt, sein Blutdruck stieg, der Grund-Tonus seiner Muskulatur verdreifachte sich und verschaffte ihm ungeahnte Kräfte. Im Gegensatz dazu wurde ein Großteil seiner Großhirnrinde ausgeschaltet und die Schmerzbahnen vom Rückenmark zum Hirn wurden blockiert.

Damit verschwanden Angst, Panik und Schmerz. Die Kontrolle seines Körpers wurde im Wesentlichen vom Zwischen- und Endhirn übernommen, die ihn durch beschleunigte, unbewusste Reflexe steuerten. Als der so verwandelte Erik mit einem Knurren seine Augen aufriss, erwachte ein archaisches, urzeitliches Wesen, das nur einen einzigen Gedanken kannte: Überleben um jeden Preis. Und dazu musste er unbedingt in seinen Raumanzug gelangen. Es setzte sich mit einer ruckartigen Bewegung auf, nahm noch einmal einen tiefen Atemzug der dünnen kalten Luft und stoppte dann seine Atmung.

Mit roboterartigen Schritten stapfte es zu der Stange, an dem die Raumanzüge hingen, und riss den seinen herunter. Sich mit einer Hand an die Stange klammernd, um nicht vom Luftsog mitgerissen zu werden, schlüpfte er mit schnellen, reflexartigen Bewegungen in den Anzug und setzte sich den Helm auf. Gierig sog es die sauerstoffreiche Luft ein, als das Lebenserhaltungssystem des Raumanzuges zu arbeiten begann. Das Wesen hatte sein Ziel erreicht, das posthypnotische Notfallprogramm begann sich abzuschalten.

In dem Maße, wie Erik wieder sein normales Bewusstsein erlangte, in dem Maße überschwemmte ihn auch eine Woge aus Erschöpfung, Angst und Schmerz. Sein Körper hatte Übermenschliches geleistet, war eine immense Sauerstoffschuld eingegangen und deshalb hätte er sich am liebsten auf den Boden gelegt, um einzuschlafen. Aber er musste seine Kameraden und sich selbst retten. Also negierte er diesen, aus seiner Erschöpfung geborenen, Impuls und schaltete stattdessen die Magneten in seinen Stiefeln ein, um einen festen Stand zu haben. Er sah sich um und seine Augen suchten seine Crewmitglieder.

Er entdeckte als Ersten Louis, dessen rechtes Bein aus der Koje ragte, während sein übriger Körper noch angeschnallt auf seiner Liege lag. Er hechelte, rang nach Luft uns stieß in seiner Bewusstlosigkeit beim Atmen feine weiße Wölkchen aus. Julia lag regungslos auf ihrer Liege über dem Brasilianer.

Bei ihrem Anblick schnürte es Erik das Herz zusammen. Vielleicht war sie bereits tot, denn er sah sie nicht atmen. Han war nicht in seiner Koje. Erik sah sich suchend um, und da erblickte er Han hinter sich, wie am Boden festgeschraubt. Dem Kommandanten blieb der Mund offen stehen, als er erkannte, dass der Chinese es nicht nur bis zu den Raumanzügen geschafft hatte, sondern auch noch die Beine in seinen Anzug hatte stecken können, ehe er bewusstlos wurde. Offenbar hatte er auch die Magneten in seinen Stiefeln aktiviert und so stand er wie festgefroren im Gang des Mannschaftsraums, während sein Oberkörper wie ein Rohr im Wind schwankte. Auch Han atmete noch, er hechelte sogar noch schneller als Louis. Im Raum herrschte das reinste Chaos.

Die Luft zischte durch die Einschlagslöcher des Meteoriten, kleinere, lose Gegenstände wirbelten durch die Luft und wurden in den Weltraum gesaugt. Das Lebenserhaltungssystem heulte auf Hochtouren und versuchte, die verschwindende Luft zu ersetzen, was ihm allerdings nur zum Teil gelang. Langsam, aber stetig sanken Luftdruck und Raumtemperatur.

Durch dieses Chaos stapfte Erik schweren Herzens zur Koje von Julia und erkannte zu seiner grenzenlosen Erleichterung, dass die Ärztin auch noch atmete, wenn auch hektisch und flach. Sie und die beiden anderen mussten auf schnellstem Wege in einen Raum geschafft werden, in dem ein höherer Luftdruck und mehr Sauerstoff vorhanden waren, sonst würden sie sterben.

Erik fiel dazu spontan das Unterdeck ein. Dort gab es nach dem Schließen der Schotts noch ausreichend Luft, ja sogar Medikamente und Sauerstoffflaschen in der Ambulanz. Er öffnete bei Julia gerade mit einer Hand den Verschluss ihres Anschnallgurtes und hielt sie mit der anderen fest, damit der „Luftsog" sie nicht mitriss, als ihn selbst von rechts ein heftiger Windstoß traf. Die Tür zum Cockpit hatte sich geöffnet und Gregori erschien im Mannschaftsraum in seinem Raumanzug. „Mein Gott!", fuhr es Erik durch den Kopf. In dem ganzen Chaos hatte er den Russen glatt vergessen. Natürlich, der hatte ja im Cockpit noch genügend Luft und konnte sich gemütlich seinen Raumanzug anziehen und seinen Helm aufsetzen.

Erik war äußerst erfreut über das Auftauchen des Russen und rief ihm zu: „Hilf mir, die Leute ins Unterdeck zu schaffen, öffne das Schott!" Der Russe hielt sich die Hand ans Ohr und da fiel Erik ein, er hatte ja sein Mikro am Helm noch gar nicht eingeschaltet. Eilig holte er das Versäumte nach und wiederholte seine Worte. Gregori nickte und stapfte Richtung Unterdeck.

Inzwischen hatte Erik Julia losgeschnallt und trug die fast schwerelose Frau mit einer Hand zum Schott des Unterdecks. Erik befahl: „Öffne das Schott und schließe es gleich hinter mir wieder, dann holst du Louis und kommst mir nach."

Erik kämpfte sich anfangs gegen den Luftstrom in der Röhre Richtung Ambulanz und zog Julia am Bein hinter sich her. Als Gregori das Schott wieder geschlossen hatte, stieß er sich einfach kräftig ab und segelte das letzte Stück der Röhre mit Julia im Gepäck ins Unterdeck. In der Ambulanz angekommen, schnallte er Julia auf der Untersuchungsliege fest und sah sich nach einer Sauerstoffflasche und einer Atemmaske um. Er hatte die Sachen gerade entdeckt, als Gregori mit Louis im Raum eintraf. Sie schnallten auch Louis an der Liege fest. „So", meinte Gregori aufatmend, „jetzt müssen wir nur noch Han holen, dann können wir uns um die Löcher kümmern."

Sie stapften zurück zum Verbindungstunnel, schalteten die Magneten in ihren Stiefeln ab und segelten dann, nachdem sie das Schott geöffnet hatten, mit dem Luftstrom zurück ins Zwischendeck. Sie lösten Han vom Fußboden und trugen ihn zum hinteren Schott. Auf dem Weg dorthin schlug Gregori vor: „Wir könnten doch Han mit den Füßen voran durch die Röhre schicken, der Gegenstrom der Luft wird ihn abbremsen und mit seinen Magnetstiefeln wird er dort unten schon andocken. So sparen wir Zeit, verlieren weniger Luft und können uns um die Abdichtung der Löcher kümmern."

„Eine gute Idee", stimmte Erik zu. „So werden wir es machen, allerdings mit einer kleinen Änderung. Du dichtest die Löcher ab und ich kümmere mich um die Bewusstlosen." Sie öffneten das Schott, schwenkten Han ein paarmal hin und her und katapultierten ihn dann mit den Füßen voran in die Röhre. Erik sprang ihm hinterher und Gregori verriegelte schleunigst das Schott.

Als Erik das Unterdeck erreichte, sah er, dass Han an der gegenüberliegenden Wand des Raumes angedockt hatte. Dort ragte er waagrecht in den Raum, wie die sagenhafte „schwebende Jungfrau". Erik warf als Erstes einen Blick auf das Barometer in der Ambulanz und bemerkte, dass der Luftdruck hier unten immerhin noch 500 Millibar betrug. Daraufhin setzte er seinen

Helm ab und zog seine Handschuhe aus, denn so konnte er besser Hilfe leisten.

Sein Gehirn arbeitete auf Hochtouren und begann, das Kapitel Asphyxie zu rekapitulieren, das er von Ersten-Hilfe-Kursen her kannte. Sauerstoffgabe bei Erstickungsanfällen war natürlich das Mittel der Wahl, aber man musste auch auf den Kreislauf achten. Mit Schaudern dachte er an das Stichwort „Triage", das besagte, dass bei mehreren Schwerverletzten derjenige als Erster behandelt werden musste, der die besten Chancen zum Überleben hatte. Diese Entscheidung hoffte er auf keinen Fall treffen zu müssen.

Er schnappte sich die schon zuvor entdeckte Sauerstoffflasche und die Atemmaske und eilte zu Julia. Sie war von den dreien wohl als Erste bewusstlos geworden und würde Hilfe am dringendsten benötigen. Doch zunächst musste er mit zitternden Händen erst einmal feststellen, ob sie überhaupt noch lebte. Er taste nach ihrem Puls und stellte mit unendlicher Erleichterung fest, dass ihr Herz noch schlug. Er schnallte ihr die Atemmaske um und begann, sie mit reinem Sauerstoff zu beatmen.

Schon nach wenigen Minuten atmete sie ruhiger und ihr zuvor fadenförmiger Puls schlug wieder kräftiger. Auch ihre ehemals schrecklich bleiche Gesichtsfarbe verlor sich und wurde wieder rosiger. Da es Julia offensichtlich besser ging, beschloss Erik, Louis zu beatmen. Bei ihm musste er nicht erst nach Lebenszeichen suchen, der rang laut und vernehmlich nach Luft.

Auch bei ihm zeigte der Sauerstoff rasch Wirkung und sein Atem wurde tiefer und gleichmäßiger. Nun wechselte Erik mit der Maske zu Han. Der Chinese war offensichtlich der Zäheste von den drei Bewusstlosen und daher kam er auch als Letzter in den Genuss des Sauerstoffs. Erik ließ Han, der nun auch bereits ruhig und gleichmäßig atmete, wieder allein und begab sich zu dem kleinen Medizinschrank, der in der rechten Ecke der Ambulanz stand.

Er wollte nach einem Kreislauf stabilisierenden Medikament suchen, um es den Bewusstlosen zu verabreichen. Er fing seine Suche in der untersten Schublade an, fand dort aber nichts Geeignetes. Als er zur mittleren Schublade überging, hörte er hinter sich ein leises Stöhnen. Er drehte sich um und sah zu seiner großen Freude, dass Julia die Augen aufgeschlagen hatte. Er unterbrach seine Suche und eilte zu ihr.

Die Ärztin versuchte, sich aufzurichten, sank aber gleich wieder stöhnend zurück. Angstvoll und mit völligem Unverständnis in den Augen sah sie sich um und fragte, die Worte mühsam formend: „Was um Himmels willen ist geschehen?" „Ein Meteorit hat die mittlere Sektion des Mannschaftsmoduls getroffen und du wärst beinahe erstickt", brummte Erik. Die Augen der Ärztin weiteten sich und sie versuchte, sich erneut aufzurichten. „Ich muss helfen", stöhnte sie, „muss die Vital-Funktionen der Bewusstlosen überwachen!" Erik schüttelte den Kopf und sagte: „Bleib liegen, du bist noch zu schwach, außerdem bin ich ja auch noch da. Ich war gerade auf der Suche nach einem Kreislaufmittel, das ich euch verpassen wollte. Wo zum Teufel versteckst du das Zeug?"

„Die Ampullen und Spritzen, die du suchst, befinden sich in dem Schränkchen dort drüben, gleich in der obersten Schublade", meinte die Ärztin kopfschüttelnd. Erik fand die Sachen, köpfte die Ampulle und zog die Spritze auf. Als er zur Ärztin zurückkehrte, hatte sich diese bereits auf der Liege zur Seite gedreht und streckte ihm ihr entblößtes Gesäß entgegen. „Du musst die Spritze in den rechten oberen Quadranten des Muskels setzen", wies sie ihn an. Erik stach zu und Julia rief: „Autsch, zum Glück bist du kein Arzt geworden, du würdest ja deine Patienten zu Tode malträtieren!" Sie richtete sich auf, zog sich hastig den Schlüpfer hoch und nahm Erik kritisch in Augenschein. Verblüfft fragte sie: „Weshalb steckst du in einem Raumanzug, weshalb wurdest du nicht bewusstlos?" Erik lächelte schief und erwiderte: „Wir Testpiloten haben eben unsere kleinen Geheimnisse und unterscheiden uns ein wenig von den gewöhnlichen Menschen." „Was heißt das?", fragte Julia scharf, die sich als Psychologin düpiert fühlte.

„Das heißt", entgegnete Erik unbeeindruckt, „vor unserem Start wurde ich einer Konditionierung unterzogen. In meinem Gehirn wurde ein post-hypnotisches Notfallprogramm installiert."

„Oh ja, ich habe davon schon einmal gehört", sagte die Ärztin nachdenklich. „Aber ist die Aktivierung eines solchen Programms nicht höllisch gefährlich? Ich meine, es werden dabei doch alle Grenzen menschlicher Belastbarkeit überschritten. Du hättest sterben können." Erik lachte darüber und meinte: „Hatte ich denn eine Wahl? Der Meteorit hätte uns alle erledigt, wenn es mir nicht gelungen wäre, in meinen Raumanzug zu steigen. Aber du hast schon recht, die Aktivierung derartiger Programme über Codewörter kann lebensgefährlich sein. Hinterher ist man total erschöpft und ausgelaugt und was man für psychische Tappen dabei vielleicht entwickelt, ist auch noch nicht klar. Wie du siehst, hat alles seinen Preis."

„Aber dann musst du dich jetzt unbedingt schonen", sagte die Ärztin besorgt. „Ich mache weiter, das ist sowieso mein Metier, und du legst dich hin!", sagte sie im Befehlston und richtete sich entschlossen auf. „AY, AY, Madame", erwiderte Erik. Er ließ sich auf die Liege zurücksinken und schloss die Augen.

Er stand tatsächlich kurz vor einer Ohnmacht und fühlte sich so ausgelaugt, als hätte ihm ein Vampir die letzten Blutstropfen ausgesaugt. Außerdem schien sein Körper aus Glas zu bestehen und würde in tausend Stücke zerspringen, wenn er ihm auch noch die geringste Anstrengung zumutete. Julia hatte sich inzwischen zu Han begeben und übernahm selbst die Überwachung der Beatmung des Biologen.

„Ich glaube, Han hat es am schlimmsten erwischt, weil du versucht hast, ihm seinen Raumanzug überzuziehen, und nun klebt er, halb angezogen, mit seinen Stiefeln an der Wand." „Keineswegs", widersprach Erik. „Han ist es als Einzigem von euch gelungen, seine Koje zu verlassen, und er ist erst beim Anziehen seines Raumanzuges in Ohnmacht gefallen." „Sieh mal einer an, wie man sich täuschen kann", staunte die Ärztin, „manche Menschen wirken so unscheinbar, dass man sie ständig unterschätzt. Dann werde ich ihm gleich eine Spritze verpassen, denn er hat sich augenscheinlich übernommen."

Während Julia die Spritze für Han aufzog, kam Louis wieder langsam zu sich. Er rollte mit den Augen und griff sich stöhnend an den Kopf. „Wie geht es dir, Louis?", erkundigte sich Erik mitfühlend. „Als wäre ein Meteorit mitten durch meinen Kopf gerast", antwortete der Astronom mit einem gequälten Lächeln. „Es war doch ein verdammter Meteorit, der uns getroffen hat, oder etwa nicht?"

„Ja, ein Winzling, sonst wären wir nicht mehr am Leben", erklärte Erik. „Hat er viele Schäden angerichtet? Ich denke da insbesondere an meinen Computer und an das Bordteleskop." „Verdammt, Louis, kannst du nicht erst einmal an die Menschen denken und dann erst an deine Wissenschaft?" „Euch geht es doch augenscheinlich gut, bis auf die halbe Portion hier", entgegnete Louis und deutete auf Han.

„Wo ist übrigens Gregori?" „Er ist im Zwischendeck und deckt die Einschlags- Löcher ab", erwiderte Erik müde. „Na also, sage ich doch, mit der Besatzung scheint alles in Ordnung zu sein, bis auf unseren etwas labilen asiatischen Professor. Doch der atmet auch schon wieder ganz ruhig und wird sicherlich bald wieder zu sich kommen. Aber, wie soll ich bitteschön den Mars beobachten, wenn der Meteorit das Bordteleskop weggesprengt oder meinen Computer demoliert hat?"

„Dieser labile Professor, wie du dich auszudrücken beliebst, war der Letzte von euch dreien, der bewusstlos geworden ist, und der es beinahe noch in seinen Raumanzug geschafft hätte", sagte Erik genüsslich.

Julia, die das Gespräch mit angehört hatte, kam mit aufgezogener Spritze auf Louis zu und meinte sarkastisch: „Es soll Menschen geben, die an permanenter Selbstüberschätzung leiden und aus jeder Situation für sich das Beste herausklauben." Der Brasilianer erwiderte unerschütterlich: „Liebste Julia, manchmal geht eben Schönheit vor Leistungsfähigkeit und was soll der Neid über meinen Zweckoptimismus? Mit ihm kommt man allemal besser durchs Leben!"

Die Ärztin schüttelte nur den Kopf, sagte aber nichts, sondern verpasste Louis nur die Kreislaufspritze. Danach kroch der Brasilianer auf allen vieren zum Schalter für interne Schiffskommunikation, drückte ihn nach unten und rief nach Gregori. Als dieser sich meldete, wollte der Brasilianer wissen, wie es im Zwischendeck aussah, und verlangte eine Schadensmeldung von ihm.

Der Russe erwiderte ungehalten: „Die Löcher sind abgedichtet. Wir hatten unverschämtes Glück, der Meteorit ist oberhalb der Schlafkojen eingetreten und oberhalb der Computerkonsolen wieder aus. Außer, dass deine Aufzeichnungen und Schreibutensilien jetzt im Weltall umherschwirren, scheint der Meteorit keinen weiteren Schaden angerichtet zu haben." „Die Aufzeichnungen kann ich verschmerzen, wenn nur das Teleskop und mein Computer in Ordnung sind", erwiderte Louis gelassen.

Gregori meldete sich nochmals. „Ich denke, ihr könnt jetzt hochkommen, der Luftdruck ist im Zwischendeck wieder normal. Die Wissenschaftler sollten ihre Raumanzüge anziehen, das ist Vorschrift bei drohender Dekompression. Die Helme könnt ihr weglassen, es reicht, wenn ihr sie griffbereit haltet. Ach ja, dass ich es nicht vergesse: Erik soll aus dem Ersatzteillager das Schweißgerät mitbringen. Wir müssen unbedingt die selbstklebenden, kupfernen Abdeckscheiben mit der Bordwand verschweißen, denn erst dann sind wir vor Dekompression wirklich sicher. Es wäre schön, Erik, wenn du mir dabei helfen könntest." Nachdem Gregori das Schott zum Zwischendeck geöffnet hatte, kehrten Erik und die Wissenschaftler dorthin zurück.

Han, noch immer bewusstlos, wurde als Erster hochgeschoben und von Gregori in Empfang genommen. Der Russe zog dem Chinesen den Raumanzug komplett an und schnallte ihn auf seiner Koje fest. Julia, die als Nächste hochkletterte, blieb bei dem Biologieprofessor, um dessen Vital- Funktionen zu überprüfen. Louis zog sich problemlos durch den engen Verbindungstunnel hoch, während Erik den Aufstieg gegen die geringe Schwerkraft nur mit Mühe schaffte.

Er war nach der Auslösung des Notfallprogramms immer noch zu Tode erschöpft. Obwohl sie alle durch den Meteoriten-Einschlag, quasi in ihrer Wohnstube, noch recht mitgenommen waren, spiegelte sich das nicht in ihrer Stimmung wider. Schließlich hatten sie alle die Katastrophe überlebt, nur um Han mussten sie noch etwas zittern.

Wisst ihr, wie hoch die Wahrscheinlichkeit ist, von einem Meteoriten getroffen zu werden?", wandte sich Louis gut gelaunt an Erik und Gregori. „Nein", brummte der Russe, „aber ich schätzte, du wirst es uns gleich verraten. „Geringer als ein Sechser im Lotto!", verkündete der Brasilianer triumphierend.

„Aber er hat uns getroffen, das ist Fakt, also was soll das Jonglieren mit großen Zahlen?", bemerkte Erik müde. „Leider ziehst du nicht die glasklare Schlussfolgerung aus diesem Fakt", belehrte ihn Louis. „Was ich damit nämlich andeuten wollte: Es ist so gut wie unmöglich, dass wir nochmals mit so einem Ereignis rechnen müssen."

„Mit so einem Ereignis vermutlich nicht", räumte Erik ein. „Aber, dass wir Luft über die Einschlagslöcher verlieren könnten, ehe wir sie richtig verschweißt haben, das kann allemal passieren. Also sollten du und Julia jetzt eure Raumanzüge überziehen. Das ist ein Befehl!"

„Ja", fuhr Gregori fort „und dann solltet ihr euch alle schlafen legen, denn ihr seht noch etwas mitgenommen aus. Und, da ich der Einzige bin, der noch fit ist, werde ich zuerst die Löcher verschweißen und dann eine Doppelwache im Cockpit schieben."

Erik fiel ein Stein vom Herzen, denn er hatte gerade dies dem Russen befehlen wollen, doch ein freiwilliges Angebot war allemal besser als ein Befehl. Er selbst vermochte kaum noch, die Augen offen zu halten, deshalb dankte er Gregori und schlich zu seiner Koje. Als er dort angekommen war, erkundigte er sich bei Julia: „Wie geht es Han?" „Oh, er ist schon wieder ansprechbar", erwiderte die Ärztin. „Ein paar Stunden Schlaf und er ist so gut wie neu!"

„Genau, einige Stunden Schlaf, die werden uns allen jetzt guttun. Also erteile ich hiermit den Befehl: Alle, die vor Kurzem noch nach Luft geschnappt haben, begeben sich in ihre Kojen, um zu schlafen. Gregori wird inzwischen die PROMETHEUS überwachen."

Erik schlief 12 Stunden wie ein Toter, ehe ihn Gregoris Schnarchen aus der Nachbarkoje weckte. Er fühlte sich ausgeruht und munter, die Erschöpfung vom Vortag schien wie weggeblasen. Nun verspürte er einen Bärenhunger, es war höchste Zeit, aufzustehen. An dem am Boden verankerten runden Tisch saßen bereits Louis und Han beim Frühstück. Louis war offenbar schon wieder in prächtiger Stimmung, denn als er Erik aus dessen Koje herauskriechen sah, nahm er Haltung an und rief: „Achtung! Kapitän erscheint zum Frühstück!"

Erik lächelte gutmütig und nahm Han gegenüber Platz. „Was gibt es denn heute für kulinarische Köstlichkeiten?", fragte er ironisch.

„Die üblichen Tuben mit unaussprechlichen Inhalten", erwiderte Han anklagend. „Wohl kaum geeignet für die Gaumen asiatischer Gourmets", meinte Louis lächelnd, „obwohl mir in Hongkong auch schon unaussprechliche Speisen vorgesetzt worden sind." „Aber dort sind die Speisen immer frisch und kein so homogenisierter Brei, den man uns hier anbietet", lamentierte Han. Erik griff nach einer der Tuben auf dem Tisch, drückte sich etwas von der Paste in den Mund und murmelte undeutlich: „Ja, frisch sind die Speisen in Ostasien derartig, dass manche davon noch auf dem Teller herumzappeln. Ich vermisse unsere hübsche Bedienung, wo steckt sie?"

„Julia schiebt Wache im Cockpit und dafür kannst du Gott danken, denn sie beabsichtigt, uns alle in ihre Folterkammer zu verfrachten. Sie meint, sie müsse uns unbedingt durchchecken nach unserem Abenteuer mit dem Meteoriten gestern", antwortete Louis mit angewiderter Miene. Erik blickte auf seine Uhr und meinte: „Dann bleibt uns ja noch etwas Zeit, um unser Frühstück zu genießen." Louis lachte und Han verzog den Mund, äußerte sich jedoch nicht.

Nachdem Erik als Letzter sein frugales Mal beendet hatte, sagte Louis: „Kommt mit, ich möchte euch was zeigen." Der Brasilianer schnallte sich von seinem Stuhl los, stieß sich vom Tisch ab und war mit einem Satz bei seinem Computer, wo er sich am festgeschraubten Stuhl abfing. Die beiden anderen folgten ihm. Louis schaltete den Computer ein und nach ein paar Klicks erschien auf dessen Schirm eine etwa Fußball große, rötliche Kugel. „Ich verwette meinen Kopf, dass ich mit unserem Bordteleskop schon mehr Einzelheiten auf dem Mars erkennen konnte als die Astronomen mit ihren Riesenteleskopen auf der Erde", verkündete er stolz. „Seht ihr die großen Schildvulkane auf dem Bild, insbesondere den mächtigen Olympus Mons? Da möchte ich unbedingt hin, wenn wir gelandet sind.

Ich möchte doch zu gerne wissen, was unser Nachbarplanet dort so alles ausgespuckt hat. Die genaue Zusammensetzung der Lava

dieser Vulkane kann uns viel über den inneren Aufbau des Mars'
verraten."

Han zeigte auf eine gezackte Linie, die sich fast über die gesamte Hälfte der sichtbaren Marsoberfläche erstreckte, und sagte mit Nachdruck: „Und ich muss unbedingt dorthin." „Aha, die Valles Marineris", brummte Louis. „Du willst dieses gigantische Schluchten-System erkunden? Na, dann viel Vergnügen! Nimm vor allem lange Seile mit, denn die steilen Wände dieser größten Schlucht im Sonnensystem führen in ungeahnte Tiefen."

„Ich habe keine sportlichen Ambitionen", erklärte der Biologe ernst, „ich möchte nur deshalb auf den Boden dieser Schlucht, weil ich dort auf Spuren marsianischen Lebens zu stoßen hoffe."

„Nun mal langsam", dämpfte Erik die Hoffnungen der Wissenschaftler, „ehe wir uns nämlich die Köpfe über zukünftige Expeditionen zu fernen Marsregionen zerbrechen, sollten wir sicher sein, dass wir überhaupt auf dem Mars bleiben können. Wenn z.B. mit den vorausgeschickten Vorräten etwas nicht stimmt oder die Höhlen für den Aufbau unseres Habitats zu klein sind, brechen wir unverzüglich nach unserer Landung wieder auf."

„Das kannst du nicht machen!", riefen Louis und Han unisono. „Was wird dann aus unseren Forschungen?", fragte Han. „Weshalb haben wir denn diesen langen, riskanten Flug auf uns genommen?" „Nun, selbst wenn dieser Fall eintreten sollte, haben wir immerhin den Mars erreicht", erwiderte Erik. „Und von ‚nicht machen' kann keine Rede sein, denn ich bin der Kommandant dieser Mission und fälle demnach die Entscheidungen. Außerdem habe ich Pullok versprochen, kein Risiko einzugehen, und ich gedenke, mich an dieses Versprechen zu halten."

„Ich höre immer: Pullok", widersprach Louis, „der ist doch Millionen Meilen von uns entfernt. Ich finde, wir sollten derart wichtige Entscheidungen gemeinsam treffen."

„Natürlich werde ich mich zuvor mit der Mannschaft beraten", lenkte Erik ein, „doch die endgültige Entscheidungskompetenz liegt bei mir! Außerdem habt Ihr Julia und Gregori vergessen. Julia ist für unsere Gesundheit verantwortlich und Gregori für die Technik. Wenn die beiden ihr O. K. geben, lasse ich mich vielleicht erweichen."

KAPITEL 4

Auf dem Mars

Endlich hatten sie das Ziel ihrer Reise erreicht! Der Mars lag bildschirmfüllend unter ihnen. Schmutzig-weiß blinkte seine nördliche Polkappe zu ihnen hoch. Teile der Landschaft unter ihnen wirkten merkwürdig verschwommen, dort wüteten offenbar Sandstürme. Der Planet erschien auf den ersten Blick wenig einladend. Die wüstenartige, rote Landschaft, das gedämpfte Licht der fernen Sonne, das alles wirkte auf die Astronauten doch noch sehr fremdartig.

Die drei Wissenschaftler saßen mit ernsten Mienen und zusammengepressten Lippen hinter den zwei Piloten, die nun ein kleines Wunder vollbringen mussten. Der Eintritt in einen stabilen Orbit um den Planeten musste rasch gelingen, denn für größere Korrekturen reichte ihr Flüssigkeitstreibstoff nicht. Sie hatten bei ihrer Bahnkorrektur infolge des Sonnensturms schon eine Menge verbraucht.

„Wie steht's mit unserer Geschwindigkeit?", fragte Erik Gregori. „Immer noch zu hoch!", knurrte der Russe. „Wir müssen auf Aerobraking zurückgreifen." „Moment mal, Moment mal", meldete sich Louis alarmiert, „ihr wollt die PROMETHEUS mithilfe der Marsatmosphäre abbremsen? Das ist doch höllisch gefährlich! Ein etwas zu steiler Winkel und wir verglühen in der Reibungshitze – ein etwas zu flacher und wir prallen ab, wie ein Kieselstein, den man flach auf's Wasser wirft."

„Hast du eine bessere Idee?", bemerkte Gregori lakonisch. „Das Haupttriebwerk können wir nicht zum Bremsen zünden, dafür haben wir zu wenig Treibstoff. Und das Plasmatriebwerk nützt uns nichts, das hat zu wenig Schubkraft. Vertraue einfach auf unseren Schiffscomputer, der wird uns den richtigen Eintauchwinkel schon sagen."

„Aber kein Mensch kennt die genaue Luftdichte des Mars' in dieser Höhe ... und keine genaue Luftreibung bedeutet ... kein genauer Eintauchwinkel", lamentierte Louis. Gregori, den die Aufgeregtheit des Brasilianers anscheinend amüsierte, sagte in gespieltem Ernst: „Dann muss der Computer die Werte eben schätzen."

„Mein Gott, auf was habe ich mich da eingelassen!", rief der Brasilianer, „schätzende Computer, das ist doch Wahnsinn!"

„Louis, Louis, beruhige dich wieder und mach mir nicht die Pferde scheu", griff Erik mit gelassener Stimme ein. Die PROMETHEUS besitzt Außensensoren, die ständig die Reibung an unseren Computer übermitteln. Nach diesen Werten berechnet dieser unseren Eintrittswinkel in die Marsatmosphäre und korrigiert ihn gegebenenfalls."

In Wahrheit gestaltete sich das Ganze nicht so einfach, wie Erik es den anderen hatte glauben machen wollen. Als das Schiff zum ersten Male in die Marsatmosphäre eintauchte, bockte es wie ein störrisches Pferd. Ein hoher, nervtötender Pfeifton erscholl und die Außenhaut der PROMETHEUS erhitzte sich beunruhigend rasch. Erik hatte mangels Messwerte den Eintauchwinkel zu steil gewählt und der Computer korrigierte seinen Fehler.

Aufgrund der dünnen Marsatmosphäre musste Erik das Aerobraking mehrmals wiederholen und jedes Mal wurden die fünf Astronauten kräftig durchgerüttelt. Doch jede dieser Eintauchphasen reduzierte die Geschwindigkeit der PROMETHEUS ein wenig.

Julia und Louis mussten sich übergeben, doch Han ertrug alle Manöver mit stoischer Gleichmut und kam glimpflich davon. Schließlich, nach dem fünften Eintauchen, hatte die PROMETHEUS die passende Endgeschwindigkeit für ihren Orbit erreicht.

„Geschafft!", seufzte Erik, „wir haben nun die richtige Geschwindigkeit für einen stabilen Orbit und ich übergebe das Cockpit an den Computer der PROMETHEUS."

„Mir ist nicht wohl in meiner Haut bei dem Gedanken, dass wir eineinhalb Jahre auf der Marsoberfläche herumkriechen, während hier oben die PROMETHEUS lediglich von Computern gesteuert wird", ließ sich Julia vernehmen. „Wenn wenigstens noch ein Mensch das Schiff mitüberwachen würde, wäre ich beruhigter."

Gregori lachte und meinte: „Ich nicht, Menschen sind labiler und machen mehr Fehler als Maschinen. Die seltenen Kurskorrekturen der PROMETHEUS schafft der Computer allemal. Außerdem: Wer von uns wollte schon über ein Jahr hier in diesem Sarg verbringen, während auf dem Mars neue Erkenntnisse und Abenteuer auf ihn warten?"

„Wann werden wir das Schiff verlassen?", wollte Han wissen. „In circa 2 Tagen, schätze ich", antwortete Erik. „Wir müssen erst noch den ,Adler', unseren Mars Lander, überprüfen und unser Landegebiet, die Tharsis–Region, sollte exakt unter uns sein."

„Da haben wir es wieder", knurrte Louis. „Die Raumfahrt lebt viel zu sehr in den Traditionen ihrer Vergangenheit. Wir nennen unsere Landekapsel ,Adler', genau wie die Apollo-9-Mission ihr Mondlandegerät genannt hat. Jetzt fehlt nur noch, dass unser Kommandant, nach unserer Landung auf dem Mars, die Botschaft zur Erde funkt: ,Es ist nur ein kleiner Schritt für einen Menschen ...' Leute! Wir landen auf dem Mars, unserem Nachbarplaneten. Das ist eine ganz andere Liga als dieser Katzensprung zum Mond."

Sie saßen zusammengepfercht in der Enge des Mars-Landers, hatten Raumanzüge angelegt und schwitzten vor Aufregung. Das kegelförmige Vehikel bot gerade mal fünf Astronauten Platz und, in einer euphemistischen Anwandlung, hatten sie es „Adler" genannt. „T minus 5 Minuten", brummte Gregori, der diesmal den Piloten spielen durfte. „Hoffen wir, dass unser Adler schön hinuntergleitet und nicht in einen Sturzflug übergeht." „Was könnte passieren?", fragte Han beunruhigt.

„Da fällt mir auf Anhieb einiges ein", antwortete der Russe zuvorkommend. Zum Beispiel könnte der Hitzeschild defekt sein, dann würden wir in der Atmosphäre verglühen, einen Feuerschweif hinter uns herziehend, wie ein Komet,... ein wirklich grandioses Schauspiel!"

„Das sind ja schöne Aussichten", ächzte der Biologe. „Gegen Feuer bin ich allergisch, seit ich als Kind aus einem brennenden Haus gerettet worden bin."

„Im Notfall könntest du ja auch eine von unseren Giftkapseln nehmen, die wirken innerhalb von Sekunden", schlug der Russe ungerührt vor.

„Gregori, Gregori", meldete sich Erik zu Wort, „wir stehen vor einem der größten Momente in der Menschheitsgeschichte und dir fällt nichts anderes ein, als Schauergeschichten zu verbreiten. Du solltest lieber auf die Instrumente achten, denn in 2 Minuten koppeln wir ab!"

Der Ruck beim Abkoppeln des „Adlers" von der PROMETHEUS presste die Astronauten in ihre Sitze und kaum hatten sie sich davon erholt, zündete Gregori für kurze Zeit die Bremsraketen. Der Mars-Lander fiel hinter der PROMETHEUS zurück, das Landemanöver hatte begonnen. Die Landekapsel fiel in einer Parabel auf die Planetenoberfläche zu und als sie in tiefere Luftschichten eintauchten, begann wieder das nervtötende Pfeifen, das sie schon vom Aerobraking der PROMETHEUS her kannten.

Diesmal hörte es jedoch nicht wieder auf, sondern steigerte sich zu einem Kreischen, je tiefer die Kapsel fiel. Gleichzeitig wurde es trotz Hitzeschild in der Kapsel immer wärmer. Hans Unruhe wuchs und er fragte dieses Mal wohlweislich Erik, welche Temperaturen der Hitzeschild verkraften konnte. „Oh, so um die 200 Grad", antwortete dieser.

„Auf der Anzeige sehe ich, dass wir erst bei 90 Grad sind und, da der Mars eine wesentlich dünnere Atmosphäre hat als die Erde, wird der Schild kaum noch heißer werden. Du siehst also, der Sicherheitspuffer ist riesig und du kannst ganz beruhigt sein".

Auf dem Monitor im „Adler" sahen sie, wie der Marsboden mit beängstigender Geschwindigkeit auf sie zuraste. Gregori schien das nicht zu bekümmern.

Erik räusperte sich und fragte Gregori: „Wie sieht's mit unserem Landegebiet aus, kommen wir nahe genug bei unseren Vorräten herunter?" Gregori lachte: „Wir sind äußerst zielgenau unterwegs, ich muss aufpassen, dass ich die Kapsel nicht auf unsere Vorräte setze und womöglich Schaden anrichte."

„Nachdem Erik einen Blick auf die Instrumente geworfen hatte, meinte er: „Wir sinken zu schnell, du solltest die Bremsdüsen zünden." „Das mach ich erst im letzten Augenblick, um Treibstoff zu sparen, denn den brauchen wir dringend, wenn wir später zur PROMETHEUS zurückkehren werden." „Du mit deinem Treibstoff", sagte Erik kopfschüttelnd, „zünde nur nicht zu spät, ich will keine Knochenbrüche an Bord oder Schäden an der Kapsel riskieren!" Doch der Russe hatte alles im Griff.

Kurz vor dem Aufsetzen bremste er die Kapsel gekonnt ab und mit einem tolerierbaren Schlag und einem Knirschen von Sand landete der Adler auf dem Mars.

Zuerst herrschte Stille und alle blieben wie betäubt sitzen, ehe Louis in die Hände klatschte, in Jubel ausbrach und rief: „Wir haben es geschafft, wir sind die ersten Menschen auf dem Mars, das ist unglaublich! Gigantisch! Phänomenal!" Erik klopfte Gregori auf die Schulter und meinte anerkennend: „Das war eine perfekte Landung, gut gemacht."

Julia stützte den Kopf in die Hände und brach in Freudentränen aus. Nur Han saß wie versteinert da und konnte es noch gar nicht fassen, dass er sein Traumziel, den Mars, tatsächlich erreicht hatte.

„Ich hoffe, Erik, du hast dir ein paar passende Worte ausgedacht, wenn du als erster Mensch den Boden des Mars' betrittst", sagte Louis erwartungsvoll. „Ich habe mir gedacht, wir senden folgende Botschaft an die Bodenstation: Der ‚Adler' ist glücklich gelandet."

„Ha!", rief Louis, „das ist banal und einfallslos und dem großen Ereignis in keiner Weise angemessen. Wie wäre es damit: Fünf heldenhafte Astronauten haben trotz aller Gefahren den weiten Weg durch das All nicht gescheut, um als erste Menschen ihren Fuß auf einen jungfräulichen Planeten unseres Sonnensystems zu setzen."

„Nein, nein", wehrte Erik ab, „das klingt zu unbescheiden und so marktschreierisch wie eine schlechte Waschmittelwerbung. Ich bleibe bei meiner Version und füge noch einen Satz hinzu, nämlich: Alle Crewmitglieder sind wohlauf! Gregori, sende bitte diese beiden Sätze an die Bodenstation."

Sie mussten circa 3 Minuten warten, bis auf ihrem Bildschirm der Kontrollsaal mit jubelnden Menschen erschien. Sekunden später wurde der Saal von dem glückstrahlenden Gesicht Pulloks verdrängt, der begeistert rief: „Gott verdamm mich, ihr habt es geschafft, ihr seid auf dem Roten Planeten gelandet, mir fällt ein Stein vom Herzen! Jetzt braucht ihr nur noch euer Habitat in einer der Höhlen zu errichten, eure Vorräte stapeln und das Marsmobil zusammenzubauen, dann könnt ihr auf dem Planeten überwintern."

„Nun mal langsam", bremste Erik die Begeisterung des Missionsleiters. „Wir haben noch nicht einmal das Material inspiziert, das ihr uns vorausgeschickt habt, und uns die Höhlen angeschaut, die ihr durch eure Satelliten für uns ausgesucht habt. Da kann noch so viel schiefgehen. Das Material könnte beschädigt sein und die Höhlen könnten ungeeignet für den Bau eines Habitats."

„Aber ihr seid doch schon einmal gut gelandet und ich bin zuversichtlich, dass alles andere auch klappen wird", wischte Pullok Eriks Einwände weg. „Schick uns vor allem massenhaft Fotos, wenn du als erster Mensch den Mars betrittst. Die Bilder werden um die Welt gehen. Alle sind schon jetzt ganz aus dem Häuschen von eurer tollen Leistung, ich eingeschlossen!" „Ja, du wirst genug Bildmaterial bekommen", versprach Erik. Pullok strahlte übers ganze Gesicht und sagte: „Und nun musst du mich entschuldigen, ich muss zur Pressekonferenz. Pullok Ende.

Die vier Männer und eine Frau hatten ihren wilden Ritt zur Marsoberfläche in Raumanzügen zurückgelegt und ihre Helme griffbereit neben ihren Andruckliegen deponiert. So musste sich Erik nur seinen Helm aufsetzen, um für den Ausstieg bereit zu sein. Als Kommandant der Mission hatte er das Privileg, als Erster seinen Fuß auf den Planeten zu setzen. Ein denkwürdiger und geschichtlich einmaliger Moment: Zum ersten Mal würde ein Mensch einen fremden Planeten betreten.

Erik zwängte sich in die Schleuse des Adlers, die nur einem Menschen Platz bot, und verriegelte sorgfältig die Tür zum Hauptraum der Kapsel. Danach öffnete er die Außentüre. Mit einem Fauchen entwich die Luft aus der Schleuse in die dünne Marsatmosphäre und wirbelte den Staub neben der Kapsel auf. Der Schleusenboden lag nur knapp einen Meter über dem Marsboden und Erik beschloss, die Trittleiter erst gar nicht auszufahren, sondern einfach hinunterzuspringen. Er war euphorisch, fühlte sich schwerelos wie ein Mauersegler und das Herz schlug ihm bis zum Halse. Seltsame, unzusammenhängende Gedanken zogen durch sein Gehirn.

Er musste an Neil Armstrong denken, dem ersten Mann auf dem Mond. Ein sonderbares Lächeln lag auf seinem Gesicht, als er daran dachte, dass dieser Mann damals auf dem Mond in einer ähnlichen Situation war wie jetzt er. Nur, dass es bei ihm nicht heißen würde: „Ein kleiner Schritt, sondern ein beherzter Sprung für einen Menschen!"

Er sprang in den roten Sand unter ihm, seine Beine knickten ein – und er lag auf dem Bauch. Er hatte ganz vergessen, wie schwach seine Muskulatur durch den langen Aufenthalt in der beinahe Schwerelosigkeit der PROMETHEUS geworden war. Er rappelte sich hoch und murmelte: „Unglaublich, und das, obwohl der Mars nur ein Drittel der Schwerkraft der Erde besitzt." Seiner Crew in der Kapsel rief er über Funk zu: „Meine Bauchlandung wird natürlich nicht gesendet, ich beginne noch mal von vorne. Gregori lass die Leiter herunter."

Nachdem er die Leiter hochgeklettert war, stieg er sie vorsichtig mit langsamen Schritten wieder hinab. Unten angekommen, entrollte er die Fahne der Vereinten Nationen unter seinem Arm und pflanzte sie in der Manier eines Schauspielers in den roten Sandboden. „So, Ende meiner Show!", murmelte er und in sein Mikrophon sagte er laut: „Ihr könnt jetzt einer nach dem anderen aussteigen, nur Gregori soll die Kapsel überwachen und weiterfilmen."

Erik sah sich um. Die knapp über dem Horizont stehende, im Gegensatz zur irdischen Sonne wesentlich kleinere Marssonne stach ihm in die Augen. Da der Druck der Marsatmosphäre nur etwa sechs Millibar betrug, vermochte sie die Strahlen der Sonne kaum zu filtern. Das Licht der kleinen Scheibe erschien ihm ziemlich grell und deshalb beeilte er sich, den Polarisationsgrad seines Helmglases zu verstellen, um so seine Augen vor dem Licht zu schützen. Nachdem ihn das gleißende Licht nicht mehr blendete, konnte er die Konturen der Landschaft besser erkennen.

Sie waren am Rande einer großen Sandwüste gelandet, in der Felsbrocken unterschiedlicher Größe eingestreut waren. Er staunte über die variablen Rottöne des Sandes, die von Rostrot bis Karmesinrot reichten. Etwa 300 Meter rechts von der Kapsel lagen die verstreuten Vorräte, Bauteile und Werkzeuge für die Marsexpedition. Sie waren vor etwa 6 Monaten von computergesteuerten Lastenraketen hier abgeworfen worden. Sie steckten immer noch in einem Kokon aus Ballonseide und waren von Airbags ummantelt, die sie vor einem allzu heftigen Aufprall auf dem Marsboden geschützt hatten. Etwa einen Kilometer hinter der Landekapsel begann das Gelände sanft anzusteigen. Der Sand hörte auf und ein Felsplateau begann, das von einer circa 100 Meter hohen Felswand begrenzt wurde. In dieser Wand gähnten gezackte Höhleneingänge wie die aufgesperrten Rachen urzeitlicher Tiere. Erik starrte interessiert auf diese Höhlen und je länger er starrte, desto unheimlicher wurden sie ihm.

Er schalt sich einen Narren wegen seiner überreizten Fantasie, vermochte aber ein Gefühl des Unbehagens nicht ganz zu vertreiben. Fast erleichtert, vernahm er das Knacken seines Funks am Helm, als Zeichen, dass ihn jemand von seiner Crew rief. Es war Gregori, der halb besorgt, halb spöttisch fragte: „Hallo Erik, warum meldest du dich nicht? Oder ist es dort draußen so interessant, dass dir die Sprache verschlagen hat?" „Keine Sorge, mir geht es gut", erwiderte Erik, „aber du hast schon recht, das Panorama ist wirklich einmalig, doch besonders interessant finde ich, dass du den ‚Adler' knapp neben unseren Vorräten gelandet hast." „Hast du an meinem fliegerischen Können gezweifelt?", meinte der Russe lachend, „das war eine meiner leichtesten Übungen!" „Angeber!", rief Erik. „Doch nun steigt aus, auf uns wartet jede Menge Arbeit."

Wenig später wurde Erik von seinen Crewmitgliedern umringt und Gregori machte ein Gruppenbild von ihnen mit der fantastischen

Marslandschaft als Hintergrund. Nach der eintönigen Routinearbeit auf der PROMETHEUS konnten es die Astronauten gar nicht erwarten, dass ihnen Erik ihre Aufgaben zuwies. Der hatte sich inzwischen überlegt, wie sie nun am besten weiter vorgehen sollten. Er teilte Gregori, Han und Julia dazu ein, die Vorräte zu kontrollieren, während er zusammen mit Louis zu den Höhlen wandern würde. Sie mussten eine geeignete Höhle für ihr Habitat finden. Mit Louis im Schlepptau durchquerte Erik das Gebiet ihrer weit verstreut herumliegenden Vorräte und nahm dann den Sandhügel in Angriff, der zur Felsenmauer mit den Höhlen führte.

Der lockere Sand des Hügels und die sperrigen Raumanzüge machten ihr Vorankommen äußerst schwierig. Schon nach kurzer Zeit rief Louis: „Nicht so schnell, Erik, oder willst du mich gleich am ersten Tag auf dem Mars zu Tode schinden und im Sand verscharren?" Erik blieb stehen und wartete, bis der Brasilianer ihn eingeholt hatte. „Puh", keuchte Louis, „mir ist schleierhaft, wie wir die Fertigteile für das Habitat hier heraufschaffen wollen." „Aber das weißt du doch! Diesen Aufbau haben wir auf der Erde bis zum Erbrechen geübt. Wir montieren zuerst das Marsmobil, dann schaffen wir die Teile damit zu der Höhle und bauen unser Habitat zusammen."

„Ist mir klar", schnaufte Louis, „doch auf der Erde gab es keine Sanddünen und wir steckten nicht in Raumanzügen. Außerdem sind wir durch unseren langen Raumaufenthalt außer Form, daran konnte auch unser Training im Netz nicht viel ändern." „Dann wird es eben etwas länger dauern als geplant", brummte Erik, „doch zunächst müssen wir erst einmal herausfinden, ob eine der Höhlen dort oben für den Aufbau unseres Domizils überhaupt geeignet ist. Also, komm schon, wir müssen weiter!" Nachdem sie die Sanddüne bezwungen hatten, kamen sie besser voran, denn sie erreichten nun ein Felsplateau, das nur von einer dünnen Sandschicht bedeckt wurde.

Wenig später standen sie vor der steilen Felswand und betrachteten sie, den Kopf im Nacken, mit zusammengekniffenen Augen.

„Hm", meinte Erik, „eine ganze Menge Spalten und Höhlen, nur leider in einer Höhe, die für uns unzugänglich ist." Louis wies nach rechts und meinte: „Dort habe ich aus der Ferne Höhlen gesehen, die ebenerdig sind." Sie gingen nach rechts und standen wenig später vor einem Höhleneingang, der durch eine massive Mittelsäule zweigeteilt war. „Dies ist also eine der Höhlen, die mir aus der Ferne wie die aufgerissen Rachen von Raubtieren erschienen sind", dachte Erik verwirrt. Sie schalteten ihre Helm-Lampen ein und betraten die Höhle. Jetzt meinten sie, eine riesige Kathedrale aus Stein betreten zu haben, deren Decke mindestens 20 Meter über ihren Köpfen lag. Ihr Ende war im schwachen Licht ihrer Lampen nicht auszumachen, sondern versank in der Dunkelheit. „Hm", meinte Louis nach andächtigem Schweigen im Flüsterton, „das ist mehr als ausreichend für unser Habitat." „Woraus mag der Fels bestehen?", erkundigte sich Erik leise. Louis bückte sich und untersuchte den Boden. „Basalt mit Einschlüssen von Glimmer und Kalkspat", gab er nach einer Weile Auskunft. „Komm, wir wollen sehen, wie weit die Höhle in den Berg hineinreicht."

Sie bewegten sich weiter ins Innere der Felsenkammer und erreichten nach etwa 100 Metern eine Felswand, die ihnen den Weg versperrte. Die Wand war zerklüftet und wies tiefe Spalten und Vorsprünge auf. „Lösche deine Lampe", bat der Planetologe Erik. Nachdem dieser der Bitte von Louis etwas erstaunt nachgekommen war, begriff er, was dieser damit bezweckte. Fahles trübes Licht sickerte durch einige der Spalten von oben herab in die Höhle. „Das hab ich mir gedacht, die Höhle reicht mit ihren Spalten bis zum oberen Plateau des Felsmassivs."

Er trat unter die Spalte, aus der das meiste Licht sickerte, blickte nach oben und es sah so aus, als wollte er nach oben klettern. „Lass das!", rief Erik ungeduldig, „für eine genaue Untersuchung hast du später noch Zeit, jetzt müssen wir zurück!" Louis trat widerwillig neben Erik und sie machten sich auf den Weg zurück zum Höhleneingang. Auf dem Rückweg bemerkte Louis: „Ist es nicht komisch, da landen wir auf einem fremden Planeten und haben nichts Besseres zu tun, als uns wie die Würmer unter der Erde zu verkriechen." „Du weißt selbst, dass dies nötig ist. Denke an die Worte unserer Ärztin." „Ja, ja, die gefährliche Oberflächenstrahlung! Der Mars besitzt kein Magnetfeld und kaum Atmosphäre, also können der Sonnenwind und die Gammastrahlung aus den Tiefen des Alls praktisch ungehindert seine Oberfläche bombardieren. Julia liegt uns ja ständig mit ihren Gesundheitsrisiken in den Ohren. Aber bitteschön, wie soll ich als Planetologe den Mars erkunden, wenn ich mich die meiste Zeit in einer Höhle verkriechen muss?" Erik lachte und sagte: „Auch die Höhlenforschung gehört schließlich zu deinem Metier. Außerdem können wir uns im Raumanzug eine ganze Weile auf der Oberfläche aufhalten, nur nicht zu lange, sonst wird es gefährlich."

Sie waren inzwischen wieder am Höhleneingang angekommen und blickten von der Anhöhe auf das Durcheinander ihrer Vorräte im Tal. Zwischen diesen Gütern krochen, Insekten gleich, Julia, Han und Gregori umher. „Ob wohl alles heil geblieben ist?", fragte Louis besorgt. Erik zuckte mit den Schultern und meinte: „Das werden wir bald erfahren." Gemeinsam stolperten sie die Düne hinab, wobei der feine Sand unter ihren Füßen kleine Lawinen bildete. Glücklich unten angekommen, strebten sie auf einen Stapel von Vorräten zu, den Gregori gerade inspizierte.

„Wie sieht es aus?", fragte Erik den Russen gespannt. „Bis jetzt gut, alles, was wir bisher eingesammelt haben, scheint unversehrt." Er deutete auf zwei kastenförmige Gegenstände und meinte: „Besonders wichtig erscheint mir, dass die Plutonium-Batterien nichts abgekriegt haben, denn, sagt selbst, ohne Energie sind wir aufgeschmissen und können gleich wieder zur PROMETHEUS zurückfliegen. Ohne Energie keine Heizung, keine Luft, kein Leben!" Erik nickte und fragte: „Was ist mit den Fertigteilen für unser Habitat?" „Han und Julia packen sie gerade aus", brummte der Russe. „Ich bin noch nicht dazu gekommen, sie zu überprüfen. Aber vielleicht könnt ihr das übernehmen."

Erik und Louis begaben sich zu Han und Julia, die immer noch mit dem Auspacken der Fertigteile ihres Habitats beschäftigt waren. Sie halfen den beiden, den Rest auszupacken und zu stapeln. Danach überprüften sie das Ganze auf Schäden. Sie hatten wiederum großes Glück, das ganze Material war unbeschädigt geblieben. Gregori kam zu ihnen herüber und war hoch erfreut über das tadellose Prüfergebnis. Er sagte: „Ich möchte jetzt unsere Vorräte auspacken und kontrollieren, aber alleine schaff ich das nicht, wer von euch möchte mir helfen?" Julia meldete sich und stapfte mit Gregori davon.

Erik, Han und Louis kümmerten sich inzwischen um die Bauteile des Marsmobils. Nachdem sie auch diese ausgepackt, überprüft und fein säuberlich gestapelt hatten, war die Sonne schon verschwunden und es wurde dunkel. „Gott sei Dank", stöhnte Louis, „viel länger hätte ich auch nicht durchgehalten!" Sie riefen die beiden anderen und stapften zur Landekapsel, um etwas zu essen, sich auszuruhen und vor allem zu schlafen.

Nach dem Abendessen, als sie bereits auf ihren Liegen lagen, die sie durch Umklappen ihrer Andrucksessel bereitet hatten, fragte Louis Erik: „Wie viel Zeit bleibt uns eigentlich noch, um uns hier wohnlich einzurichten?" „Unser Startfenster schließt sich in 14 Tagen", antwortete Erik. „Ich will aber nicht auf den letzten Drücker zurückfliegen, wenn es denn sein muss und wir aus irgendwelchen Gründen nicht bleiben können." „Wie sieht unser Zeitplan aus?", wollte Louis wissen. „Morgen bauen wir das Marsmobil zusammen, übermorgen schaffen wir die Vorräte zur Höhle und dann beginnen wir mit dem Aufbau unseres Habitats. Der Plan ist mit der Bodenstation abgestimmt", erwiderte Erik.

„Na, das Habitat haben wir auf der Erde in circa 4 Tagen aufgebaut", meinte Louis hoffnungsvoll. „Ja, auf der Erde, an der frischen Luft und ohne Raumanzug!", wandte Erik ein. „Hier rechne ich bei unserer derzeitigen Kondition eher mit 8 Tagen. Zur Sicherheit, dass wir rechtzeitig fertig werden, arbeiten wir in 3 Schichten. Es schuften immer drei Leute auf der Baustelle und zwei ruhen sich in der Landekapsel aus. Nach 8 Stunden wird gewechselt."

„Was geschieht mit dem dritten Mann?", fragte Julia alarmiert. „Auf den kommt eine Doppelschicht zu, aber keine Angst, wir wechseln durch, jeder ist mal dran. Übrigens Gregori: Du musst dafür sorgen, dass wir nachts Licht haben, stell ein paar Scheinwerfer in der Höhle auf." „Wenn Ihr mir bei der ersten Fuhre Kabel, Scheinwerfer und eine Plutonium-Batterie mitbringt, sollte das zu schaffen sein", sagte der Russe gähnend. „Doppelschichten, 16 Stunden Arbeit in Raum-Anzügen, das grenzt in gesundheitlicher Hinsicht an Selbstmord", begehrte Julia auf. „Stell mich doch unter Kuratel!", schlug Erik vor, „aber das eine sag ich dir, wenn du das tust, können wir gleich einpacken und heimfliegen!" Julia sagte darauf nichts, sondern schüttelte nur verständnislos den Kopf.

Am nächsten Morgen, kurz vor Sonnenaufgang, begannen sie mit dem Zusammenbau des Marsmobils. Außer einer kurzen Mittagspause, die sie in der Landekapsel mit Essen und Trinken verbrachten, schufteten sie an diesem Gefährt bis zum Abend. Dann hatten sie ihr Werk glücklich vollbracht und bestaunten es von allen Seiten. „Sieht aus wie ein Panzer ohne Geschützturm", bemerkte Louis. „Nur weil es Raupenketten statt Räder hat, ist es noch lange kein Panzer", brummte Gregori. „Seht mal, es hat eine durchsichtige, halbrunde Kapsel als Cockpit. Damit hat man einen fabelhaften Aus- und Rundblick!", rief Julia entzückt. „Hauptsache, es bringt unser ganzes Zeug von der Ebene zur Höhle", bemerkte Erik nüchtern. „Es hat eine ganz passable Ladefläche und besitzt eine elektrische Hebebühne, so brauchen wir das schwere Material nicht hochzuwuchten." Han betrachtete das Marsmobil kritisch von allen Seiten und meinte lakonisch: „Ihr solltet es erst testen, ehe ihr es über den grünen Klee lobt, denn wenn es nicht fährt, nützt es uns gar nichts." „Gregori, was hältst du von einer kleinen Spritztour durch die Wüste?", schlug Erik vor. Der Russe nickte

und die beiden machten sich auf den Weg zum Cockpit, das Platz
für drei Astronauten im Raumanzug bot. Auf dem Weg dorthin
blieb Erik kurz stehen, wandte sich an die anderen und sagte: „Geht
ihr schon mal voran zur Landekapsel, wir kommen bald nach."

Die Probefahrt mit ihrem neu zusammengebastelten Marsrover
wurde zu einem vollen Erfolg. Insbesondere die Raupenketten
des Fahrzeuges trugen viel zu der gelungenen Testfahrt bei. Es
glitt über den Sand, ohne einzusinken, ratterte ungebremst über
kleine eingestreute Felsbrocken in der Ebene und überquerte
nicht allzu breite Spalten klaglos.

Als sie auf einer ebenen Sandfläche dahinfuhren, meinte Gregori:
„Nun gib mal richtig Gas, pardon, ich meine Strom, wozu haben wir sonst die starke Plutonium-Batterie als Energiequelle?"
Der Elektromotor begann heftig zu summen und Gregori war
begeistert: „Na, wer sagt's denn, die Kiste bringt's immerhin auf
über 50 km/h! Damit können wir die nähere und auch die fer-
nere Umgebung unserer Höhle prima erkunden." Nach 20-mi-
nütiger Testfahrt kehrten sie zum Mars-Lander zurück. Als die
beiden die Kapsel betraten, hatten sich die anderen drei schon
ihrer Helme entledigt und waren beim Abendessen.

„Nun, hat das Vehikel die Testfahrt bestanden?", wollte Han
wissen, als Gregori und Erik ihre Helme abgenommen hatten.
„Und ob", erwiderte Erik im Brustton der Überzeugung. „Ich
denke jedoch, erst morgen wird das Marsmobil seine richtige
Feuertaufe erhalten, wenn es unser ganzes Material zur Höhle
schaffen muss. Wir allerdings sollten früh schlafen gehen, denn
morgen wird ein harter Tag."

In dieser Nacht schlief Erik schlecht. Er machte sich viele Gedanken über den Ablauf des morgigen Tages und ob sie letztendlich überhaupt auf dem Mars bleiben könnten. Immerhin kam
er zu dem Entschluss, wie er seine Leute bei der morgigen Arbeit einteilen würde. Beim Tuben-Frühstück erläuterte er ihnen

seine Überlegungen. „Also Leute", begann er forsch, „ich habe mir gedacht, dass Han und Louis das Marsmobil beladen, Julia es dann zur Höhle kutschiert und Gregori und ich es entladen und alles in unserer Höhle deponieren." Julia schien über diesen Plan erfreut zu sein und meinte: „Ich darf also die Pilotin spielen?" „So würde ich das nicht nennen", brummte Gregori, „vergesst aber vor allem nicht: bei der ersten Fuhre brauche ich eine Plutonium-Batterie, Kabel, Scheinwerfer und Werkzeug, damit wir die Höhle beleuchten können."

„Wie viele Transporte werden wir schätzungsweise machen müssen?", wollte Louis wissen. „Na, über 30 Transporte werden es schon sein, bis wir das ganze Zeug zur Höhle geschafft haben", erwiderte Erik. „Na Prost-Mahlzeit, da kann ich mich ja gleich umbringen", stöhnte Louis. „Was beschwerst du dich?", staunte Erik, oder willst du lieber mit Gregori oder mir tauschen? Ihr müsst die schweren Sachen nur auf der Hebebühne des Marsmobils platzieren, während wir ihn nicht nur entladen, sondern das ganze Zeug in die Höhle schleppen und es dort stapeln müssen." Louis machte ein erschrockenes Gesicht und hob abwehrend die Hände. Da erklärte Han zur allgemeinen Verwunderung: „Wenn einer von euch beiden in der Höhle schlapp macht, kann ich ihn ja ersetzen." Julia musste 36 Mal zur Höhle fahren, bis das ganze über der Ebene verstreute Material dorthin geschafft worden war. Beim ersten Transport passierte ihr allerdings fast ein Unglück. Sie wählte den kürzesten Weg zur Höhle, nämlich den über die Sanddüne, und der Rover geriet in gefährliche Schieflage und kippte beinahe um.

Danach umfuhr Julia jedes Mal wohlweislich den gefährlichen Sandhaufen. Han und Louis hatten das Ganze erschrocken aus der Ferne beobachtet und Louis meinte, als die Sache nochmals gut gegangen war, spöttisch: „Ich sag's ja, Frauen am Steuer! Erik hätte mich als Fahrer nehmen sollen."

So schufteten sie, mit Ausnahme einer kurzen Mittagspause, den ganzen Tag. Sie waren bis zum Abend derartig erledigt, dass keiner von ihnen mehr zu Abend aß. Sie tranken nur hastig etwas Wasser, fielen dann auf ihre Liegen und schliefen wie die Toten. In dieser Nacht schliefen sie alle sogar eine Stunde länger als sonst. Julia hatte das vorgeschlagen. Sie sorgte sich um ihrer aller Gesundheit, nachdem sie festgestellt hatte, wie erschöpft sie alle waren. Erik hatte ein Einsehen gehabt und ihrem Vorschlag zugestimmt. Trotz dieser zusätzlichen Ruhestunde fühlten sich alle Astronauten nach der gestrigen anstrengenden Arbeit am nächsten Morgen wie zerschlagen.

Erik wollte sie alle etwas ermuntern, musste aber selbst ein paarmal husten, ehe er mit fester Stimme zu sagen vermochte: „Also los, Leute, beeilt euch mit dem Frühstück, auf uns wartet Schichtarbeit." Julia erklärte mit müder Stimme: „Das mit der Schichtarbeit halte ich für keine gute Idee, wir übernehmen uns damit und ruinieren dabei unsere Gesundheit."

„Kannst du mir sagen, wie wir es anders schaffen könnten?", entgegnete Erik zornig. „Wir sind jetzt 3 Tage auf dem Mars und das Startfenster schließt sich demnach schon in 11 Tagen. Bis dahin müssen wir unser Domizil errichtet, alle Funktionen unseres Habitats getestet haben und eine Entscheidung fällen, ob wir dableiben können oder heimfliegen müssen." „Macht, was ihr wollt", sagte die Ärztin resignierend, „ich habe euch jedenfalls gewarnt, doch jetzt fühle ich mich einfach zu müde, um lange zu diskutieren."

Sie begannen mit dem Aufbau ihres Habitats im Schichtbetrieb, genau wie Erik es vorgeschlagen hatte. Der ging mit gutem Beispiel voran und übernahm die erste Doppelschicht. Danach würden Gregori und die anderen folgen. Die schlimmste Zeit erlebten sie in den ersten beiden Tagen, bis sie sich an die Strapazen und den Arbeitsrhythmus gewöhnt hatten. Dann bemerkten sie erleichtert, wie sich ihre Muskeln von Tag zu Tag kräftigten.

Erik berichtete der Bodenstation tagtäglich von ihren Fortschritten beim Aufbau des Habitats. Die Leute von der Bodenstation taten Dienst rund um die Uhr. Sie überwachten die Funktionen der PROMETHEUS in der Umlaufbahn und er erhielt von ihnen gute Ratschläge, wenn beim Bau unerwartete Hindernisse auftauchten. Pullok freute sich selbst über den winzigsten Fortschritt beim Aufbau ihres Domizils. Er lobte seine Astronauten über den grünen Klee und ermunterte sie stets, nur immer so weiterzumachen, dann werde alles gut. Als endlich das Habitat nach 7 Tagen bezugsfertig war, geriet er fast aus dem Häuschen.

Das nun fertige Habitat bot von außen den nüchternen Anblick eines überdimensionierten Containers. Louis taufte ihr neues Domizil denn auch sogleich auf diesen Namen. Er hatte eine Fernsehserie im Kopf mit dem Titel: „Leben aus dem Container" und deshalb erschien ihm dieser Name mehr als passend. Dieser rechteckige Kasten war 15 Meter lang, 12 Meter breit und 2,5 Meter hoch. Im vorderen, dem Ausgang der Höhle zugewandten Teil, befand sich die Luftschleuse, die 3 Astronauten gleichzeitig Platz bot. Davon abgetrennt gab es noch 2 kleinere Räume, nämlich eine Toilette und eine Dusche, die direkt mit dem Mittelteil des Habitats verbunden waren. Dieser bildete den größten Raum ihres Domizils und war nochmals unterteilt in einen Aufenthaltsraum und einen Schlafraum. Im hinteren Teil des Containers gab es noch 2 kleinere Räume, nämlich ein Labor und eine Ambulanz.

Die fünf Astronauten hielten sich nicht lange mit der Betrachtung der Außenansicht ihres Bauwerks auf, sondern strebten zügig in sein Inneres. Zuerst betraten Erik, Gregori und Julia gemeinsam die Luftschleuse und befreiten sich von ihren Raumanzügen. Louis und Han folgten ihnen, so schnell es eben ging. Sie betraten den Wohnraum und atmeten begierig die sauerstoffreiche Luft ein.

Die fünf boten einen bemitleidenswerten Anblick, denn in ihren Gesichtern spiegelte sich eine totale Erschöpfung. Alle hatten eingefallene Wangen und vor Schlaflosigkeit eingesunkene, trübe Augen. Den Männern spross zusätzlich noch ein stoppeliger

10-Tage-Bart. Die Astronauten sanken auf die Stühle, die um einen runden Plastiktisch aufgestellt waren, und vor lauter Müdigkeit konnten sie sich weder freuen noch einen Kommentar abgeben.

Schließlich raffte sich Louis auf, atmete tief durch und sagte: „Ich glaube, hier lässt sich's aushalten! Der Aufenthaltsraum ist sogar größer als der auf der PROMETHEUS." Gregori blickte auf die Lampe über ihren Köpfen, die den Raum in ein mattes Licht tauchte, und meinte: „Na ja, wenigstens haben wir Strom und das Lebenserhaltungssystem scheint auch zu funktionieren." „Es gibt noch viel zu tun", meldete sich Erik „wir müssen das Labor und die Ambulanz einrichten und die Technik des Habitats kontrollieren, ob sie störungsfrei arbeitet. Aber nicht jetzt! Jetzt werden wir uns erst einmal gründlich ausruhen und ausschlafen."

„So werde ich auf keinen Fall in mein Bett kriechen, niemals!", rief Julia protestierend. „Ich fühle mich derartig verschmutzt und verschwitzt wie noch nie in meinen Leben. Wenn ich nur daran denke, dass ich tagelang meine eigene Schei … ich meine, meine eigenen Abfälle im Raumanzug mit mir herumgeschleppt habe, wird mir ganz übel. Also Gregori, sag mir bitte, dass unsere Dusche schon funktioniert." „Meine Gute, sie funktioniert, du kannst sie benutzen, ich habe sie selbst überprüft", erwiderte der Russe galant.

Julia stand auf und verschwand im Schlafraum. Als sie wieder auftauchte, hatte sie einen Kulturbeutel und frische Kleidung zum Wechseln in der Hand. Gregori hatte inzwischen seinen Anfall von Galanterie längst überwunden und er ermahnte die Ärztin: „Verschwende nur nicht zu viel Wasser, denn Luft, Energie und Wasser sind hier auf dem Mars das Kostbarste, was wir haben. Deshalb haben wir eine Wiederaufbereitungsanlage für all das von uns verbrauchte Wasser, und zwar gilt das vor allem für Duschwasser, aber auch für Urin. Ja, wir entziehen sogar unseren Fäkalien das kostbare Nass." „Danke für deine ausführlichen Hinweise, Gregori", sagte die Ärztin angewidert, „aber so genau wollte ich das alles gar nicht wissen, denn mir ist sowieso schon schlecht."

Als die Ärztin in der Duschkabine verschwunden war, meinte Louis: „Tja, nun wird uns nichts anderes übrig bleiben, als uns auch frisch zu machen, sonst werden wir in ihren Augen die reinsten Dreckschweine sein." „Sehe ich auch so", stimmte ihm Erik zu. „Louis, du bist dann als Nächster dran!" Um sich zu säubern, die Kleidung zu wechseln und ihre Haare zu richten, benötigte Julia nur sehr wenig Zeit. Das Ergebnis ihrer Bemühungen konnte sich allerdings sehen lassen. Als sie den Gemeinschaftsraum des Habitats wieder betrat, erzeugte sie einen nicht unbeträchtlichen Adrenalinschub bei den müden Männern. Louis pfiff durch die Zähne und meinte: „Es ist schon erstaunlich, was Frauen in kürzester Zeit und mit den bescheidensten Mitteln aus sich zu machen vermögen." Das blasse Gesicht der Ärztin rötete sich leicht und lächelnd sagte sie zu Louis: „Ja, mein Lieber, da steckt generationenlange Übung dahinter und vor allem wegen der Ansprüche von euch Männern, die eine Frau in erster Linie nach ihrem Äußeren taxieren." „Oh ihr armen, verkannten Frauen!", erwiderte der Brasilianer grinsend, „wieder einmal sind wir Männer an allem schuld … wie halt immer!"

Erik beendete das Geplänkel: „Louis, du bist der Nächste, der sich frischmachen darf, vielleicht gelingt dir ja das gleiche Wunder wie Julia." Die anderen lachten und Louis machte eine obszöne Geste und schlurfte zur Dusche. „Halt!", rief Gregori, „sollten wir nicht zuerst die Betten verlosen. Wir sind alle todmüde und manche von uns wollen sicherlich nach dem Duschen gleich ins Bett." Louis verhielt mitten im Schritt und drehte sich interessiert um.

Doch Erik hielt nicht viel von einer umständlichen Verlosung, sondern er teilte die Betten einfach zu. „Julia und ich nehmen die linken zwei Doppelstockbetten, während Gregori, Louis und

Han die rechten drei nehmen werden, und zwar in der nämlichen Reihenfolge von unten nach oben, wie ich sie genannt habe."

„Aha, sagte Louis bedeutungsvoll, „du möchtest dich wohl zum Beschützer unserer schönen Ärztin aufschwingen. Außerdem, warum bekommt Gregori immer das unterste Bett? Das wollte ich haben."

„Die Einteilung wurde von mir nach streng logischen Gesichtspunkten vorgenommen", erklärte Erik gewichtig. Han ist der Leichteste, kann gut klettern und bekommt folglich das oberste Bett. Gregori ist unser Technikspezialist. Wenn etwas schiefläuft, muss er schnell reagieren können, selbst nachts. Also habe ich ihm das unterste Bett zugeteilt. Damit bleibt für dich nur noch das mittlere übrig. Und was Julia betrifft, so halte ich es durchaus für angebracht, sie vor euch Lüstlingen zu schützen. Besonders vor dir, Louis!" „Mich braucht niemand zu beschützen, ich kann auf mich selbst aufpassen", fiel ihm Julia hitzig ins Wort. Erst als sie das Grinsen auf Eriks Gesicht bemerkte und erkannte, dass er sich einen Scherz erlaubt hatte, beruhigte sie sich wieder. „Ja, ja", schlug Gregori in die gleiche Kerbe, „man muss eben Kommandant sein, um Anordnungen treffen zu können, die einem in den Kram passen." Louis zuckte mit den Schultern und setzte seinen Weg ins „Bad" fort. „He, Louis, hast du nichts vergessen?", rief ihm Erik hinterher. Der Brasilianer fasste sich an den Kopf, drehte sich um und verschwand im Schlafraum. Kurze Zeit später tauchte er mit Waschzeug und einem Schlafanzug wieder auf. Für seine Toilette benötigte er ähnlich wenig Zeit wie Julia – doch welch ein Unterschied zur gestylten Ärztin! Mit ungekämmtem Haar und unrasiert schleppte er sich in Richtung Schlafraum und kurz darauf hörte man sein Schnarchen.

Nun war Han an der Reihe. Doch zur Überraschung von Erik und Gregori bewegte sich der Asiate nicht in Richtung Dusche, sondern steuerte die Luftschleuse an. „Mensch, Han", entfuhr es Gregori, „bist du jetzt schon so verwirrt, dass du die Richtungen verwechselst, die Dusche ist rechts." Der Biologieprofessor schenkte dem Zwischenruf von Gregori keinerlei Beachtung, sondern wandte sich stattdessen an Erik und fragte: „Stimmt es, Kommandant, dass es noch keineswegs feststeht, ob wir auf dem Planeten bleiben können?" Erik nickte. „Dann werden Sie auch zugeben müssen, dass es sein kann, dass wir den Mars recht überstürzt verlassen müssen und daher nicht einmal Bodenproben mitbrächten. Deshalb, verehrter Kommandant, bitte ich Sie um die Erlaubnis, schon jetzt einige Bodenproben einsammeln zu dürfen."

„Aber doch nicht jetzt!", rief Erik erstaunt. „Du musst doch hundemüde sein, wie wir alle, und dafür haben wir aller Wahrscheinlichkeit nach auch noch morgen Zeit." Han setzte ein höfliches Lächeln auf und zitierte: „Was du heute kannst besorgen, das verschiebe nicht auf morgen." Erik schüttelte den Kopf, gab dann jedoch nach und meinte: „Na schön, Erlaubnis erteilt." Han verbeugte sich und ging weiter auf das Schleusen-Schott zu. Gregori erhob sich ächzend und stöhnte: „Ich muss ihn begleiten, man kann ihn doch nicht so alleine losziehen lassen. Er weiß ja nicht einmal, wo das Grabwerkzeug und die Boxen für die Bodenproben sind." Erik hielt ihn zurück und meinte: „Der kommt schon zurecht, schließlich hat er die gleiche Astronautenausbildung wie du. Diese Wissenschaftler mögen zwar manchmal etwas unpraktisch sein, doch dumm sind sie nicht!

Du aber hast das meiste von uns geleistet, du wirst dich jetzt ausruhen, ich werde auf ihn warten, bis er zurückkommmt." Der Russe murmelte etwas Unverständliches und schlurfte Richtung Schlafraum. Dort öffnete er eine Schublade, die seine persönlichen Sachen enthielt, kramte irgendetwas daraus hervor und schleppte sich weiter in Richtung Dusche.

Erik saß nun allein am Tisch, denn auch Julia hatte sich bereits schlafen gelegt. Um nicht einzuschlafen, musterte Erik seine Umgebung. Fast alles, was er sah, war aus Plastik, das hatte man wegen der Gewichtsersparnis so beschlossen: Die Innenauskleidung ihres Habitats, der runde Tisch, die fünf Stühle drum herum, ja selbst das Abstellbord zu seiner Rechten ... alles aus Plastik! Auf dem Bord stand der Überwachungscomputer für die komplexe Elektronik ihres Domizils, zwei weitere Computer für den privaten Gebrauch mussten noch installiert werden. Bei einer Fehlfunktion würde der Überwachungscomputer sofort Alarm schlagen, zurzeit allerdings glühten seine LED- Anzeigen noch in beruhigendem Grün.

Die Geräte im Habitat arbeiteten gerade mal 8 Stunden und es wäre vermessen zu behaupten, sie würden es auch die nächsten eineinhalb Jahre störungsfrei tun. Trotzdem mussten sie sich schon bald entscheiden, ob sie es riskieren konnten, auf dem Mars zu bleiben, oder ob sie zurück zur Erde fliegen mussten, denn in 4 Tagen schloss sich das Startfenster. Danach könnte die PROME-THEUS, dank ihres Plasma-Triebwerks, die Erde zwar immer noch erreichen, aber ihre Mannschaft wäre längst tot. Die Reise würde einfach zu lange dauern für die begrenzten Vorräte an Luft und Nahrung an Bord, denn das Schiff müsste der auf der Innenbahn sich schnell entfernenden Erde nacheilen.

Obwohl letztendlich Erik darüber entscheiden musste, ob sie bleiben oder zurückfliegen würden, wollte er in zwei Tagen die Meinung seiner Besatzung einholen. Jeder der Astronauten sollte auch eine Begründung dazu liefern, weshalb er sich so und nicht anders entschieden hatte. Bis dahin mussten sie die Funktionsweise ihres Habitats wieder und wieder überprüfen, doch eine absolute Sicherheit würde es nicht geben. Danach würde sich Erik noch mit der Bodenstation abstimmen. Er hoffte dann auch noch auf deren O. K.

Erik schreckte aus seinen Gedanken auf, als sich die Türe zum Bad öffnete und Gregori den Raum betrat. Erik sog tief die Luft ein, doch dann konnte er nicht mehr an sich halten und sein Gelächter erschütterte das Habitat. „Mein Gott, Gregori, du siehst ja aus wie meine eigene Großmutter", brachte er mühsam hervor.

Der Russe trug einen gelben, geblümten Schlafanzug, der ihm zudem eine Nummer zu groß war. Er blickte zornig auf den vor Lachen geschüttelten Kommandanten, würdigte ihn jedoch keiner Antwort, sondern verschwand – finster wie eine Gewitterwolke – im Schlafraum. Die Heiterkeit Eriks wurde dadurch nur noch mehr angestachelt und er hatte Mühe, wieder zu Atem zu kommen.

Schließlich gewann er wieder die Kontrolle über sich, stand auf und machte sich auf den Weg ins Bad. „Bad" war für die winzige Nasszelle in der Tat ein euphemistisches Wort. Ein kleines Waschbecken unter einem noch kleineren Spiegel und eine, durch einen Plastikvorhang separierte Dusche, das war alles, oder beinahe alles, denn unter dem Spiegel befand sich noch eine kümmerliche Ablage, auf der ein Kamm, eine Bürste und ein Rasierapparat lagen. Er zog seine Kleidung aus und trat unter die Dusche.

Es war ein lange vermisstes Gefühl, wieder Wasser auf seiner Haut zu spüren, das ihn von Schweiß und Schmutz befreite. Doch es war ein kurzes Vergnügen, denn nach einer Minute drehte ihm der Automat das Wasser ab.

Zwar würde das Wasser recycelt werden, wie im Übrigen jeder Tropfen Wasser, den sie im Habitat verbrauchten, doch das kostete Energie und die stand ihnen auch nur begrenzt zur Verfügung. Trotz der Kürze des Duschvergnügens fühlte er sich herrlich erfrischt und die bleierne Müdigkeit, die ihm vorher so sehr zu schaffen gemacht hatte, schien sich in einen versteckten Winkel seines Körpers zurückgezogen zu haben. Er trat schwungvoll aus der Dusche, sparte sich das Rasieren für morgen auf und schlüpfte in sein Nachtgewand, das er vorsorglich mitgenommen hatte. Er ging zurück in den Mannschaftsraum, setzte sich aber nicht wieder an den Tisch, sondern strebte weiter zum Schlafraum.

Zwar wusste er, dass er nicht einschlafen durfte, denn er hatte versprochen, auf Han zu warten, aber im Bett war es allemal bequemer als auf einem Plastikstuhl. Vorsichtig, um Julia nicht zu wecken, kletterte er hoch in sein Bett. Dort übermannte ihn plötzlich wieder bleierne Müdigkeit. Er schob die Arme unter seinem Kopf, starrte zur Decke und hielt die Augen krampfhaft offen. Langsam machte er sich Sorgen um Han, denn dieser war von seiner Exkursion noch immer nicht zurückgekehrt. Er hätte ihn nicht allein gehen lassen dürfen, das verbot sogar das Sicherheitsprotokoll. Aber wen hätte er mitschicken sollen, alle waren doch total erschöpft? „Na du selbst hättest ihn begleiten müssen", fuhr es ihm durch den Kopf. Endlich verriet ihm das Zischen der Luftschleuse, dass Han zurückkehrte. Da schloss der Kommandant seufzend die Augen und war Sekunden später eingeschlafen.

Die erschöpften Astronauten weihten ihr Habitat mit einem 12-stündigen, totenähnlichen Schlaf ein, allerdings mit einer Ausnahme: Han war schon nach 8 Stunden wach. Als Erik aufwachte, sah er den schmächtigen Asiaten gerade den Frühstückstisch decken. Er spürte jeden Knochen im Leibe und hätte sich gerne wieder umgedreht, um weiterzuschlafen, als ein verführerischer Duft seine Nase erreichte. Er schnupperte und war mit einem Male hellwach. Mein Gott, das roch doch tatsächlich nach frisch gebrühtem Kaffee, eine Köstlichkeit, auf die er in der Schwerelosigkeit monatelang hatte verzichten müssen. Da gab es Flüssigkeiten nur in Tuben.

Er kletterte steifbeinig vom Bettgestell und näherte sich erwartungsvoll dem Plastiktisch, auf dem die Kanne mit der dampfenden Köstlichkeit stand. „Guten Morgen, Han, du bist schon wach?", begrüßte er den Professor. „Schon lange", erwiderte dieser, „ich habe mir angewöhnt, nie länger als 8 Stunden zu schlafen." Erik kam sich neben dem geschniegelten, in der adretten NASA-Uniform gekleideten Asiaten etwas deplatziert vor und brummte: „Warte einen Augenblick, ich ziehe mir rasch etwas an, dann leiste ich dir beim Frühstück Gesellschaft."

Er ging zu dem Einbauschrank neben seinem Bett, kramte in der Schublade für seine persönlichen Sachen und zog seine Uniform hervor. Wohlwollend und nicht ohne Stolz betrachtet er die Embleme und Rangabzeichen auf seiner Uniform. Damit würde man schon auf den ersten Blick erkennen können, wer hier das Kommando führte. Um sich frisch zu machen, zu rasieren und seine Uniform anzuziehen, benötigte Erik nur sehr wenig Zeit. Im Nu saß er wieder bei Han am Tisch und schielte begehrlich auf die Kaffeekanne. „Wir sollten anfangen", schlug er vor, „wer weiß, wann sich die anderen entschließen, aufzuwachen. Ich jedenfalls habe Hunger wie ein Wolf und sicher wird es dir genauso gehen."

„Keineswegs", erwiderte Han zu Eriks Überraschung, „ich warte schon länger darauf, dass mich der Hunger überkommt, damit es mir möglich ist, den Inhalt dieser unsäglichen Tuben hinunterzuschlingen. Na ja, wenigstens können wir das widerliche Zeug danach mit echtem Kaffee hinunterspülen." „Ich weiß nicht, was du hast", sagte Erik friedlich, „diese sinnvoll zusammengestellte Astronautenkost enthält alle essentiellen Nährstoffe und Vitamine." „Ja, und das alles wurde zu einer grauweißen Paste zusammengemixt, ohne eine Spur von Gewürzen oder sonstigen Geschmacksstoffen. Wie soll da ein zivilisierter Mensch Appetit bekommen?", unterbrach ihn Han empört. Erik, der bereits eine halbe Tube der Paste verschlungen hatte, spülte hastig mit Kaffee nach und fragte, um auf ein anderes Thema zu kommen, Han: „Wie ging es dir übrigens gestern beim Sammeln von Bodenproben? Hast du etwas Interessantes gefunden?" „Nur Gestein aus der Höhle, Steine vor der Höhle und verschiedene Sorten von Sand. Alles war staubtrocken und enthält vermutlich keine Spur von organischem Material", antwortete der Professor mürrisch. „Ich werde das Ganze an Louis weitergeben, der interessiert sich sicher für die exakte chemische Zusammensetzung der Proben."

Die Männer am Tisch horchten auf, denn das Schnarchen von Gregori hatte aufgehört. Der Russe wälzte sich unruhig im Bett herum, murmelte im Halbschlaf einige russische Kraftausdrücke und schlug schließlich nach einem leidvollen Stöhnen die Augen auf. Er schnupperte und ein verzückter Ausdruck erschien auf seinem Gesicht. Er stieg aus seinem Bett und ging in seinem gelbgeblümten Schlafanzug wie ein tapsiger Bär auf den Tisch zu, an dem Gregori und Han saßen.

Dort angekommen, krächzte er: „Guten Morgen", griff sich die Kaffeekanne und goss sich eine Tasse randvoll, die er in einem Zug austrank. „Ah, das tut gut, das ist genau das Richtige, um wieder auf die Beine zu kommen. Wer ist übrigens auf die glorreiche Idee gekommen, frischen Kaffee aufzubrühen?" Erik deutete auf Han. „Han, alter Junge!", rief Gregori begeistert, „du bist nicht nur der zäheste Bursche, den ich je kennengelernt habe, in dir stecken auch noch die verborgenen Qualitäten eines Meisterkochs. Komm her, lass dich umarmen und dir meine Hochachtung und Dankbarkeit zeigen!" Der massige Gregori umarmte den zierlichen Han, der in den gewaltigen Pranken dieses russischen Bären fast erdrückt wurde. Nach diesem Anfall von echter Zuneigung setzte sich Gregori und begann ungeniert mit seinem Frühstück.

Erik hüstelte und sagte dann vorsichtig: „Meinst du nicht, dass dein Anzug etwas ... ?" „Ach du meinst meinen Schlafanzug, der dich an deine Oma erinnert", fiel ihm Gregori ins Wort. „Tja, das hast du nun von deiner unqualifizierten Kritik, denn ich werde dieses Teil so lange tragen, wie es mir passt." Julia erwachte als Nächste und sog hörbar die Luft ein, als sie Gregori in diesem Aufzug am Tisch sitzen sah. Sie behielt jedoch ihre Meinung für sich und verzog sich nach einem gemurmelten „Guten Morgen" in Richtung Bad. Wenig später erschien sie wieder, nun ebenfalls in eine schmucke Uniform gekleidet. Die stand ihr außerordentlich gut und brachte ihre Weiblichkeit noch mehr zur Geltung, als Rock und Bluse es gekonnt hätten. So empfand es jedenfalls Erik.

Als Letzter tauchte Louis aus seinem Tiefschlaf auf, was aber niemanden verwunderte, denn der Brasilianer hatte tags zuvor eine

Doppelschicht beim Bau ihres Domizils leisten müssen. Nachdem nun alle Mannschaftsmitglieder am Frühstückstisch versammelt waren, war es für Erik an der Zeit, die Arbeiten zu verteilen, die seiner Meinung nach unbedingt noch heute erledigt werden mussten. „Wie euch bekannt sein dürfte, ist unser Habitat noch nicht komplett eingerichtet und in seiner Funktion ausreichend getestet. So fehlt z.B. in den beiden hinteren Räumen, der Ambulanz und dem Labor, fast noch die ganze Einrichtung. Das meiste lagert noch hinter dem Habitat in der Höhle. Deshalb schlage ich vor, dass Julia, Han und Louis diese Räume einrichten, während Gregori und ich nochmals die gesamte Technik unseres Heims testen werden."

„Vor allem die Plutonium-Batterien und die elektrischen Leitungen", bekräftigte Gregori, „denn Energie … " „Ja, ja, Energie ist zwar nicht alles, aber ohne Energie ist alles nichts", unterbrach ihn Louis genervt. „Woher wusstest du, was ich gerade sagen wollte?", fragte ihn der Russe erstaunt. „Das ist doch der Tenor deiner ständigen Predigten", erwiderte der Brasilianer. „Es würde mich allerdings viel mehr interessieren, wie ihr diese drei schweren, schrankgroßen Batterien überhaupt in die Höhle geschafft habt." „Na, Erik und ich haben sie einzeln hineingeschleppt", entgegnete Gregori.

„Jedes dieser Ungetüme wiegt doch samt Strahlenschutz an die 700 kg", sagte Louis zweifelnd. „Ja, auf der Erde, doch hier auf dem Mars sind es nur etwas über 200", gab Gregori zu bedenken, „also war ein Transport zu zweit schon möglich. Du wirst auch bemerkt haben, dass wir sie, gut 30 Meter hinter dem Habitat, hinter einer Felswand platziert haben. Das schützt uns zusätzlich vor den Strahlen." „Ihr seid ja richtige Helden!", erklärte Louis. „Aber sollten wir in 3 Tagen heimfliegen, war die ganze Mühe umsonst."

„Ganz recht, Louis", schaltete sich Erik ein. „Also Schluss mit der Debatte und hopp, hopp an die Arbeit!" „Ich finde, dass Louis zuerst mir bei der Einrichtung meiner Ambulanz helfen sollte", meldete sich Julia zu Wort, „ich möchte alle vorher gesundheitlich durchchecken, ehe ich mich entscheiden muss, ob wir hierbleiben oder heimfliegen. Wir haben die letzten 10 Tage wie die Sklaven geschuftet und waren 3 Tage lang der Oberflächenstrahlung ausgesetzt. Das war sicherlich ein Tiefschlag für unsere Gesundheit." „Ein vernünftiger Vorschlag, so werden wir es machen", befand Erik. Auch Han hatte offenbar keine Einwände, denn er nickte und sagte: „Das Labor hat Zeit, wer weiß, ob wir überhaupt Leben auf diesem öden Planeten finden werden."

So mutlos und in gedrückter Stimmung hatten sie Han bisher noch nicht erlebt. Erik schüttelte erstaunt den Kopf und sagte dann: „Aber Han, so kenne ich dich doch gar nicht. Wo bleibt dein ungebremster Optimismus? Na schön, jetzt weiß jeder, was er zu tun hat. Gregori, du kannst schon mal mit der Überprüfung der Batterien und der Stromleitungen anfangen. Ich fahre mit dem Marsmobil nur noch schnell zur Landekapsel und informiere die Bodenstation über den Stand der Dinge. Danach schalte ich in der Kapsel die Energie ab und komme zurück, um dir zu helfen."

An diesem Tag ging allen Astronauten die Arbeit besser von der Hand. Kunststück, sie mussten ja auch nicht mehr im Schichtbetrieb schuften. Julia und Louis waren mit der Einrichtung der Ambulanz schon am frühen Nachmittag fertig. Danach half Julia Han beim Aufbau seiner Laborgeräte. Der Biologieprofessor fand seinen Optimismus wieder, als er bemerkte, dass sein Mikroskop, seine Petrischalen und Reagenzien unbeschädigt geblieben waren. Louis stellte inzwischen ihre zwei privaten Computer neben dem Überwachungscomputer des Habitats auf und schloss sie ans Stromnetz an.

Diese Computer würden zwar für immer „offline" bleiben, waren aber für die Speicherung von wissenschaftlichen Daten von Nutzen. Außerdem dienten sie der Mannschaft als Abspielgeräte für Filme und Musik und sie besaßen auf ihrer Festplatte eine halbe Bibliothek an Literatur. Erik und Gregori waren indessen den ganzen Tag mit der Überprüfung der Technik des Habitats beschäftigt. Sie kontrollierten zudem noch die Vorräte und die Ersatzteile, die hinter ihrem Habitat gelagert waren. Als sie sich nach getaner Arbeit zum Abendbrot um den runden Plastiktisch versammelten, waren trotzdem alle hundemüde.

Die Schichtarbeit der letzten Woche steckte ihnen immer noch in den Knochen. Julia hatte Zettel dabei, auf denen stand, zu welcher Zeit jeder Einzelne von ihnen bei ihr zum Gesundheitscheck zu erscheinen hatte. Sie teilte sie wortlos aus. Louis konnte es nicht lassen, Witze zu reißen, und meinte lakonisch: „Ah, Frau Doktor rufen zur Sprechstunde und siehe da, alle, alle kamen!" Niemand fand das witzig, keiner lachte, sondern sie machten sich schweigend über ihre Tuben und Getränke her.

Nach dem Essen lehnte sich Erik in seinem Stuhl zurück, musterte seine Mannschaft und sagte: „Also Leute, morgen ist es so weit, morgen müssen wir uns entscheiden, ob wir hierbleiben oder nach Hause fliegen wollen. Jeder von euch sollte das Für und Wider sorgfältig abwägen und jeder muss seine Entscheidung begründen können. Somit ordne ich für morgen einen Ruhetag an! Außer dem Gesundheitscheck bei Julia kann jeder tun und lassen, was er mag. Unsere Entscheidung und die anschließende Diskussion lege ich für morgen 3 Uhr fest. Und nun wünsche ich allen eine gute Nacht."

Am nächsten Morgen schreckte ein gellender Pfeifton die fünf Astronauten aus ihren Betten hoch. Erst als sie erkannten, dass es sich um keinen Alarm, sondern nur um den normalen Weckruf handelte, beruhigten sie sich wieder. Nur Louis, der beinahe aus dem Bett gefallen wäre, regte sich weiter auf und schimpfte: „Erik, stell bloß den Wecker leiser, sonst kriegen wir schon am frühen Morgen alle einen Herzinfarkt." Dieser versprach, sich darum zu kümmern.

Wenig später saßen sie in merkwürdig gedrückter Stimmung am Frühstückstisch und keiner hatte Lust auf eine Unterhaltung. Die folgenschwere Entscheidung am Nachmittag lag allen auf der Seele und jeder hing seinen Gedanken nach. Plötzlich fragte Gregori in die Stille hinein: „Muss jemand aufs Klo? Den werde ich nämlich begleiten. Ich will heute noch die Wiederaufbereitungsanlage unserer Exkremente überprüfen. Besonders interessiert mich, ob das Förderband funktioniert, das die staubtrockenen, in Brikett gepressten Reste unserer Fäkalien aus dem Habitat schafft, nachdem ihnen sämtliches Wasser entzogen worden ist. Sonst ersticken wir womöglich noch an unserer eigenen Schei…, ich meine, unseren eigenen Abfällen."

„Pfui Teufel, Gregori, musst du dieses Thema ausgerechnet beim Frühstück auf den Tisch bringen, das ist ja ekelhaft!", rief Julia empört, „Im Übrigen finde ich, dass Dein Kontrollzwang in letzter Zeit schon pathologische Züge angenommen hat! Du bist ja ein richtiger Kontrollfreak geworden." „Das ist eben meine Aufgabe", erwiderte der Russe barsch, „oder kannst du mir sagen, wer das sonst machen könnte?" Darauf wusste die Ärztin keine Antwort. Sie verließ jedoch auffällig schnell den Frühstückstisch und eilte in ihre Ambulanz, wo sie die Männer zur Untersuchung antanzen ließ.

Erik war als Letzter dran. Nachdem die Untersuchung beendet war, versuchte er sich an einem Witz und fragte: „Na, wie steht's, Frau Doktor, werden wir den heutigen Tag noch überleben?" Die Ärztin ließ sich jedoch nicht auf seinen flapsigen Ton ein, sondern meinte ernst: „Dank der vielen Arbeit haben wir uns zwar alle von unserer Muskelschwäche erholt, doch unsere Strahlenexposition war zu hoch. Daran sind vor allem der Sonnensturm und unsere 3 Tage Aufenthalt im Freien auf der Marsoberfläche schuld. Ich werde also die Medikamente für den Strahlenschutz verdoppeln und anordnen, dass keiner von uns 2 Wochen lang den Schutz der Höhle verlässt." „Das kannst du nicht machen", widersprach Erik. „Louis und Han wollen mit der Erforschung des Mars' beginnen, sobald sie wissen, dass wir dableiben können, und Gregori und ich müssen noch einen Sendemast vor der Höhle aufstellen. Ich will schließlich nicht immer zur Landekapsel düsen, wenn ich mit der Bodenstation Kontakt aufnehme, das kostet Zeit und Energie."

„Jetzt klingst du ja schon wie Gregori mit seinem Wahn vom Energiesparen. Überlege doch, wenn wir dableiben, haben wir mehr als 500 Tage Zeit, alles Mögliche zu erforschen und zu erledigen, da kommt es auf zwei Wochen nun wirklich nicht an. Nein, mein Lieber, jetzt geht die Gesundheit vor! Du kannst ja sagen, die Anordnungen kommen von mir, dann bist du aus dem Schneider."

Erik verließ mit sorgenvoller Miene die Ambulanz, um den anderen die schlechten Nachrichten mitzuteilen. Wie er befürchtet hatte, regten sich Louis und Han über diese „Quarantäne" – wie sie sich ausdrückten – tierisch auf. „Da draußen auf der Marsoberfläche warten grandiose Entdeckungen auf uns, während wir hier in unserem Habitat Däumchen drehen", sagte Louis erregt. „Wir können mithilfe unseres Marsmobils Gegenden erreichen, zu denen die früheren Marsrover keinerlei Zugang hatten, z. B. Schildvulkane, Meteoriten, Einschlagkrater usw. ... " „Ja, und auch tiefe Schluchten, wie die Valles Marineris", ergänzte Han erbost. „Leute, was soll der Aufstand, wir wissen ja nicht einmal, ob wir überhaupt hierbleiben werden. Das wird erst heute Nachmittag entschieden", versuchte Erik die Gemüter zu beruhigen. „Wenn ihr euch schon beklagen wollt, dann tut das bitte bei Julia, denn die hat das angeordnet. Wo steckt übrigens Gregori?" „Er sitzt auf dem Klo und testet die Wasser-Wiederaufbereitungsanlage. Weil sich niemand gefunden hat, spielt er jetzt sein eigenes Versuchskaninchen", gab Louis lachend bekannt.

Pünktlich um 3 Uhr versammelten sich alle Astronauten wieder um den runden Tisch in ihrem Domizil und sahen Erik erwartungsvoll an. Der Kommandant atmete tief durch, hob theatralisch die Hände über den Kopf und rief: „Nein, ich werde einen Teufel tun und eine für uns so existentielle Frage allein entscheiden! Ich möchte, dass sich jeder von euch dazu äußert, und zwar mit einer Begründung bis ins Detail. Gregori, wie siehst du unsere Lage?"

Der Russe kratzte sich am Kopf und meinte bedächtig: „Tja, alle Geräte im Habitat arbeiten bisher einwandfrei. Allerdings tun sie das erst seit 3 Tagen und kein Mensch kann mit Sicherheit sagen, ob sie noch eineinhalb Jahre lang störungsfrei arbeiten werden. Andererseits haben wir genügend Ersatzteile, unsere Luft und Nahrungsvorräte reichen allemal und die Energieversorgung ist auch gesichert. Meiner Meinung nach können wir es riskieren, zu bleiben." „Gut", konstatierte Erik, „du bist also dafür, unser Programm voll durchzuziehen. Louis, deine Meinung ist gefragt!"

Der Planetologe schien nur darauf gewartet zu haben, loslegen zu dürfen. „Ich verstehe zwar weit weniger von technischen Apparaten als Gregori", begann er hastig, „doch ich weiß dafür, welch einmalige Chance wir auf diesem Planeten haben. Es wäre ein Verbrechen, sie nicht zu nutzen." Er deutete in Richtung Luftschleuse und fuhr begeistert fort: „Ich wage gar nicht daran zu denken, was da draußen für Wunder auf uns warten. Vielleicht muss die Entstehung unseres Sonnensystems völlig neu geschrieben werden. Ich jedenfalls glaube, dass die Chance, ganz neue Erkenntnisse für die Wissenschaft zu gewinnen, ein kalkulierbares Risiko wert ist. Ich stimme daher für bleiben."

„Hm", brummte Erik, „Han, du bist dran!" Der Biologieprofessor verzog keine Miene, als er gewichtig erklärte: „Ich schließe mich der Meinung meines Vorredners voll und ganz an. Ich möchte nur noch hinzufügen, dass ich beinahe jedes Risiko in Kauf nehmen würde, wenn nur der Hauch einer Chance bestünde, auf extraterrestrisches Leben zu stoßen." „Dass du so oder ähnlich antworten würdest, Han, darauf hätte ich meinen Kopf verwettet", war Eriks Kommentar. „Also, last but not least, Julia: Verrate uns deine Meinung!" „Leider sehe ich unsere Lage nicht ganz so rosig wie meine Vorredner", begann die Ärztin nachdenklich. „Es war bisher immer die Rede davon, dass unsere Technik zu funktionieren scheint und dass unsere Vorräte ausreichen, doch vom Faktor Mensch, besser gesagt, von seinen Unzulänglichkeiten, wurde bisher noch nicht gesprochen. Bedenkt doch: Noch nie waren Menschen in einer völlig lebensfeindlichen Umwelt so lange isoliert und von ihrer Heimatwelt abgeschnitten. Allein die psychischen Belastungen, denen wir dabei unterworfen sind, kann niemand voraussagen."

„Das stimmt nicht ganz", warf Louis ein. „Wir stehen ständig über unsere Relaisstation auf der PROMETHEUS mit der Erde in Verbindung." „Na wunderbar", erwiderte die Ärztin zynisch, „und was machen wir, wenn die PROMETHEUS auf der anderen Seite des Mars im Funkschatten dahindümpelt? Dann müssen wir Stunden auf die guten Ratschläge und Antworten der Bodenstation warten. Das nützt uns im Notfall wenig. Nein, mein Lieber, wir sind hier ziemlich auf uns allein gestellt. Und was ist, wenn einer von uns ernstlich erkrankt oder wir das lange Zusammenleben auf engstem Raum psychisch nicht mehr verkraften?"

„Wir haben immerhin bewiesen, dass wir diesem Stress gewachsen sind. Wir mussten dort auf der PROMETHEUS auf noch kleinerem Raum 4 Monate miteinander klarkommen", meldete sich Han zu Wort. „Das schon", gab Julia zu. „Das waren aber lediglich 4 Monate, wie du sagst, doch hier müssen wir fast 18 Monate ausharren – ein kleiner Unterschied, wie du zugeben wirst. Natürlich sehe ich auch die großartige Möglichkeit, einen fremden Planeten zu erforschen, nur bin ich nicht so blauäugig und übersehe dabei die Gefahren, denen wir ausgesetzt sind. Ich denke, Chancen und Risiken halten sich bei unserem Abenteuer die Waage. Ich weiß auch wirklich nicht, wie ich mich entscheiden soll, und deswegen enthalte ich mich der Stimme." „Sehr diplomatisch", brummte Gregori, „nur bringt uns das auch nicht weiter."

Alle blickten nun wieder auf den Kommandanten, denn bei ihm lag letztlich die Entscheidung über das weitere Schicksal ihrer Expedition. Erik blickte sinnend in die Luft und ließ sich lange Zeit mit seiner Antwort. Schließlich räusperte er sich und sagte: „Ich glaube, Julia hat unsere Situation recht treffend beschrieben. Das Für und Wider für einen längeren Aufenthalt auf dem Mars hält sich in etwa die Waage. Drei von uns haben sich für bleiben entschieden. Das hat für mich letztendlich den Ausschlag gegeben, dass auch ich mich für „bleiben" entschieden habe. Ich glaube nämlich, dass bei einer Entscheidung, bei der eine Pattsituation der Argumente herrscht, nur die eigene Überzeugung das Zünglein an der Waage sein kann. Nur wenn wir voll hinter unseren Entscheidungen stehen, sind wir auch in der Lage, mit kommenden Schwierigkeiten fertig zu werden. Auf unserer Reise hierher hat es schon einige gefährliche Situationen gegeben und wir haben sie alle gemeistert. Ich sehe das als gutes Omen an. Wir werden also hierbleiben und unsere Mission zu Ende führen."

Nachdem die Entscheidung gefallen war, schien es allen, als fiele eine schwere Last von ihnen ab, und jeder reagierte darauf auf seine Weise. Louis sprang auf und stieß ein Freudengeheul aus. Han blieb sitzen und wischte sich mit einer fahrigen Geste den Schweiß von der Stirn. Gregori murmelte etwas vor sich hin, was nach Erleichterung und Zustimmung klang. Nur Julia schürzte die Lippen und beobachtete etwas beunruhigt die unterschiedlichen Reaktionen der Männer. Erik erhob sich bedächtig und erklärte: „Ich fahre jetzt zur Landekapsel und teile unsere Entscheidung der Bodenstation mit. Ich hoffe, Pullok und seine Leute werden sie auch gut finden und ihr O. K. dazu geben." Kaum war das Freudengeheul des Brasilianers verklungen, da begann er schon Pläne für die Erforschung des Mars' zu schmieden. „Wir könnten als Erstes eine Expedition zu den Schildvulkanen des Mars' unternehmen", schlug er mit lebhafter Stimme vor. „Zum Beispiel zum Olympus Mons, dem höchsten Berg im ganzen Sonnensystem." „Und dorthin willst du wohl zu Fuß gehen", sagte

Gregori mit leisem Spott, „denn wir wissen überhaupt noch nicht, ob das Marsmobil diese weite Strecke wirklich schaffen kann. Wir müssen es erst noch gründlich testen."

„Ja, testen wir es!", stimmte Han zu. „Und dann Aufbruch zu den ‚Valles Marineris', dem größten System von Schluchten, das wir kennen. Dort in seinen Tiefen stoßen wir am ehesten auf Spuren von Wasser, vermutlich in Form von Eis, die wichtigste Vorbedingung von Leben." „Kommt nicht infrage", dämpfte Julia die Begeisterung der beiden Forscher, „wir haben so viel Strahlung abbekommen, dass ich erst einmal eine zweiwöchige Quarantäne in der Höhle angeordnet habe." Louis und Han protestierten heftig. Gregori, der den Streit schlichten wollte, meinte: „Warten wir erst einmal die Rückkehr Eriks ab, dann sehen wir weiter."

Eine Stunde später kehrte Erik von seinem Ausflug zum Mars-Lander zurück. Er strahlte über das ganze Gesicht und rief: „Die Bodenstation hat unsere Entscheidung abgenickt. Besonders Pullok war hoch erfreut und wünscht uns viel Glück für unseren weiteren Aufenthalt auf dem Mars." Dann bemerkte er die gereizte Stimmung unter den Wissenschaftlern und fragte: „Was ist los, Leute, wo bleibt eure Begeisterung? Jetzt sind alle Hindernisse aus dem Weg geräumt und wir bleiben definitiv auf dem Planeten." „Louis, Han und Julia sind sich uneins, wie es weitergehen soll", erklärte Gregori. Als Erik von Gregori von den unterschiedlichen Vorstellungen der Wissenschaftler erfuhr, stellte er sich zur allgemeinen Überraschung voll auf die Seite von Julia. „Sie hat völlig recht", erklärte er, „wir müssen vor allem auf unsere Gesundheit achten, wenn wir den langen Aufenthalt auf dem Mars überstehen wollen."

„Aber das heißt, wir sind zwei Wochen lang in dieser Höhle eingesperrt, während vor unserer Haustüre wichtige wissenschaftliche Erkenntnisse auf uns warten", begehrte Louis hitzig auf. Erik überlegte kurz und sagte dann: „Ihr könnt ja erst einmal unsere Höhle erforschen, während Gregori und ich hier drinnen die

Sendeanlage für die Kommunikation mit der Erde zusammenbasteln." „Gesteinsproben aus der Höhle einsammeln, das ist gar keine so schlechte Idee", meldete sich Han lebhaft zu Wort. „Auf der Erde hat man in 3 Milliarden altem Felsgestein fossile Blaualgen gefunden. Vielleicht haben wir ja auch hier Glück und entdecken fossile Einzeller auf dem Mars. Und wenn nicht, kann Louis immer noch die Zusammensetzung des Felsgesteins untersuchen."

„Und was mache ich inzwischen, da ihr alle so schön beschäftigt seid?", warf Julia ein. Erik betrachtete sie mit einem rätselhaften Blick und meinte: „Du könntest hier drinnen etwas für Ordnung sorgen." Die Ärztin zeigte sich sehr empört und rief: „Ich bin euch doch nicht als Haus- oder Putzfrau zugeteilt worden. Außerdem, was gibt es denn in dieser kleinen Hütte schon zu tun?" „Zum Beispiel … Saubermachen, Betten machen, oder Kaffee kochen", schlug Erik grinsend vor. Die Ärztin wollte schon an die Decke gehen, bemerkte jedoch noch rechtzeitig, dass sie der Kommandant auf den Arm nahm, und sagte etwas ruhiger: „Nein, mein Lieber, so läuft das nicht, die Hausarbeit wird unter uns absolut gerecht verteilt!"

In Eriks Gehirn blitzte ein Gedanke auf: Ob sie wohl beim Sex auch so leidenschaftlich agierte? Doch schnell verbannte er diesen Gedanken wieder in die hintersten Winkel seines Gehirns. Louis und Han konnten es nicht erwarten, zu ihrer ersten Höhlenerforschung aufzubrechen, und, obwohl es schon später Nachmittag war, wollten sie noch losziehen. Erik pfiff sie jedoch mit den Worten zurück: „Dafür ist es jetzt schon zu spät. Außerdem haben wir für heute schon genug erledigt. Morgen ist auch noch ein Tag!"

Früh am nächsten Morgen brachen Louis und Han zu ihrer Höhlentour auf. Sie verschwanden in der Luftschleuse, zogen ihre Raumanzüge an und schalteten die Stirnlampen ihrer Helme ein. Sie gingen um das Habitat herum und passierten das hinter ihrem Domizil liegende Vorratslager. Wenig später kamen sie an den drei großen Plutonium-Batterien vorbei und Louis stolperte über eine der isolierten Leitungen, die den Strom zu ihrem Heim brachten. „So, jetzt betreten wir praktisch unbekanntes Terrain", sagte Han mit angespannter Stimme. Sie versuchten, den Teil der Höhle, der vor ihnen lag, mit ihren Lampen auszuleuchten, doch es gelang ihnen nicht. Die Decke der Höhle und der Weg, der vor ihnen lag, verloren sich im Dunkel. Langsam tasteten sie sich weiter voran. Louis hatte einen Geologenhammer und einen Sammelbehälter dabei, denn sie wollten Gesteinsproben aus der Höhle mitbringen. Sie passierten hohe, steile Felswände, klaffende Bodenrisse, bizarre Felsformationen und manchmal zweigten von der Haupthöhle Nebengänge wie aufgerissene Mäuler ab. Louis schlug ab und an kleine Felssplitter aus dem Gestein und verstaute sie sorgfältig in seiner Sammelbox. Er interessiert sich besonders für auffällige Adern im Fels, die von anderer chemischer Zusammensetzung zeugten, und er entnahm dort die meisten Proben.

Dabei bemerkte er gar nicht, dass er immer weiter hinter Han zurückblieb. Plötzlich drang ein Triumph-Geheul aus seinem Helm-Mikrophon und vor Schreck fiel ihm der Hammer aus der Hand. Unmittelbar darauf erscholl die begeisterte Stimme von Han, der rief: „Ich hab's ja gewusst, ich hab's immer gewusst, Louis, das musst du dir unbedingt ansehen!" Louis eilte um eine Biegung und blieb mit offenem Mund wie angewurzelt stehen.

Vor ihm, in einer kleinen Seitenhöhle, entdeckte er ein Feld von Stalagmiten. Sie hatten eine Tropfsteinhöhle entdeckt. „Weißt du auch, was das bedeutet?", fragte ihn Han triumphierend. „Na klar", beeilte sich Louis zu versichern, „Wasser, hier muss es einmal Wasser gegeben haben. Über unseren Köpfen befindet sich vermutlich eine Kalkschicht, das Wasser hat den Kalk aufgelöst und ist dann in die Höhle getropft. Die Höhle muss uralt sein, so alt, dass es noch freies Wasser auf dem Mars gegeben haben muss." Er trat in die Höhle, strich fast andächtig mit der Hand über einen der Stalagmiten, schlug ihm dann die Spitze ab und steckte sie in seinen Sammelbehälter „Ein gefundenes Fressen für alle Spelunkologen!", murmelte er dabei.

„Für wen?", erkundigte sich Han. „Spelunkologen, das sind Wissenschaftler, die sich auf die Erforschung von Höhlen spezialisiert haben", erklärte Louis. Sie bestaunten noch eine Weile die Höhle mit ihren vielfältigen Formen an Tropfsteinen, dann meinte Han: „Sollten wir nicht lieber umkehren, wir haben eine echte Sensation entdeckt, etwas Interessanteres werden wir kaum noch finden." „Ja, gehen wir zurück", stimmte Louis zu. „Meine Sammelbüchse ist eh randvoll. Diese Proben zu analysieren, wird uns eine Menge Zeit kosten."

Als die beiden Forscher im Habitat eintrafen, waren Erik und Gregori noch mit dem Zusammenbau der Sendeanlage beschäftigt. Sie unterbrachen jedoch ihre Arbeit sofort, als sie von dem Sensationsfund der beiden erfuhren, und wollten alles darüber erfahren. Am Ende des Berichtes über die überraschende Höhlenerforschung von Louis und Han sagte Erik: „Das ist doch eine geradezu grandiose Entdeckung von euch. Bis jetzt gab es nur indirekte Hinweise für die Existenz von Wasser auf dem Mars. Man fand auf Bildern aus dem Orbit Senken, die wie ausgetrocknete Seen aussahen, und Strukturen, die an Flussmündungen erinnerten. Einen definitiven Beweis für Wasser hielten wir bisher jedoch nicht in Händen." „Und was ist mit den Wassereiskristallen an den beiden Marspolen?", warf Louis ein. „Die paar Eiskristalle inmitten einer riesigen Menge an Kohlensäureschnee, die sagen doch nichts aus über ehemals riesige Wasseransammlungen hier in der Nähe des Marsäquators, wo wir uns jetzt gerade befinden", wischte Erik den Einwand von Louis beiseite. „Diesen Beweis habt ihr nun per Zufall erbracht. Das ist unglaublich, das ist sensationell, morgen werde ich der Bodenstation darüber berichten! Und nun lasst uns weitermachen, ich will unsere Sendeanlage noch heute vor der Höhle installieren und morgen nicht schon wieder zur Landekapsel kutschieren, um Pullok und Konsorten zu kontaktieren."

„Du hast ganz recht, Chef", stimmte ihm Gregori zu. „Wenn wir die Bodenstation auch vom Habitat aus erreichen können, sparen wir uns eine Menge Zeit und vor allem Energie. Denk doch nur daran, du musst keine Geräte in der Kapsel hochfahren und den Energieverbrauch im Mars-Lander sparst du obendrein."

„Du mit deinem Energiesparwahn", meinte Han kopfschüttelnd, „Julia wird dir nie verzeihen, dass du die Raumtemperatur in unserem Domizil auf 15 Grad Celsius heruntergeregelt hast, nur um Energie zu sparen. Dabei liefern uns die drei mächtigen Plutonium-Batterien mehr als genug Energie. Jetzt möchtest du auch noch eine Solaranlage vor der Höhle aufbauen. Die wird bei dieser schwachen Marssonne, außer viel Arbeit, kaum was bringen. Das Einzige, was du bisher erreicht hast, ist, dass wir hier drinnen frieren wie die Schneider. Ist dir nicht aufgefallen, dass unsere Ärztin jetzt ständig in einem dicken Pullover herumrennt?" „Die soll sich nicht so haben", erwiderte der Russe herzlos. „Wir sind hier auf einer riskanten Expedition und nicht in einem Luxushotel."

Sie waren jetzt schon 10 Wochen auf dem Mars – Zeit genug, um sich zu akklimatisieren, wie es ihnen die Bodenstation empfohlen hatte. Jeder von ihnen versuchte, sich die aufkommende Langeweile auf seine Art zu vertreiben. Ihre beiden privaten Computer waren ein wahrer Segen und brachten Abwechslung in die Bude. Sie konnten sich Filme ansehen, lesen oder Musik hören. Auch die Beziehungen zueinander hatten sich verändert. So verhielten sich Louis und Han wie zwei siamesische Zwillinge, die man fast nur noch im Doppelpack zu Gesicht bekam. Sie unternahmen sogar noch zwei Exkursionen in die Höhle, doch die erbrachten außer ein paar Gesteinsproben keine neuen Erkenntnisse. Sie erreichten nicht einmal das Ende der Höhle, denn diese schien sich weit in den Berg hinein zu erstrecken. Sie analysierten im Labor stundenlang ihre Bodenproben. Louis interessierte die chemische Zusammensetzung des Felsgesteins, während Han nach Spuren von Leben fahndete, aber nichts dergleichen fand.

Gregori frönte seinem Kontrollzwang und seinem Energiespar-wahn. Er zog sich in sich selbst zurück wie eine Schnecke und redete kaum noch mit den anderen. Wenn er einmal eine Pause von seinen Kontrollgängen machte, dann spielte er alleine Schach mit dem Computer.

Julia konnte sich über Langeweile oder zu wenig Arbeit nicht be-klagen. Sie wachte über die physische und psychische Gesundheit der vier Männer, verfasste darüber Berichte und gab die Daten an Erik und die Bodenstation weiter. Erst kürzlich hatte sie he-rausgefunden, dass sie alle unter einem Vitamin-D-Mangel lit-ten. Der Schaden war mit entsprechenden Tabletten schnell be-hoben, aber gegen die Ursache war sie machtlos. Seit Monaten hatte keiner der Astronauten Sonnenlicht auf seiner Haut ge-spürt. In ihrer Ambulanz lagerte ein ganzes Arsenal von Tablet-ten und die Männer kamen mit jedem Wehwehchen zu ihr, um sich behandeln zu lassen.

Am wenigsten zu tun hatte gegenwärtig der Kommandant, denn es gab nichts zu kommandieren im Habitat. Seine einzige Pflicht war es, Kontakt mit der Bodenstation zu halten, und das beschäf-tigte ihn gerade mal eine halbe Stunde am Tag. Demnach verfüg-te er über jede Menge Freizeit. Er nützte sie, indem er manchmal Gregori half. Die meiste Zeit verbrachte er allerdings an einem der Mannschaftscomputer. Dies begann ihn allerdings schnell zu langweilen und daher verbrachte er immer mehr Zeit bei Julia in der Ambulanz. Anlässe dafür fanden sich immer.

Auch Julia schien die Gesellschaft von Erik zu genießen, denn auch sie rief ihn oft unter einem Vorwand zu sich. Die beiden hatten ein seltsames Verhältnis zueinander. So kamen sie sich zwar ständig näher, versuchten aber gleichzeitig Abstand zuein-ander zu halten. Das Fatale an der Geschichte war nur, je mehr sie sich gegen allzu große Nähe sträubten, desto größer wurde der Sog ihrer gegenseitigen Anziehungskraft.

Dass ihr Kommandant häufig die Gesellschaft der schönen Ärztin suchte, fiel natürlich auch den anderen Crewmitgliedern auf. So war es nur verständlich, dass darüber auch getuschelt wurde. Louis führte ausgerechnet mit Gregori darüber ein Gespräch. Aufgrund der geringen Kommunikationsbereitschaft des Russen wurde es ein sehr einseitiges Gespräch, man könnte es sogar als ein Selbstgespräch von Louis bezeichnen.

Es geschah eines Tages beim Frühstück, Han war schon im Labor, hatte aber vorher noch Kaffee aufgebrüht. Sie besaßen dafür einen Schnellkochtopf, um Wasser heiß zu machen. Das war ihr einziges Kochgeschirr. Erik befand sich, wie fast immer, bei Julia in der Ambulanz, sodass nur Gregori für Louis als Gesprächspartner übrig blieb. Die beiden Männer tranken Kaffee und Louis fragte den Russen: „Trinkst du auch lieber Tee oder Kaffee als dieses ständig recycelte, sterile Wasser? Ich habe dabei immer das eklige Gefühl, meinen eigenen Urin zu trinken." Gregori nickte. „Ist dir auch schon aufgefallen, wie viel Zeit unser Kommandant mit unserer schönen Ärztin verbringt?" Der Russe murmelte: „Hm". „Ich frage mich, was die beiden in der Ambulanz so alles treiben?", fuhr der Brasilianer fort. „Das riecht doch sehr nach Geschmuse."

Der Russe zog überrascht die Augenbrauen hoch. „Doch das Ganze bringt ja nichts, dafür hat schon dieser Gauner Pullok gesorgt, der uns Libido hemmende Mittel ins Essen gemixt hat", meinte der Brasilianer schadenfroh. Gregori schüttelte mitfühlend den Kopf. „Ich könnte mir sogar vorstellen", spekulierte Louis, „dass unser Kommandant sein Manko wettzumachen versucht, indem er die Tuben-Nahrung verweigert und nur noch Getränke zu sich nimmt." Nun machte der Russe zum ersten Mal den Mund auf und meinte: „Hungern, nur wegen dem bisschen Sex, das kann ich mir nicht vorstellen." „Sag das nicht", widersprach der Brasilianer. „Erik scheint viel Wert auf Sex zu legen. Auf der Erde sagt man ihm zahllose Beziehungen nach. Ich habe selbst schon erlebt, wie ein Seitensprung eine eingeschlafene Beziehung zu beleben vermag." Da lachte der Russe dröhnend und sagte: „Na dann ‚spring‘ mal schön, Louis, ich glaube aber nicht, dass du in deinem jetzigen Zustand weit kommen wirst." Danach stand er auf, um einen Kontrollgang bei den Vorräten zu machen.

Eine Woche später kam es zu einem weiteren interessanten Gespräch, doch dieses Mal handelte es sich nicht um Klatsch. Es wurde auch nicht einseitig geführt, denn jeder Gesprächspartner kam ausreichend zu Wort. Da jedoch die Standpunkte weit auseinanderlagen, ging es dabei recht kontrovers und hitzig zu. Es fand zwischen Pullok und Erik statt. Nachdem Erik seinen täglichen Bericht an die Bodenstation beendet hatte, fragte ihn Pullok ganz nebenbei: „Sag mal Erik, könntet ihr uns nicht ein paar interessantere Bilder vom Mars schicken? Immer nur Bilder von eurem Domizil und von der Höhle, das wird doch mit der Zeit eintönig."

„Seit wann legen Wissenschaftler Wert auf Ästhetik?", fragte Erik zurück. „Die sind doch meines Wissens nur auf exakte Daten aus." Dann beschlich ihn ein unangenehmer Verdacht und er hakte misstrauisch nach. „Du hast unsere Bilder doch nicht etwa zweckentfremdet?" „Na ja", antwortete Pullok verlegen, „ich dachte mir, die Öffentlichkeit hat ein Recht, zu erfahren, wie es euch da oben so geht und was ihr so treibt. Ich habe deshalb eine Fernsehsendung kreiert, die sich „Neues vom Mars" nennt und einmal pro Woche ausgestrahlt wird. Du kannst dir gar nicht vorstellen, welch ein Erfolg die Sendung geworden ist", fuhr Pullok begeistert fort. „Sie lockte Millionen Zuschauer vor die Geräte. Die Fernsehrechte wurden uns förmlich aus den Händen gerissen. Ist ja auch kein Kunststück, wir haben ja auch die besten Regisseure und Moderatoren dafür engagiert!"

Angesichts der Worte des NASA-Chefs hatte es Erik zuerst einmal die Sprache verschlagen, doch nun rief er empört: „Ernest, ich fasse es einfach nicht, du hast schon wieder hinter unserem Rücken gehandelt, um für deine Organisation die Werbetrommel zu rühren und einen Haufen Geld einzusammeln." „Keine Angst, keine Angst, ihr seid natürlich auch beteiligt", versuchte ihn Pullok zu beruhigen, „ich habe extra einen Fond für euch ins Leben gerufen, in dem ein Teil der Gelder für die Fernsehrechte fließen. Wenn ihr zurückkehrt, seid ihr alle reich und noch berühmter, als ihr es eh schon seid."

„Was nützt uns das, wenn wir alle auf dem Mars verschollen bleiben?", fragte Erik sarkastisch. „Dann geht das Geld selbstverständlich an eure Familien", erklärte Pullok zuvorkommend. Er fasste sich plötzlich an den Kopf und rief: „Au Backe, das habe ich doch glatt vergessen, du hast ja gar keine Familie, deine Anteile gehen dann wohl an die NASA." „Und wenn ich das nicht will?", erklärte Erik halsstarrig, „wenn ich beispielsweise einen Fond für verarmte ehemalige Astronauten damit gründen möchte?" Pullok lachte glucksend und meinte: „Der Witz ist gut, den muss ich mir merken. Ich habe nämlich noch nie in meinem Leben einen verarmten Astronauten gesehen, die haben alle durch ihre Berühmtheit ganz schön abgesahnt." „Dann stecke ich das unrechtmäßig erworbene Geld eben in einen Wohltätigkeitsfond. Ich bin schließlich der Erblasser und kann damit machen, was ich will." „Natürlich kannst du das, du verkappter Idealist. Ich finde aber: Die NASA hat so viel für dich getan, dass du dich ihr gegenüber ruhig einmal erkenntlich zeigen könntest", schlug Pullok vor. Erik war inzwischen so wütend geworden, dass er die Verbindung zur Bodenstation wortlos unterbrach.

Erik rief seine Crew zusammen, um ihnen über das Gespräch mit Pullok zu berichten. Seine Leute versammelten sich denn auch um den runden Plastiktisch im Mannschaftsraum und sahen ihren Kommandanten erwartungsvoll an. Vermutlich hatten sie es jedoch schon mitbekommen, dass das Gespräch mit der Bodenstation nicht zur allgemeinen Zufriedenheit verlaufen war.

„Stellt euch vor, Pullok hat hinter unserem Rücken eine Fernsehsendung über uns ins Leben gerufen. Er nennt sie ‚Neues vom

Mars' und sie wird einmal pro Woche gesendet", unterrichtete Erik seine Leute aufgeregt und empört. „Jetzt will er uns auch noch kaufen, oder wenigstens bestechen, damit wir mitmachen, denn er hat uns über einen Fond an den Einnahmen beteiligt."

Seine Worte riefen nicht die Reaktion hervor, die er sich erhofft hatte, eher das Gegenteil. Louis meinte sogar: „Was soll daran so schlimm sein? Etwas Geld und Publicity können wir doch alle gebrauchen. Und falls wir unser Abenteuer auf diesem lebensfeindlichen Planeten nicht überleben sollten, so bin ich wenigstens beruhigt, dass meine Familie gut versorgt ist." Gregori und Han nickten zustimmend.

Erik schaute hoffnungsvoll auf Julia, denn er glaubte, wenigstens sie würde seine Meinung teilen. Doch er erlebte eine Enttäuschung, denn sie sagte: „Geld spielt für meinen Vater keine Rolle, denn er hat selbst davon genug, aber es würde ihn bestimmt freuen, dass seine Tochter eine allseits bekannte Berühmtheit geworden ist." Louis schaltete sich nochmals in die Diskussion ein, indem er Erik fragte: „Ist dir überhaupt bewusst geworden, welche Chancen uns die Pläne von Pullok eröffnen? Wir sind bisher an das Forschungsprogramm der NASA gebunden gewesen, doch jetzt bietet uns Pullok die Möglichkeit, selbst darüber zu entscheiden, wie wir unsere restliche Zeit verbringen wollen."

„Ja", unterbrach ihn Han lebhaft, „wir könnten weitere Gebiete des Mars' unter die Lupe nehmen. Wir müssen ihm dafür nur tolle Bilder liefern. Wir könnten z. B. nicht nur, wie geplant, die ‚Valles Marineris' erforschen, sondern auch andere Gebiete des Mars', wo wir hoffen können, auf extraterrestrisches Leben zu stoßen."

Gregori war anderer Meinung und sagte: „Ich halte es für falsch, einfach in Eigenregie unser Forschungsprogramm zu erweitern. Da draußen auf der Marsoberfläche warten Gefahren auf uns, von denen wir noch gar keine Vorstellung haben." „Das ist richtig", stimmte ihm Julia zu. „Ich denke da insbesondere an die

Strahlenexposition. Aber auch hier im Habitat drohen uns Gefahren, und zwar in erster Linie psychische. Wir müssen hier zu fünft, auf nur 180 Quadratmeter Fläche, für lange Zeit miteinander auskommen. Ich denke; jeder von uns wird dabei an ein Gefängnis ohne Freigang erinnert. Ich selbst habe bei mir schon Zeichen von Klaustrophobie festgestellt. Und du selbst, Gregori, leidest an einem immensen Kontrollzwang und einer beginnenden Paranoia, du siehst Gefahren, wo gar keine sind!" „Ich bin gar kein Kontrollfreak – meine Kontrollen sind absolut notwendig", unterbrach der Russe die Ärztin zornig. „Ich bin auch kein Paranoiker, die Gefahren sind real. Ich glaube, ihr seht sie einfach nicht oder ihr negiert sie."

Erik hörte sich mit Sorge die unterschiedlichen Meinungen seiner Crewmitglieder an. Das war nicht mehr die geschlossene Mannschaft mit nur einem Ziel, wie sie von der Erde aufgebrochen war! Sie kam ihm eher wie ein demokratischer Debattierclub vor, der auf Mehrheitsentscheidungen aus war. Er fühlte seine Autorität als Kommandant bröckeln. Es fiel ihm schwer, eine Entscheidung zu fällen, denn sie hatten alle gute Argumente und irgendwie hatte jeder ein wenig recht. Er musste einfach das kleinere Übel wählen, aber das war gar nicht so einfach.

Schließlich raffte er sich auf und sagte: „Ich bin dafür, unser Forschungs-Programm zu erweitern, allerdings nur unter strengen Vorkehrungen, die da wären:

1. Niemand kutschiert mit dem Marsmobil alleine auf der Marsoberfläche herum. Es müssen immer zwei oder gar drei Personen drin sitzen.
2. Wir werden ständig Funkkontakt zueinander halten.
3. Ich begrenze das zu erforschende Areal auf 200 Kilometer um unser Habitat herum.
4. Wir werden ein Peilsignal von unserem Domizil aussenden, damit sich niemand in dieser Wüstenlandschaft verirrt.

„Und fünftens", unterbrach ihn Gregori, „werden wir das Marsmobil testen, ob es überhaupt für längere Strecken geeignet ist."
„Ganz recht", stimmte ihm Erik zu, „du nimmst mir die Worte aus dem Mund."

„Nur 200 Kilometer im Umkreis des Habitats", maulte Louis, „das ist angesichts der Größe der Marsoberfläche ein Klacks!"
„Nur Geduld, Louis", mahnte Erik, „die geplanten großen Exkursionen zu den ‚Schildvulkanen' und zu den ‚Valles Marineris' kommen ja auch noch dran."

„Tja, dann können wir doch schon jetzt wenigstens mit unserer Planung beginnen", meinte Louis voller Eifer. „Nicht jetzt", gebot Erik, „wir werden das in zwei Tagen machen. Bis dahin kannst du mit Han schon einmal überlegen, welche Ziele ihr ansteuern wollt."

Als Gregori die Testung des Marsmobils erwähnte, zuckte durch Eriks Gehirn ein verlockender Gedanke. Er sah sich, mit Julia an seiner Seite, mit dem Rover eine Spritztour durch die Wüste machen. Nur wollte er sie vor allen anderen nicht fragen, ob sie damit einverstanden sei. Es bestand ja durchaus die Möglichkeit, dass sie ihm einen Korb geben würde, und dadurch würde seine eh schon angeschlagene Autorität noch weiter den Bach runtergehen.

Daher schlenderte er nach der Diskussion mit seiner Mannschaft zu ihr in die Ambulanz und fragte sie dort. Julia indes war weit davon entfernt, ihm einen Korb zu geben, sondern sie war von seinem Vorschlag geradezu entzückt! „Endlich komme ich einmal aus dieser öden Ambulanz heraus und sehe was von diesem Planeten!", rief sie begeistert. Sie beschlossen, gleich am nächsten Morgen aufzubrechen.

Am nächsten Vormittag schoben Gregori und Erik das Marsmobil vor ihren Höhleneingang. Julia stand im Raumanzug schon zum

Einstieg bereit, während Erik noch die Ermahnungen von Gregori über sich ergehen lassen musste. „Seid vorsichtig", schärfte ihnen der Russe ein. Entfernt euch nicht zu weit von der Höhle, sodass ihr im Notfall auch zu Fuß zurückkehren könnt. Ach ja – probiert das Funkgerät aus, schließlich müssen wir bei weiteren Ausflügen in die Umgebung immer wissen, wie wir nach Hause kommen. Die verdammte Wüste dort draußen sieht überall gleich aus."

„Wird gemacht", versprach Erik, „doch keine Angst, wir entfernen uns nur so weit, dass wir die Felswand, in der sich unsere Höhle befindet, noch im Blick haben." „Und noch etwas", fuhr der Russe fort. „Behaltet am Anfang die Helme auf, bis ihr sicher seid, dass das Cockpit keine Luft verliert. Vergesst auch nicht, die Bodenproben mitzubringen, um die euch Louis und Han gebeten haben, und vor allem nicht die Bilder, die Pullok haben möchte."

„Ja, Mann, wir werden schon nichts vergessen und die Augen offen halten", erwiderte Erik. Er winkte Gregori zu, schloss die Kuppel des Führerhauses und startete den Elektromotor. Mit einem leisen Surren setzte sich das Fahrzeug in Bewegung, fuhr die Rampe vor der Höhle hinab und steuerte auf die mit Steinen übersäte Sandwüste zu. Erik ließ kein Auge vom Luftdruckmesser, während Julia interessiert die Gegend betrachtete. Nachdem sich die Ketten ihres Fahrzeuges eine Weile knirschend durch den Sand gewühlt hatten und das Barometer im Cockpit immer noch konstante Werte anzeigte, tippte Erik an seinen Helm und deutete damit an, dass man die Helme nun abnehmen könne. Befreit von den lästigen Dingern, atmete Julia tief durch und meinte: „Etwas eintönig unser Nachbarplanet, findest du nicht? Nichts als Sand und Steine und viel zu viel rot für meinen Geschmack."

Erik lachte und fragte: „Was hast du erwartet, etwa einen Garten Eden? Für mich hat auch das Fremdartige und Bizarre seinen Reiz. Sieh nur den rotvioletten Himmel, die ferne blasse Sonne und den nahen Horizont. Er scheint einem leicht erreichbar und man fragt sich unwillkürlich, was dahinter liegen mag." „Ja, bizarr und eintönig", erwiderte die Ärztin. „Ich frage mich, wie Han hier hoffen kann, auf Leben zu stoßen?" „Natürlich nicht auf dieser knochentrockenen Oberfläche", entgegnete Erik, „aber tief im Boden, wo es noch Feuchtigkeit, wenn auch nur in Form von Eis, geben mag, könnten noch Mikroben überlebt haben.

Sporen von Bakterien sind bekanntlich sehr zählebig, sie können sogar unter Weltraumbedingungen eine Zeit lang überleben. Doch wem sage ich das, du bist ja neben Han die Spezialistin für derlei Fragen!" Die Ärztin biss sich sinnend auf die Unterlippe und meinte: „Ja, möglich wäre es, wenn auch nicht sehr wahrscheinlich, dass wir auf rezente Formen von Einzellern stoßen. Ich kann Han verstehen, weshalb wir ihm Bodenproben aus tieferen Schichten mitbringen sollen. Aber warum möchte Louis ausgerechnet Bodenproben aus Einschlagkratern von Meteoriten?"

„Dies kann wiederum ich nachvollziehen", entgegnete Erik eifrig. „Bei einem ‚Impakt' entstehen nämlich durch die Hitze und den enormen Druck exotische chemische Verbindungen, und die will ein Geologe liebend gern untersuchen." „Hm, verstehe", murmelte die Ärztin und zog die Stirne kraus. „Haben wir wenigstens geeignete Werkzeuge dabei, um anständige Bodenproben zu gewinnen?" Erik deutete vielsagend mit dem Daumen hinter sich. Schweigend fuhren sie weiter in diese grenzenlose Sandwüste hinein, jeder mit seinen eigenen Gedanken beschäftigt.

Plötzlich lachte Erik laut auf und sagte: „Es ist schon komisch, das letzte Mal, als ich mit einer hübschen Frau an meiner Seite eine Spritztour unternommen habe, hatte ich wahrlich anderes zu tun, als wissenschaftliche Gespräche zu führen." „Na, da bin ich ja richtig froh, dass ich in einem Raumanzug stecke und so vor deinen Nachstellungen sicher bin", antwortet die Ärztin spöttisch. „Aber Spaß beiseite – wenn du schon so ein Fan von Spritztouren bist, warum lädst du mich dann nicht zu einer auf unserer guten alten Erde ein, d. h. falls wir je dorthin zurückkehren sollten."

Erik war von den Worten Julias so überrascht, dass er das Lenkrad verriss und das Marsmobil einen Satz machte. „Versprochen! du kommst mit?", brachte er schließlich heraus. Als er Julia nicken sah, machte sein Herz einen heftigeren Sprung, als ihr Gefährt zuvor.

Leider gelang es Erik nicht, sich das Rendezvous mit der Ärztin weiter auszumalen, denn vor ihnen tauchte der Rand eines kleinen Kraters auf. Erik steuerte darauf zu und stoppte den Rover am Kraterrand. „Eindeutig ein Impaktkrater", murmelte er, „das wird Louis aber freuen. Es wird Zeit, etwas für die Wissenschaft zu tun, setz bitte deinen Helm auf."

Erik griff hinter seinen Sitz und zog einen Geologenhammer, eine kleine Spitzhacke und eine Sammelbox dahinter hervor. Er stülpte sich seinen Helm über und öffnete die Kuppel des Cockpits. Pfeifend entwich die Luft aus der Kanzel und sie wären vermutlich mitgerissen worden, doch zum Glück waren sie noch angeschnallt. Sie kletterten etwas steifbeinig aus ihrem Gefährt und näherten sich dem Kraterrand. Während Erik fleißig Gesteinsproben sammelte, ging Julia um den Kraterrand spazieren.

Der Meteorit, der vor geologisch relativ kurzer Zeit hier eingeschlagen hatte, konnte nicht sehr groß gewesen sein, denn sein Trichter maß nur etwa 100 Meter im Durchmesser. Trotzdem war er fast zur Hälfte mit Sand zugeschüttet worden. Sie spielte einen Augenblick mit dem Gedanken, in den Krater hinabzusteigen, verwarf den Gedanken aber wieder, denn die Sandwände erschienen ihr doch zu steil. Das Ganze erinnerte sie an den riesigen Bau eines Ameisenlöwen und sie wäre dann womöglich das unglückliche Insekt, das auf diesem Treibsand seinen tödlichen Zangen entgegenrutschte. Sie trat etwas vom Kraterrand zurück und musterte ihre Umgebung. Viel Interessantes gab es allerdings nicht zu sehen – Sandwüste, so weit das Auge reichte. Sie blickte in Richtung der höher steigenden Sonne und es kam ihr so vor, als habe sich ihr Licht abgeschwächt. Sie kniff die Augen zusammen und musterte die Landschaft hinter der Sonne. Der Horizont im Osten schien hinter einem Nebelschleier verschwunden zu sein.

Sie rief Erik über Funk, um ihn auf dieses seltsame Phänomen aufmerksam zu machen. „Nebel, Wolken", brummte Erik und kletterte aus einer Grube, die er bereits gegraben hatte. „Etwas Derartiges dürfte es auf dem Mars nicht geben." Er beschirmte seine Augen und blickte ebenfalls nach Osten. Schnell wurde ihm klar, was da auf sie zukam, und er rief aufgeregt: „Wir müssen sofort zurück zum Wagen, da hinten braut sich ein Sandsturm zusammen!" Julia reagierte sofort und begann, auf das Marsmobil zu zu rennen. Erik raffte rasch seine Grabwerkzeuge zusammen und folgte ihr.

Als er beim Fahrzeug eintraf, erwartete ihn Julia, schon angeschnallt auf dem Beifahrersitz, ungeduldig. Er warf das Werkzeug und den Sammelbehälter hinter seinen Fahrersitz und schloss hastig die Kuppel des Fahrzeugs. Er startete das Triebwerk und brauste auf der Spur zurück, auf der sie gekommen waren. Kaum hatte sich der Luftdruck in ihrer Kabine wieder normalisiert, rissen sie sich die Helme herunter und sogen, nach ihrem schnellen Lauf, die frische Luft ein.

Nachdem sie wieder etwas zu Atem gekommen waren, fragte Julia ängstlich: „Werden wir es noch vor dem Sturm bis zur Höhle schaffen?" Erik blickte in den Rückspiegel und schüttelte den Kopf. Da drehte sich die Ärztin um und sah eine gelbrote Wand auf sich zukommen, die bereits die Sonne verschluckt hatte. Wenige Minuten später hörte sie ein hohes Pfeifen und Wimmern, der Sturm hatte sie erreicht! Zum Glück konnte er ihrem Fahrzeug nicht viel anhaben, dafür war der Luftdruck der Marsatmosphäre viel zu schwach. Trotzdem wirkte das Prasseln der Myriaden von Sandkörnern auf ihrem durchsichtigen Fahrzeugdach angsteinflößend. Erik stoppte das Marsmobil. „Warum hältst du, stimmt etwas nicht?", erkundigte sich Julia alarmiert. „Willst du etwa warten, bis sich der Sturm gelegt hat?" „Du machst wohl Witze, solche Stürme auf dem Mars wüten oft wochenlang", erwiderte Erik sarkastisch.

„Nein, ich möchte nur unseren Leuten mitteilen, in welchem Schlamassel wir stecken und was da auch auf sie zukommt. Vor allem aber muss ich das Peilgerät aktivieren, oder weißt du, in welcher Richtung unsere Höhle liegt?" Erik nahm Kontakt zum Habitat auf und Julia hörte den Schreckensruf von Gregori, der das Funkgerät in ihrem Domizil bediente.

„Sei ja vorsichtig und fahre vor allem langsam, denn sehen wirst du ja kaum etwas", schärfte er Erik ein. Julia sah hinaus und ihr stockte der Atem! Um das Fahrzeug herum schien es Nacht geworden zu sein. Verschwunden war die mit Steinen übersäte Wüste, verschwunden war der Himmel mit seiner bleichen, fernen Sonne, als hätten sie nie existiert. Eine vom Sturm gepeitschte Finsternis war über sie hereingebrochen und hatte alles verschluckt. Mit ein paar Handgriffen hatte Erik das Funkpeilgerät eingestellt und seufzte erleichtert auf, als es die Richtung zu ihrer Höhle anzeigte.

Er setzte das Fahrzeug wieder vorsichtig in Bewegung und tastete sich damit, quasi wie ein Blinder, auf dem unebenen Boden voran. Doch all seine Vorsicht konnte nicht verhindern, dass es schon nach kurzer Zeit zur Katastrophe kam. Die linke Raupenkette des Marsmobils stieß gegen einen Felsbrocken, fraß sich mahlend daran hoch und noch ehe Erik es stoppen konnte, kippte es nach rechts und stürzte um.

Der Fluch von Erik vermischte sich mit dem Schmerzensschrei von Julia, die mit dem Kopf gegen die Kuppel geprallt war. Sofort hörte Erik mit dem Fluchen auf und erkundigte sich besorgt: „Julia, was ist los, bist du verletzt?" „Keine Sorge", stöhnte die Ärztin, „mir brummt nur der Kopf, ansonsten bin ich o.k." Erik holte tief Luft und begann erneut, ihr Pech zu verfluchen. „Verdammte Schei..., ich meine, Schweinerei, das hat uns bei diesem Sturm gerade noch gefehlt! Was machen wir jetzt?"

Der Rover war auf die Seite gekippt und die beiden hingen übereinander in ihren Sesseln, Erik oben und Julia unten. Erik schielte ängstlich auf die Anzeige des Kabinendrucks, doch der zeigte immer noch einen normalen Wert an. Da er auch kein verräterisches Zischen wahrnehmen konnte, konstatierte er dankbar, dass wenigstens die Kuppel heil geblieben war. Julia, die sich noch immer den Kopf hielt, machte sich ebenfalls große Sorgen über ihre Situation und versuchte, einen klaren Gedanken zu fassen.

Nach langem Schweigen, das nur vom Wimmern des Sturms gestört wurde, meinte sie kleinlaut: „Es wird uns wohl nichts anderes übrig bleiben, als zu Fuß zu gehen." Erik widersprach heftig: „Bei den Sichtverhältnissen dort draußen! Da haben wir uns in Nullkommanichts verlaufen." „Aber durch das Peilgerät kennen wir wenigstens die Richtung, in die wir laufen müssen", beharrte Julia auf ihrem Vorschlag.

„Selbst wenn wir die Richtung kennen, nützt uns das wenig, gab Erik zu bedenken. „Gerade du als Ärztin solltest wissen, dass ein Mensch nicht über längere Strecken geradeauslaufen kann, wenn ihm die Fixpunkte für die Augen fehlen. Irgendwann beginnt er im Kreis zu gehen, so sehr er auch auf die Schrittlänge zwischen linkem und rechtem Bein achtet. Außerdem sind wir noch mindestens 60 Kilometer vom Habitat entfernt. Das würde ein langer Marsch werden und ich weiß nicht, ob wir das überhaupt schaffen." „Wohl wahr", seufzte die Ärztin, „aber was könnten wir sonst tun? Im Rover herumhängen und auf bessere Zeiten warten?"

„Es gibt noch eine weitere Möglichkeit", meinte Erik nachdenklich. „Und die wäre?", fragte Julia hoffnungsvoll. „Wir könnten versuchen, unser Gefährt wieder aufzurichten", schlug Erik vor.

„Wieder aufrichten? Das Fahrzeug wiegt mindestens 1,5 Tonnen, das ist für zwei Menschen allein einfach unmöglich", erklärte Julia ohne jede Hoffnung. „Ja, auf der Erde, doch hier auf dem Mars sind das nur etwa 500 Kilogramm", rechnete ihr Erik vor. „Auch das ist nicht zu schaffen", seufzte Julia. „Warum nicht? Hast du vergessen, dass über dir ein ‚Supermann' in den Gurten hängt? Mein Notfallprogramm verleiht mir die Kraft von mindestens drei Männern. Außerdem müssen wir den Rover gar nicht hochstemmen, sondern nur in seine ursprüngliche Lage kippen. Komm schon, setz deinen Helm auf, wir steigen aus."

Julia, die sich unter Erik in ihren Gurten verfangen hatte, versuchte, ihren Helm zu ergreifen und ihn sich aufzusetzen. Erik fand es erheiternd, wie Julia unter ihm in ihren Gurten zappelte, und er suchte, die angespannte Lage durch einen Scherz zu entspannen und sagte: „Das ist eine durchaus interessante Stellung, die du da unter mir einnimmst, nur müsstest du deine Hüftbewegungen noch etwas mehr mit den meinen koordinieren." Julia funkelte ihn an und meinte empört: „Wie kannst du nur, in solch einer Situation … " Doch Erik grinste nur und setzte sich in einer fließenden Bewegung seinen Helm auf.

Es gelang ihnen, die Kuppel einen Spalt breit zu öffnen, und sie kletterten hinaus in den tosenden Sturm. Erik ging als Erstes um ihr Fahrzeug herum und inspizierte es. Erleichtert stellte er fest, dass es nicht ernsthaft beschädigt war. Sie mussten es lediglich wieder aufrichten, doch das war leichter gesagt als getan.

Ungeachtet des Sandsturms setzte sich Erik auf einen Stein neben dem Rover und begann mit der Aktivierung seines Notfallprogramms. Monoton murmelte er bestimmte Codewörter vor sich hin und wartete auf die Wirkung. Ein krampfhaftes Zittern lief durch seinen Körper, als eine gewaltige Woge von Adrenalin ihn überschwemmte. Sein Blutdruck stieg, Atmung und Herzschlag beschleunigten sich und die neuronalen Impulse seiner Nervenbahnen verdreifachten sich.

Er erhob sich, bleich und mit Schweißperlen im Gesicht und ging mit roboterhaften Schritten auf Julia zu. Die Ärztin erschrak, als er sie mit Händen, Schraubstöcken gleich, zu dem Fahrzeug schob. Mit verzerrter Stimme befahl er: „Fass mit an, bei drei kippen wir das Fahrzeug!" Im Nachhinein erschien ihr das Ganze wie ein kleines Wunder. Auf Eriks Kommando hin stemmten sie sich mit aller Gewalt gegen den Rover. Ungläubig bemerkte sie, wie sich das Marsmobil zentimeterweise aus seiner Schräglage schob und letztendlich wieder auf seinen zwei Raupen stand. Ein tierischer Urschrei aus Eriks Mund begleitete das Ganze.

Besorgt eilte sie auf Erik zu, der nach diesem Gewaltakt haltlos in den Sand gesunken war. Sie beugte sich über ihn und nun schrie auch sie. Es war ein Schrei des Entsetzens und der Angst, denn Erik blutete aus Mund und Nase, Blut, das karmesinrote Streifen auf der Innenseite seines Helms hinterließ. Sie griff ihm unter die Arme, zog ihn auf die Füße und deutete auf das Marsmobil. Irgendwie schien er zu begreifen, dass sie dort in Sicherheit wären, und torkelte auf die Kuppel zu. Schon nach ein paar Schritten musste sie ihn stützen, sonst wäre er unweigerlich gestürzt und vielleicht für immer liegen geblieben. Auch Julia war erschöpft, trotzdem schleppte sie ihn zum Fahrzeug und bugsierte ihn auf den Beifahrersitz. Sie schloss die Kuppel und ihre Finger hasteten über die Bedienungsknöpfe der Armatur, um im Inneren so schnell wie möglich normalen Luftdruck herzustellen. Kaum war ausreichend Luft in der Kabine, da nahm sie ihren Helm ab und befreite auch Erik von seinem.

Ihre Finger suchten die Halsschlagader des Kommandanten und zu ihrer Erleichterung schlug sein Herz gleichmäßig, wenn auch sehr langsam. Sie wischte ihm das Blut vom Gesicht und überzeugte sich, dass seine Atemwege frei waren. Dabei schossen ihr sorgenvolle Gedanken durch den Kopf. Hoffentlich waren ihm nur Adern im Nasen-Rachenraum geplatzt und nicht etwa Hirngefäße. Doch hier konnte sie im Augenblick wenig für ihn tun, sie musste ihn so schnell wie möglich zum Habitat und in ihre Ambulanz bringen.

Mit angehaltenem Atem drückte sie auf den Startknopf und als der Elektro- Motor zu summen begann, fiel ihr ein Stein vom Herzen! Langsam setzte sich das Vehikel in Bewegung und sie steuerte es exakt in die Richtung, welche ihr das Peilgerät anzeigte. Im Stillen betete sie, dass sie nicht noch einmal auf einen größeren Felsbrocken stoßen mögen, denn dann waren sie so gut wie verloren. Erik würde nicht noch einmal zu einer solchen Kraftanstrengung fähig sein. Ja, genau genommen, war er zu gar nichts mehr fähig, gestand sie sich ein.

Sie blickte kurz zu ihrem Beifahrer hinüber, der mit geschlossenen Augen in seinen Gurten hing und ab und zu ein leidvolles Stöhnen von sich gab. Offenbar hatte er das Bewusstsein verloren. Die Fahrt wurde zu einer Tortur für ihre Nerven.

Mit verzweifelten Blicken suchte sie, die Sandwirbel vor sich zu durchdringen, und sah trotzdem nichts weiter als den irren Tanz der Sandkörner vor ihrem Cockpit. Sie war noch nicht weit gekommen, als das Funkgerät über ihrem Armaturenbrett zu piepsen begann. Sie drückte auf Empfang und lauschte auf die erregte Stimme von Gregori. „Was ist los bei euch? Warum meldet ihr euch nicht? Seid ihr schon auf dem Rückweg und vor allem, funktioniert das Peilgerät noch?"

„Eine Menge Fragen auf einmal", seufzte Julia. „Also, ja, wir sind auf dem Rückweg und das Peilgerät zeigt uns den Weg zur Höhle. Doch hier draußen ist die Sicht durch den Sandsturm gleich null. Das eben hat uns in Schwierigkeiten gebracht, denn Erik ist gegen einen Felsbrocken gedonnert und unser Vehikel kippte um. Zum Glück konnten wir es wieder aufrichten."

„Ihr habt zu zweit das umgestürzte Marsmobil wieder aufgerichtet?", klang die verblüffte Stimme des Russen aus dem Empfänger, „aber dazu sind mindestens fünf starke Männer nötig!" „Du kennst eben nicht die geheimen Qualitäten unseres Kommandanten", erklärte Julia. „Er hat praktisch alleine den Rover aus dem Sand gestemmt, meine schwache Mithilfe kannst du dabei getrost vergessen." „Ich verstehe", stöhnte der Russe auf, „dieser Wahnsinnige hat sein posthypnotisches Notfallprogramm aus dem Hut gezaubert. Er wird sich bei einem seiner Kunststücke noch einmal umbringen!"

„Ich denke, du tust ihm unrecht", sagte die Ärztin bestimmt. „Er hat weder leichtsinnig noch unüberlegt gehandelt. Wir waren in Lebensgefahr und er musste dieses Risiko eingehen, ansonsten stünden wir jetzt immer noch neben unserem umgestürzten Fahrzeug. Oder hätten uns im Sturm verirrt, wenn wir zu Fuß losgezogen wären. Allerdings musste er, um unser Vehikel wieder flott zu kriegen, sein Äußerstes geben. Nun liegt er ohnmächtig neben mir. Ich werde also eure Hilfe brauchen, wenn ich ankomme. Er muss schleunigst durch die Luftschleuse in meine Ambulanz geschafft werden, denn nur dort kann ich ihm wirklich helfen." „Wird gemacht", versprach der Russe, „ich alarmiere gleich die anderen. Over."

Während sie mit Gregori sprach, hatte sie den Rover gestoppt. Nun setzte sie ihn wieder langsam in Bewegung, während sie ängstlich auf das Heulen des Sturmes horchte. Es waren ja nicht nur die Felsbrocken, die zu einer Havarie führen konnten, eine steile Düne konnte das auch schaffen. Da sie in diesem Hexenkessel so gut wie nichts sah, musste sie sich ganz auf ihr Gefühl verlassen und bei jeder gefährlichen Neigung das Fahrzeug sofort stoppen. Ihre Nerven waren zum Zerreißen gespannt und ihre Augen spielten ihr Streiche. Manchmal glaubte sie nämlich, hinter dem Sandvorhang etwas auftauchen zu sehen, doch bei näherem Hinsehen verschwanden diese Halluzinationen. Sorge bereitete ihr vor allem, wie sie bei diesen Sichtverhältnissen die Rampe zur Höhle hinauffinden sollte.

Sie musste sich einfach darauf verlassen, dass sie im letzten Moment die Felswand vor sich erkennen würde. Nach zwei Stunden Blindfahrt sagte ihr das Peilgerät, dass sie der Höhle ganz nahe sein müssten. Sie drosselte die Geschwindigkeit und versuchte verzweifelt, die wirbelnden Sandwolken vor sich mit ihren Blicken zu durchdringen.

Plötzlich schienen ihr die Augen wieder einen Streich zu spielen, denn es tauchte ein Lichtpunkt vor ihnen auf, der sich bewegte. Sie dachte schon, diese Fata Morgana würde sich in der Nähe in Luft auflösen, doch die Helligkeit des Lichtpunktes nahm zu und unvermittelt wusste sie auch, was sie da vor sich hatte: Es handelte sich um einen Handscheinwerfer, mit dem ihre Gefährten ihr den Weg wiesen. Sie seufzte erleichtert auf und steuerte das Marsmobil auf das kreisende Licht zu.

Als sie ihr Fahrzeug vor dem Scheinwerfer von Gregori zum Stehen brachte, war sie am Ende ihrer Kräfte. Nicht nur ihre Hände zitterten, der ganze Körper schien zu vibrieren. Als sie aus dem Cockpit taumelte, eilte Louis auf sie zu, um sie zu stützen. Gregori und Han schnallten inzwischen Erik vom Beifahrersitz los und schickten sich an, ihn in die Luftschleuse zu tragen. In diesem Moment erwachte der Kommandant aus seiner Bewusstlosigkeit und murmelte: „Verdammt, lasst los, ich kann alleine laufen!" Die Männer gehorchten, doch Erik knickte sofort wieder ein, sodass sie ihn mehr oder weniger in die Luftschleuse schleifen mussten.

Als sie alle fünf glücklich im Wohnraum ihres Domizils angelangt waren, hatte Erik wieder das Bewusstsein verloren und Gregori und Han trugen ihn in die medizinische Ambulanz. Julia, die sich in fieberhafter Eile aus ihrem Raumanzug geschält hatte, lief, so wie sie war, nämlich in Unterwäsche, den Männern nach.

Inzwischen hatten die Männer ihren Kommandanten auf einer Liege in der Ambulanz platziert und ihn ebenfalls von seinem Druckanzug befreit. Als Julia den Raum erreichte, standen Louis, Gregori und Han besorgt und unschlüssig um den bewusstlosen Erik herum. Die Ärztin schob die Männer rigoros zur Seite und begann mit ihren Untersuchungen.

Zunächst überprüfte sie die Pupillenreaktion und als Eriks Pupillen prompt und seitengleich auf Licht reagierten, murmelte sie: „Gott sei Dank, keine Anzeichen für eine Hirnblutung!" Danach tastete sie nach der Halsschlagader von Erik und fühlte einen regelmäßigen, allerdings etwas verlangsamten Puls. Sie horchte zuerst die Lunge ab und machte sicherheitshalber noch ein EKG. Je weiter die Untersuchungen der Ärztin fortschritten, desto mehr hellte sich ihre besorgte Miene auf. Zum Schluss verpasste sie ihrem Patienten noch eine Kreislaufspritze und atmete tief durch.

„Wie geht es ihm, wird er wieder ganz gesund?", fragte Louis leise. „Er hat seine Eskapade dort draußen erstaunlich gut weggesteckt, er ist nur zu Tode erschöpft", erwiderte die Ärztin. „Bitte bringt ihn in seine Koje und platziert ihn dort in stabile Seitenlage." Gregori und Han trugen Erik in den Schlafraum, währen Louis sicherheitshalber bei der erschöpften Ärztin blieb.

Erst jetzt fiel dem Brasilianer der Bekleidungszustand von Julia auf und da offenbar alles glimpflicher verlaufen war als befürchtet, erschien ein amüsiertes Lächeln auf seinem Gesicht und er sagte: „Auch ich bin versucht, mich von dir behandeln zulassen. Deine fachliche Kompetenz und deine sparsame Bekleidung bieten dabei einen nicht zu unterschätzenden Anreiz." Julia sah an sich herab, errötete und griff nach dem Arztkittel, der über einer Stuhllehne neben ihr hing. Trotz ihrer Erschöpfung hatte sie ihren Humor offenbar noch nicht eingebüßt, denn sie erwiderte umgehend: „An deiner Stelle, Louis, wäre ich sehr vorsichtig mit leicht bekleidetem, weiblichem Medizinpersonal – diese Rosen haben nämlich Stacheln! Und wenn ich an deine Spritzenphobie denke, solltest du dich schon gar nicht auf derlei Mätzchen einlassen."

Der Brasilianer entblößte lächelnd seine perlweißen Zähne und meinte: „So kenne ich dich, du bist also wieder voll auf dem Damm. Doch keine Angst, ich weiß, was ich mir zumuten kann. Schließlich habe ich eine vernünftige Frau geheiratet und keinen stachligen weiblichen Skorpion." „Umso besser für dich", erwiderte die Ärztin in versöhnlichem Ton. „Doch jetzt musst du mich entschuldigen, ich bin hundemüde und mein Körper schreit nach Erholung." Der Brasilianer nickte und schlenderte aus dem Raum.

Der Sandsturm war von einer der hartnäckigen Art. Er tobte zwei Wochen lang. Erik war schon nach zwei Tagen fast wieder der Alte. Er hatte auch nicht vergessen, was er seinen Leuten versprochen hatte. Am 3. Tag nach seinem und Julias Wüstenabenteuer rief er seine Mannschaft zusammen. „Wegen des Sturms können wir sowieso nichts unternehmen und haben Zeit, uns über unsere weiteren Pläne den Kopf zu zerbrechen", begann er.

Er entrollte eine Karte vom Mars und deutete mit dem Finger auf einen Punkt. „Wir befinden uns hier im ‚Tharsis–Gebiet', etwa 3 Grad nördlich des Äquators. Ein Stück weiter nordwestlich von uns erkennt ihr drei ‚Schildvulkane' und etwa 700 Kilometer südöstlich von uns liegen die westlichen Ausläufer der ‚Valles Marineris'. Wir haben von der NASA den Forschungsauftrag erhalten, einen von den ‚Schildvulkanen' des Mars' und den südwestlichen Teil der ‚Valles Marineris' zu erkunden. Doch diese Projekte stehen erst in drei Monaten auf dem Plan.

Inzwischen haben wir durch Pullok die Möglichkeit erhalten, unsere unmittelbare Umgebung in Augenschein zu nehmen. Also Louis und Han, welche Gebiete sind für eure Forschungen interessant?"

„In circa 180 Kilometer Entfernung habe ich einen Meteoritenkrater von etwa 600 Metern Durchmesser entdeckt, da möchte ich zu gerne hin", begann Louis. „Dann will ich noch mit dem Rover einen kurzen Nachtausflug machen, um den Sternenhimmel zu fotografieren, Pullok steht ja auf spektakuläre und romantische Bilder. Ich denke, ich werde Julia mitnehmen, die Arme kommt ja kaum aus ihrer Ambulanz heraus." Erik runzelte die Stirn und fragte: „Was hat Sternbeobachtung auf dem Mars mit Forschung zu tun? Die Sternbilder sehen ja von hier genauso aus, wie auf der Erde." „Nicht, wenn es mir gelingt, Phobos oder Deimos auf die Platte zu bekommen, einen der Mars-Monde", widersprach Louis.

Erik wollte schon allein wegen der gefährlichen Nachtfahrt weitere Einwände vorbringen, doch Julias Antwort ließ ihn frustriert schweigen. Die Ärztin stimmte nämlich dem Vorschlag von Louis überraschend schnell und vor allem begeistert zu. Stattdessen fragte er Han, was dieser vorzuschlagen hatte: „Ich möchte zu einer Senke, etwa 200 Kilometer östlich von hier, und dort Bodenproben entnehmen", sprach der Biologieprofessor würdevoll. „Ich denke nämlich, diese Senke war in grauer Vorzeit einmal ein See."

„Na schön, jetzt haben wir schon ein paar Ziele und müssen nur noch festlegen, wer an diesen Exkursionen teilnimmt und wann wir sie ausführen. Dies ist, wenn ich mich nicht irre, meine Aufgabe. Also, wenn der Sandsturm vorbei ist, werden Julia und Louis als Erstes ihre geplante Nachtfahrt machen, dann wird Gregori Han zu der Senke fahren und zum Schluss kutschiere ich Louis höchstpersönlich zu seinem Krater."

„Halt, so schnell kann das nicht über die Bühne gehen, vorher müssen wir noch etwas anderes erledigen", warf Gregori ein. „Was denn?", fragte Erik erstaunt. „Wir müssen noch das Plateau und vor allem den Sendemast vor der Höhle vom Sand befreien. Gestern, als ich ihn kontrollierte, war er schon zu einem Drittel vom Sand zugeweht", erklärte der Russe. „Wenn das so weitergeht, verlieren wir noch den Kontakt zur Bodenstation." „Ja, das muss unbedingt gemacht werden, einen Abbruch des Funkkontaktes können wir uns nicht leisten", stimmte Erik Gregori zu.

Dann fiel ihm noch etwas ein und er fragte Gregori: „Du hast Pullok doch hoffentlich vorgewarnt, was passieren könnte, als du mich vertreten hast, als ich … äh … unpässlich war." „Natürlich, für wen hältst du mich", entgegnete Gregori gekränkt. „Ich habe ihm sogar die Bilder mitgeschickt, die ihr für ihn auf eurer Wüstenfahrt gemacht habt. Er war begeistert und hat sich tausendmal bedankt." „Gut, dann müssen wir eben unsere Exkursionen ein paar Tage nach hinten verschieben, Zeit genug haben wir ja", meinte Erik. Er war nach dieser Besprechung ziemlich gereizt und auch frustriert. Er brauchte auch nicht lange nach dem Grund zu suchen, warum das so war.

Er konnte es zwar selbst nicht recht glauben, aber er war fraglos eifersüchtig auf Louis. Als nämlich Julia dem Vorschlag des Brasilianers so schnell und vorbehaltlos zugestimmt hatte, versetzte ihm das einen Stich in der Herzgegend. Das war eine ganz neue Erfahrung für den Kommandanten, denn bisher waren ihm derlei Gefühle völlig fremd. Seine zahlreichen Affären auf der Erde dauerten nie so lange, dass sich daraus tiefere Gefühle entwickeln konnten. Das schien jetzt anders zu sein, obwohl er sich immer wieder einzureden suchte, dass dies alles Blödsinn sei. Louis hat doch zu Hause eine reizende Frau und ein süßes Töchterchen und er war sein Freund. Sie hatten sich oft genug auf astronomischen Veranstaltungen getroffen und er war sogar des Öfteren bei ihm zu Hause eingeladen worden. Nein, Louis wusste genau, was auf der Erde auf ihn wartete. „Und wenn ihr nicht zurückkehren könnt?", ertönte plötzlich eine Grabesstimme in seinem Kopf. „Dann ist eh alles aus und vorbei!", gesellte sich dazu eine weitere und dies war die Stimme der unbestechlichen Vernunft.

Nach ihrer Besprechung gingen die Leute aus Eriks Team wieder ihren gewohnten Tätigkeiten nach: Louis und Han verzogen sich in ihr Labor, um die Gesteinsproben zu analysieren, die Erik vom Meteoritenkrater mitgebracht hatte, Gregori machte seine gewohnten Kontrollgänge und Julia verschwand in Richtung Ambulanz. Nur Erik hatte nichts zu tun. Er war quasi ein Kommandant ohne Kommando! Um der Routine und Langweile des Lebens im Habitat zu entgehen, hatte er es sich angewöhnt, seine Untergebenen in lange Gespräche zu verwickeln. Drei dieser Gespräche blieben ihm lange im Gedächtnis haften.

Das erste führte er mit Julia und das musste er nicht einmal selbst anleiern, denn die Ärztin kehrte auf ihrem Weg in die Ambulanz noch einmal um und winkte ihn zu sich. Als er bei ihr ankam, erklärte sie, sie wolle ihn doch noch einmal untersuchen, ob er bei seiner unmenschlichen Kraftanstrengung in der Wüste auch keinen gesundheitlichen Schaden genommen hätte.

Nach seiner Untersuchung biss sie sich auf die Unterlippe und meinte: „Erstaunlich, wie dein Körper dieses Wüstenabenteuer weggesteckt hat. Physisch bist du wieder ganz der Alte, was aber diese sogenannten Notfallprogramme für psychische Nebenwirkungen haben mögen, da kann ich nur raten. Dazu müsste ich zumindest wissen, welche posthypnotischen Befehle sonst noch in deinem Gehirn herumspuken. Ich glaube, als deine behandelnde Ärztin sollte ich darüber informiert sein. Also, heraus damit, welche Programme hat man noch in dein Gehirn implantiert?"

Erik fühlte sich überrumpelt und schwieg. Doch schließlich dämmerte ihm, dass Julia recht hatte, denn wenn er schon ihre ärztliche Hilfe in Anspruch nahm, musste sie über diese Dinge Bescheid wissen. „Neben den zwei Programmen, die du schon kennst, gibt es noch drei weitere", räumte er ein.

„Ach ja, du hast uns ja in der PROMETHEUS vor dem Ersticken gerettet", erinnerte sich Julia. „Bei deiner ‚Supermann-Nummer' in der Wüste war ich ja hautnah dabei. Was hat es mit den drei weiteren Programmen auf sich?"

Erik erzählte nun bereitwillig: „Das erste ermöglicht es mir, länger ohne Wasser und Nahrung auszukommen als ein Normalsterblicher." „Was nützt das, wenn du ein paar Tage länger lebst als wir Normalsterblichen?", hakte Julia ein. „Das ist nur eine Variante", gab er zu bedenken, „die Sache könnte ja mich allein betreffen, wenn ich zum Beispiel durch eine wasserlose Wüste dort draußen marschieren müsste, könnte ich am Ende dadurch überleben und der Bodenstation mitteilen, was schiefgelaufen ist. Das wiederum könnte den Mitgliedern nachfolgender Missionen das Leben retten."

„Lauter Konjunktive", seufzte die Ärztin. „Na schön, und das zweite Programm?" „Das zweite blockiert in mir jede Art von Schmerz", erzählte Erik und hob bedeutungsvoll den Zeigefinger. „Nun, das leuchtet mir ein, das ist eine prima Sache", meinte Julia. „Starke Schmerzen können einen Menschen total außer Gefecht setzen. Im Übrigen greift der Körper in Todesgefahr selbst auf diesen Trick zurück. Man hat mir von Leuten berichtet, die selbst bei schwersten Verletzungen weitergelaufen sind, um ihr Leben zu retten." „Richtig", stimmte Erik zu, „fragt sich nur, wie lange eine solche Schmerzblockade anhält. Bei meinem Programm vermag sie das über Stunden."

„Und das dritte Programm?", wollte Julia wissen. Erik druckste herum und platzte schließlich heraus: „Das dritte Programm ist ein Kampfprogramm!" Julia riss die Augen auf und rief: „Ein Kampfprogramm! Ja, siehst du hier irgendwo Aliens, für die du eine Kampfausbildung brauchst?" Dann begriff sie und schnaubte empört: „Jetzt verstehe ich erst, du willst dieses Programm gegen uns einsetzen, gegen deine eigenen Leute!"

Die nächste Unterhaltung, an die Erik sich noch lebhaft erinnerte, führte er mit Louis, nachdem der Sandsturm bereits über eine Woche getobt hatte. Der Brasilianer saß allein am Frühstückstisch und rührte mit finsterem Gesicht in seinem Kaffee. Erik nahm ihm gegenüber Platz und meinte: „Louis, du ziehst ein Gesicht wie sieben Tage Regenwetter, und das bereits am frühen Morgen." Louis entgegnete: „Wundert dich das? Der verdammte Sturm bringt unser ganzes Forschungs-Programm durcheinander. Ich beispielsweise sollte mit Julia längst den Mars-Himmel fotografieren, anstatt hier in unserem Domizil zu versauern." Erik erwiderte: „Hier drinnen mag es zwar langweilig sein, aber zumindest sind wir hier einigermaßen sicher. Hast du schon vergessen, wie brenzlig mein Ausflug mit dem Marsmobil letzte Woche war? Der Krater, zu dem du willst, ist allein schon 200 Kilometer entfernt und selbst ohne Sturm ist eine Fahrt dorthin riskant. Vielleicht sollten wir unser Forschungs-Programm ändern und von größeren Exkursionen ganz absehen."

Louis erschrak! „Bist du noch zu retten! Ich muss zum Olympus Mons, möchte diesen gewaltigen Bergriesen mit eigen Augen sehen!" „Das kannst du dir gleich abschminken, der liegt ja mehr als 2000 Kilometer von unserem Lager entfernt", gab Erik zu bedenken. „Julia meint, wir dürfen uns nicht mehr als eine Woche auf der Marsoberfläche aufhalten, allein schon wegen der Strahlenexposition, von den anderen Gefahren will ich gar nicht reden."

„Wenn wir Tag und Nacht abwechselnd fahren, kann sich einer immer ausruhen, während der andre fährt, so können wir in 24 Stunden circa 700 Kilometer weit kommen", rechnete Louis vor, „das heißt, wir wären in etwa 3 Tagen am Bergmassiv." „Nachtfahrten sind viel zu gefährlich, das erlaube ich einfach nicht! Und wenn wir nur tagsüber fahren, bräuchten wir circa 2 Wochen für die Strecke hin und zurück", gab Erik zu bedenken.

„Unser Auftrag lautet, einen der Schildvulkane zu erforschen, also warum muss es der ‚Olympus Mons' sein und nicht beispielsweise der ‚Pavonis Mons', der von uns nur etwa 900 Kilometer entfernt ist. Dorthin werde ich dich gerne begleiten." Louis zog ein enttäuschtes Gesicht und sagte: „Warum ich ausgerechnet dorthin möchte, ist doch klar: Der ‚Olympus Mons' ist mit einer Höhe von 22 Kilometern der höchste Berg in unserem Sonnensystem! Wer möchte da nicht mal selbst davorstehen, um diesen Riesen zu bewundern. Doch du hast wohl recht, dieser Berg scheint für uns unerreichbar. Ich benötige für meine Forschungen Lava aus dem Inneren des Mars'. Die kann ich allerdings auch von jedem

Schildvulkan mitbringen und wenn es von dem mickrigen ‚Pavonis Mons' ist, der meines Wissens nur 11 Kilometer hoch ist."

Der Sandsturm tobte auch in der zweiten Woche mit unverminderter Heftigkeit. Erik und Gregori schaufelten jeden Morgen und Abend Sand vom Plateau vor ihrer Höhle und befreiten ihren Sendemast von dem zwar leichten, doch lästigen Material. Zum Glück mussten sie diese Arbeit nicht mit bloßen Händen tun, denn unter ihren Grabwerkzeugen für die Bodenproben fanden sich auch zwei Spaten. Je länger die Astronauten allerdings durch den Sturm an ihr Habitat gefesselt waren, umso gereizter wurde die Stimmung zwischen ihnen.

Zwar bemühte sich die Ärztin, durch Gespräche und Psychotests die zunehmende Feinseligkeit unter den Männern schon im Keim zu ersticken, doch ganz gelang ihr das nicht. Erik unterstützte sie, wo er nur konnte. Er sprach mit seinen Crewmitgliedern ebenfalls häufig, denn er legte als Kommandant Wert darauf, eine zufriedene und ausgeglichene Mannschaft zu befehligen. So führte er mit Han ein längeres Gespräch in dessen Labor, da der Chinese nur schwer von seinem Mikroskop loszueisen war. Er klopfte dem Asiaten freundschaftlich auf die Schulter und fragte: „Na, großer Meister, hast du denn in dem Felsgestein schon etwas Interessantes entdeckt?"

Ärgerlich über die Störung, hob Han den Kopf vom Mikroskop und knurrte: „Nichts steckt in den Proben, was nicht hingehört. An Kohlenstoffverbindungen habe ich lediglich Kalziumkarbonat gefunden, keine zyklischen Kohlenwasserstoffe, kein Wasser und schon gar keine Aminosäuren!" Erik zuckte die Schultern und meinte, „was hast du erwartet, etwa marsianische Bakterien? Zwar bewundere ich deine Ausdauer bei der Suche nach extraterrestrischem Leben, doch an einen Erfolg glaube ich nicht."

„Weil ich noch nicht Gelegenheit hatte, an den richtigen Stellen zu suchen", behauptete der Biologe halsstarrig. „Reste marsianischen

Lebens kann es nur dort geben, wo es wenigstens noch Spuren von Wasser gibt. Es wird allgemein angenommen, dass sich das Wasser des Planeten tief in den Boden zurückgezogen hat. Also muss ich an die tiefen Schichten des roten Planeten herankommen, und wo könnte mir das besser gelingen als in den Grabenbrüchen des Mars', den ‚Valles Marineris'? "

„Ach herrje", seufzte Erik. „Vor Kurzem erst musste ich Louis seine Expedition zum ‚Olympus Mons' ausreden und nun kommst du mit einem noch viel gefährlicheren Unternehmen. Bedenke: Die westlichen Teile der ‚Valles Marineris' sind circa 800 Kilometer von unserer Höhle entfernt und bis zu 9000 Meter tief. Wenn du mich fragst, ist das ein wahres Harakiri-Unternehmen."

„Die westlichen Ausläufer dieses Grabenbruchs sind nur etwa 3000 bis 5000 Meter tief und im Übrigen ist die Chance, außerirdisches Leben zu entdecken, jedes Risiko wert", entgegnete Han ernst. „Ich glaube, Erik, du unterschätzt die Bedeutung einer solchen Entdeckung. Sie wäre quasi die kopernikanische Wende in der Biologie! Die Erde hätte ihre Sonderstellung, was die Entstehung von Leben betrifft, eingebüßt!"

„Natürlich kenne ich die Bedeutung von Kopernikus für die Astronomie, ich habe schließlich selbst dieses Fach an der Universität studiert", sagte Erik lächelnd. „Aber übertreibst du jetzt nicht ein wenig oder vergleichst du jetzt nicht zumindest Äpfel mit Birnen? "

„Nicht im Mindesten und ich werde es dir sogleich beweisen", begehrte Han auf. „Allerdings muss ich dabei etwas ausholen, denn die Egozentrik der Menschen zwingt mich dazu. Im Altertum glaubte der Mensch, die Erde sei eine Scheibe und das ganze Weltall drehe sich um sie. Kopernikus wies dann nach, dass sich die Erde um die Sonne dreht und spätere Generationen von Astronomen konnten zeigen, dass die Sonne wiederum um das Zentrum einer Galaxie mit circa 100 Milliarden Sonnen kreist. Man sollte meinen, diese Tatsachen seien dazu angetan, die Selbstüberschätzung, ja Hybris, des Menschen zu bremsen, doch weit gefehlt! Ich kenne eine ganze Reihe von Biologen, die felsenfest davon überzeugt sind, Leben habe sich ausschließlich auf der Erde entwickelt, und zwar per Zufall.

Auch sei dieser Zufall so einmalig und unwahrscheinlich, dass es sich anderswo im Universum unmöglich wiederholt haben könnte. Wenn ich nun nachweisen kann, dass auf dem Mars eine zweite biologische Evolution stattgefunden hat, habe ich diese egozentrische These meiner Kollegen gründlich widerlegt. Das meine ich mit der kopernikanischen Wende in der Biologie!"

„Verstehe", sagte Erik erregt, der sich für dieses Thema zu erwärmen begann. „Ich glaube, man kann sogar noch viel weiter gehen. Die Astronomie hat inzwischen schon eine ganze Reihe extrasolarer Planetensysteme nachgewiesen und massenhaft protoplanetare Scheiben um fremde Sonnen, aus denen sich in Zukunft neue Planetensysteme entwickeln werden. Wenn man das Ganze auf das Universum hochrechnet, kommt man auf Milliarden Planeten, die in der habitablen Zone ihrer jeweiligen Sonne kreisen. Dass auf keinem dieser Planeten sich Leben entwickelt hat, obwohl alle, wirklich alle Voraussetzungen dafür vorhanden sind, ist doch äußerst unwahrscheinlich."

„Ergo, muss es in unserem Weltall vor Leben nur so wimmeln", führte Han den Gedanken von Erik zu Ende. „Da fällt es schwer, nur noch an Zufall zu glauben. Wenn es uns gelingen würde, mannigfaltiges Leben im Universum nachzuweisen, hätte das sogar noch größere Auswirkungen als die Entdeckung von Kopernikus. Das würde uns einen ganz anderen Blick auf unser Leben, auf unsere Philosophie und auf unsere Religion ermöglichen."

„Ja, da gebe ich dir völlig recht", stimmte ihm Erik zu. „Das wäre wirklich eine gewaltige Zäsur in der Entwicklungsgeschichte des Menschen."

Anfang der dritten Woche ließ der Sturm endlich nach und ab Mitte der Woche regte sich kein Lüftchen mehr. Alle waren erleichtert und fühlten sich nicht mehr so eingesperrt. Vor allem die Laune von Louis besserte sich schlagartig und er sagte zu Julia: „Morgen wirst du was Tolles mit mir erleben! Ich zeige dir das Band der Milchstraße und infolge der dünnen Marsatmosphäre Sternbilder von einer Pracht und Klarheit, wie du sie auf der Erde noch nie gesehen hast! Vielleicht haben wir Glück und bekommen sogar einen der Marsmonde zu Gesicht."

„Nun mal langsam, Louis", bremste Gregori die Begeisterung des Brasilianers. „Das Marsmobil stand die ganze Zeit während des Sturms vor der Höhle. Das ist gewiss völlig vom Sand bedeckt. Das müssen wir erst freischaufeln und dann überprüfen, ob es auch keinen Schaden genommen hat. Rechne mit deinem romantischen Ausflug getrost erst mal für übermorgen." „Spielverderber", schimpfte der Brasilianer, „was kann das bisschen Sand unserem Rover schon anhaben?" „Sag das nicht, da ist vieles denkbar", meinte der Russe. „Meine Devise kennst du doch?" „Ja, Ja", stöhnte Louis aufgebracht. „Sie lautet bei dir immer: ,Vertrauen ist gut, Kontrolle ist besser.'" Der Russe nickte anerkennend und der Brasilianer schwieg verstimmt, denn er wusste, jedes weitere Wort erübrigte sich bei diesem sturen Menschen.

Nachdem Gregori und auch Erik ihre Zustimmung gegeben hatten, konnten Julia und Louis am Freitagabend aufbrechen. Erik ermahnte die beiden noch: „Fahrt bitte langsam und vorsichtig und entfernt euch nicht zu weit von der Höhle. Haltet Funkkontakt mit uns und lasst den Peilsender stets eingeschaltet. Haltet euch vor allem nicht zu lange mit eurer Stern-Guckerei auf, denn dort draußen wird es nachts unter minus 60 Grad kalt."

Die beiden versprachen, sich genau an Eriks Vorschriften zu halten, und düsten los. Sie fuhren eine knappe halbe Stunde in die Wüste hinaus und hatten sich damit nur etwa 10 Kilometer von der Höhle entfernt. Nun, da die Felswand ihr Blickfeld nicht mehr störte, hatten sie einen Rundumblick und konnten den freien Himmel über ihnen genießen. Die Winter-Sternbilder über der Wüste boten einen fantastischen Anblick.

Julia hatte noch nie so hell strahlende Sterne gesehen. Sie schoss eifrig Fotos für Pullok, während ihr Louis die Milchstraße zeigte und einige Sternbilder erklärte. So lernte sie Orion, die Zwillinge und den Großen und Kleinen Hund kennen.

Plötzlich unterbrach Louis seine Erläuterungen und geriet ganz aus dem Häuschen. „Dort hinten geht gerade Phobos auf, der größere der beiden Mars-Monde!" rief er. „Er umrundet den Planeten in etwa 10.000 Kilometer Höhe in ungefähr 10 Stunden."

Julia erblickte einen Mond, der circa ein Drittel so groß wie der Erdmond war und der eher einer großen Kartoffel glich als einer Kugel. „Siehst du den großen Meteoritenkrater am oberen Ende von Phobos, mach bitte auch davon ein Bild", schlug Louis vor, „ich denke, Pullok mag solche spektakulären Bilder." „Woher kommen eigentlich die beiden Marsmonde?", wollte Julia wissen. „Die Astronomen vermuten, es handle sich um eingefangene Felsbrocken aus dem Asteroidengürtel", erklärte Louis und fuhr fort: „Beobachte einmal, wie schnell Phobos über den Himmel eilt, er ändert dabei recht rasch seinen Beleuchtungsgrad, seine Phasen, wie wir Astronomen sagen."

„Was ist das für ein heller Stern, auf den er sich da zubewegt?", erkundigte sich Julia. „Das ist Aldebaran im Stier, auch ein Stern aus dem Wintersechseck. Der offene Sternhaufen um das rötliche Stierauge herum sind die Hyaden. Wenn Phobos diesen Sternhaufen durchquert, solltest du auch ein Bild davon machen, das wird wunderschön!" Sie beobachteten noch eine ganze Weile den Marsmond, wie er zwischen den strahlenden Sternen dahineilte, dann meinte Louis: „Wir sollten umkehren, denn etwas so Spektakuläreres wie Phobos bekommen wir heute Nacht ohnehin nicht mehr zu sehen."

Die im Habitat verbliebenen Astronauten zeigten sich erleichtert, als Louis und Julia wieder unversehrt von ihrem nächtlichen Ausflug bei ihnen eintrafen. „Na, ging alles glatt?", erkundigte sich Erik bei Louis. „Ja, alles lief wie am Schnürchen", erwiderte dieser, „ich bin allerdings auch langsam und vorsichtig gefahren, wie versprochen." Julia war von ihrem nächtlichen Ausflug ganz begeistert und berichtete strahlend: „Wir sahen einen wunderschönen, klaren Sternenhimmel und konnten sogar Phobos, den größeren der beiden Marsmonde, beobachten. Ich habe euch tolle Bilder mitgebracht. Ich überspiele sie nur noch schnell auf den Computer, dann könnt ihr sie bestaunen." „Da wird sich Pullok aber freuen, er hat seit drei Wochen so gut wie nichts mehr von uns bekommen", brummte Gregori.

Erik, Gregori und Han beugten sich gespannt über den Computerschirm, auf dem die Ärztin ihre Fotos auftauchen ließ. Die drei bestaunten den marsianischen Sternenhimmel samt dem Marsmond Phobos. Besonders das Bild, auf dem der Marsmond mitten in den Hyaden stand, fand großen Gefallen.

„Das ist ja genial!" rief Erik, „diese Bilder muss ich gleich morgen an Pullok senden, damit seine Fernsehsendung wieder zum Laufen kommt." Nur Han schien weniger beeindruckt, er gähnte und meinte: „Es ist schon gleich Mitternacht, ich werde schlafen gehen." Noch im Hinausgehen erkundigte er sich bei Gregori: „Wann findet eigentlich unser Ausflug zu der Bodensenke statt?"

„Da musst du dich noch etwas gedulden, Han", rief ihm der Russe nach. Erik und ich möchten vorher noch die Landekapsel ausgraben, die der Sturm fast zugeschüttet hat."

Genau fünf Tage nach dem Nachtausflug von Louis und Julia beabsichtigten Gregori und Han, zu ihrer Tour nach der circa 200 Kilometer entfernten Senke, die östlich von ihrer Höhle lag, aufzubrechen. Erik saß mit den beiden am Frühstückstisch und machte sich Gedanken über diese Tour. Han hatte schon gefrühstückt und fieberte dem Aufbruch entgegen. Der Kommandant war froh, dass mit Gregori ein erfahrener Testpilot das Marsmobil steuerte. Der war eher übervorsichtig und brauchte seine guten Ratschläge nicht.

So fragte er den Russen lediglich: „Was schätzt du, wie lange werdet ihr brauchen?" Der Russe kratzte sich am Kopf und meinte: „Ich denke, in 2 Tagen müsste es zu schaffen sein." Er rechnete vor: „Hier, am Marsäquator, beträgt die Tageslänge etwa 12 Stunden. Wenn wir für die Hin- und Rückfahrt jeweils 8 Stunden einplanen, verbleiben uns noch jeweils 4 Stunden Tageslicht pro Tag für die Bodenproben."

Louis, der gerade gähnend aus dem Schlafraum auftauchte, hatte die letzten Worte von Gregori noch mitbekommen und meinte: „Ihr habt sogar noch mehr Zeit, denn der Tag auf dem Mars ist um eineinhalb Stunden länger als auf der Erde. Wir schuften demnach hier auf dem Mars pro Tag eineinhalb Stunde mehr – und das alles ohne Lohnausgleich", fügte er grinsend hinzu. „Erik, das solltest du Pullok einmal unter die Nase reiben, das ist ein klarer Fall für die Gewerkschaften!"

Erik brummte „Witzbold", konnte aber nicht weiter auf den skurrilen Vorschlag des Brasilianers eingehen, denn nun meldete sich Han zu Wort und erklärte mit Überzeugung: „Zwei Tage reichen auf keinen Fall, wir benötigen mindestens drei. Die Senke ist 12 Kilometer lang und 7 Kilometer breit. Wenn wir da nur einigermaßen flächendeckend Bodenproben entnehmen wollen, brauchen wir mehr als einen Tag."

Erik wollte keinem der beiden Expeditionsteilnehmer recht geben und sagte nur: „Ihr werdet das schon machen. Wo steckt übrigens Julia, wollte sie sich nicht von unseren beiden Helden verabschieden?" „Sie schläft noch", erklärte Louis, „aber lasst sie ruhig weiterschlafen. Sie arbeitet von uns allen eh am meisten und wird noch müde sein." Erik und Louis verabschiedeten sich von Gregori und Han und wünschten ihnen viel Glück. Die beiden Männer ergriffen ihre Ausgrabungs-Utensilien und machten sich auf den Weg zur Luftschleuse.

Als die beiden den Raum verlassen hatten, meinte Louis: „Ob die beiden wohl gut miteinander auskommen werden? Da beide richtige Sturköpfe sind, macht mir das schon etwas Sorge."

„Mir macht da mehr Sorge, ob das Marsmobil klaglos funktionieren wird. Es war bisher nur stundenweise im Einsatz und nun muss es drei Tage durchhalten, das ist seine erste richtige Feuertaufe", entgegnete Erik.

Louis sollte mit seinen Befürchtungen recht behalten. Gregori berichtete Erik über Funk, dass der Rover klaglos funktionierte, aber über Han fand er Gründe, sich zu beklagen. „Dieser kleine Chinese ist zwar ein zäher Bursche", stöhnte er, „doch er ist auch ein Fanatiker und Wahnsinniger. Er hetzt uns kreuz und quer über die Senke und überall müssen wir, wie die Maulwürfe, nach Bodenproben graben. Lange halte ich das nicht mehr durch, du musst ihn stoppen!" „Na schön", lenkte Erik ein, „sage ihm einfach, ich hätte befohlen, dass ihr euch spätestens nach 3 Tagen auf den Heimweg machen müsst. „Gott sei Dank", seufzte der Russe und beendete das Gespräch.

Am Abend des dritten Tages nach ihrem Aufbruch kehrten Gregori und Han in die Höhle zurück. Sie wurden von den anderen mit Erleichterung und Glückwünschen empfangen. Han verfrachtete einen Teil der Bodenproben zu den Vorräten hinter ihrem Domizil, den Rest brachte er jedoch gleich ins Labor. Er wollte offenbar so schnell wie möglich mit der Untersuchung des Materials beginnen.

„Habt ihr auch ein paar Bilder von eurer Tour für Pullok mitgebracht?", fragte Erik Gregori. „Natürlich", antwortete dieser, „Han hat Bilder auf der Fahrt zu unserem Ziel gemacht und von mir stammen die Bilder aus der Senke." „Fühlt ihr euch wohl und wie waren die Übernachtungen im Marsmobil?", wollte Julia wissen.

„Ich würde sagen, es geht uns den Umständen entsprechend gut und die Übernachtungen im Rover waren zwar etwas unbequem, doch wir konnten immerhin stundenweise schlafen", berichtete Han. „Ich möchte, dass ihr beide bei mir zum Gesundheitscheck erscheint", entschied die Ärztin. „Die körperlichen Anstrengungen eurer Reise und vor allem die Strahlenbelastung waren bestimmt nicht ohne." Die beiden Männer nickten gehorsam.

„Han, habt ihr Sedimentgestein gefunden, als Zeichen, dass es dort ehemals Wasser gab?", erkundigte sich Louis. „Leider nein, aber diese Schicht könnte auch tiefer liegen und sehr tief konnten wir sowieso nicht graben. Der Boden der Senke war fast überall mit Sand bedeckt", sagte der Biologieprofessor betrübt. Auch fanden wir nirgends Anzeichen eines Zu- oder Abflusses. Aber die könnten auch verschüttet worden sein." „Bedauerlich", meinte Louis kopfschüttelnd. „Natürlich werde ich mir die Bodenproben gründlich mit dir unter dem Mikroskop ansehen. Allerdings befürchte ich, wir werden, wie in dem Fels der Höhle, wieder nichts Organisches entdecken. Vermutlich handelt es sich wieder nur um irgendwelche Sulfatverbindungen oder Eisenverbindungen."

Han und Louis untersuchten die Proben, die der Biologe aus der Senke mitgebracht hatte. Je länger ihre Untersuchung allerdings dauerte, desto frustrierter wurde Han. Schließlich warf er die Probe, die er gerade in der Hand hielt, ärgerlich auf den Tisch und schrie: „Gips, ich stoße immer wieder auf Gips, ich glaube, diese Senke sah seit Äonen keinen Tropfen Wasser!"

„Mir geht es ähnlich, lauter Sulfat- und Eisenverbindungen, keine Spur von etwas Organischem", stimmte ihm Louis zu. „Machen wir für heute Schluss." Sie verließen das Labor und betraten den

Mannschaftsraum. Han begab sich sofort zu einem der Computer und vertiefte sich in seine Fachliteratur, während Louis neben Erik am runden Tisch Platz nahm.

„Ich habe noch nie einen Chinesen aus der Haut fahren sehen, doch soeben habe ich es erlebt", erzählte Louis Erik. „Was?", staunte dieser, „Han hat wirklich die Fassung verloren?" „Aber gründlich und komplett", bestätigte der Brasilianer. „Allerdings kann ich ihn auch verstehen. Er ist ja nur mit uns zum Mars geflogen, um hier Leben nachzuweisen, hat aber bisher bei der Untersuchung seiner Proben nur Nieten gezogen."

„Er hat aber doch mit dir zusammen in der Höhle den klaren Nachweis für Wasser erbracht, das ist doch auch schon was", gab Erik zu bedenken. „Das genügt ihm aber nicht, er will unbedingt extraterrestrisches Leben nachweisen, darunter tut er's nicht", wandte Louis ein. „Im Übrigen, auch mir gehen die Bodenproben aus. Wann können wir denn zu dem Meteoritenkrater nördlich von unserer Höhle aufbrechen?"

„Wie wäre es mit Mitte nächster Woche?", schlug Erik vor. Der Brasilianer erklärte sich damit einverstanden. Wie geplant, kletterten Erik und Louis am Mittwochmorgen der darauffolgenden Woche ins Cockpit des Marsmobils und brausten in nördlicher Richtung davon. Das „Brausen", war durchaus wörtlich zu verstehen, denn der Kommandant jagte den Rover auf eine derartige Geschwindigkeit hoch, dass der Wüstensand nur so davonstob. Louis umklammerte den Haltegriff im Cockpit und murrte: „Das haben wir gern, den anderen Leuten Ratschläge erteilen und sich dann selbst nicht daran halten. Geht's nicht etwas langsamer?" „Nein", erklärte Erik, „wir haben bis zum Krater 180 Kilometer vor uns und ich möchte morgen wieder zurück sein. Keine Sorge, ich passe meinen Fahrstil schon dem Gelände an."

„Bei dieser Geschwindigkeit werden wir wie in einem Wirbelsturm durchgeschüttelt und schießen womöglich an unserem

Ziel vorbei", beschwerte sich der Brasilianer. Außerdem, woher willst du die genaue Richtung zum Krater kennen?" Der Kommandant deutete wortlos auf das Peilgerät vor sich, dachte jedoch nicht daran, seine Geschwindigkeit zu reduzieren. Nach einer halben Stunde flotter Fahrt änderte sich die Bodenbeschaffenheit.

Im Sand fanden sich nun immer mehr kleine Felsbrocken und Erik musste die Geschwindigkeit drosseln. Da ihre Fahrt nun deutlich ruhiger wurde, schaltete Louis die Kamera auf dem Dach des Rovers ein und begann, Panoramabilder zu schießen.

„Sehr gut", lobte ihn Erik. „Wir müssen Pullok ständig mit neuen Fotos füttern, sonst können wir uns Ausflüge wie diesen abschminken. Du weißt ja selbst, wie die NASA ursprünglich die Aktivitäten für uns auf dem Mars geplant hat. Schon allein wegen der Oberflächenstrahlung sollten wir die meiste Zeit in unserem Habitat verbringen und nur die Höhle selbst und die Landschaft im Umkreis von 5 Kilometern erforschen. Nach 9 Monaten Aufenthalt auf dem Planeten haben sie uns dann, quasi als Bonbon, die beiden Exkursionen zu einem der Schildvulkane und zu den ‚Valles Marineris' in Aussicht gestellt. Nur durch Pulloks Ambition mit seiner Fernsehsendung haben wir etwas mehr Freiraum und Gestaltungsmöglichkeiten erhalten."

Louis lachte laut auf und meinte: „Dass Pullok die Sendung ausgerechnet ‚Neues vom Mars' genannt hat, erscheint mir wie ein makabrer Witz. Ich habe hier noch nicht allzu viel Neues erlebt. Ich fühle mich vielmehr wie eine eingesperrte Laborratte, mit der man seltsame Experimente durchführt. Außerdem sieht man an seinem Verhalten, dass wirtschaftliche Interessen selbst vor dem Mars nicht haltmachen. Wie lange sind wir eigentlich schon auf diesem öden Planeten, mir ist mein Zeitgefühl schon völlig abhandengekommen?"

„Sieben Monate und drei Tage", erwiderte Erik mit leiser Stimme.

„Was?", rief Louis entsetzt, „dann muss ich ja noch fast zwei Monate auf meinen Ausflug zu den Schildvulkanen warten! Und danach stecken wir beinahe noch 9 Monate in dieser Höhle fest, ehe wir nach Hause fliegen können. Wenn ich nur daran denke, welche psychischen Tappen wir uns in dieser langen Zeit anlachen, wird mir ganz schwindelig. Trotzdem möchte ich nicht mit dir tauschen. Du hast bis auf deinen täglichen Bericht zur Bodenstation überhaupt nichts zu tun. Du bist in unserem Gefängnis ein Kommandant ohne Kommando, bestenfalls ein ‚Primus inter Pares‘."

„Ich habe mich nicht nach diesem Posten gedrängt", begehrt Erik auf, „doch ein Kommandant musste eben dabei sein, wer sollte wohl sonst die kniffligen Entscheidungen treffen? Im Übrigen stehe ich gerade vor einer solchen und ich hoffe, du kannst mir da als Psychologe einen guten Ratschlag geben. Dir ist sicher schon aufgefallen, dass Gregori und Han wirklich so gar nicht miteinander auskommen. Ich dachte mir, dass die Russen auf die Chinesen ziemlich neidisch sind, da sie von diesen wirtschaftlich so eklatant abgehängt worden sind."

„Das mag eine gewisse Rolle spielen", erwiderte Louis, „doch der Hauptgrund dürfte sein, dass die beiden so unterschiedliche Charaktere sind. Deshalb muss man sie, so gut es eben geht, getrennt voneinander halten." „Da sprichst du den Gedanken von Han aus, der Gregori bei der Tour zu den Valles Marineris nicht dabeihaben will", stimmte Erik zu. „Er bat mich nämlich, die Rolle des Russen bei der geplanten Tour zu übernehmen." „Und du hast natürlich sofort abgelehnt, denn du willst viel lieber deine Zeit in unserem langweiligen Domizil verbringen", erwiderte der Brasilianer sarkastisch. „Sei nicht kindisch, Louis", sagte Erik ärgerlich. „Ich bin genau wie ihr Psychologen für das zwischenmenschliche Klima in unserer Gruppe mitverantwortlich und suche nach probaten Lösungen." „Na, dann wünsche ich dir viel Erfolg", entgegnete Louis, „doch nach meiner Erfahrung als Psychologe kann ich dir versichern: Je länger wir auf diesem Planeten festsitzen, desto größer dürften auch unsere zwischenmenschlichen Probleme werden." „Das sind ja schöne Aussichten!", brummte Erik und verstummte.

Sie fuhren durch eine niedrige Hügellandschaft. Erik konzentrierte sich auf den Fahrweg und Louis machte Fotos von ihrer Umgebung. Ihr Gespräch kam ins Stocken. Als sie wieder in eine endlos erscheinende Tiefebene gelangten, fragte Louis: „Wie weit ist es noch bis zum Krater? Wir müssten doch schon bald da sein." Erik zog seine Anzeigen im Cockpit zu Rate und erklärte: „Wir kutschieren jetzt schon seit 6 Stunden durch die Landschaft und das mit einer Durchschnittsgeschwindigkeit von 24 Kilometer pro Stunde. In etwa eineinhalb Stunden dürften wir den Krater erreichen."

Es dauerte dann doch etwas länger, denn vor ihnen tat sich plötzlich eine breite, tiefe Spalte im Marsboden auf und die mussten sie umfahren. Nach etwa 2 Stunden Fahrtzeit deutete Louis plötzlich aufgeregt nach vorne und rief: „Da ist er! Ich erkenne den Kraterrand, endlich haben wir ihn erreicht!"

Erik atmete erleichtert auf und steuerte auf ihr Ziel zu, als sie plötzlich in ein Feld von kreisrunden Löchern gerieten. „Was ist das denn?!", rief Erik überrascht. „Ach das", beruhigte ihn Louis, „diese kleinen Krater rings um den großen wurden von dem Auswurfmaterial beim Einschlag des Meteoriten erzeugt."

Erik fuhr in Schlangenlinien um die Löcher herum und steuerte auf eine nicht allzu steile Rampe des Kraters zu. Das Raupenfahrzeug brachte sie ohne große Mühe bis zum Kraterrand. Die beiden Astronauten bestaunten den fast kreisrunden Krater, den sie auf circa 800 Metern Durchmesser schätzten. „Sieht aus wie neu, als habe der Brocken aus dem All erst gestern hier eingeschlagen", bemerkte Erik andächtig. „Da täuschst du dich", widersprach ihm Louis, „dieses Ereignis dürfte schon Hunderte von Millionen Jahren zurückliegen." Louis machte Aufnahmen vom Kraterrand aus und deutete dann auf das Zentrum der Schüssel.

„Sieh mal einer an, unser Freund besitzt sogar einen Zentralberg, na Berg ist vielleicht etwas übertrieben, sagen wir, einen Hügel im Zentrum. Siehst du die Rillen, die vom Kraterrand auf ihn zulaufen? Alles, was wir an Felsen sehen, ist scharfkantig, nichts ist verwittert, deswegen erscheint er dir auch so neu!" „Auf dem Mars gibt es eben so gut wie kein Wetter, und wo kein Wetter, da keine Verwitterung!"

„Wie willst du vorgehen, ich meine, wo willst du überall Proben sammeln?", erkundigte sich Erik bei dem Planetologen. „Ich möchte einen Querschnitt durch das Kratermaterial erhalten und deshalb habe ich mir gedacht, wir marschieren vom Kraterrand bis zum Zentrum und entnehmen alle 50 Meter Proben", erklärte Louis. „Wenn wir uns ranhalten, schaffen wir das heute noch bei Tageslicht."

„Da steht uns ja heute noch eine Klettertour ins Haus und ich bin kein guter Kletterer", stöhnte der Kommandant. „Das wird ein Kinderspiel, diese 300 Höhenmeter! Denke immer daran, wir wiegen hier nur ein Sechstel so viel wie auf der Erde. Allerdings solltest du aufpassen, wohin du greifst, das aufgeschmolzene Gestein ist hier sehr scharfkantig. Siehst du, dort drüben ist der Abhang gar nicht so steil, das wird unser Weg nach unten werden. Ich klettere voraus und du folgst mir einfach. Und nun los, wir dürfen keine Zeit vergeuden."

Der Brasilianer schnallte sich eine Sammelbox um, ergriff eine Spitzhacke hinter seinem Sitz und drückte Erik einen Geologenhammer in die Hand. „Der Hammer ist ungefährlicher als die Hacke", erklärte er kurz und setzte sich den Helm auf. Erik tat es ihm gleich und sie verließen das Marsmobil. Sie wanderten den Kraterrand entlang und hielten dreimal an, um Proben zu entnehmen.

Dabei schlug Louis mit der Hacke Felsbrocken aus dem Kraterrand und Erik zerkleinerte sie mit dem Geologenhammer und deponierte kleine Stückchen davon in der Sammelbox. Schließlich kamen sie zu ihrer geplanten Abstiegsroute und begannen, hinunterzuklettern. Wie versprochen, stieg Louis voraus und Erik ahmte seine Bewegungen nach. Obwohl die Fallgeschwindigkeit deutlich geringer als auf der Erde war, hatte Erik ein mulmiges Gefühl beim Abstieg, denn auch hier konnte ein Absturz tödlich enden. Zum Glück ging alles gut und sie erreichten den Kraterboden unbeschadet.

Dort angekommen, machten sie sich auf den Weg zum Mittelpunkt des Kraters. Wie angekündigt, hielt Louis etwa alle 50 Meter an und entnahm Bodenproben. Dies war allerdings leichter gesagt als getan, denn das glasartig aufgeschmolzene Gestein des Kraterbodens ließ sich nur schwer herausbrechen. Trotzdem kamen sie recht gut voran, denn sie arbeiteten bald wie ein eingespieltes Team zusammen.

Louis zertrümmerte mit der Spitzhacke den Kraterboden und Erik zerschlug mit dem Geologenhammer die Bruchstücke weiter und legte kleine Teile davon in die Sammelbox. Nach etwa 2 Stunden hatten sie den Zentralberg des Kraters erreicht. Er war nur circa 50 Meter hoch. Sie bestiegen ihn und nahmen auch von dort Bodenproben.

Von dort oben bot sich ihnen nochmals ein schöner Überblick über den gesamten Krater. Louis blickte träumerisch um sich und sagte: „Nie im Leben hätte ich geglaubt, dass ich einmal im Zentrum eines Mars-Kraters stehen würde!" Der Brasilianer konnte sich von dem Anblick gar nicht losreißen, bis Erik schließlich drängte: „Müssen wir nicht zurück, die Sonne geht bald unter?" Louis nickte und sie machten sich auf den Rückweg. Sie schafften ihn in der halben Zeit und hatten den Kraterrand schon nach einer Stunde wieder erreicht. Beim Zurückblicken bemerkten sie, dass der Schatten der tiefstehenden Sonne den ganzen Kraterboden bereits in Dunkelheit hüllte. Louis klopfte auf seine bis zum Rand gefüllte Sammelbüchse und meinte: „So, das Wichtigste hätten wir erledigt. Jetzt müssen wir nur noch die Nacht in unserem Rover überstehen, dann können wir morgen in aller Frühe zu unserer Höhle zurückfahren."

„Ich bin gespannt, wie es sich anfühlt, in so einem Gefährt zu übernachten", sagte Erik. „Das ist auch für mich eine neue Erfahrung", erwiderte Louis, „wir hätten ja Gregori und Han fragen können, die haben im Marsmobil schon zwei Nächte überstanden. Bequem wird das sicher nicht." Sie stapften auf ihren Rover zu und stiegen ein. Erst als sie mehrmals überprüft hatten, dass der wiederhergestellte Atmosphärendruck konstant blieb, trauten sie sich, ihre Helme abzulegen.

Inzwischen war die kleine Marssonne untergegangen und es wurde rasch dunkel. Ein Knopfdruck und ihre Sitze verwandelten sich in Liegen. Sie lehnten sich aufatmend zurück und blickten in den dunkler werdenden Himmel über ihnen. Einzelne Sterne begannen aufzuleuchten und schon eine halbe Stunde später überspannte ein strahlender Sternenhimmel das Halbrund ihrer durchsichtigen Cockpit-Kapsel.

Da sie beide Astronomie studiert hatten, vertieften sie sich in die Sternbilder über ihren Köpfen. An Schlaf war vorläufig nicht zu denken. „Ich weiß nicht, ob ich heute Nacht überhaupt schlafen kann", brummte Erik, „die helle Nacht, der grandiose Sternenhimmel über uns, das alles trägt nicht gerade zu einer guten Nachtruhe bei." „Du solltest unbedingt etwas schlafen", meinte der Brasilianer. „Du bist schließlich unser Chauffeur und musst morgen fit sein. Bei mir ist das nicht so wichtig, ich kann auch unterwegs etwas dösen. Wenn du nicht einschlafen kannst, nimm doch einfach eine von den Schlaftabletten, die uns Julia mitgegeben hat." Erik lehnte das zunächst ab. Als er aber nach Stunden noch immer nicht einschlafen konnte, griff er doch zur Tablette.

Tags darauf, in der Morgendämmerung, wachte Erik schlaftrunken auf. Im ersten Moment wusste er nicht einmal, wo er sich befand. Dann erkannte er das Innere des Marsmobils und sein

Blick wurde magisch angezogen von einer Thermoskanne neben seinem Sitz. Er sprach ein stilles Dankgebet für Han, dem Frühaufsteher, der am gestrigen Morgen Kaffee gekocht hatte und ihnen in weiser Voraussicht eine Kanne mitgegeben hatte.

Ein Blick zu Louis zeigte ihm, dass dieser noch tief und fest schlief. Der Brasilianer musste gestern noch bis in die Puppen Sterne geguckt haben und er ließ ihn weiterschlafen. Erik griff gierig nach der Kanne und trank mit langen, tiefen Zügen. Danach holte er sich eine Tube mit Essen aus einem Fach im Cockpit und vertilgte die graue Paste ohne rechten Appetit. So gestärkt, startete er den Rover und machte sich auf den Rückweg. Als das Gefährt anfuhr, wachte Louis auf und rief: „Wo zum Teufel ... ", dann kam er zu sich und sagte: „Ah, du bist schon auf dem Rückweg, sehr gut!"

Auf ihrem Weg zur Höhle passierte nicht viel. Louis war noch sehr müde und döste neben Erik immer wieder ein. Der Brasilianer verspürte auch keinerlei Lust, noch weitere Fotos zu machen. Er schreckte nur noch einmal so richtig aus dem Schlaf hoch und das war, als Erik abrupt das Fahrzeug anhielt und rief: „Das gibt es doch gar nicht, braut sich da schon wieder vor uns ein Sandsturm zusammen!"

Louis wachte auf, warf einen Blick durch das Cockpitfenster und meinte lässig: „Das ist kein Sandsturm, das ist eine simple Windhose." Erik schaute genauer hin und musste dem Brasilianer recht geben. Louis schaltete hastig die Kamera ein und machte ein Bild von dem ungewöhnlichen Ereignis. Sie beobachteten den Sandteufel, der sich wie ein kleiner Tornado mit irrwitziger Geschwindigkeit über der kahlen Ebene drehte und schließlich in der Ferne verschwand.

Nachdem sie die Windhose aus den Augen verloren hatten, steuerte Erik wieder auf ihre Höhle zu. Er schaltete den Funk ein und gab Gregori ihre ungefähre Ankunftszeit bekannt. Der Russe war sehr erfreut, dass alles so reibungslos bei den beiden Ausflüglern geklappt hatte. „Ich werde euch auf dem Plateau in Empfang nehmen und gleich das Marsmobil durchchecken", versprach er zuvorkommend.

„Das hat nun wirklich Zeit", meinte Erik lachend, „unsere nächste größere Exkursion steht ja erst in etwa zwei Monaten auf dem Plan. Außerdem kann ich so gar nicht nachvollziehen, dass dir die Maschinen offensichtlich wichtiger sind als die Menschen." „Das stimmt so nicht", widersprach Gregori. „Jeder hat eben seine Aufgabe: Ich kümmere mich um die Maschinen und Julia um das Wohl der Menschen. Ihr sollt euch übrigens gleich nach eurer Ankunft bei ihr melden. Sie will euch ebenfalls durchchecken."

Als die beiden Heimkehrer den Mannschaftsraum ihres Domizils betraten, eilte Julia auf die Männer zu und umarmte sie stürmisch. „Bin ich froh, dass ihr gesund und wohlbehalten zurück seid!", rief sie dabei erleichtert aus. Danach schränkte sie ein: „Na ja, gesund, das kann ich euch erst dann sagen, nachdem ich euch untersucht habe, doch munter wirkt ihr auf mich allemal."

„Können wir deine Untersuchung nicht vertagen?", bat Louis. „Ich wollte heute noch mit der Untersuchung der Steine aus dem Krater beginnen." „Was glaubst du, Louis, was erscheint dir wichtiger? Deine Gesundheit oder die chemische Zusammensetzung von ein paar Steinen?"

„Ohne Frage, meine Gesundheit natürlich", gab der Brasilianer zu. „Aber lass mich zuvor noch kurz mit Han sprechen, der soll mir morgen bei der Analyse des Kratergesteins behilflich sein."

Han hatte sich inzwischen von seinem Lieblingsplatz, nämlich vor einem der Computer, erhoben und schickte sich an, Erik und Louis ebenfalls zu begrüßen. Seine Begrüßung fiel zwar höflich, jedoch deutlich distanzierter als die von Julia aus. Louis trug dem Biologen seine Bitte vor.

Dieser schien von dem Vorschlag nicht begeistert und meinte: „Gestein aus einem Krater, da ist bestimmt nichts Lebendiges dabei." „Sag das nicht so leichtfertig", meinte der Planetologe bedeutungsvoll. „Wenn es sich bei dem Meteoriten um einen Chondriten handeln sollte, wären zumindest Kohlenstoffverbindungen nachweisbar. Man konnte sogar in einigen Meteoriten einfache organische Verbindungen nachweisen", versuchte der Brasilianer, den Chinesen zu ködern. Dieser biss an und sagte: „Ja wenn du meinst, so helfe ich dir natürlich gerne."

Louis nickte zufrieden und folgte Erik und Julia in die Ambulanz. Zunächst durfte Erik auf der Untersuchungsliege Platz nehmen, danach kam Louis an die Reihe. Die Ärztin untersuchte beide Männer gründlich und nahm ihnen auch noch Blut ab. Danach hielt Julia den Kopf schief und nagte eine Weile an ihrer Unterlippe.

Die Männer wurden langsam ungeduldig und sahen ihre Ärztin mit gerunzelter Stirn an. Julia ließ sich Zeit mit einer Antwort. Schließlich eröffnete sie ihnen: „Mit eurem physischen Zustand bin ich eigentlich ganz zufrieden. Offenbar habt ihr die körperlichen Strapazen eurer Exkursion recht gut weggesteckt. Allerdings hat sich der Wert eures Strahlendosimeters weiter erhöht, und sich noch weiter dem roten Bereich genähert, doch das war zu erwarten gewesen. Was ich jedoch noch mehr als den physischen Stress fürchte, ist der Schaden an eurer Psyche. Deshalb kann ich es euch leider nicht ersparen, dass ihr euch auch noch eines Psychotests bei mir unterziehen müsst."

Nachdem die beiden Männer die Ambulanz verlassen hatten, sagte Louis zu Erik: „Das hat mir gerade noch gefehlt, dass ich jetzt auch noch bei unserer Ärztin zum Psychotest antreten muss." „Ich weiß nicht, was du hast", entgegnete Erik. „Julia tut doch nur ihre Pflicht und gerade du, der ja auch Psychologie studiert hat, sollte dafür Verständnis haben."

„Hast du schon einmal davon gehört, dass ein Arzt gern einen Kollegen konsultiert? Genau deswegen geht auch ein Psychologe so gut wie nie zu einem Psychologen. Niemand lässt sich eben gerne auseinandernehmen." „Sie wird schon nicht gleich dein gesamtes Inneres nach außen kehren", meinte Erik lächelnd. „Sie ist doch eine recht angenehme und kompetente Person." „Tja, wenn einer eine rosarote Brille aufhat, sieht er eigentlich jeden in einem rosaroten Licht", brummte Louis. „Doch jetzt musst du mich entschuldigen, ich muss noch zu Han und mit ihm besprechen, wie wir es mit der Untersuchung des Gesteins aus dem Krater halten wollen."

Währen Louis zu Han am Computer trat, setzte sich Erik an den runden Tisch im Mannschaftsraum und wartete auf Gregori. Erik stützte den Kopf in die Hände und grübelte über die Worte nach, welche die Ärztin in der Ambulanz von sich gegeben hatte. Sie hatte z. B. verlangt, dass niemand in nächster Zeit die Höhle verlassen dürfe, weil jeder von ihnen schon viel zu viele Strahlen abbekommen hätte. Außerdem war sie der Meinung, dass jeder umso mehr psychische Marotten entwickeln würde, je länger sie es miteinander auf dem Mars aushalten müssten. Erik fiel bei Gott nichts Vernünftiges ein, wie er diesem unseligen Trend entgegenwirken sollte.

Er schreckte aus seinen Überlegungen auf, als Gregori den Raum betrat und ihm gegenüber Platz nahm. Erik fragte den Russen, ob das Marsmobil unbeschädigt sei und noch immer einwandfrei funktioniere. „Ja, mit dem Rover ist alles in Ordnung", erklärte der, „ihr könntet schon morgen damit losfahren." „Langsam, langsam", bremste Erik den Russen, „laut Julia sollen wir in der nächsten Zeit die Höhle nicht mehr verlassen, und unsere nächste Expedition findet erst in zwei Monaten statt. Ich weiß überhaupt nicht, was wir bis dahin noch tun sollen!"

„Ihr könntet doch die Höhle weiter erforschen", schlug Gregori vor, „da hat Julia bestimmt nichts dagegen, da habt ihr 100 Meter Fels über euren Köpfen und seid von allen Strahlen abgeschirmt."

„Keine schlechte Idee", stimmte Erik zu. „Ich könnte mit Louis ein Team bilden und du mit Han."

„Auf gar keinen Fall", entgegnete Gregori energisch, „mit diesem Menschen gehe ich keinen einzigen Schritt mehr zusammen. Das hat mir schon beim letzten Ausflug vollauf genügt. Einen derart sturen Zeitgenossen hab ich in meinem ganzen Leben noch nicht kennengelernt."

Erik sah Gregori von der Seite an, lächelte schief und meinte, „leider gibt es in meiner Crew noch weitere sture Böcke." Der Russe tat erstaunt. „Damit kann unmöglich ich gemeint sein, ich bin doch der gutmütigste und friedfertigste Mensch auf der Welt." „Ja, ganz gewiss", erwiderte Erik, „deshalb gehen dir ja alle aus dem Weg, wenn du auftauchst." „Übrigens", sagte Gregori, „du solltest dir diesen asiatischen Zwerg einmal vorknöpfen. Der sitzt den lieben langen Tag vor einem unserer Computer und verschlingt seine Fachzeitschriften."

„Das geht natürlich nicht", brauste Erik auf, „das werde ich morgen gleich regeln. Jeder hat den Anspruch, gleich viel Zeit an einem der beiden Computer zu verbringen. Allerdings muss ich den drei Wissenschaftlern noch Extrazeit für die Speicherung ihrer Forschungsergebnisse einräumen, aber der Rest der Zeit wird absolut gleichmäßig unter uns fünfen aufgeteilt." Gregori nickte zufrieden, stand auf und machte sich auf den Weg zu einem seiner Kontrollgänge.

Zwei Tage später hatte Erik seinen Termin für den Psychotest bei Julia. Die Ärztin empfing ihn mit ernster Miene und lamentierte: „Louis hat schon wieder nicht seinen Termin bei mir eingehalten." „Das ist doch nicht so schlimm", versuchte Erik Julia zu beruhigen. „Er ist doch meines Wissens selbst Psychologe und wird sich schon selbst helfen können, falls er es nötig hat." „Eben nicht, eben nicht", klagte Julia. „Hast du schon einmal den Spruch gehört: Der Schuster trägt die schlechtesten Schuhe?

So geht es auch uns Seelenklempnern. Wir behandeln alle anderen, nur nicht uns selbst. Dieser Brasilianer macht mich noch meschugge, an den ist therapeutisch nicht heranzukommen."

Erik erwiderte nichts mehr, sondern ließ die sattsam bekannten Psychotests über sich ergehen. Als alles vorbei war, atmete er erleichtert auf, verfiel in eine Art Galgenhumor und sagte. „Na, Frau Doktor, bin ich eigentlich noch diensttauglich oder muss man mich schon ablösen?" „Das ist nicht lustig", erklärte die Ärztin ernst. „Du, Erik, hattest den meisten Stress auszuhalten. Du warst am längsten der Oberflächenstrahlung des Mars' ausgesetzt und du hast schon zweimal ein Notfallprogramm in dir aktiviert. Weiß der Teufel, was das alles psychisch in dir angerichtet hat. Genaueres kann ich dir erst nach gründlichem Studium deiner Ergebnisse sagen." „Sind wir nicht alle schon ein wenig verrückt?", meinte Erik. „Das kannst du laut sagen", pflichtete ihm die Ärztin bei. „Das ist aber kein Wunder: Diese drangvolle Enge, in der wir zusammenleben müssen, die Öde und Langeweile in unserem Habitat, immer dieselben Leute um uns! Wir leben quasi eingesperrt in einer eineinhalb-jährigen totalen Quarantäne! Dabei möchte doch jeder von uns sich ein wenig Eigenständigkeit und Privatsphäre bewahren. Es scheint mir daher durchaus verständlich, dass jeder seine persönlichen Eigenheiten entwickelt. So frönt Gregori jetzt nicht nur seinem Kontrollzwang, er hat neuerdings auch seine Marotte mit der Temperaturmessung entwickelt."

„Welche Temperaturmessung?" fragte Erik erstaunt. „Na, er misst die Mittagstemperaturen auf dem Plateau vor unserer Höhle und am frühen Morgen oder gar nachts die in unserer Höhle und teilt uns dann freudestrahlend die Ergebnisse mit." „Seit wann tut er das?", fragte Erik beunruhigt. „Er hat damit angefangen, als Louis und du zum Krater unterwegs wart.

„Das scheint mir ein harmloses Vergnügen zu sein", meinte Erik. „Es hat sogar einen gewissen Nutzten. Jetzt kann ich der Bodenstation wenigstens mitteilen, in welchem Bereich die höchsten und niedrigsten Temperaturen auf dem Mars in Äquatornähe liegen." „Ja, das mag harmlos sein, ja sogar nützlich", stimmte ihm die Ärztin zu, „doch nicht alle Neurosen entwickeln sich so harmlos. Was ist, wenn einer von uns den Stress nicht mehr erträgt und durchdreht und zum Beispiel Amok läuft?"

„Dann stoppe ich ihn mit meinem Kampfprogramm", erwiderte der Kommandant zuversichtlich. „Das kann nicht dein Ernst sein", sagte Julia erschrocken. Da muss es noch andere Möglichkeiten geben. Wir dürfen es nicht so weit kommen lassen, Prävention ist in solchen Fällen immer die bessere Alternative." „Und, was schlägst du vor?", wollte Erik wissen.

„Vor allem müssen wir ein zu starkes Abgleiten in die Individualität verhindern, in Eigenbrötelei etc. Wir sollten auf gemeinsame Erlebnisse setzen, die das Gemeinschaftsgefühl stärken und für ein Gefühl der Verlässlichkeit sorgen. Wir sind eingesperrt wie in einem Gefängnis und haben zu wenig zu tun, da kommt man schnell auf dumme Gedanken."

„Wie willst du gegen die zunehmenden Marotten unserer Leute vorgehen, wie willst du unser Gemeinschaftsgefühl stärken?", fragte Erik neugierig. Die Ärztin überlegte und nagte dabei an ihrer Unterlippe. Das war ihre Marotte, die sie sich in letzter Zeit zugelegt hatte. Schließlich sagte sie zögernd: „Für den Anfang könnten wir beispielsweise jeden Morgen eine halbe Stunde Gymnastik bei uns einführen. Das betreibt man in der Gruppe und es hat auch positive gesundheitliche Aspekte."

Erik verzog das Gesicht und seufzte: „Morgengymnastik also, wie soll ich das meinen Männern beibringen?" Nach ein paar Sekunden hellte sich jedoch seine Miene auf und es erschien sogar ein Lächeln auf seinem Gesicht, als er sagte: „Wenn du dich allerdings dazu bereit erklären könntest, unsere Vorturnerin zu spielen, womöglich noch in einem eng sitzenden Trikot, dann sollte es mir vielleicht gelingen … "

Die Ärztin unterbrach ihn empört: „Ich frage mich schon mein ganzes Psychologenleben lang, warum ihr Männer immer nur an das eine denken könnt und das umso häufiger, desto unmöglicher die Sache zu bewerkstelligen ist!"

Julia beruhigte sich jedoch schnell wieder und als sie fortfuhr, klang sie ganz vernünftig: „Natürlich kann ich euch ein paar Übungen vorführen und beibringen, aber das mit dem engen Trikot, das schlag dir aus dem Kopf, damit wird es nichts, mein Lieber!"

Als Erik am nächsten Tag die Bodenstation kontaktierte, brachte er bei Pullok dasselbe Problem zur Sprache, das er tags zuvor mit Julia diskutiert hatte. „Weißt du, Ernest", begann er, „die Stimmung bei uns im Habitat verschlimmert sich zusehends. Jetzt hat uns Julia auch noch verboten, die Höhle zu verlassen. Wir hätten bei unserer letzten Exkursionen zu viel Strahlen abbekommen und müssten jetzt unbedingt einmal pausieren. Wir fühlen uns eingesperrt, die Eintönigkeit in unserem Domizil fällt uns auf die Nerven und die Neurosen unter der Mannschaft nehmen zu. Fällt deinen Psychologen nichts ein, wie man diesen Trend stoppen könnte?"

„Ja selbstverständlich", erklärte Pullok lebhaft, „an diese Probleme haben meine Leute längst gedacht und Vorsorge getroffen." „Welche Vorsorge?", fragte Erik erstaunt. „Na die Spiele, die Gesellschaftsspiele, die sie euch zur Unterhaltung und gegen die Langeweile mitgegeben haben." „Spiele?", fragte nun Erik ganz perplex, „ich habe keine Spiele gesehen." „Die bewahrt doch Julia für euch auf", entgegnete Pullok, nun seinerseits erstaunt. „Die verschimmeln wohl in irgendeiner Schublade in ihrer Ambulanz. Eure Ärztin hält wohl nicht viel von Spielen, weil sie die offensichtlich ganz vergessen hat." „Um welche Spiele geht es da überhaupt?", erkundigte sich Erik. Pullok zählte auf: „Kartenspiele, ein Schachspiel und Gesellschaftsspiele wie Halma oder Monopoly." „Monopoly!", kam als Echo von Gregori, denn der Russe hatte das Gespräch mitverfolgt, „ist das nicht das Kapitalistenspiel, bei dem es darum geht, die Leute über den Tisch zu ziehen und möglichst viel Geld zusammenzuraffen? Da werde ich auf keinen Fall mitspielen. Schach oder Poker unter Männern, ja, das lasse ich mir eingehen, aber Monopoly, das ist doch das Letzte!" „Probiert doch die Sachen erst einmal aus", meinte Pullok begütigend. „Es wird schon für jeden etwas dabei sein." Er unterbrach auffallend schnell die Verbindung.

In den nächsten Wochen begann im Habitat das Spielfieber zu grassieren. Nur Julia nahm nicht daran teil. Sie meinte, sie habe zu viel zu tun und sie empfände das Ganze als Zeitverschwendung. Die Männer waren nicht dieser Meinung, sondern nahmen den Zeitvertreib „Spiel" dankbar an. Sie modifizierten ihre Spiele sogar und machten sie damit noch spannender. So organisierte Gregori ein Schachturnier, das er natürlich haushoch gewann. Nur Han, der zähe kleine Chinese, trotzte dem Russen ein Remis ab. Louis kam auf die glorreiche Idee, das Falschgeld von Monopoly für eine Pokerrunde zweckzuentfremden. Allerdings waren die beiden Computer im Habitat immer noch die gefragtesten Geräte zum Zeitvertreib. Erik musste sogar eingreifen und jedem dieselbe Computerzeit zuteilen, um Streit zu vermeiden.

Die Wissenschaftler bekamen vom Kommandanten ein extra Zeitkontingent, um ihre wissenschaftlichen Daten zu speichern. Trotz der von Julia eingeführten täglichen Frühgymnastik und trotz der Gesellschaftsspiele verbrachten die Astronauten den größten Teil ihrer Freizeit immer noch vor den beiden Computern. Die waren sozusagen ihre Multimedia-Geräte, mit deren Hilfe sie Filme ansehen, Musik hören und Bücher lesen konnten.

In letzter Zeit hatten die Astronauten eine weitere beliebte Freizeitunterhaltung für sich entdeckt. Sie konnten sich stundenlang schöne Landschaftsbilder aus ihren Heimatländern am Computerschirm ansehen. Julia wollte das zunächst unterbinden, denn sie fürchtete, die häufige Betrachtung derartiger Bilder könnte das Heimweh der Mannschaft ins Krankhafte steigern.

Doch Louis widersprach ihr und wies darauf hin, dass die Sache mehr Vorteile als Nachteile böte, und meinte: „Wir erkennen zwar damit, welches Paradies wir verloren haben, aber es stärkt auch unseren unbedingten Willen, um jeden Preis zu diesem Paradies zurückzukehren. Da sie selber, wie alle anderen, die Bilder sehr gerne weiter betrachten wollte, gab sie als Ärztin schließlich nach.

Durch die gesteigerte Vielfalt ihrer Freizeitgestaltung besserte sich die Stimmung in ihrem Domizil zusehends. Das hieß jedoch nicht, dass sich nicht auch neue individuelle Verhaltensweisen der Crewmitglieder herausbildeten. So schlich sich z. B. Louis des Öfteren nachts aus seinem Habitat, um sich den Sternenhimmel vor der Höhle zu betrachten. Als Julia das bemerkte, schimpfte sie wie ein Rohrspatz und klagte, der Brasilianer unterliefe einfach ihre Anordnung, die Höhle einige Wochen wegen des Strahlenschutzes nicht zu verlassen.

Louis erregte sich wegen der Pingeligkeit der Ärztin und wies ihr nach, dass er im Monat höchstens 12 Stunden auf dem Plateau verbringe und das nur ein Kinkerlitzchen sei. Julia erklärte zwar, dass jede Stunde, in der er sich der gefährlichen Oberflächenstrahlung aussetze, eine Stunde zu viel sei, verbot ihm sein Hobby jedoch nicht explizit, sondern ermahnte ihn nur, diesem Hobby wenigstens nicht öfter als fünf Mal im Monat zu frönen. Sogar Erik selber wurde nicht von einer Marotte verschont. Er hatte es sich angewöhnt, das Zeitintervall zwischen seinem Kontaktsignal und dem der Bodenstation zu messen, um so die Entfernung zwischen Erde und Mars zu bestimmen. Er hoffte, die sich in letzter Zeit wieder verringernde Distanz zwischen beiden Planeten würde seine Mannschaft aufmuntern, wenn er ihnen seine Berechnungen mitteilte.

Einer weiteren Marotte verfielen Erik und Gregori gemeinsam. Sie zockten gegeneinander am Computer irgendwelche Ballerspiele, wie zu Zeiten ihrer Pubertät. Durch die vielen neu hinzugekommenen Aktivitäten der Astronauten schien ihnen die Zeit im Habitat schneller zu vergehen als zuvor.

Jedenfalls äußerten sich alle in diese Richtung und ehe sie es sich versahen, waren die 2 Monate ihrer Höhlen-Quarantäne vorüber. Sie hatten jetzt bereits 9 Monate auf dem Mars überlebt und Erik fand, das müsse gefeiert werden. Zum Abendessen legte er daher für jeden eine Tube Whisky parat, den letzten und einzigen Tropfen trinkbaren Alkohols, den sie besaßen. Gregori beschwerte sich und meinte, die Missionsleitung hätte ruhig etwas großzügiger sein können, das sei ja nur ein Tropfen auf den heißen Stein.

Die Ärztin war anderer Meinung und gab zu bedenken: „Das sind für jeden ein halber Liter Whisky, diese Tube werde ich auf keinen Fall ganz leeren. Die Bodenstation hat völlig richtig gehandelt, den trinkbaren Alkohol zu rationieren und Alkohol im Wesentlichen nur zur Desinfektion zu benutzen. Die Verantwortlichen für die Marsmission wollten doch keine Alkoholiker zur Erde zurückholen." „So schnell wird man nicht zum Alkoholiker!", meinte der Russe, „daran muss man schon etwas länger arbeiten."

Dank des Whiskys wurde es ein sehr gelungener Abend und der Korpsgeist der Crew schien sich zwanglos wieder einzustellen. Gregori söhnte sich sogar zur fortgeschrittenen Stunde mit Han aus. Er stand plötzlich auf, zog den schmächtigen Chinesen aus seinem Stuhl hoch und schloss ihn in seine mächtigen Arme. „Mein lieber Han", nuschelte er, „du bist der zäheste Bursche, den ich kenne, lass dich umarmen und dir so meinen allergrößten Respekt ausdrücken. Ich bin überzeugt, du würdest auch drei Jahre auf dem Mars überstehen und nicht nur eineinhalb."

Julia und Erik staunten über den Sinneswandel von Gregori, der bei alkoholisierten Russen offenbar des Öfteren vorkam. Danach begann Gregori russische Lieder vorzutragen. Die anderen wollten nicht zurückstehen und sangen ebenfalls Lieder aus ihrer Heimat. Zum Schluss bildeten sie einen ganz passablen Chor und sangen, was ihnen gerade einfiel. Die Feier wurde immer ausgelassener, je später den Abend wurde. Selbst Julia warf ihre anfänglichen Bedenken über Bord. Sie sang fleißig mit und scheute sich auch nicht, ihre gesamte mit Alkohol gefüllte Tube bis auf den Grund zu lehren.

Wie vorauszusehen war, herrschte am nächsten Tag Katerstimmung im Habitat und Erik musste einen Streit zwischen Louis und Han schlichten. Jeder der beiden Männer wollte nämlich der Erste sein, der seine große Exkursion in das entsprechende Mars-Gebiet unternehmen wollte. Beide hatten es eilig und wollten am besten schon am nächsten Morgen aufbrechen. Doch Gregori widersprach heftig und meinte, zuvor müsse er noch das Marsmobil überprüfen. Erik versuchte, den Streit zu schlichten, indem er sagte: „Leute, habt Geduld, uns bleiben noch fast neun Monate auf der Marsoberfläche für lediglich zwei große Expeditionen. Da jede dieser Exkursionen in etwa die gleiche Zeit beanspruchen wird, können wir auch gleich würfeln, welche von beiden wir zuerst durchführen wollen.

Weil allerdings die Bodenstation den Ausflug zu einem der 3 Schildvulkane im Tharsis-Gebiet zuerst angeordnet hat, sollten wir auch dabei bleiben." „Die Exkursion zu den Valles Marineris ist wichtiger", beharrte Han, „da geht es um den Nachweis von Leben auf einem fremden Planeten, während es bei Louis nur um den inneren Aufbau des Mars' geht. Außerdem benötige ich für die Untersuchung meiner Bodenproben mehr Zeit im Labor als ein Planetologe für seine Gesteinsschichten."

„Wie gesagt, Han, du kommst mit Sicherheit auch noch zum Zuge", versprach Erik, „ich möchte jedoch nicht die Anordnungen der Bodenstation auf den Kopf stellen." Schließlich fand auch Julia noch ein paar ermahnende Worte und meinte: „Erik, du bist bei allen beiden Expeditionen dabei und hast deshalb die doppelte Strahlenbelastung der zwei anderen. Ich halte es deshalb für opportun, dass mindestens vier Wochen zwischen den beiden Unternehmungen liegen sollten."

„Seht ihr, seht ihr, alles wird nach hinten verschoben", ereiferte sich Han, „zum Schluss fällt meine Exkursion womöglich noch ganz unter den Tisch!" Erik hatte die größte Mühe, den wütenden Chinesen zu beruhigen. Vor allem der nochmalige Hinweis des Kommandanten, dass bis zu ihrem Rückflug noch ein dreiviertel Jahr vergehen würde, ließ Han schließlich verstummen.

Am Dienstag der kommenden Woche wollten Erik und Louis zum Pavonis Mons, dem mittleren der drei Schildvulkane im Tharsis-Gebiet, aufbrechen. Am Abend vor ihrem Aufbruch rief Erik alle Astronauten des Teams zu einer Besprechung zusammen. Gregori teilte ihnen stolz die Neuigkeit mit, er habe in ihren Helmen einen Empfänger für ein Peilgerät eingebaut. „Jetzt findet ihr selbst zu Fuß zur Höhle zurück, falls der Rover versagen und der Weg zum Habitat nicht allzu weit sein sollte."

Erik und Louis bedankten sich bei Gregori und der Kommandant dachte für sich, der Russe mag zwar ein Kontrollfreak sein, doch er ist ein findiger Kopf und ich bin froh, dass wir ihn dabeihaben. Louis deutete auf eine vor ihm liegende Karte des Mars' und sagte: „Wie ihr seht, liegt Pavonis Mons nordwestlich von uns in circa 900 Kilometer Entfernung. Um dorthin zu gelangen, müssen wir entlang des Mars-Äquators eine Lava-Hochebene, das sogenannte Tharsis-Gebiet, überqueren."

Julia wurde bleich und fragte ungläubig: „So weit? Wie lange werdet ihr da unterwegs sein?" „Ich schätze, für eine Strecke werden wir etwa 3 Tage brauchen, vielleicht auch etwas länger", erwiderte Louis und Erik fügte hinzu: „Wenn wir pro Stunde 25 Kilometer schaffen und von Sonnenaufgang bis Sonnenuntergang fahren und uns dabei abwechseln, so könnten wir in

12 Stunden circa 300 Kilometer schaffen." „Das ist eine sehr optimistische Annahme", gab Han zu bedenken.

„Gregori und ich haben es bei unserem vorigen Ausflug zur Tiefebene nur auf 20 km/Std. gebracht." „Tja, alles hängt von der Bodenbeschaffenheit ab", meinte Louis philosophisch. „Ihr solltet euch auf keinen Fall länger als 10 Tage auf der Marsoberfläche aufhalten", sagte Julia forsch, „ansonsten kann ich für eure Gesundheit nicht mehr garantieren." „In 10 Tagen sollten wir leicht zurück sein, außer es passiert etwas Außergewöhnliches", beruhigte Erik die Ärztin. „Wie sind übrigens die Temperaturen da draußen?", wandte sich Erik anschließend an Gregori, „du hast sie ja oft genug kontrolliert!" „Sie pendeln zwischen 15 Grad plus in der Mittagszeit und unter minus 50 Grad in der Nacht. Ihr solltet nicht vergessen, beim Schlafen im Rover die Heizung anzustellen, sonst friert ihr euch den Arsch ab!", lachte der Russe dröhnend. Julia wurde rot und schüttelte den Kopf.

Erik lachte mit und versicherte, das würden sie ganz bestimmt nicht vergessen. Aber jetzt müssten sie ihn und Louis entschuldigen, sie bräuchten ihren Schlaf, denn sie wollten morgen bei Sonnenaufgang aufbrechen.

Am nächsten Morgen bei Tagesanbruch saßen alle wieder zu fünft am gleichen Tisch beim Frühstück. Die drei im Habitat zurückbleibenden Astronauten ließen es sich nicht nehmen, Erik und Louis gebührend zu verabschieden. Sie wollten sich sogar ihre Raumanzüge anziehen und den beiden vor der Höhle aus zum Abschied zuwinken. Zuvor mussten sich die beiden allerdings allerlei gute Ratschläge anhören. Besonders Gregori und Julia taten sich darin hervor, aber sie umsorgten sie auch sonst.

Julia gab ihnen Medikamente mit, Han eine Kanne mit selbst zubereitetem Kaffee und Gregori schärfte ihnen ein, mindestens dreimal am Tag in Funkkontakt mit ihm zu treten. Sie sollten sich jedoch sofort melden, wenn sie das Gefühl hätten, mit dem Marsmobil sei etwas nicht in Ordnung. Die Stimmung am Tisch wirkte gedrückt, denn allen war bewusst, wie gefährlich diese Expedition war.

Nachdem Erik und Louis sich von den anderen vor der Höhle verabschiedet hatten und glücklich mit ihrem Rover gestartet waren, meinte Louis: „Abschiede mag ich ganz und gar nicht, sie sind mir mehr als lästig." Erik nickte und jagte das Marsmobil auf Maximalgeschwindigkeit. „Drück' nicht so auf's Gas", ermahnte Louis Erik. „Dieses Tempo können wir sowieso nicht durchhalten, denn nach dem kurzen Wüstenabschnitt kommen wir auf eine Lava-Hochebene, die ständig ansteigt, bis wir Pavonis Mons erreicht haben." „Wir müssen den ganz passablen Panduntergrund ausnützen", meinte Erik, „langsam und vorsichtig fahren können wir immer noch." „Mir tut es immer noch wahnsinnig leid, dass ich Olympus Mons nicht mit eigenen Augen sehen werde", fuhr Louis fort. „Diesen Berg kannst du dir später noch von der Umlaufbahn ansehen, ich meine von der PROMETHEUS aus", tröstete ihn Erik.

„Das ist nicht dasselbe", sagte Louis traurig. „Vor allem, wenn wir mit Pavonis Mons nur den viertgrößten Schildvulkan im Tharsis-Gebiet zu Gesicht bekommen." „Ist der nicht auch circa 12 Kilometer hoch, also weshalb regst du dich auf?", fragte Erik. „Aber überlege doch mal", gab Louis zu bedenken, „Olympus Mons ist 22 Kilometer hoch und hat eine Basis von etwa 800 Kilometer Länge. Gegen diesen größten Vulkan im Sonnensystem ist Pavonis Mons geradezu ein Mickerling."

„Aber du bist doch in erster Linie an vulkanischen Bodenproben von den Schildvulkanen interessiert", meinte der Kommandant, „und die sind wir gerade dabei, uns zu holen, also jammere nicht, sondern zeige dich etwas dankbarer und begeistert." „Du hast ja recht", gab Louis zu, „für mich ist es wichtig, Material von diesem vermutlichen Hotspot unter dem Tharsis-Gebiet zu gewinnen, um mehr über den Aufbau des Mars' zu erfahren."

Kurz nach diesem Gespräch war die kleine Sandwüste zu Ende und die Lavafelder der Tharsis-Hochebene begonnen. Louis machte die Kamera bereit, denn er wollte Bilder von der Lava-Landschaft machen, die sie durchfahren mussten. Es war eine bizarre Landschaft mit mächtigen erstarrten Lavaströmen, die fast alle in Richtung der Schildvulkane wiesen. Wie Louis vorhergesagt hatte, musste Erik die Geschwindigkeit des Rovers deutlich drosseln. Er wich riesigen Lavablöcken aus, achtete auf Felsspalten am Boden und schlängelte sich an den erkalteten Lavaströmen entlang. Die Steuerung des Marsmobils erforderte die ganze Aufmerksamkeit des Kommandanten – gesprochen wurde nicht mehr.

Als die ferne Marssonne im Zenit stand, machten Erik und Louis Mittagspause. Zum Essen gab es für jeden von ihnen eine Tube Astronautennahrung sowie den Kaffee von Han aus der Thermoskanne. „Genieße das heiße Gebräu", meinte Louis lachend, „denn ab morgen gibt es nur noch kaltes, geschmackloses Wasser zu trinken. Wie weit haben wir es in den 6 Stunden geschafft?" „Circa 150 Kilometer", antwortete Erik. „Aber das auch nur, weil ich am Anfang auf dem Sand schneller fahren konnte. Ich schätzte, wir werden gut 4 Tage bis zum Berg brauchen. Übrigens bist du nach dem Essen mit der Fahrerei dran. Sei bitte vorsichtig und riskiere nicht zu viel, nur weil du es eilig hast, unser Ziel zu erreichen." „Das sagst ausgerechnet du mir, der für seinen tollkühnen Fahrstil berüchtigt ist", entgegnete Louis lakonisch.

Louis fuhr nach der Mittagspause deutlich langsamer und vorsichtiger als Erik. Das war verständlich, denn der Brasilianer war noch sehr wenig mit dem Marsmobil unterwegs gewesen und musste sich erst noch an das Gefährt gewöhnen. Als sie am Abend neben einer Basaltmauer haltmachten, hatte er gerade einmal 90 Kilometer geschafft. Allerdings hatte er auch eine wesentlich anspruchsvollere Wegstrecke zu bewältigen gehabt als Erik.

Er musste oft Umwege fahren, da immer wieder unpassierbare Geröllfelder und breite Spalten vor dem Rover auftauchten.

„Ich glaube, Han hat recht gehabt", bemerkte Erik, „wir werden mehr als drei Tage brauchen, um unser Ziel zu erreichen, doch jetzt sollten wir uns erst einmal ausruhen, morgen ist auch noch ein Tag."

Nach einer unruhigen und teilweise schlaflosen Nacht übernahm Erik wieder das Steuer. Bevor sie weiterfuhren, kontaktierte er noch Gregori und berichtete, dass alles nach Plan verliefe, außer dass ihre Expedition vermutlich zwei Tage länger dauern würde. Julia regte sich darüber mächtig auf und verlangte, dass die beiden Männer mehr von ihrem Antistrahlen-Medikament schlucken sollten. Erik und Louis versprachen, das zu tun. Dann startete Erik den Rover und sie machten sich auf den Weg, die Sonne im Rücken. „Na, wenigstens werden wir nicht geblendet", brummte Erik.

Mühsam bahnte er sich den Weg durch die bizarr gezackte Lavalandschaft. Sie mussten häufig Umwege machen und kamen nur langsam voran. Einer dieser Umwege führte sie um einen Meteoritenkrater herum, der mindestens 5 Kilometer im Durchmesser maß. „Tja", meinte Louis, „hier auf dem Mars gibt es so gut wie keine Verwitterung, keiner der Krater wird eingeebnet, alles wird konserviert. Wir hoffentlich auch!"

Nachdem sie den Krater umrundet hatten, erleichterte ihnen ein glücklicher Umstand die Weiterfahrt. Sie trafen auf einen relativ glatten, erkalteten Lavastrom, der in Richtung ihres Ziels führte, und Erik holte die verlorene Zeit wieder herein.

Am zweiten Abend parkten sie ihr Fahrzeug zwischen zwei imposanten Lava-Blöcken. An diesem Tag hatten sie 230 Kilometer zurückgelegt und waren nun insgesamt 480 Kilometer weit gekommen. Erik meldete sich über Funk bei Gregori und berichtete, wie der Tag bei ihnen verlaufen war. Er erkundigte sich auch, ob alles im Habitat nach Plan verlief, und erhielt von dem

Russen die lapidare Antwort: „Alles in Butter – nur stinklangweilig, wie immer!"

Nach der anstrengenden Fahrt, bei der sie ständig mit großer Aufmerksamkeit und Anspannung den Rover lenkten, waren Erik und Louis rechtschaffen müde. Nach einem spartanischen Abendessen machten sie es sich in ihren umgelegten Sesseln bequem. Diese Nacht schliefen sie beide tief und fest.

Der nächst Tag war, was die Fahrt anbetraf, mit dem vorherigen vergleichbar. Der einzig wesentliche Unterschied war lediglich, dass sie durch die ständige Aufmerksamkeit und Anspannung beim Fahren immer müder wurden. Am Nachmittag wurden sie dann allerdings für ihre Mühen belohnt, denn die drei Schildvulkane tauchten vor ihnen am Horizont auf.

„Sieh sie dir an, diese drei Bergriesen! Ihre Gipfel liegen zwischen 12 und 14 Kilometer über Normalnull!", rief Louis begeistert. „Mir kommen sie gar nicht so hoch vor", dämpfte Erik die Begeisterung des Brasilianers. „Das kommt daher, weil das Lava-Plateau, auf dem wir uns befinden, selbst schon eine Höhe von circa 9 Kilometer hat", erklärte Louis.

Nach weiteren 4 Stunden Fahrt brach die Nacht an und sie machten halt. Diesmal parkten sie das Marsmobil vor mehreren mächtigen Lava-Säulen. Trotz ihrer Müdigkeit schliefen die beiden diesmal ziemlich schlecht. Sie waren einfach zu aufgeregt, denn ihr Ziel lag in greifbarer Nähe. Sie hatten bereits über 700 Kilometer ihrer Wegstrecke hinter sich und hatten die berechtigte Hoffnung, die etwas über 200 Kilometer vor ihnen liegende Strecke am morgigen Tag zu schaffen. Sie betrachteten ihr Ziel, den mittleren Bergriesen, bis ihn die Dunkelheit verschluckte.

Am nächsten Morgen brachen sie auf, sobald es hell wurde. Louis machte zahlreiche Fotos von den näher kommenden Schildvulkanen.

„Ich hoffe, die Bilder werden unsere Leute und vor allem Pullok in Entzücken versetzen", brummelte der Brasilianer. „Was sind das für gewaltige Röhren vor uns?", fragte Erik überrascht. „Das sind Röhren, in denen sich vor Urzeiten die Lavaströme der Vulkane fortbewegt haben. Bei manchen von ihnen sind dann die Deckplatten eingebrochen, sodass wir nur noch Halbröhren zu Gesicht bekommen. Siehst du, wie sie alle streifenförmig auf die Bergspitze von Pavonis Mons zulaufen? Du musst übrigens aufpassen, dass wir nicht auf so eine brüchige Röhre geraten und womöglich einbrechen. Es ist wohl am sichersten, wenn du eine von den gewaltigen Halbröhren benutzt, um weiter auf unser Ziel zuzuhalten."

Nach der Mittagspause tauschten Erik und Louis wieder die Fahrersitze. Der Brasilianer steuerte auch sogleich eine der Halbröhren an, die er selbst empfohlen und zu benutzen beabsichtigt hatte. Er suchte sich einen nicht allzu steilen Abhang aus, um in die Röhre einzufahren. Erik bemerkte, dass diese Halbröhren wie ein Strahlenkranz auf den Pavonis Mons zuliefen, und er schoss einige spektakuläre Fotos von dem seltsamen Naturphänomen. Sie kamen in dieser Röhre erstaunlich schnell voran und erreichten die Basis des Bergriesen schon am späten Nachmittag. Sie bestaunten, den Kopf im Nacken, den gewaltigen Berg, der an seiner Basis ziemlich flach anstieg, um dann in höheren Regionen immer steiler zu werden.

„Sehr gut", freute sich Louis, „da können wir mit unserm Kettenfahrzeug ein gutes Stück hochfahren." Er ließ ihren Rover langsam die Lava-Hänge hochklettern. Nach einer halben Stunde wurde es zu steil und er stoppte den Rover vor einer Felsenwand. „Am liebsten würde ich jetzt aussteigen und noch ein Stück höher klettern, um Gesteinsproben einzusammeln", erklärte Louis.

„Nein wirklich nicht", widersprach Erik, „es wird schon bald dunkel, das ist zu gefährlich! Morgen hast du noch genug Zeit für deine Sammelleidenschaft. Außerdem bin ich hundemüde." Louis sah ein, dass Erik recht hatte, und kramte aus einer Box zwei Tuben, eine enthielt Nahrung, die zweite Wasser. Erik tat es ihm gleich. Noch während er dasaß, bemerkte Louis: „Heute Abend kann ich dir ein seltenes Schauspiel am Himmel zeigen." „Was denn?", fragte Erik neugierig, während er eine Tube mit Wasser aussaugte. „Deimos, der zweite, kleinere Mond des Mars', er taucht heute am Abendhimmel auf. Er wirkt allerdings weniger wie ein Mond, eher wie ein heller Stern. Doch wenn man ihn eine Weile betrachtet, bemerkt man, wie er sich zwischen den Sternen weiterbewegt." „Wo am Himmel kann man ihn finden?", fragte Erik interessiert. „Er steht im Sternbild ‚Fuhrmann', nahe ‚Kapella', dem hellsten Stern in diesem Sternbild."

Sie warteten die Dunkelheit ab und tatsächlich entdeckten sie den winzigen Mars-Mond. Er leuchtete heller als Kapella über ihren Köpfen. Als sie ihn eine Weile beobachtet hatten, bemerkten sie auch, dass er sich langsam auf Kapella zubewegte. Sie hatten ihre Sessel bereits in Liegen verwandelt und betrachteten das Ereignis in Rückenlage. Nach einigen Minuten gähnte Erik und meinte, er sei müde und wolle jetzt schlafen. Louis nickte, doch der Brasilianer studierte noch lange den strahlenden Sternenhimmel über dem Mars, ehe er einschlief.

Am nächsten Morgen, kurz nach dem Frühstück, griff Louis demonstrativ zu seinem Geologenhammer und seiner Sammelbüchse. „Kannst es wohl gar nicht mehr erwarten, mit dem Sammeln anzufangen", brummte Erik. „Das musst du verstehen, ich möchte einfach an möglichst vielen Stellen des Berges Bodenproben entnehmen", erwiderte Louis. „Dabei kommt es mir vor allem darauf an, an möglichst junges Material zu gelangen, also an Lava, die der Berg erst vor 10 bis 50 Millionen Jahren ausgespuckt hat. So kann ich am meisten über den inneren Aufbau des Mars' aussagen."

„Du willst doch nicht etwa bis zur Caldera hochklettern?", fragte Erik entgeistert. „Natürlich nicht, du weißt doch selbst, dass das nicht zu schaffen ist. Doch zum Sammeln der Proben sollte uns ein Tag genügen, da können wir gut und gern ein- bis zweitausend Höhenmeter zurücklegen. Mach dich auf einen langen und schweißtreibenden Tag gefasst. Bei unserem Ausflug zum Meteoritenkrater hat sich gezeigt, dass wir ein eingespieltes Team sind. Nimm du wieder die Spitzhacke und ich greife mir den Geologenhammer und hänge mir die Sammelbüchse um." So ausgestattet, stülpten sich die beiden Astronauten die Helme über den Kopf und verließen den Rover. Wie Louis schon angekündigt hatte, wurde es ein schweißtreibender Tag. Sie krochen kreuz und quer auf dem Vulkankegel herum und kamen dabei in immer höhere Regionen. Der Brasilianer entnahm an allen möglichen und unmöglichen Stellen Bodenproben.

Er war in seiner Sammelwut kaum zu bremsen. Erik unterstützte ihn, so gut er konnte, schlug mit der Spitzhacke Lavagestein aus dem Untergrund, das Louis mit seinem Geologenhammer zerkleinerte und in seiner Sammelbüchse verschwinden ließ. Irgendwann am Nachmittag hatte Erik die Nase voll von der Plackerei. Er setzte sich auf einen wie ein Stuhl geformten Lavablock und ließ Louis alleine weitermachen. Der Brasilianer entschwand hinter einer bizarr geformten Felswand und machte sich auf den Weg in höhere Bergregionen.

Nach einer halben Stunde versuchte Erik, Louis über den Helm-Funk zu erreichen, erhielt jedoch keine Antwort. Jetzt wurde der Kommandant unruhig und sprang von seinem Stein. Er eilte um die Felswand herum und blickte nach oben.

Hoch oben auf dem Berg sah er eine kleine Gestalt herumturnen. Aufgeregt ruderte Erik mit den Armen und winkte dem Brasilianer. Endlich entdeckte ihn Louis und Erik griff sich demonstrativ an den Kopf. Der Brasilianer begriff sofort, machte eine entschuldigende Geste und schaltete seinen Helm-Funk wieder ein. Warum hast du den Funk abgeschaltet?", fragte Erik verärgert.

„Das muss ich wohl aus Versehen getan haben", sagte Louis zögernd. Der Kommandant hatte jedoch den Verdacht, dass der Brasilianer dies mit voller Absicht gemacht hatte, um sich seine nervigen Ermahnungen zu ersparen. Dieser ging jedoch nicht näher darauf ein, sondern sagte im Befehlston: „Komm sofort da herunter! Wir müssen zurück, es wird schon bald dunkel." Der Brasilianer alberte herum und erwiderte in vorauseilendem Gehorsam: „Sofort Chef, gleich, unbedingt!"

Es dauerte allerdings noch fast eine dreiviertel Stunde, bis Louis bei Erik eintraf. Inzwischen hatte der Schatten der tiefstehenden Sonne die ganze Bergflanke vereinnahmt und es wurde höchste Zeit, um zum Rover zurückzukehren. Erik verkniff sich eine angemessene Antwort und machte sich sogleich auf den Rückweg zum Marsmobil. Bis sie am Rover ankamen, wurde kaum mehr gesprochen, denn jeder der beiden hatte mit seiner eigenen Erschöpfung zu kämpfen.

Erst als sie in ihrem Fahrzeug die Helme abgelegt hatten, wurde Louis wieder gesprächiger. Er klopfte auf seinen Sammelbehälter und meinte: „So, jetzt können wir zurückfahren, ich habe alles, was ich brauche. Glaubst du, dass wir die Rückfahrt in drei Tagen schaffen? Von jetzt an geht es ja zumeist bergab. Außerdem haben wir nun genug in diesem riskanten Gelände geübt und können besser mit dem Rover umgehen." „Möglich, dass wir es schaffen könnten, doch ich bezweifle es", meinte Erik skeptisch. „Jedenfalls werde ich auf keinen Fall bei schlechter Sicht fahren, also bei Nacht! Du weißt ja, was mir mit Julia in der Wüste passiert ist. Ich hatte einen Zusammenstoß mit einem Felsbrocken bei praktisch null Sicht."

„Ja, bei null Sicht, hakte Louis ein, „doch mit unseren Scheinwerfern haben wir selbst bei Nacht eine ganz ordentliche Sicht. Außerdem würde ich auch nur empfehlen, das letzte Stück, also den Wüstenabschnitt vor unserer Höhle, bei Nacht zu fahren. Selbst wenn da etwas passieren sollte, haben wir immer noch die

Möglichkeit, das letzte Stück zu Fuß zu gehen. Wir haben doch noch das Peilgerät von Gregori in unseren Raumanzügen und wissen, in welche Richtung wir gehen müssten." „Das ist richtig, aber willst du dir das Gejammer von Han dann anhören, wenn wir den Rover zuschanden fahren und er nicht mehr zu seinen geliebten ‚Valles Marineris' gelangen kann? Also lass uns die Sache entscheiden, wenn sie akut wird, und zerbrechen wir uns jetzt nicht den Kopf darüber."

Im Morgengrauen des nächsten Tages schickten sich die beiden Astronauten an, den Rückweg anzutreten. Sie wussten, sie mussten das volle Tageslicht ausnützen, sollte es ihnen gelingen, ihre Heimfahrt in 3 Tagen zu schaffen. Vorher nahmen sie allerdings schweigend Abschied von dem gewaltigen Berg, der sich im Morgengrauen vor ihnen in den Himmel reckte.

Ehe er losfuhr, schaltete Erik den Funk ein und teilte Gregori mit, dass sie sich jetzt auf den Heimweg machten. Der Russe schäumte für seine Verhältnisse förmlich über vor Freude und sandte sogar ein Stoßgebet gen Himmel, indem er erleichtert ausrief: „Gott sei Dank, dann habt ihr ja das Gröbste hinter euch!" Als ihm Erik jedoch berichtete, dass sie den Rückweg in 3 Tagen absolvieren wollten, gewannen wieder seine Bedenken die Oberhand und er meinte: „Seid bitte vorsichtig und riskiert nicht zu viel, auf einen Tag mehr oder weniger kommt es schließlich nicht an." „Da kennst du aber unsere Ärztin schlecht", schaltete sich Louis ein, „die würde uns wegen ihrer Strahlen-Panik lieber heute als morgen aus dem Verkehr ziehen."

Erik startete kommentarlos den Motor und kappte die Funkverbindung zum Habitat. Am Anfang kamen sie nur mühsam und holprig voran, denn sie waren gestern ein ganzes Stück den Berg hochgefahren und nun ging es steil abwärts. Als sie aber dann später auf eine der Halbröhren trafen und diese quasi als Straße benutzten, kamen sie zügiger voran. Nach der Mittagspause übernahm wieder Louis das Steuer und auch er hatte Glück und konnte ein gutes Tempo vorlegen. In seiner Begeisterung fuhr der Brasilianer bis in die tiefe Dämmerung hinein und Erik musste ihn sogar stoppen.

Obwohl Louis bereits die Scheinwerfer des Marsmobils zugeschaltet hatte, reichte dem Kommandanten die Sicht nicht aus und er befahl dem Brasilianer, den Rover sicher für die Nacht zu parken. Nachdem Louis das Marsmobil neben einem Areal aus erstarrter Kissenlava zum Stehen gebracht hatte, deutete er freudestrahlend auf den Kilometerzähler und sagte: „Sieh mal einer an, wir haben heute mehr als 300 Kilometer zurückgelegt. Wenn das so weitergeht, schaffen wir den Rückweg in 3 Tagen locker."

„Ja, wenn es so weitergeht!", bemerkte Erik skeptisch. „Doch jetzt sollten wir uns auch gleich schlafen legen, denn wenn wir es tatsächlich in der kurzen Zeit schaffen wollen, müssen wir morgen in aller Frühe lostigern."

Der nächste Tag wurde zu einer einzigen Enttäuschung, was ihr Vorankommen betraf. Ständig mussten sie irgendwelche Umwege machen, weil ihnen beispielsweise Geröllfelder oder tiefe Spalten den Weg versperrten. Das Tharsis-Plateau glich in diesem Abschnitt eher einem Chaos als einer Hochebene.

Um ihrem Frust wenigstens etwas entgegenzusetzen, unterhielten sich die beiden Astronauten in ihrem engen Cockpit über Gott und die Welt. Zumindest ein Thema dieser Gespräche blieb dem Kommandanten für immer im Gedächtnis haften. Es betraf nämlich ihn selbst und übte schon deshalb eine große Wirkung auf ihn aus, wohl auch, weil es für ihn so überraschend kam. Louis sagte nach einer kurzen Gesprächspause nämlich: „Ich finde übrigens, Julia und du, ihr solltet heiraten!" Erik glaubte sich zuerst verhört zu haben. Als jedoch Louis seine Aussage weder korrigierte noch abmilderte, rang er sich zu einer Antwort durch.

Er sagte lahm: „Wie kommst du auf einmal zu dieser überraschenden Erkenntnis, die hat mit unserer Expedition so rein gar nichts zu tun." „Ich will versuchen, es dir plausibel zu machen", entgegnete Louis ungerührt. Uns übrigen drei verheirateten Männern ist schon längst aufgefallen, dass Julia und du wie zwei Katzen um den heißen Brei umeinander schleicht, euch jedoch keinesfalls zu euren Gefühlen bekennen wollt. Das ehrt euch, weil ihr uns anderen nicht mit in euer Gefühlswirrwarr hineinziehen möchtet, ist anderseits aber auch ziemlich bescheuert, weil ihr damit eine einmalige Chance vertut."

„Woher willst du wissen, was für mich passt und was mir guttut?", fragte Erik seinen Freund barsch. „Ganz einfach, weil ich früher ähnliche Ansichten hatte wie du und mich auch in einer ähnlichen Lebenssituation befand. Ich stellte genau wie du meine Freiheit, mein abenteuerliches Leben und meine Forschungen über alles andere. Als junger Mann stromerte ich in der Weltgeschichte herum, erforschte hier eine interessante Höhle, dort einen Vulkan und tauchte in verschiedenen Meeren in die Tiefe. Erst als ich später meine Frau kennenlernte und sie heiratete, merkte ich, wie entwurzelt ich eigentlich lebte und was mir fehlte. Nicht nur eine Frau braucht ein Heim und einen Ruhepol, dasselbe gilt auch für einen Mann! Zumindest braucht er einen Punkt, zu dem er immer wieder zurückkehren kann, selbst wenn ihn sein unruhiges Blut Gott weiß wohin treibt. Sieh dich doch an: Du bist Testpilot und Astronaut, bleibst nie lange am selben Ort und gestaltest selbst deine Beziehungen zu Frauen wie einen Abenteuerurlaub. Ich kann mich als Psychologe recht gut in dich hineindenken. In meinen Augen bist du ein hoffnungsloser Adrenalin-Junkie."

Erik hatte schon eine Menge Einwände gegen die Sichtweise von Louis auf der Zunge. Er wollte auf den Freiheitsentzug durch die Ehe hinweisen, wollte die Verantwortung ins Feld führen, die man plötzlich aufgehalst bekäme, und zwar nicht nur für die Ehefrau, sondern womöglich für eine ganze Schar von Kindern.

Jedoch er schwieg und die Worte des Brasilianers brachten ihn ins Grübeln. Schließlich räusperte er sich und auf einmal platzte etwas aus ihm heraus, das er so gar nicht hatte sagen wollen: „Vielleicht hast du sogar recht. Julia ist eine sehr intelligente und hübsche junge Frau. Zumindest habe ich noch keine Frau getroffen, die mich so beeindruckt hat." „Siehst du, siehst du!", rief Louis eifrig, „also, worauf wartest du noch, greif zu, eine solche Chance bietet sich dir nie wieder!"

„Wie zugreifen?", fragte Erik verwirrt, „hier im Habitat?" „Blödsinn", erklärte Louis, „natürlich, wenn wir zur Erde zurückgekehrt sind, dann steht dir der ganze Erdball zur Verfügung und nicht nur unser Habitat!" „Seltsam", sagte Erik, „ich dachte immer, du hättest ein Auge auf sie geworfen, und jetzt spielst du hier den Heiratsvermittler." „Das sah nur manchmal so aus", erklärte Louis grinsend. „Für Julia und mich war das nichts weiter als ein neckisches Spiel. Ja, wenn ich ungebunden gewesen wäre, hätte die Sache ganz anders ausgesehen, dann wäre ich vermutlich dein größter Konkurrent um die Gunst der hübschen jungen Frau gewesen. So aber hat sie eindeutig dir die größten Avancen gemacht."

Durch die Gespräche schien die Zeit schneller zu vergehen, zumindest kam es Erik so vor, denn er grübelte über das Gehörte intensiv nach, während Louis den Rover lenkte. Der Kommandant schreckte aus seinen Überlegungen auf, als der Brasilianer plötzlich den Rover stoppte und sagte: „Es wird dämmrig und die Sicht wird schlechter, ich denke, wir sollten für heute Schluss machen. Bei diesem haarigen Gelände will ich nicht gern ins Ungewisse hineinfahren." „Du hast völlig recht", stimmte ihm Erik zu und er warf einen Blick auf den Kilometerstand. „Ach, nur 230 Kilometer für heute", murmelte Erik enttäuscht, „da wird es wohl nichts mit unserer Ankunft morgen. Ich werde gleich mal Gregori die schlechte Nachricht übermitteln." „Tu das nicht", bat Louis, „bedenke, wir haben nur noch circa 350 Kilometer vor uns, und das ist machbar. Vor allem, weil wir auf dem

Wüstenstück praktisch mit voller Geschwindigkeit fahren können und selbst eine kurze Nachtfahrt nicht allzu gefährlich ist. Oder möchtest du etwa kurz vor unserem Ziel noch eine Nacht in diesem engen Cockpit verbringen?"

Erik überlegte und zog dann seine Hand vom Schalter des Funkgerätes wieder zurück. „Vermutlich hast du recht", meinte er, „wir können es immerhin versuchen. Wenn es nicht klappt, kann ich im Habitat immer noch Bescheid sagen. Essen wir lieber etwas und dann ab ins Bett, ich meine natürlich ab auf die Liegen, denn je eher wir morgen aufbrechen, desto größer ist die Wahrscheinlichkeit, dass wir die Höhle erreichen."

Am nächsten Morgen startete Erik noch vor Sonnenaufgang. Das Gelände war nach wie vor noch sehr zerklüftet, doch der Kommandant legte ein Tempo vor, das bei dieser Bodenbeschaffenheit gerade noch zu verantworten war. Louis klammerte sich an einem Haltegriff fest und wurde trotzdem fast aus seinem Sitz geworfen. Er warf einen ängstlichen Seitenblick auf Erik und meinte: „Du musst jetzt zum Schluss keinen neuen Geschwindigkeitsrekord mehr aufstellen. Wir segnen nämlich nicht das Zeitliche, wenn wir einen Tag länger brauchen, das kann uns nur passieren, wenn du so weiterrast."

„Das klang aus deinem Mund gestern Abend aber noch ganz anders", antwortete Erik unbeeindruckt. „Wenn wir die Strecke wirklich heute noch schaffen wollen, müssen wir schon etwas Gas geben." „Sich ranhalten finde ich in Ordnung", erwiderte Louis, „doch bei dir habe ich den Eindruck, wir kippen jeden Moment um." „Keine Sorge", beruhigte ihn Erik, „ich kenne den Rover in- und auswendig und ich weiß, was er zu leisten imstande ist." „Na dann kipp ihn meinetwegen um, du hast dieses Kunststück doch schon mal fertig gebracht", seufzte Louis ergeben. Dank der Erinnerung an sein Wüsten-Abenteuer mit Julia drosselte der Kommandant dann doch etwas sein Tempo. Er konnte es sich jedoch nicht verkneifen, Louis zu erklären: „Das mit dem Sandsturm war eine ganz andere Nummer, da war die Sicht gleich Null."

Bis zur Mittagszeit hatte Erik 140 Kilometer zurückgelegt, bei wirklich recht miserablen Bodenbedingungen. Sie hatten es auf einmal sehr eilig und machten nur 15 Minuten Mittagspause, dann übernahm Louis das Steuer. „Nun kannst du zeigen, was du kannst", sagte Erik gönnerhaft. „Wenn du genauso weit kommst wie ich, klopfe ich dir auf die Schulter und überlege mir eine Auszeichnung für dich."

Was allerdings der Kommandant nicht vorausgesehen hatte, war, dass der Boden immer ebener und das Fahren dadurch immer leichter wurde. Als schließlich Louis den Rover in der Abenddämmerung anhielt, war er 150 Kilometer weit gekommen. „Kunststück", schnaubte Erik, „du hattest ja auch die wesentlich besseren Bedingungen." „Das ist die typische Ausrede aller Verlierer", erwiderte Louis grinsend. „Was ist, fahren wir weiter? Wir haben nur noch etwa 70 Kilometer vor uns."

„Ich fahre weiter, du hast erst mal Pause", erklärte Erik. „Ich bin ausgeruht und letztlich trage ja auch ich die Verantwortung für meine Entscheidungen. Zuvor kontaktiere ich jedoch noch Gregori und kündige für heute Abend unser Kommen an." Nachdem der Russe die gute Neuigkeit erfahren hatte, dass seine beiden Kollegen noch heute ins Habitat zurückkehren wollten, wirkte er, ebenso wie Julia und Han, sehr erleichtert und erfreut. „Ich werde euch heimleuchten", sagte er eifrig, „d. h. ich werde vor der Höhle einen Scheinwerfer montieren, damit ihr schon vom Weiten euer Ziel erkennt und nicht immer auf das Peilgerät starren müsst."

„Eine gute Idee", lobte Erik, „vielen Dank, ich starte jetzt, Over!" Die Scheinwerfer des Rovers rissen eine Albtraum-Landschaft aus dem Dunkel. Erik war beeindruckt und begann seine Fahrt recht zögerlich. Mit der Zeit wurde er mutiger, ließ sich von

Louis die Richtung über das Peilgerät ansagen und steuerte das Marsmobil geschickt um die Felsenhindernisse herum. Dabei horchte der Kommandant gespannt in die Dunkelheit hinaus, ob er ein verdächtiges Knirschen der Raupenketten zu vernehmen vermochte. So arbeitete er sich zwar langsam, aber stetig voran. Nur einmal gab es auf der rechten Seite ihres Fahrzeugs einen heftigen Schlag. Die Kette mahlte und der Rover bekam Schlagseite. Erik entfuhr ein erschrecktes „Hoppla", dann war der kleine Fels, den er übersehen hatte, überwunden.

Nach einer guten Stunde stießen sie auf Sand und ihre Fahrt wurde ruhiger und ungefährlicher. Wenig später verriss Erik infolge eines Schreis von Louis das Lenkrad. Der Brasilianer rief aufgeregt: „Sieh mal da vorne das Licht, wir müssen schon ganz in der Nähe der Höhle sein!" Erik stoppte das Fahrzeug und blickte angestrengt in die Nacht hinaus. Da sah er es auch, ein fixer, schwach glimmender Punkt war vor ihnen am Horizont aufgetaucht. „Ja, jetzt haben wir es bald geschafft", stimmte Erik seinem Beifahrer zu.

Eine knappe halbe Stunde später fuhr Erik ihr Fahrzeug die Rampe hoch und brachte es vor der Höhle neben dem grell leuchtenden Scheinwerfer zum Stehen. Aufatmend blieben die beiden Astronauten noch zwei bis drei Minuten sitzen und genossen das Gefühl, heil angekommen zu sein. Schließlich setzten sie sich ihre Helme auf, Louis ergriff seinen Sammelbehälter und dann machten sie sich auf den Weg zur Luftschleuse.

Als die beiden Rückkehrer das Habitat betraten, wurden sie von Julia, Han und Gregori freudestrahlend empfangen. Sie lagen sich in den Armen und die drei drückten ihre Erleichterung über die glückliche Heimkehr der beiden Astronauten aus. Selbst der sonst so zurückhaltende Han ließ sich zu einer Umarmung herab, oder besser gesagt, er reckte sich zu ihnen empor. Gregori sagte gut gelaunt: „Wir haben euch zu eurem Empfang ein Festessen zubereitet und Han hat sogar für euch Tee gekocht." „Lass mich raten", meinte Louis, „gibt es heute die blauen oder die roten Tuben?" „Es gibt köstliche Hühnchen-Paste, du Kritisant, was willst du mehr?", erwiderte Gregori beleidigt.

Es wurde noch ein ganz fröhlicher Abend, auch wenn sie keinen Alkohol mehr hatten. Julia musste sich natürlich wieder als Spielverderberin outen und die beiden schon recht müden Heimkehrer auf die noch dringend anstehende Gesundheitsuntersuchung für denmorgigen Tag hinweisen. „Gleich nach dem Frühsport ist es so weit", kündigte sie an. „Ihr kommt doch zur Morgengymnastik?" „Die würde ich um keinen Preis versäumen", log Erik.

„Aber gerade wegen unserer erst kürzlich durchgemachten Strapazen würde ich sie morgen gern ausfallen lassen und lieber ausschlafen. Bei deiner geplanten Untersuchung sind wir dann rechtzeitig da." Die Ärztin blickte zwar skeptisch, sage jedoch nichts.

Am nächsten Tag stellte sich dann bei der Untersuchung heraus, dass die beiden während ihres Ausflugs eine ganz schöne Strahlendosis abbekommen hatten. „Ich muss euch Infusionen verabreichen und ihr dürft die Höhle sechs Wochen lang nicht verlassen", erklärte die Ärztin. „Aber was soll ich Han sagen, der will doch lieber heute als morgen zu den ‚Valles Marineris' aufbrechen!", rief Erik enttäuscht aus. „Schick ihn doch mit Gregori dort hin, der ist nicht so verstrahlt wie du", empfahl ihm Julia. „Ja wirklich nicht, ich will auf keinen Fall riskieren, dass sich die beiden wieder verfeinden, jetzt, nachdem sie sich glücklich ausgesöhnt haben", widersprach Erik heftig. „Oder bist du scharf darauf, wieder psychologische Extrasitzungen für die beiden abzuhalten?" „Mit Sicherheit nicht", verwahrte sich die Ärztin, „dann muss er eben warten."

Han rastete ziemlich aus, als er die schlechte Nachricht erfuhr. Das war sonst gar nicht seine Art, aber die Suche nach extraterrestrischem Leben war eben sein schwacher Punkt. „Jetzt soll unser wichtigstes Forschungs-Projekt schon wieder nach hinten verschoben werden!", rief er empört. „Ich fasse es nicht, ich werde mich bei Pullok über euch beschweren!"

Am nächsten Tag übernahm Erik von Gregori wieder die Rolle des Kontaktmannes zur Bodenstation. Der Russe hatte schon am Vortag die Bilder vom „Pavonis Mons" dem Missionsleiter gesendet und Pullok war voll des Lobes über die grandiosen Aufnahmen. „Man muss sich das nur einmal vorstellen, da sind unsere zahllosen automatisierten Marsrover jahrelang auf dem Roten Planeten herumgekrochen und haben uns nie solche faszinierenden Bilder schicken können. Ihr habt uns dagegen in nur 8 Tagen ein ganzes Bündel dieser grandiosen Fotos geliefert", erläuterte Pullok begeistert. „Nun mach mal halb lang, Ernest", gab Erik zu bedenken, „diese früher auf dem Mars herumkriechenden Roboter hatten ja auch weder die Möglichkeiten noch die Reichweite wie wir Menschen. Läuft eigentlich deine Fernsehsendung noch?" „Ja, sie läuft nach wie vor und besser dann je", antwortete Pullok lebhaft.

„Übrigens noch was, Ernest, dir steht Ärger ins Haus, Han möchte sich beschweren, weil wir seine Expedition 6 Wochen nach hinten verschoben haben." „Der soll sich nicht so haben, seine Expedition war ja auch als Letzte geplant", sagte Pullok gelassen. „Erklär ihm einfach, ihm würde noch genügend Zeit bleiben, sowohl für seine Exkursion als auch für deren Auswertung. Immerhin müsst ihr fast noch 9 Monate da oben ausharren. Sag ihm, so kann er sich wenigstens auf sein Highlight freuen und es würde ihm nicht langweilig."

„Ich denke nicht, dass ihn das zufriedenstellen wird. Wie ich ihn kenne, wird er sich dennoch beschweren", gab Erik zu bedenken. „Soll er doch", brummte Pullok, „aber er ist meines Wissens weder der Leiter der Marsmission noch sein Kommandant." „Du musst es wissen, Ernest", lenkte Erik ein und unterbrach die Verbindung.

Seit Erik von Louis mit der Möglichkeit einer Zukunft mit Julia konfrontiert worden war, schien der Kommandant die Gesellschaft der Ärztin zu meiden. Der Brasilianer hatte seiner Meinung nach vollkommen recht gehabt. Sinnvoll war ein Antrag von Eriks Seite erst, nachdem sie auf die Erde zurückgekehrt waren. So aber schlichen sie tatsächlich wie zwei Katzen um den heißen Brei herum, und das nervte den Kommandanten mit der Zeit. Er beschloss daher, ihre ganze Beziehung vorerst ruhen zu lassen und Entscheidungen auf später zu verschieben. Julia bemerkte selbstverständlich sein verändertes Verhalten und stellte ihn zur Rede.

„Du lässt dich ja kaum noch blicken", begann sie eines Tages, als er wieder einmal bei ihr zum Gesundheitscheck erschienen war. „Es gibt viel zu tun", antwortete der Kommandant ausweichend, „z. B. versuche ich gerade jetzt, meine Expedition mit Han vorzubereiten." „Gar nichts hast du zu tun, jedenfalls viel weniger als ich", sagte Julia zornig. „Früher haben wir uns stundenlang angeregt unterhalten. Das hat uns beiden gutgetan und dafür hatten wir auch Zeit."

Spätestens zu diesem Zeitpunkt erkannte Erik, dass Julia mit bloßen Ausreden nicht zu besänftigen war. So ergriff er die Flucht nach vorne und sagte: „Weißt du, Julia, ich finde es nicht gut für unsere Crew, wenn wir beide quasi eine Gruppe innerhalb einer Gruppe bilden. Das führt oft zu Neid und Zwietracht, schwächt also das Zusammengehörigkeitsgefühl unter uns fünfen. Schließlich bin ich der Kommandant von uns allen und muss deshalb auf Äquidistanz zu allen achten. Ich habe mir deshalb gedacht, wir sollten private Dinge möglichst außen vor lassen, bzw. erst in Angriff nehmen, nachdem wir auf die Erde zurückgekehrt sind. Das meint übrigens auch Louis."

„Mischt sich jetzt Louis, unser Hobby-Psychologe, schon in unsere privaten Dinge ein?", fragte Julia sarkastisch. „Ich will dir mal was verraten: Louis würde nur zu gerne bei mir landen, wenn ich es nur zulassen würde. Doch erstens endet es meist in einer Katastrophe, wenn sich zwei Psychologen zusammentun, und zweitens ist er verheiratet und ich möchte keine intakte Ehe zerstören." „Das hat mir Louis aber anders erklärt", erwiderte Erik unangenehm überrascht. „Er liebt seine Frau und würde sie niemals verlassen." „Das hat jedoch diesen ‚Sonnyboy' niemals von einem Seitensprung abgehalten und wenn ich mir deine Beziehungen zu Frauen so anschaue, bist du auch nicht viel besser."

Sie kam ins Grübeln und nagte an ihrer Unterlippe. Schließlich sagte sie: „Na schön, verschieben wir unseren Diskurs über private Dinge bis zu unserer Heimkehr, da haben wir dann jede Menge zu bereden."

Erik nickte zum Zeichen seines Einverständnisses und verließ etwas überhastet die Ambulanz. Er betrat den Mannschaftsraum, doch dort hielt sich nur Gregori auf. Louis und Han waren offenbar im Labor, wo sie vermutlich mit der Analyse der Bodenproben beschäftigt waren, die Erik und Louis von ihrer Expedition mitgebracht hatten. Han hatte sich bereit erklärt, Louis bei der Analyse zu unterstützen. Gregori saß vor einem der Computer und spielte Schach. „Na", meinte der Russe gut gelaunt, „möchtest du gegen mich antreten?" Der Kommandant schüttelte den Kopf und sagte: „Das würde ein sehr einseitiges Spiel werden, da kann ich meinen König gleich umkippen. Denk dir lieber etwas aus, wo wir beide wenigstens etwa die gleichen Chancen haben."

„Weißt du, Erik", fuhr der Russe fort, „ich bin heilfroh, dass du und Louis wieder da seid, jetzt rührt sich wenigstens wieder etwas in der Bude – zumindest, was Spiele betrifft. Julia und Han sind nämlich ausgesprochene Spiele-Muffel, die sind nur an ihrer Arbeit interessiert." Er machte einen Schachzug und seufzte zufrieden: „Gewonnen, endlich konnte ich den Computer wieder einmal schlagen. Wir könnten doch, da wir offensichtlich gerade nichts zu tun haben, am Computer gemeinsam ein Ballerspiel gegeneinander austragen", schlug er vor. Da sagte Erik nicht nein.

Nun, da sie wieder vollzählig waren, nahm das Leben in ihrem Domizil wieder seinen gewohnten Gang. Nach dem Aufstehen versammelten sie sich zu ihrer täglichen Frühgymnastik, unter Anleitung von Julia. Lediglich als diese auch noch Joga und Pilates einführen wollte, streikten die Männer. Nach dem Frühstück zog sich Julia dann meist in ihre Ambulanz zurück oder tippte irgendwelche Gesundheitsdaten in einen der Computer ein. Louis und Han verschwanden in dem angrenzenden Labor oder saßen ebenfalls am Computer, um wissenschaftliche Daten einzugeben. Gregori machte seine Kontrollgänge im Habitat oder bei den Vorräten in der Höhle.

Nur Erik suchte verzweifelt nach einer sinnvollen Betätigung, denn immer vor dem Computer sitzen, das wollte er auch nicht. So kontaktierte er des Öfteren die Bodenstation auch außerhalb der vereinbarten Zeiten. Auch Julia besuchte er jetzt wieder öfter in der Ambulanz, aber nicht mehr so häufig, dass es den anderen auffiel. Mittags aßen sie zumeist zu zweit oder zu dritt zusammen zu unterschiedlichen Zeiten, wie es in ihren Tagesablauf gerade passte. Das Abendessen nahmen sie jedoch meist gemeinsam ein. Danach kamen Erik, Gregori und Louis häufig zu einem Spiel zusammen, meist war es Poker, während Julia und Han dies als Zeitverschwendung abtaten und sich lieber mit anderen Dingen beschäftigten.

Da Erik und Louis die Höhle nicht verlassen durften, suchten sie sich einen anderen Zeitvertreib. Sie erforschten einfach die Höhle weiter. Dabei drangen sie immer weiter vor, bis die enger werdende Höhle ein Vorwärtskommen verhinderte. „Sie reicht mindestens 3 Kilometer in den Berg hinein", schätzte Louis, „und es kann sogar sein, dass sie noch weiter führt, denn oft erweitern sich Höhen wieder nach einer Engstelle. Doch durch diese schmale Röhre da vorne sollten wir uns nicht drängen, das scheint mir zu gefährlich."

Sie hatten mehrere Tagesausflüge unternommen und auch die Seitengänge der Höhle mit erkundet, doch keine Tropfsteine mehr gefunden. Louis hatte im Verlauf ihrer Besichtigungen auch noch eine Menge Felsgestein gesammelt, an Stellen, wo er interessante chemische Verbindungen vermutete. „Ich hoffe, ich habe dir allerhand zeigen und dich zu einem ganz passablen Spelunkologen ausbilden können", erklärte Louis nach ihrem letzten Ausflug.

Von den drei anderen, die nicht so strahlenverseucht waren wie Erik und Louis, verließen nur Gregori und Julia die Höhle. Der Russe meinte, die Ärztin müsse auch mal etwas anderes sehen als immer nur ihre Ambulanz. Er erwies sich als Kavalier und nahm sie mit auf kleinere Erkundungs-Ausflüge um das Habitat herum. Zumeist benützten sie dabei den Rover und Julia fotografierte interessante Marslandschaften für Pullok. Dieser nahm die Bilder dankbar entgegen und war voll des Lobes über die beiden.

Obwohl sie es sich nicht eingestanden, konnten allerdings all die Aktivitäten der Astronauten eine Grundsehnsucht in ihnen nicht stillen: Sie wollten endlich nach Hause und diesen unwirtlichen, lebensfeindlichen und verrosteten Planeten hinter sich lassen! Die einzige Ausnahme bildete Han, der ungeduldig seiner Expedition zu den Valles Marineris entgegenfieberte.

KAPITEL 5

Metamorphose

Erik kam seine sechswöchige Quarantäne in der Höhle dieses Mal erstaunlich kurz vor. Fünf Wochen davon schienen im Nu vorbei zu sein und er konnte mit Han und den anderen beginnen, ihre letzte große Expedition auf dem Mars vorzubereiten. Dazu rief er seine Leute um den großen runden Tisch im Mannschaftsraum zusammen. Er breitete eine Landkarte vom Roten Planeten vor ihnen aus und sagte: „Herrschaften, strengt eure Köpfe an! Jeder Hinweis, jeder Ratschlag von euch, macht unsere Exkursion etwas weniger gefährlich und kann zu ihrem Erfolg beitragen. Louis, deine Expertenmeinung ist als Erste gefragt. Was wissen wir über die ‚Valles Marineris'? "

Louis begann zu dozieren: „Die ‚Valles Marineris' beginnen im östlichen Teil des Tharsis-Gebietes und erstrecken sich, von uns aus gesehen, etwa 4000 Kilometer in südöstlicher Richtung, wie ihr an der Karte unschwer erkennen könnt. In ihrem Mittelteil können sie eine Tiefe von bis zu 9000 Meter erreichen. Sie sind vermutlich, wie das ganze Tharsis-Gebiet, vulkanischen Ursprungs, können aber auch infolge einer frühzeitlichen Plattentektonik entstanden oder mitentstanden sein.

Ihre westlichsten Ausläufer liegen, zu unserem Glück, nur circa 800 Kilometer von unserer Höhle entfernt. Hier sind die Grabenbrüche vielfältig verzweigt und nicht so lang und tief wie in ihrem weiter östlich verlaufenden Abschnitt. Ihre Tiefe beträgt nur zwischen 3 und 5 Kilometer."

„Nur!", rief Julia und erbleichte. „Und ihr wollt da hinunterklettern? " „Das müssen wir definitiv", erklärte Han mit fester

Stimme, „denn nur wo wir Wasser finden – bei diesen Temperaturen hier handelt es sich natürlich um Eis – haben wir auch Chancen, auf Spuren von Leben zu stoßen."

„Ja, Han, da liegst du ganz richtig mit deiner Vermutung, dass es dort Eis geben könnte, denn in der Frühzeit des Mars', als es noch Wasser auf seiner Oberfläche gab, ist das Wasser des Tharsis-Plateaus massenhaft in die ‚Valles Marineris' abgeflossen." „Prima", freute sich Han, „so werde ich also auf den Talsohlen der Valles auf Eis stoßen."

„Da muss ich dich leider enttäuschen, das Eis ist dort in der dünnen Atmosphäre längst verdunstet und das restliche Wasser hat sich vermutlich tief in den Boden des Planeten zurückgezogen", bremste Louis den Enthusiasmus des Chinesen. „Es hat dort vielleicht unterirdische Gletscher gebildet, nach denen musst du suchen." „Wie soll ich das machen, ich kann doch nicht kilometertief bohren!", entgegnete Han niedergeschlagen.

„Zwei winzige Chancen bleiben euch", tröstete Louis den Biologen. „Ihr müsst auf Hangabrutsche in den Grabenbrüchen achten, die könnten unterirdische Gletscher freilegen. Auch ein Meteoriteneinschlag vermag das, doch das erscheint mir noch unwahrscheinlicher. Auch dürfen diese Ereignisse nicht zu lange zurückliegen, sonst ist das Eis schon wieder verschwunden. Tja, Han, du suchst die berühmte Stecknadel im Heuhaufen, wir haben ja schon oft darüber gesprochen. Aber tröste dich, ihr werdet in jedem Fall fantastische Bilder von den Valles mitbringen, und ich bitte dich auch, Bodenproben von den Wänden und Talsohlen der Grabenbrüche zu entnehmen. Das wird uns Planetologen sicherlich weiterhelfen, zu erforschen, wie die ‚Valles Marineris' wirklich entstanden sind."

Der Chinese schüttelte nur enttäuscht und betrübt den Kopf, sagte jedoch nichts mehr. „Wie viel Zeit habt ihr für das Unternehmen eingeplant?", wollte Julia wissen. Erik rechnete vor: „Nach meiner Erfahrung mit dem Gelände bei unserem letzten Ausflug zum ‚Pavonis Mons‘ plane ich für die Hin- und Rückfahrt 6 bis 8 Tage ein. Dazu kommen nochmals circa 7 Tage für die Erforschung der Valles." „Was?", rief Julia entsetzt, „das sind ja mehr als zwei Wochen! Dem kann ich auf keinen Fall zustimmen. Du, Erik, bist doch sowieso schon über Gebühr verstrahlt und spielst ‚va banque‘ mit deiner Gesundheit."

„Unsere Ärztin hat recht", stimmte Gregori Julia zu. „Ihr könnt nicht endlos da draußen herumgondeln. Ich habe die Plutonium-Batterie des Rovers überprüft, das Marsmobil hat höchstens noch Saft bzw. Strom für gut 3000 Kilometer. Ich denke, 2500 Kilometer werdet ihr in 12 Tagen gemütlich schaffen. Wenn ihr länger zwischen den Grabenbrüchen herumkutschiert, könnt ihr euch schon einmal darauf vorbereiten, zu Fuß nach Hause gehen zu müssen." „Na schön", beschloss Erik die Diskussion, „wir haben demnach 12 Tage Zeit und sollten eine Gesamtfahrstrecke von 2500 Kilometer nicht überschreiten. Wir werden bei unserer Tour eure Ratschläge gewissenhaft berücksichtigen."

In den folgenden Tagen war Erik zusammen mit Han damit beschäftigt, ihre Expedition unmittelbar vorzubereiten. Sie schafften Nahrung und Sauerstoffflaschen in den Rover und testeten ihr Fahrzeug auf einer kurzen Probefahrt in der Wüste. Dabei lag ihr besonderes Augenmerk auf dem Peilgerät, denn ohne dieses Instrument würden sie sich auf der bizarr geformten Marsoberfläche heillos verirren. Neben ihren Grabwerkzeugen nahmen sie auch Seile und Haken mit – als Kletterausrüstung für die Valles. Infolge ihrer Aktivitäten rann ihnen die Zeit durch die Finger und ehe sie sich versahen, war der Tag ihres Aufbruchs gekommen. Diesmal winkten ihnen die im Habitat Zurückgebliebenen nicht vor der Höhle nach, sondern verabschiedeten sich von den beiden Männern im Mannschaftsraum. Erik hatte das Gefühl, es herrsche eine angespannte, unsichere, ja geradezu ängstliche Stimmung im Raum.

Jedem der Anwesenden war bewusst, es könne ein Abschied ohne Wiedersehen werden, denn diese Expedition war nicht nur die längste, sie war auch die riskanteste, die sie auf dem Mars durchführen würden. So wollte jeder von ihnen die Verabschiedung möglichst schnell hinter sich bringen. Es wurden auch keine guten Ratschläge mehr erteilt, man hatte ja die Tage zuvor ausgiebig über alle Aspekte dieser gefährlichen Exkursion diskutiert. Man begleitete Erik und Han noch bis zur Luftschleuse, dann schlossen sich die Schotts und die beiden Männer fühlten sich irgendwie noch mehr von der Welt abgeschnitten. Dieses Gefühl steigerte sich noch, nachdem sie in ihre Raumanzüge gestiegen waren und die Luftschleuse verlassen hatten. Sie standen auf dem Plateau vor ihrer Höhle und blinzelten in die tiefstehende, erst vor Kurzem aufgegangene Sonne. Für Erik hatte das Ganze etwas Unwirkliches, Traumhaftes. Er schüttelte benommen den Kopf und sagte, um diese Stimmung zu vertreiben, betont munter: „So, Han, los geht's, steigen wir in den Rover."

Sie fuhren in Richtung Südosten los und, da sie zuerst einen Streifen Wüste überquerten, ließ Erik zunächst Han das Steuer übernehmen. Dank des guten Untergrunds kamen sie zu Beginn recht zügig voran. Nach dem Wüstenabschnitt ging der Boden dann allerdings in erstarrte Lava über und sie mussten ihre Geschwindigkeit drosseln. Als Erik nach der Mittagspause das Steuer übernahm, hatten sie immerhin fast 200 Kilometer zurückgelegt. Der Chinese deutete triumphierend auf den Kilometerzähler und meinte: „So schaffen wir die 800 Kilometer spielend in 3 Tagen." „Täusche dich nicht", warnte Erik, „bei meinem Ausflug mit Louis habe ich schon ganz andere Erfahrungen gemacht. Wir müssen bestimmt noch durch viel schwierigeres Gelände."

Die Voraussage des Kommandanten sollte sich bereits am Nachmittag bestätigen. Obwohl er viel geübter im Steuern des Marsmobils war als Han, schaffte er nur 170 Kilometer bis zum Abend. „Ich glaube, wir nähern uns schon allmählich dem Gebiet des ‚Noctis Labyrinthus'", erklärte Erik Han. „Siehst du die vielen Spalten und Risse im Boden dort?" „Das ‚Noctis Labyrinthus', das ist doch unser Zielgebiet", sagte der Professor freudig überrascht, „dann haben wir es ja bald geschafft!" Erik wollte den Wissenschaftlicher, der begierig war, möglichst bald mit seinen Forschungen beginnen zu können, nicht enttäuschen und schüttelte nur lächelnd den Kopf.

Das „Noctis Labyrinthus" war der nordwestlichste Abschnitt der „Valles Marineris" und bestand aus einem Netz von zahllosen kreuz und quer verlaufenden Grabenbrüchen. Aber bis dahin hatten sie noch einen weiten und im wahrsten Sinne des Wortes steinigen Weg vor sich – immerhin noch etwa 430 Kilometer. Wie steinig er werden sollte, zeigte sich bereits am nächsten Tag. Der Boden wurde immer unebener und die Risse und Spalten häuften sich.

Sie kamen nur noch sehr langsam voran und mussten oft Umwege fahren. Dank ihres Peilgerätes fanden sie jedoch immer wieder die Richtung zu ihrem Zielgebiet. Um sich wenigstens etwas von der holprigen und nervenaufreibenden Fahrt abzulenken, stellte Erik, der gerade hinter dem Lenkrad saß, Han Fragen. Das hätte er besser nicht getan, denn er kannte ja die ausschweifenden Monologe des Biologieprofessors. Er tat es trotzdem und fragte Han: „Warum bist du eigentlich so felsenfest davon überzeugt, dass sich auf dem Mars Leben entwickelt haben könnte?"

„Aber das hab ich doch schon tausendmal erklärt", wunderte sich Han, wiederholte dann jedoch seine Argumente noch einmal bereitwillig und begann mit einer Art Vorlesung für den „Studenten" Erik. Er begann zu dozieren: „Wie gesagt, in der Frühgeschichte des Mars', vor etwa 4 Milliarden Jahren, ähnelte er verblüffend unserer Erde. Wie auf unserem Planeten gab es auf ihm Meere, die Temperatur lag höher als heute und seine Atmosphäre war dichter. Also, warum sollten auf dem Mars nicht auch ähnliche Entwicklungen abgelaufen sein wie auf unserer guten alten Erde? Warum sollte sich nicht auch dort Leben entwickelt haben, bei diesen verblüffend gleichen Bedingungen? Eine ganz andere Frage ist, wie lange hat diese marsianische Evolution gedauert und bis zu welcher Stufe ist sie gekommen? Schaffte sie es nur bis zu den Einzellern oder gab es auch mehrzellige Lebewesen, also Metazoen. Und vor allem: Was ist von diesen Lebewesen heute noch auf dem Mars nachweisbar und wo?"

An dieser Stelle unterbrach Erik den Professor und sagte: „Und deshalb wolltest du unbedingt zu den ‚Valles Marineris‘? Weil du hier wenigstens den Hauch einer Chance siehst, auf marsianische Fossilien zu stoßen."

„Ganz recht", fuhr der Professor zufrieden fort. Zunächst einmal muss ich Wasser bzw. Eis finden, denn irgendwohin muss ja das Wasser dieses jetzt knochentrockenen Planeten verschwunden sein. Man weiß zwar, dass ein Teil dieses Wassers hydrolysiert sein kann, also in Wasserstoff und Sauerstoff zerlegt worden ist. Der Wasserstoff ist dabei wegen der geringen Schwerkraft des Planeten in den Weltraum hinaus verschwunden und der Sauerstoff hat andere Elemente oxydiert, bevorzugt Eisen. Daher rührt auch die rötliche Oberfläche dieses rostigen Planeten. Aber wo blieb das übrige Wasser? Es kann – meiner Meinung nach – nur im Boden versickert sein, muss also irgendwo als Grundwasser existieren, bzw. als Grundeis, denn der Planet ist im Laufe seiner Entwicklung stark abgekühlt.

Falls meine Annahme richtig ist und sich die Lebewesen auf dem Mars nur in seinen Meeren entwickelt haben, demnach keine Formen an Land existiert haben, müssen sie mit dem Wasser im Marsboden verschwunden sein. Wonach ich demnach in erster Linie suchen muss, ist eine Art unterirdischer Gletscher. Das ist das ganze Rätsel, weshalb ich unbedingt die tiefen Schluchten der ‚Valles Marineris‘ aufsuchen will!"

„Ich begreife deine Schlussfolgerungen, Han", sagte Erik mit einer gewissen Bewunderung in der Stimme, „doch wie zum Teufel willst du an diese unterirdischen Gletscher herankommen?"
„Du hast ja Louis gehört", erwiderte Han, „an den Steilwänden

der Grabenbrüche kommt es immer wieder mal zu lawinenartigen Geröllabgängen und dabei könnte unterirdisches Eis freigelegt werden. Wir müssen also nur an einem der größeren Grabenbrüche entlangfahren und nach solchen Geröllabgängen Ausschau halten."

„Nur?" Erik gab ein lautes Lachen von sich, „erstens, ist das bei diesem Gelände einfacher gesagt als getan und zweitens haben wir dafür nur circa 3 Tage Zeit, dann müssen wir zurück zur Höhle. Ich glaube nicht, dass wir unter diesem Zeitdruck fündig werden." „Mag sein", gab der Professor zu, „aber immerhin haben wir es versucht! Selbst wenn wir kein Eis finden, so bringen wir für Louis Gesteinsproben aus den Grabenbrüchen und für Pullok jede Menge fantastischer Fotos mit." „Da hast du natürlich recht", räumte Erik ein, „doch nun muss ich unsere interessante Unterhaltung beenden, die Bodenbeschaffenheit wird schlechter und ich muss mich auf den Weg konzentrieren."

An jenem zweiten Tag ihrer Exkursion legten sie bis Sonnenuntergang 230 Kilometer zurück. Han, der den Rover neben einer Spalte zum Halten gebracht hatte, warf einen Blick auf den Kilometerstand und seufzte dann erschöpft, aber zufrieden: „Für morgen bleiben uns nur noch etwa 200 Kilometer bis zu unserem Ziel." Erik nickte und griff zum Funkgerät, um sich im Habitat zu melden. Gestern hatte er es in dem ganzen Trubel doch glatt vergessen und Gregori hatte schließlich selbst zum Funkgerät gegriffen und besorgt gefragt: „Was ist denn los, warum meldest du dich denn nicht? Es war doch ausgemacht, dass wir uns wenigstens einmal pro Tag sprechen, im Notfall natürlich öfter." Erik berichtete dem Russen, er habe es schlicht vergessen. Das sollte ihm nicht noch einmal passieren, deshalb erledigte er diese Pflicht noch vor dem Abendessen. Er teilte Gregori mit: „Han und mir geht es gut und wir werden vermutlich schon morgen an unserem Ziel eintreffen."

Gregori nahm die gute Nachricht dankbar auf und meinte, das sei sehr erfreulich. Dann konstatierte er: „Demnach seid ihr in der geplanten Zeit zurück", und wollte wissen, „wie macht sich der Rover, habt ihr nicht schon zu viel Energie verbraucht?" Der Kommandant konnte ihn diesbezüglich beruhigen und beendete das Gespräch.

Erik und Han verbrachten eine ruhige Nacht und starteten bei Morgengrauen, um möglichst bald auf einen geeigneten Grabenbruch im Gebiet des „Noctis Labyrinthus" zu stoßen. „Was meinst du, Han, wie sollte der Grabenbruch aussehen, den wir uns aussuchen müssen, damit er für deine Forschungen geeignet wäre?", wollte Erik von dem Professor wissen.

„Sagen wir einmal so", meinte dieser bedächtig, „er sollte einfach lang genug sein, damit wir mit dem Rover mindestens 3 Tage lang an ihm entlangkutschieren können, und tief genug, dass wir einen Blick in die Eingeweide des Planeten werfen können. Alles andere ist Glückssache." Erik nickte, zum Zeichen, dass er verstanden hatte, und ließ den Rover eine erstarrte Lava-Zunge hochkriechen.

Am späten Nachmittag des 3. Tages, erreichten sie das Gebiet von „Noctis Labyrinthus". Han, der das Marsmobil zu diesem Zeitpunkt steuerte, kurvte in diesem Netzwerk von Grabenbrüchen fast zwei Stunden herum, bis er eine seiner Meinung nach geeignete Schlucht gefunden hatte. Sie war wirklich imposant. Erik schätzte sie auf eine Breite von circa 8 Kilometern und sie führte etwa 3 Kilometer in die Tiefe. Han stellte den Rover unweit des Randes dieser Schlucht ab und meinte: „Hoffentlich haben wir uns ein entsprechend langes Exemplar herausgesucht. Obwohl ich mir diesbezüglich wenig Sorgen mache, denn fast alle diese Grabenbrüche wurden auf der Karte mit mehreren hundert Kilometern Länge angegeben. Nur etwas tiefer könnte sie für meinen Geschmack sein." „Sei etwas vorsichtig mit deinen Wünschen", sagte Erik, „du weißt schon, dass wir da hinunterklettern müssen!" „Wohl eher hinunterwandern", widersprach Han, „siehst du die vielen Geröllhalden, die in die Tiefe führen?"

Sie setzten ihre Helme auf und verließen den Rover. Sie traten beide an den Rand des Grabenbruchs und nahmen ihn gründlich in Augenschein. „Tja", meinte Han, „keine dieser Geröllhalden, die ich sehe, ist in letzter Zeit abgegangen. Das ist alles Hunderte von Millionen altes Material. Ich fürchte, da können wir lange suchen, bis wir eine erst in letzter Zeit abgegangene Mure finden werden." „Und ob sich dann tatsächlich dahinter Eis verborgen hat, steht auch noch in den Sternen", ergänzte Erik. „Ich ahne schon, wir werden ein paar Steine einsammeln und wieder nach Hause fahren. Komm, lass uns in den Rover steigen, ihn näher an den Rand der Schlucht fahren und ein paar spektakuläre Aufnahmen machen."

Sie gingen zurück zum Marsmobil, kletterten ins Cockpit, schlossen die halbrunde, durchsichtige Kuppel und warteten, bis sich in der Kabine wieder normaler Luftdruck eingestellt hatte. Danach nahmen sie die Helme ab und Erik fuhr den Rover so nahe an den Grabenbruch, wie es eben ging. Nun hatten sie auch von ihrem Standort aus einen grandiosen Ausblick auf die Schlucht. Han machte die Kamera bereit, die außen am Cockpit montiert war, und begann, Fotos zu schießen. Dabei seufzte er: „Was wir nicht alles für die Bodenstation tun, damit die Leute dort glücklich und zufrieden sind!" „Du meinst wohl, dass in erster Linie Pullok dort glücklich und zufrieden ist", korrigierte ihn Erik. Dieser hatte inzwischen begonnen, das Habitat zu kontaktieren, und teilte Gregori mit, dass sie heil in ihrem Zielgebiet angekommen seien. Diese Nachricht löste einerseits Erleichterung bei der daheim gebliebenen Crew aus, aber noch mehr Jubel.

Danach gingen die beiden Astronauten früh schlafen, denn sie hatten am morgigen Tag viel vor. Zeitig am nächsten Morgen begannen sie, an dem Grabenbruch, den sie sich ausgesucht hatten, entlang zu patrouillieren. Han ließ kein Auge von der gegenüberliegenden Wand der Schlucht. Er benutzte dazu ein Fernglas. Manchmal ließ er Erik sogar an ihren Rand heranfahren, um einen besseren Blick in die Tiefe werfen zu können. Nach etwa zwei Stunden Fahrt bat er Erik, zu halten, und meinte: „Ich glaube, ich habe auf dem Teil des Bodens, den ich beobachten konnte, etwas entdeckt."

Han wollte aussteigen, vielleicht sogar hinunterklettern, falls sich seine Beobachtung bestätigen sollte. Daher fuhr Erik den Rover nahe an den Rand der Schlucht und sie stiegen aus. Von dort aus hatten sie einen guten Überblick über den ganzen Canyon und Han deutete mit dem Finger nach unten und sagte: „Siehst du die Streifen und Rillen am Boden dort unten? Das könnte von Wasser herrühren, das vor Urzeiten dort einmal geflossen ist." „Die Rillen könnten aber auch von fließender Lava stammen", gab Erik zu bedenken. „Natürlich", räumte Han ein, „das können wir jedoch nur aus der Nähe entscheiden. Außerdem sollen wir Louis Bodenproben aus einem der Grabenbrüche mitbringen. Also, warum nicht zwei Fliegen mit einer Klappe schlagen – steigen wir runter! Da vorne führt eine Geröllhalde hinab, die sollten wir nehmen."

Erik war einverstanden und so gingen sie zum Rover zurück und fuhren mit ihm weitere 500 Meter die Schlucht entlang. Dort parkten sie ihr Gefährt oberhalb der Mure. Sie griffen sich Sammelbehälter und Grabe-Werkzeuge und suchten sich einen Einstieg hinunter zum Geröllfeld. Nach kurzer Zeit hatten sie eine passende Stelle gefunden und stiegen etwa 100 Höhenmeter hinab, bis sie auf die Mure trafen. Sie war nicht steil und sie kamen auf ihrem weiteren Abstieg gut voran. An manchen Stellen trafen sie auf einen körnigen, sandartigen Untergrund, auf dem sie mit ihren festen Stiefeln quasi hinabschlittern konnten. So kamen sie noch schneller voran und gelangten schon nach eineinhalb Stunden auf den Boden des Grabenbruchs.

Unterwegs hatte Erik ein paar interessante Steine für Louis eingesammelt. Er trug, wie Han, eine Sammelbox umgeschnallt und hatte auch seine wohlbekannte Spitzhacke dabei. Han wollte seine Box nur für Proben aus der Talsohle des Grabenbruchs verwenden und trug zusätzlich einen Geologenhammer.

Am Grund der Schlucht angekommen, studierte Han sorgfältig die Rillen im Boden und meinte danach: „Hier muss meiner Meinung nach vor Urzeiten Wasser geflossen sein, graben wir uns ein Stück in den Boden hinein." Erik trat mit seiner Spitzhacke in Aktion und Han wechselte ihn nach einer Weile ab. Auf diese Weise gruben sie ein Loch von circa eineinhalb Metern Tiefe.

Das kostete sie mehr Schweiß als ihr ganzer Abstieg, denn der Boden war steinhart. Sie versuchten lange Zeit, noch tiefer in den Boden einzudringen, doch schließlich gaben sie es auf. Han untersuchte den aufgetürmten Abraum und begutachtete sogar sorgfältig die Wände der Grube. Dabei wurde er immer ungeduldiger und ärgerlicher. „Nur erstarrte Lava, vermischt mit Eisenoxyd und Calciumsulfat, d. h., Gips!", schrie er aufgebracht. „Keine Spur von Eis oder gar von organischen Ablagerungen", und voller Wut warf er seinen Geologenhammer aus der Grube. Erik musste unwillkürlich lächeln, denn so wütend hatte er den sonst so beherrschten Asiaten noch nie erlebt. Er hatte bisher noch nicht einmal gewusst, dass Han zu so einem leidenschaftlichen Ausbruch überhaupt fähig war

„Han, beruhige dich und sammle deinen Hammer wieder ein, vielleicht brauchen wir ihn noch", redete er auf Han begütigend ein. Der kleine Chinese war aber nicht zu beruhigen, sondern schrie weiter: „Nur Gips und erstarrte Lava, dieser verdammte Gips bringt mich noch einmal um den Verstand. Wozu brauche ich bitte Gips für meine Forschungen? Was soll ich damit anfangen, soll ich mir etwa ein Haus auf diesen öden Planeten bauen?" Er kletterte wutschäumend aus der Grube und erklärte: „Los, lass uns zurückgehen, hier haben wir nichts mehr verloren."

Erik steckte noch ein paar kleinere Gesteinsbrocken ein, die sie aus der Talsohle des Canyons geschlagen hatten, und dann machten sie sich auf den Rückweg. Der war natürlich deutlich schweißtreibender als ihr Abstieg und sie dankten im Stillen ihrem Schicksal, das sie auf einen Planeten verschlagen hatte, auf dem sie lediglich ein Drittel ihres Normalgewichts wogen. Sie benötigten ganze zweieinhalb Stunden für den Aufstieg und als sie aufatmend wieder in ihren Rover geklettert waren, blickte Han auf seine Uhr und schimpfte: „Haben wir zwei Trottel wirklich da unten vier Stunden in einer Grube geschuftet, und das für nichts und wieder nichts?"

Erik erwiderte kopfschüttelnd: „Muss wohl so sein, wir waren 8 Stunden unterwegs, 4 Stunden für den Ab- und Aufstieg, bleiben demnach noch 4 Stunden für unsere Grubenaktion. Han, du hast völlig richtig gerechnet, na, vielleicht haben wir morgen einen Tag mit weniger Anstrengungen vor uns." Es sollte jedoch noch viel schlimmer kommen!

Der Tag begann recht vielversprechend, denn sie hatten sich über Nacht von ihren Strapazen erholt und waren beide guter Laune. Nach dem wie immer bescheidenen Frühstück fuhren sie los. Han beobachtete wie tags zuvor den Canyon mit dem Fernglas akribisch und schoss nur ab und zu ein Foto. Erik lenkte den Rover stundenlang am Rand des Grabenbruchs dahin. Er gähnte manchmal vor Langeweile, denn die Landschaft veränderte sich kaum und die Ränder des Canyons erstreckten sich bis zum Horizont und verschwanden dahinter.

Es war schon gegen Mittag, als Erik von einem lauten, überraschten Ruf von Han aufgeschreckt wurde: „Sieh mal dort drüben, an der Gegenwand, was hältst du davon?" Erik stoppte den Rover und Han reichte ihm das Fernglas. Der Kommandant studierte zwei, drei Minuten lang die Wand ihnen gegenüber, dann zuckte ein Lächeln um seine Lippen und er sagte: „Sieht wie ein Meteoritenkrater aus, erkennst du seine beinahe kreisrunde Form?"

Han entriss ihm aufgeregt das Fernglas und blickte nochmals angestrengt hindurch. „Ja, bei Gott, du hast recht!", rief er kurze Zeit später triumphierend, „da hat doch tatsächlich ein gnädiges Schicksal ein Loch für uns in die Wand gebohrt! Da müssen

wir unbedingt hinüber! Meinst du, wir können den Grabenbruch umfahren?" „Keine Chance", erwiderte Erik, „das kann
Tage oder gar Wochen dauern, je nach Länge des Canyons.
Uns bleibt nur der kürzeste Weg, nämlich zu Fuß und mitten durch
die Schlucht."

„Aber die ist mindesten 8 Kilometer breit und dazu kommen
noch der Abstieg und der teilweise Aufstieg an der gegenüberliegenden Wand", wandte Han ein. „Trotzdem ist es zu schaffen",
behauptete Erik. „Wir haben doch gestern allein 4 Stunden mit
unserer Grabe-Aktion vertan. Die hat uns der Meteorit schon
einmal abgenommen. In 4 Stunden überqueren wir die Talsohle
gemütlich zweimal", behauptete Erik. „Du möchtest dich dort
drüben am Krater umschauen?" „Nichts lieber als das, da wird
uns eine einmalige Chance geboten", stimmte Han zu. „Schön,
dann werden wir es morgen versuchen, für heute ist es schon zu
spät", erklärte Erik.

Sie fuhren den Rover an eine Stelle, von der aus sie gut auf die
Talsohle der Schlucht gelangen konnten. Damit sie möglichst ausgeruht und schon bei Morgengrauen aufbrechen konnten, empfahl Erik, sich möglichst früh schlafen zu legen. Während der
Kommandant nach dem Essen einen Mittagsschlaf hielt, konnte es Han nicht lassen, den Krater mit dem Fernglas zu studieren und ihn aus verschiedenen Blickwinkeln zu fotografieren.

Am Nachmittag wurde der Kommandant unsanft aus dem Schlaf
gerissen. Han jubelte: „Eis, ich glaube, ich habe Eis entdeckt. Endlich habe ich gefunden, wonach ich so lange gesucht habe!" Erik
rappelte sich auf seiner Liege hoch und griff nach dem Fernglas.
Er wollte sich überzeugen, dass Han sich nicht getäuscht hatte.
Inzwischen war die Sonne tiefer getreten und ihr Licht fiel nun
in das Zentrum des Kraters.

Erik atmete tief durch. Nahe dem Mittelpunkt des Kraters bemerkte
er ein Glitzern, das durchaus von im Sonnenlicht aufblitzendem

Eis stammen konnte. „Ich glaube, du hast recht!", rief er ungläubig, „dieser Meteorit – so unwahrscheinlich es ist – könnte tatsächlich Eis freigelegt haben."

„Heureka! Du siehst das auch so, etwas Besseres und Fantastischeres hätte uns gar nicht passieren können!" Vor lauter Aufregung schliefen die beiden Astronauten die Nacht über recht unruhig und konnten den nächsten Tag kaum erwarten, um zum Krater jenseits des Tales aufzubrechen. Schon beim ersten Tageslicht bereiteten sie sich auf den Aufbruch zur gegenüberliegenden Wand der Schlucht vor. Erik schlang sich ein Kletterseil um die Hüften, für den Fall, dass sie sich an riskanten Stellen anseilen mussten. Außerdem schnallte er sich die Spitzhacke und eine Sammelbox auf den Rücken. Han steckte sich den Geologenhammer ein und griff nach einem, jedenfalls im Verhältnis zu seiner Größe, geradezu überdimensionalen Sammelbehälter. Der kleine Chinese sah aus, als schleppe er einen riesigen Rucksack mit sich herum. Bei diesem grotesken Anblick konnte Erik ein Lächeln nicht unterdrücken und fragte Han: „Willst du in deiner Box gleich den ganzen Gletscher einpacken?" „Jedenfalls so viele Eisproben, wie ich tragen kann", erwiderte Han in seiner typisch stoischen Art. Zum Frühstück aßen sie die doppelte Menge wie üblich, da sie ansonsten nur Getränke mitnehmen wollten.

Als sie schließlich aufbrachen, war es noch so dämmrig, dass sie sogar die Stirnlampen an ihren Helmen einschalten mussten. Der Geröllhang, den sie sich diesmal als Weg zur Talsohle ausgesucht hatten, war steiler als der, den sie vor zwei Tagen benutzt hatten, und er war übersät mit großen Basaltbrocken. Die bildeten zwar Hindernisse auf dem Weg ins Tal, man konnte aber auch mit ihrer Hilfe abbremsen, wenn man zu schnell wurde. Einmal geriet Han ins Stolpern und konnte sich so gerade noch mit seinen Händen an einem solchen Basaltbrocken abfangen. „Han, pass bloß auf, hier kommt kein Rettungshubschrauber, um dich abzutransportieren, eine Verletzung kann in dieser Umgebung unter Umständen tödlich sein!" Sie benötigten zwei Stunden bis zur Talsohle. Das Tal selbst zu durchwandern, fiel ihnen deutlich leichter als der Weg über die Geröllhalde, denn das Gelände vor ihnen war so gut wie hindernisfrei.

Sie waren immer noch von einer ziemlichen Düsternis umgeben, denn die Sonne stand tief und ihre Strahlen erreichten den Boden der Schlucht noch nicht. Im Gegenteil – die hohe Felswand vor ihnen warf einen bedrohlichen Schatten über sie, der auch die Gegenwand bis zur Hälfte ins Dunkel tauchte. Erik überkam ein Gefühl der Unwirklichkeit. Er sah zwei einsame Gestalten vor sich, die in Raumanzügen durch ein finsteres Tal wanderten. Gab es dazu nicht sogar einen Bibelspruch? Und unwillkürlich erschollen in seinem Kopf die Worte: „Und ob ich gleich wandle durch ein finsteres Tal ... " Erik schüttelte ablehnend den Kopf und schritt schneller voran. Solche Gedanken konnte er jetzt gar nicht gebrauchen; jetzt hieß es vielmehr, das finstere Tal so schnell wie möglich hinter sich zu lassen. Sie bewegten sich im Eiltempo durch das Tal, denn sie wussten, je mehr Zeit sie einsparten, desto mehr Zeit blieb ihnen für den Rückweg.

Schließlich standen ihnen nur circa 14 Stunden Tageslicht zur Verfügung. Sie überquerten die Talsohle in knapp zwei Stunden und blickten nun an der gegenüberliegenden Wand der Schlucht hoch. In etwa 1000 Meter Höhe erkannten sie den Trichter des Meteoritenkraters, der leicht schräg von oben nach unten in die Wand hineinführte. „Komm, lass uns hochklettern", sagte Han zu Erik und sie nahmen die Wand in Angriff.

Zuerst begann alles ganz harmlos, denn eine Geröllhalde führte wie eine Rampe vom Talboden weg. Später wurde es allerdings steiler und sie mussten sich sogar anseilen, weil eine beinahe senkrechte Wand ihnen den Weg versperrte. „Wo hast du so gut klettern gelernt?", staunte Erik über Han, als sie das Steilstück überwunden hatten. „Nun, ich habe lediglich an einer der vielen Mount-Everest-Expeditionen teilgenommen, ich wusste ja, was auf dem Mars auf mich zukommen würde", erklärte der

Chinese in aller Bescheidenheit. „Donnerwetter!", rief Erik, „davon wusste ich ja noch gar nichts." „Ich habe es ja auch nicht an die große Glocke gehängt", erwiderte Han.

Von da an ließ Erik dem Chinesen den Vortritt an der Wand. Nun kamen sie noch schneller voran und der Kommandant vermochte kaum mehr zu folgen. Nach nur einer knappen Stunde hatten sie den Einstieg zum Krater geschafft. Der führte fast wie ein kreisrunder Trichter schräg in den Berg hinein. „Kannst du was vom Kraterboden erkennen?", fragte Erik Han, der vor ihm stand und in den Trichter starrte: „Nein, dafür ist es zu dunkel, in den Krater fällt kaum Licht und für unsere Helmlampen ist es zu weit. Ich schätze, bis zum Boden dürften es noch etwa 300 Meter sein. Die Wände und der Boden erscheinen mir in einheitlichem Grau."

Er begann hinunterzuklettern und der Kommandant folgte im Vertrauen auf die bergsteigerische Erfahrung des Professors. Nach circa einer halben Stunde hatten sie das Ende des Trichters erreicht und da stockte ihnen, wie man so schön sagt, der Atem. Der ganze Boden unter ihnen bestand aus staubbedecktem Eis, das nur vereinzelte blanke Stellen zeigte! Han strich andächtig, beinahe liebevoll mit seinen behandschuhten Händen über das Eis. Erik konnte sich vorstellen, welche Glücksgefühle dieser Anblick in Han auslösen mochte. Endlich hatte er gefunden, was er in seinen Voraussagen stets behauptet hatte: Wasser bzw. Eis auf dem Mars!

Erik wusste aber auch, dass ihnen nicht mehr viel Zeit blieb, und so schnallte er sich den Eispickel vom Rücken und begann, große Stücke aus dem zutage tretenden, unterirdischen Gletscher zu schlagen. Han zerkleinerte dann die großen Eisbrocken mit dem Geologenhammer in kleinere Stücke und deponierte einige davon in Eriks Sammelbox. Als diese voll war, tauschten die beiden ihre Werkzeuge und Hans' deutlich größere Box wurde gefüllt. Den Biologen hatte eine ausufernde Sammelwut erfasst und er gab erst Ruhe, nachdem seine überdimensionale Box randvoll war.

Danach machten sie sich eilig auf den Rückweg, denn ihnen standen nur noch etwa 7 Stunden Tageslicht zur Verfügung. Bis zu der 3 Kilometer hohen Wand, an deren Ende das Marsmobil auf sie wartete, ging alles glatt und sie kamen gut voran. Als sie jedoch die Geröllhalde mit den großen Granitblöcken in Angriff nahmen, machte sich ihre Erschöpfung erst so richtig bemerkbar. Sie waren jetzt schon 11 Stunden unterwegs und schleppten zusätzlich noch mit Eis gefüllte Boxen mit sich herum. Der große Sammelbehälter des Chinesen würde auf der Erde mindestens 30 Kilogramm wiegen. Auf dem Mars wog er demnach immerhin noch 10 Kilo. Eriks Box war kleiner, wog vielleicht 6 Kilo, aber das zusätzliche Gewicht belastete ihn doch sehr.

Er besaß eine deutlich schlechtere Kondition als Han und so wunderte es nicht, dass er trotz aller Anstrengungen immer weiter hinter dem schmächtigen Chinesen zurückfiel. Dieser stieg im stoischen Gleichschritt den Hang empor und sah sich hin und wieder unruhig nach dem Kommandanten um. Zwar wartete er ab und an auf Erik, doch kaum hatte dieser zu ihm aufgeschlossen, setzte er seinen Weg auch schon wieder fort. Auf diese Weise kam Erik so gut wie nicht zum Ausruhen. Erik fehlte schon seit Langem der Atem, um sich über Hans' mörderisches Tempo aufzuregen. Nur manchmal blickte er auf seine Uhr und dann beschleunigte er seinen Schritt und versuchte, das Letzte aus seinem Körper herauszuholen.

Er spielte sogar mit dem Gedanken, sein posthypnotisches Notfallprogramm zu aktivieren, tat es dann aber doch nicht, denn das würde er wirklich erst in allergrößter Not tun. Der Chinese kletterte daher lange vor dem Amerikaner über den Rand der Schlucht und schritt auf das verwaiste Marsmobil zu. Dort angekommen, schnallte er sich den Sammelbehälter vom Rücken, hievte ihn auf die Ladefläche des Rovers und zurrte ihn fest. Danach blickte er sich suchend nach Erik um und als dieser immer noch nicht auftauchte, machte er sich wieder in Richtung Geröllhalde auf den Weg.

Endlich krabbelte auch der Kommandant über den Rand der Schlucht. Inzwischen war es fast dunkel geworden und das Licht von Eriks Stirnlampe näherte sich schwankend dem Punkt, wo Han auf ihn wartete. Dieser befreite Erik im Handumdrehen von dessen Sammelbox und trug sie zum Rover.

Am nächsten Morgen fühlte sich Erik ausgeruht und voller Tatendrang. Vermutlich war seine Stimmung so gut, weil die gestrige Erschöpfung wie weggeblasen schien und weil es ab heute zurück zur Höhle ging. Das Angebot des besorgten Han, zuerst das Steuer des Rovers zu übernehmen, schlug er aus. Nach einem frugalen Frühstück startete er das Marsmobil und steuerte es entlang des Grabenbruchs in Richtung ihres Domizils. Da keine Sondereinsätze mehr auf sie warteten, kamen sie gut voran.

Bei ihrer Rückfahrt hielten sie nur zu Mittag an, um zu essen und sich am Steuer des Rovers abzuwechseln, und dann erst wieder am Abend, wenn es zu dunkel zum Weiterfahren wurde. Hin und wieder machten sie Bilder von imposanten Mars-Landschaften. So fuhren sie beispielsweise an einer langen Galerie von erstarrten Lavasäulen vorbei oder sie kamen zu einer Basaltformation, die sich wie ein riesiger Bogen über sie spannte. Auf diese Weise legten sie Tag für Tag circa 200 Kilometer zurück.

Schließlich, am frühen Nachmittag des 5. Tages ihrer Heimreise, tauchte am Horizont die Felswand mit ihrer Höhle auf. „Na Gott sei's gedankt", seufzte Erik, der zu diesem Zeitpunkt den Beifahrersitz neben Han inne hatte, „gleich haben wir's geschafft. Die anderen werden staunen, die haben uns für heute gar nicht mehr erwartet." „Ja, und endlich kann ich mit der Untersuchung meiner Eisproben beginnen", freute sich Han. Der Kommandant meinte kopfschüttelnd: „Han, kannst du dich nicht einmal ohne Hintergedanken freuen, z. B. einfach darüber, dass wir heil aus der Sache herausgekommen sind. Oder hängt bei dir alles davon ab, ob du irgendwo außerirdisches Leben findest?" „Du vergisst, dass ich nur aus diesem Grund an dieser riskanten Expedition zum Mars teilgenommen habe", erklärte Han mit unbewegter Miene.

Sie kamen noch am gleichen Tag, so gegen 16.00 Uhr, vor der Höhle an. Erik hatte seiner Rest-Crew natürlich noch ihre Ankunft mitgeteilt und so wurden sie schon ungeduldig erwartet. Han stellte den Rover vor ihrem Habitat ab und kletterte dann auf dessen Ladefläche.

Er wollte die Eisboxen mit dem für ihn äußerst kostbaren Inhalt zuvor noch in der Höhle deponieren, ehe sie die Luftschleuse betraten. „Damit sie mir im Labor nicht auftauen, sonst muss ich eine einheitliche Soße untersuchen und nicht unterschiedliche Eisbröckchen. Du kannst mir übrigens helfen, die Boxen in die Höhle zu schaffen."

Zusammen trugen sie die Behälter in die Höhle und danach machten sie sich auf den Weg in die Luftschleuse. Julia, Gregori und Louis standen schon an den Gucklöchern, die in der Wand zwischen Mannschaftsraum und Luftschleuse eingelassen waren, und sahen ihnen beim Ausziehen ihrer Raumanzüge zu. Sie winkten ihnen auch freudestrahlend zu, denn sie hatten mit Ungeduld die Rückkehr ihrer Kameraden erwartet.

Als die beiden Heimkehrer den Mannschaftsraum des Habitats betraten, erlebten sie eine Überraschung. Sie wurden nämlich nicht nur von den anderen stürmisch begrüßt, sondern auf dem runden Plastiktisch, an dem sie immer ihre Mahlzeiten einnahmen, stand in einem zweckentfremdeten Plastikeimer auch noch ein Blumenstrauß. Erik riss vor Überraschung die Augen auf und unwillkürlich entfuhren ihm die Worte: „Wo zum Teufel kommen auf einmal die Blumen her?"

„Dafür bin ich verantwortlich", meldete sich Julia. Ich habe schon vor eurer Abreise mit ihrer Züchtung angefangen. Dies ist übrigens Teil meines Forschungsauftrages. Ich soll Pflanzen aus

Samen züchten, um zu testen, inwieweit die geringe Schwerkraft des Mars' ihr Wachstum beeinflusst."

„Du hättest Gregori hören sollen, als er die Blumen zu Gesicht bekam", schaltete sich Louis ein. „Unser Kontrollfreak schimpfte, das sei Zeit- und insbesondere Wasserverschwendung. Wir konnten ihn gerade noch davon abhalten, die Pflanzen gleich wieder zu entsorgen."

„Ich finde, es macht den Raum gleich etwas wohnlicher und gemütlicher", äußerte sich Han und Erik meinte: „Das empfinde ich genauso! Du hast es ja gehört, Gregori, es ist Teil des Forschungsprogramms unserer Ärztin – also, worüber regst du dich auf?" „Weil es in meinen Augen Verschwendung von Wasser ist, das wir mühsam recyceln müssen", behauptete Gregori halsstarrig. „Wir sind auf einer gefährlichen Mission und da können wir uns Dinge wie Blumenzüchten einfach nicht leisten."

Erik ordnete an, dass Julia weitermachen dürfe, und brachte damit Gregori zum Schweigen. Danach setzten sich alle an den mit Blumen geschmückten runden Tisch und die Heimkehrer wurden aufgefordert, von ihren Erlebnissen zu berichten. Das taten Erik und Han dann auch gerne und ausführlich und so verging der Abend. Schließlich gähnte Erik ungeniert und Julia schlug vor, schlafen zu gehen.

Doch noch ehe Erik und Han verschwinden konnten, appellierte die Ärztin an sie, auf jeden Fall morgen bei ihr zum Gesundheitscheck zu erscheinen. Die beiden nickten gehorsam und zogen sich erleichtert in den Schlafraum zurück, denn nach all ihren Aufregungen und Anstrengungen hatte sie die Müdigkeit überfallen. Der nächste Tag bei der Ärztin brachten Erik und Han eine 8-tägige Infusionstherapie mit Medikamenten gegen Strahlenkrankheit ein. Außerdem bekam Erik darüber hinaus eine Quarantäne im Habitat verordnet, die so lange dauern sollte, solange sie auf dem Mars blieben.

Han kam mit einer 4-wöchigen Quarantäne davon. Erik war darüber sehr erbost und sagte wütend: „Warum werde ich schlechter behandelt als Han, der war doch genauso lange der Strahlung ausgesetzt wie ich?" Julia fixierte den Kommandanten mit einem Blick, der keinen Widerspruch duldete, und sagte: „Du wirst überhaupt nicht schlechter behandelt, sondern ganz im Gegenteil, meiner Meinung nach viel besser und intensiver als Han, denn du bist ganz schön verstrahlt, mein Lieber. Genau genommen, hast du dich viel länger unterm freien Mars-Himmel aufgehalten als Han." Daraufhin beruhigte er sich wieder etwas und fragte kleinlaut: „Darf ich denn in meinem Zustand überhaupt nicht mehr vor die Höhle? Ich würde gar zu gerne den fantastischen, klaren Sternenhimmel des Mars' anschauen, wenigstens ab und zu?"

„Wenn es nicht zu lange dauert, habe ich nichts einzuwenden. Ein paar Minuten machen das Kraut auch nicht mehr fett und nachts bist du wenigstens nicht den Strahlen der Sonne ausgesetzt", lenkte die Ärztin ein.

Han wollte gleich nach seinem Check bei Julia mit der Analyse seiner Eisproben beginnen, fand das Labor jedoch bereits besetzt. Louis hatte sich das Material aus dem Grabenbruch geschnappt, das ihm Han mitgebracht hatte, und wollte es untersuchen. Die beiden brachen einen Streit vom Zaun, welche Arbeit denn nun wichtiger sei. Han behauptete steif und fest, seine Analyse sei vordringlicher, denn organische Substanzen könnten sich leichter in Luft auflösen als chemische.

Louis hingegen argumentierte, er wäre als Erster hier gewesen und habe mit seiner Arbeit bereits begonnen. Außerdem warf er Han an den Kopf, er blockiere oft tagelang das Labor und niemand käme dann an die Geräte. Schließlich einigten sie sich dahingehend, dass Louis weitermachen sollte und, da er weniger Zeit für seine Untersuchungen brauche als Han, diesem hinterher assistieren sollte.

Erik nahm nach dem Besuch der Ärztin noch am gleichen Tag seine Funktion als Verbindungsmann zur Bodenstation wieder auf. Er berichtete Pullok über ihren sensationellen Eisfund in einem Meteoritenkrater und sandte ihm einen Teil der fantastischen Fotos zu, die sie auf ihrer Expedition gemacht hatten. Insbesondere wegen des Eisfundes war der Missionsleiter ganz aus dem Häuschen, obwohl er sich auch wegen der sensationellen Fotos überschwänglich bedankte. „Meine Wissenschaftler werden jubeln, wenn sie von mir die sensationelle Nachricht von eurem Eisfund erfahren", freute sich Pullok.

„Es gibt also immer noch Wasser auf dem Roten Planeten, wenn auch tief im Boden versteckt. Dann könnte doch auch Han, dieser Teufelskerl, recht behalten, dass vor sehr langer Zeit auch auf dem Mars eine biologische Evolution in Gang gekommen sein könnte." „Ja", stimmte ihm Erik zu, „und ich wette, der Biologieprofessor wird so lange keine Ruhe geben, bis er auch dafür einen Beweis gefunden hat." „Hoffen wir auf das Beste und auf weitere Sensationen!", beendete Pullok das Gespräch.

Erik fühlte sich nicht wohl, er zeigte die Symptome einer leichten Strahlen-Krankheit, nämlich Kopfschmerzen, Appetitlosigkeit und Abgeschlagenheit. Er hatte zu nichts Lust und war zu seiner eigenen Überraschung nun sogar froh, dass er so wenig zu tun hatte. Als er sich wegen seines Zustandes bei Julia beklagte, meinte diese: „Jetzt erfährst du am eigenen Leib, was eine zu hohe Strahlenexposition im Körper für Folgen hat. Du solltest dich einfach schonen! Schlafe länger und zwinge dich, trotz deiner Appetitlosigkeit, ausreichend zu essen."

„Ich würde dir sogar empfehlen, täglich einen Mittagsschlaf zu halten. Ich hoffe, die Infusionen tun ihr Übriges dazu und du bist bald wieder auf dem Damm." Er ärgerte sich zwar über seinen, wie er fand, miserablen Allgemeinzustand, hielt sich aber an die Empfehlungen der Ärztin. Er war nun immer der Letzte der Crew, der das Bett verließ, und der Erste, der sich am Abend in Richtung Schlafsaal verabschiedete. Als er einige Tage später wieder einmal als Letzter am Frühstückstisch erschien, fand er nur noch Louis im Mannschafts-Raum vor.

Der Brasilianer saß jedoch nicht mehr am runden Plastiktisch, sondern hatte sich an einem der beiden Computer platziert und tippte irgendetwas in das Gerät ein. Erik schleppte sich zu ihm hinüber, schaute ihm über die Schulter und raffte sich zu der Frage auf: „Darf man erfahren, was du da machst?" „Oh, ich speichere nur die Ergebnisse meiner Analysen von den Bodenproben, die ihr mir von eurem Ausflug mitgebracht habt", antwortete Louis. „Und, hast du neue Erkenntnisse gewonnen?", wollte Erik wissen. „Natürlich", erwiderte Louis. „Dank eurer Proben und dem Material von den Schildvulkanen habe ich eine ziemlich gute Vorstellung davon bekommen, wie unser Nachbarplanet aufgebaut ist. Das Lava-Material auf dem Mars setzt sich aus ähnlichen Verbindungen zusammen wie auf der Erde. Der hohe Anteil an Eisenoxyden verwundert mich nicht, doch die vielen Sulfatverbindungen setzen mich schon etwas in Erstaunen. Besonders eine Verbindung, nämlich … "

An dieser Stelle unterbrach Erik den Redeschwall seines Freundes und sagte: „Du meinst Calciumsulfat, also ordinären Gips?" „Ja", staunte der Brasilianer, „woher wusstest du, was ich gerade sagen wollte?" „Daran ist Han schuld", erklärte Erik. „Unser Professor hat doch in allen Proben, die er bisher untersucht hat, verzweifelt nach irgendwelchen organischen Spuren gefahndet und dabei ist er meist auf Gips gestoßen. Ich würde an deiner Stelle dieses Wort keinesfalls in seiner Gegenwart erwähnen, denn dann flippt er aus." Louis lachte, bis ihm die Tränen kamen, und Erik, dem vor Müdigkeit der Kopf schwirrte, zog sich an den Plastiktisch zurück, um zu frühstücken.

Er zwang sich, eine Tube undefinierbaren Inhalts hinunterzuwürgen, ließ die Hälfte davon übrig und begnügte sich nur noch mit Wasser. Ein Schnarren seiner Uhr erinnerte ihn daran, dass es Zeit für seine tägliche Infusion war, und er stand auf, um zu Julia in die Ambulanz zu eilen. Die Ärztin empfing ihn mit den Worten: „Han hat heute seine letzte Infusion bekommen, ihm geht es schon viel besser. Wie sieht es bei dir aus?" „Unverändert", brummte Erik, „insbesondere meine Müdigkeit will nicht weichen und rechten Hunger habe ich auch nicht." „Na ja, du bekommst immerhin noch 7 Infusionen von mir, erst danach will ich auf Tabletten übergehen", versprach die Ärztin. Erik legte sich ergeben auf die Liege und Julia stach ihm in die Armbeuge.

Es ist schon komisch, dachte der Kommandant. Früher hätten wir uns während meiner Infusion angeregt über alles Mögliche unterhalten, doch in letzter Zeit drehen sich unsere Gespräche nur um Alltägliches. Dies war die Folge seines gutgemeinten Vorschlags, alles Private zwischen ihnen ruhen zu lassen bzw. auszuklammern. Wie gerne hätte er jetzt über seine Empfindungen geredet oder über ihre Zukunft, doch Julia hielt sich eisern an ihre gemeinsame Vereinbarung. Sie ordnete, während seine Infusion lief, toujour irgendwelche Medikamente in irgendwelche Schubladen. Daher schwang er, sobald sie seine Infusion entfernt hatte, seine Beine von der Liege und sagte: „Na dann, bis zum nächsten Mal" und verließ die Ambulanz.

Er betrat den Mannschaftsraum und traf dort auf Han. Der Professor wirkte gut gelaunt und überfiel ihn mit einem Wortschwall, dem Erik nur entnahm, Han habe jetzt voller Hoffnung und Zuversicht mit der Untersuchung der Eissplitter begonnen, die sie sich so mühsam von den „Valles Marineris" geholt hatten. Der Chinese rieb sich die Hände und machte sich an dem Schnellkochtopf zu schaffen, um sein Lieblingsgetränk zuzubereiten, nämlich Tee, und erzählte: „Heute haben Louis und ich mit der Eis-Analyse angefangen. Louis hat tatsächlich Wort gehalten und unterstützt mich bei meinen Untersuchungen. Jetzt bereite ich für uns Tee und dann fahren wir mit unserer Arbeit fort." „Was mich verwundert hat und was ich nicht verstehe: Weshalb sollte das Eis, das wir gesammelt haben, partout nicht schmelzen?

Die Körnchen schmelzen doch im Labor unter dem Mikroskop sowieso?", fragte Erik. Der Professor sah ihn an, als unterhalte er sich mit einem Begriffsstutzigen, und erklärte betont langsam: „Aber das liegt doch auf der Hand, Erik, wenn die Eisstücke schmelzen, erhalte ich eine Einheitssoße und weiß nicht mehr, aus welchen Teilen des Gletschers mein möglicher Fund stammt. Wir haben an vielen Stellen gegraben, so ist z.B. in deinem Sammelbehälter Eis vom Rand, während in meiner Box Eis vom Zentrum des Gletschers steckt.

So kann ich meine Funde wenigstens einigermaßen zuordnen. Auch werde ich alle meine Proben der Reihe nach nummerieren, wie ich sie untersuche." Erik bewunderte die Umsicht des Professors und wünschte ihm, dass seine Suche nach Leben im Eis des Mars' erfolgreich sein möge. „Das wird sie, das wird sie", sagte Han voller Zuversicht, packte die Kanne mit dem aufgebrühten Tee, schnappte sich zwei Plastikbecher und verschwand eilig im Labor.

Erik setzte sich an den Computer, um sich einen Film anzusehen. Er hatte noch kaum die Hälfte des Filmes gesehen, als Gregori von der Luftschleuse aus den Raum betrat. Der Russe kam offenbar von einem seiner Kontrollgänge aus der Höhle zurück. Erik unterbrach seine Filmvorführung und fragte: „Na, ist alles in Ordnung oder werden unsere Ressourcen schon knapp?"

„Ja, alle Geräte funktionieren klaglos und Essen, Wasser und Sauerstoff reichen noch bis zu unserem Abflug. Nur die drei Plutonium-Batterien machen mir etwas Sorgen, sie haben schon mehr als die Hälfte ihrer Energie abgegeben." „Wir haben doch auch schon mehr als zwei Drittel unserer Zeit hier in der Höhle abgesessen", entgegnete Erik. „Das mag stimmen, doch ich habe gerne eine Energiereserve in petto, denn wenn wir keine Energie mehr haben, gibt im Habitat alles seinen Geist auf, auch wir", sagte der Russe trübsinnig.

Nach einer nachdenklichen Pause fuhr Gregori fort: „Übrigens habe ich eine Bitte an dich." Erik wurde hellhörig und fragte:

„Worum geht's denn?" „Ich möchte gerne, dass du unserer Ärztin ihre Pflanzenexperimente verbietest", platzte Gregori heraus. „Die bringen so gut wie nichts für die Wissenschaft, denn mit Pflanzenwachstum in der Schwerelosigkeit hat man sich schon ausführlich auf der ISS beschäftigt, und sie verschwenden kostbare Ressourcen. Weißt du überhaupt, womit sie ihr Grünzeug düngt? Sie benutzt dazu den Abfall aus unserer Recyclinganlage, genau genommen, werden ihre Blumen mit unserer eigenen Scheiße gedüngt!" Erik atmete tief durch und sagte dann: „Den Gefallen kann ich dir leider nicht tun, denn damit würde ich gegen eine Anordnung der Bodenstation handeln, denn von dort hat sie ja ihren Auftrag. Und überhaupt, sieht man denn den Blumen im Nachhinein an, was ihr Wachstum befördert hat? Ich finde es von dir auch übertrieben, was die Ressourcenverschwendung betrifft. Das Wasser der Pflanzen recyceln wir und das bisschen Energie für diesen Vorgang können wir uns locker leisten. Du hast auch nicht berücksichtigt, wie die Blumen unseren Raum verschönern. Du bist in meinen Augen ein nüchterner Materialist, der nichts übrig hat für ideelle Werte."

Der Russe wirkte zwar am Anfang etwas eingeschnappt, fing sich jedoch gleich wieder und sagte: „Bei dem Wort ‚Scheiße' ist mir etwas eingefallen: Ich muss ja noch die Toiletten kontrollieren", und er verschwand in Richtung Luftschleuse, wo die Waschräume mit den Toiletten lagen. Erik musste über den Russen, der sich ständig selbst seine Aufgaben suchte, unwillkürlich lachen. Bei genauerer Überlegung fand er das Ganze aber gar nicht mehr so verkehrt. Gregori war auf diese Weise ein sehr nützliches Mitglied ihrer Crew geworden und er langweilte sich in ihrem beengten Domizil scheinbar nie. Das sah bei ihm schon ganz anders aus, musste sich Erik eingestehen.

Auch Julia, Louis und Han waren mit interessanten Tätigkeiten beschäftigt, nur er hatte so gut wie nichts zu tun. Gerade in Zeiten, in denen es ihm nicht so gut geht, benötigt der Mensch eine sinnvolle Tätigkeit oder wenigstens etwas Ablenkung, fand der Kommandant. Noch nie hatte er sich nach einer befriedigenden Aufgabe oder etwas Ablenkung so gesehnt. Er konnte es gar nicht mehr erwarten, zur PROMETHEUS aufzubrechen und nach Hause zu fliegen.

Auf dem Schiff war er endlich wieder wer, nämlich Pilot und Kommandant zugleich, eine Rolle, die ihm auf den Leib geschrieben war und die er sich wünschte. Leider waren es bis dahin noch lange 6 Monate. Erik wandte sich seufzend seinem Computer zu, setzte seinen unterbrochenen Film wieder in Gang und suchte, auf diese Weise wenigstens einen Teil der langen Wartezeit totzuschlagen.

An den nächsten Abenden entwickelten sich zwischen den Astronauten interessante Gespräche und Diskussionen. Besonders die Wissenschaftler unter ihnen sorgten für Gesprächsstoff. So berichteten Louis und Han darüber, was sie im Eis des Gletschers tagsüber im Labor gefunden hatten. Louis war ganz zufrieden mit ihren Ergebnissen, während Han seine Enttäuschung nicht zu verbergen vermochte, weil er immer noch nicht auf irgendwelche Spuren organischen Materials gestoßen war. Louis wies darauf hin, dass er nun die Zusammensetzung der Marsatmosphäre vor circa eineinhalb Milliarden Jahren kenne. So lange sei es nämlich her, dass das Wasser dieses unterirdischen Gletschers im Boden versickert sei. Dabei habe es die im Wasser gelösten Luftmoleküle mitgenommen und konserviert. Ihm sei auf diese Weise die Analyse der Zusammensetzung dieser Luft gelungen.

„Ein interessanter Aspekt, doch das hilft mir gar nichts, wenn ich nicht die geringste Spur von organischen Molekülen entdecken kann", beschwerte sich Han. „Es wimmelt zwar in dem Wasser von anorganischen Verbindungen, das mag zwar dich erfreuen, Louis, aber ich bin doch sehr frustriert."

„Wir haben ja erst die Hälfte des Eises aus Eriks Box untersucht", tröstete ihn Louis, „vielleicht entdeckst du ja, was du so verzweifelt suchst, wenn wir den Inhalt deiner Box unter die Lupe nehmen, der vom Zentrum des Gletschers stammt." „Dein Wort in Gottes Ohren", meinte Han, „aber da habe ich wenig Hoffnung, denn wäre in dem versickerten Wasser etwas Lebendiges gewesen, hätten wir es schon längst entdecken müssen."

Julia hatte in ihrer Ambulanz die Pflanzenexperimente fortgesetzt und nun standen auf einmal Ringelblumen auf dem runden Plastiktisch. Der Einzige, der diesem tollen Anblick nichts abgewinnen konnte und sich nicht darüber freute, war Gregori. Er starrte mit finsterer Miene auf die Blumen.

Die Ärztin suchte, mit praktischen Hinweisen einen Sinneswandel bei dem Russen herbeizuführen, und sagte: „Gregori, schau nicht so böse, Pflanzen bieten nicht nur einen ästhetischen Anblick, viele besitzen auch Heilkraft. Zum Beispiel könnte ich aus diesen hier eine Salbe herstellen, die gut für deine Krampfadern wäre. Der Russe war allerdings schwer von seiner vorgefassten Meinung abzubringen. Er murmelte nur etwas Unverständliches in seinen Bart, aus dem man weder Zustimmung noch Ablehnung heraushören konnte.

Erik ging es gesundheitlich schon viel besser. Er hatte seine Infusionstherapie beendet und nahm jetzt nur noch Tabletten ein. Sein Appetit war zurückgekehrt und auch seine Müdigkeit war lange nicht mehr so schlimm wie noch vor zwei Wochen. Es gelang ihm schon wieder, genauso lange wach und aktiv zu bleiben wie die anderen Crewmitglieder. Julia zeigte sich über seine raschen gesundheitlichen Fortschritte sehr erfreut und erleichtert. An diesem Abend nahm er sogar wieder einmal an einer Pokerrunde teil.

Zwei Wochen später ertönte plötzlich ein lautes Geschrei aus dem Labor. Alle Crewmitglieder, die es hörten, erschraken heftig, ließen alles stehen und liegen und eilten, so schnell sie konnten, zum Labor. Dort stießen sie auf einen völlig aufgelösten Han. Dem Professor hing die Brille schief im Gesicht, er fuchtelte mit beiden Armen vor seinem Mikroskop herum und schrie in einem fort: „Ich habe sie gefunden, ich hab's euch ja prophezeit, endlich ist es mir geglückt!" „Was hast du gefunden?", riefen die anderen durcheinander. „Na was wohl?", schrie Han ganz außer sich, „fremdes Leben, außerirdische Zellen! Ich war ja ständig davon überzeugt, dass es sie gibt!"

Jetzt gab es natürlich kein Halten mehr. Jeder wollte als Erster einen Blick durchs Mikroskop werfen, um sich von diesem Wunder zu überzeugen. Was sie dann allerdings zu Gesicht bekamen, war wenig spektakulär. Sie sahen in dem von unten erhellten Wassertröpfchen nur einige runde, zellenartige Gebilde.

„Sind die tot oder wenigstens scheintot?", fragte Gregori, der sich vorgedrängt hatte und als Erster das Wunder bestaunen durfte. „Das kann ich jetzt noch nicht sagen", erklärte Han. „Vielleicht zeigen sie noch Spuren einer Stoffwechselaktivität oder es handelt sich um abgestorbene, fossile Zellen. Schließlich waren sie vermutlich viele Millionen Jahre im Eis eingeschlossen."

„Kannst du die Auflösung noch etwas erhöhen?", bat Julia, „ich möchte sehen, ob man im Inneren dieser seltsamen Mikroben etwas erkennen kann, z. B. einen Zellkern oder Zellorganellen." „Selbstverständlich", erklärte Han und drehte an den Stellschrauben seines Gerätes. Die winzigen Kugeln im Gesichtsfeld der Ärztin schwollen an und diese betrachtete und studierte sie lange. „Völlig fremdartig", konstatierte sie, „ich kann weder einen Zellkern noch sonstige Strukturen im Inneren erkennen, nur eine feste Zellmembran, die sie von der Umgebung abkapseln." Nun war Louis an der Reihe. Er trat ans Mikroskop, blickte gespannt hindurch und meinte dann kopfschüttelnd: „Mir ist völlig schleierhaft, wie sich derartige Winzlinge so lange halten konnten. Sie müssten eigentlich schon längst von den Säuren, die ich im Eis gefunden habe, zersetzt worden sein." „Es handelt sich offensichtlich um Sporen", meinte Han, „das sind Dauerformen von Protozoen, von Einzellern, die auf diese Weise lange Zeit bei unwirtlichen Umweltbedingungen zu überleben vermögen. Selbst im Weltraum gelingt ihnen das für eine gewisse Zeit."

Nachdem auch Erik einen Blick durch das Mikroskop geworfen hatte, meinte er: „Das ist nun wirklich einmal eine Sensation, die Menschheit wird Kopf stehen, wenn sie davon erfährt." Er klopfte Han auf die Schulter und sagte: „Han, dein Name wird in die Geschichtsbücher eingehen als der Mann, dem es zum ersten Mal gelungen ist, extraterrestrisches Leben nachzuweisen."

Der Kommandant verließ eilig und voller Begeisterung das Labor, um diesen sensationellen Fund der Bodenstation mitzuteilen. Die unglaubliche Entdeckung von Han, die Erik der NASA bekannt gab, schlug ein wie eine Bombe und verbreitete sich wie ein Lauffeuer rund um die Erde. Die Menschheit stand im wahrsten Sinne des Wortes Kopf. Sie hielt, wie aus dem Nichts, mit einem Mal den unstrittigen Beweis in Händen, dass sie nicht allein war in diesem riesigen Weltall.

Auf allen Kommunikationskanälen gab es nur noch ein Thema und Menschen aller Couleur meldeten sich zu Wort. An vorderster Front standen natürlich die Wissenschaftler, die für außerirdisches Leben in erster Linie zuständig waren, die Exobiologen. Einige von ihnen preschten in den Medien vor und behaupteten, sie hätten es schon lange geahnt und prophezeit, dass es im Weltall vor Leben nur so wimmle.

Gleich nach den Exobiologen fühlten sich die Philosophen verpflichtet, die sensationelle Entdeckung zu kommentieren. Nicht wenige von ihnen gaben bekannt, sie hätten schon seit Langem Überlegungen angestellt, welche die Existenz von extraterrestrischem Leben mit einbezog, und so ein erweitertes, völlig neuartiges Gebäude der Philosophie errichtet.

Ein bekannter Astronom gab im Fernsehen ein Interview mit dem Tenor zum Besten: Jeder Mensch, der sich in Astronomie etwas auskenne und der ein Minimum an Logik besäße, hätte diese epochale Entdeckung spielend vorhersagen können. „Stellen Sie sich nur einmal vor, meine Herrschaften", erklärte er mit leidenschaftlicher Stimme, „allein unsere Milchstraße besitzt schon über hundert Milliarden Sonnen und in unserem Weltall tummeln sich wiederum Milliarden von Galaxien. Da wir außerdem wissen, dass beinahe jede Sonne ein existierendes oder ein im Entstehen begriffenes Planetensystem besitzt, können Sie sich ausrechnen, wie hoch die Anzahl extrasolarer Planeten sein muss. Dass nun auf keinem dieser Planeten Leben entstanden sein soll, grenzt beinahe schon an eine Unmöglichkeit."

„Weshalb ist dann die Vorstellung, dass außerirdisches Leben definitiv existieren müsse, nicht schon vor langer Zeit als gängige wissenschaftliche Meinung von ihrer Zunft anerkannt und propagiert worden?", hakte der Reporter nach. „Viele von uns, unter anderem auch ich, waren ja dieser Meinung, haben jedoch vorsichtshalber auf einen klaren Beweis für unsere Schlussfolgerungen gewartet", erwiderte der Astronom.

„Sie als Mann der Medien kennen doch die Schwächen des Menschen. Er möchte sich ständig als Mittelpunkt der Welt fühlen. Er findet sich nicht damit ab, ein unbedeutendes Stäubchen in einem riesigen Weltall zu sein, und die Religionen bestärken ihn noch in seiner Selbstüberschätzung und seiner Hybris. Beinahe jeder, der dieses geschönte Bild von der Bedeutung des Menschen korrigieren möchte, begibt sich auf glattes Eis. Schon im Mittelalter lief er Gefahr, verbannt oder gar als Ketzer verbrannt zu werden. Ich erinnere nur an Giordano Bruno, an Galileo Galilei oder an Nikolaus Kopernikus. Das kann zwar in unserer heutigen, aufgeklärten Zeit nicht mehr passieren, aber einen fulminanten Shitstorm kann man sich immer noch einhandeln, wenn man unliebsame Wahrheiten in den sozialen Medien verbreitet. Verstehen Sie jetzt die weise Vorsicht von uns Wissenschaftlern?" „Voll und ganz", erwiderte der Reporter und beendete das Interview.

In prekäre Erklärungsnöte kamen zweifellos auch die Religionen durch die Erkenntnis, dass sich auch außerhalb der Erde Leben entwickeln konnte. Zwar wiesen sie alle darauf hin, dass ihr Gott ja der Schöpfer des Himmels und der Erde sei, also auch alles, was das Weltall zu bieten hatte, mit erschaffen hätte.

Auf die Frage allerdings, ob beispielsweise Jesus nur den Menschen erlöst habe oder auch alle anderen intelligenten Lebewesen, die es im All geben mochte, wussten sie keine klare Antwort zu geben. Auch die Frage, ob denn ihr Gott für alle hochentwickelten Aliens einen Platz im Paradies reserviert habe, löste bei den Kirchenoberen nur Kopfschütteln aus. Man wisse es einfach nicht! Der Papst rief sogleich ein außerordentliches Konzil ein, um auf derart verzwickte Fragen eine plausible Antwort zu finden.

Wie wirkten nun die ganzen Diskussionen und Sensationen auf den einfachen Mann auf der Straße? Der war am Anfang durchaus von der überraschenden Entdeckung begeistert und sah sich interessiert alle Sendungen an, die ihm schlüssige Informationen lieferten, doch irgendwann wurde ihm die Penetranz, mit der man das Thema „Außerirdisches Leben" in den Mittelpunkt stellte, zu viel des Guten. Er wurde der Sache sozusagen überdrüssig, schaltete innerlich ab und auch den Fernseher, sobald dieses Thema schon wieder auf dem Bildschirm erschien. Ein Großteil der einfachen Menschen kehrte reumütig zu den seichten Unterhaltungssendungen zurück, die sie seit jeher gewohnt waren. Es gab jedoch auch eine Gruppe, wenn auch eine viel kleinere, die von Aliens nicht genug bekommen konnte. Die saugten alles, was sie darüber hörten, quasi wie mit der Muttermilch in sich auf. Das hatte Folgen. So stieg unter diesen Leuten die Sichtung von fliegenden Untertassen sprunghaft an. Auch glaubten einige von ihnen, die Aliens seien ja schon längst unter uns. Verschwörungstheorien schossen wie Pilze aus dem Boden. Manche dieser Verschwörungsfanatiker behaupteten sogar, manche Menschen zeigten sogar außerirdische Fähigkeiten, seien also gar keine richtigen Menschen, sondern vermutlich Außerirdische.

Wie sollte man es sich sonst erklären, dass manche von ihnen Milliarden scheffelten, während Millionen anderer am Hungertuch nagten? Auch Despoten, die sich Jahre lang mit den brutalsten Methoden an die Macht klammerten, kamen schnell in diesen Verdacht. Zum Glück fühlten sich die Astronauten auf dem Mars, die mit ihrer Entdeckung dieses Durcheinander auf der Erde ausgelöst hatten, dafür nicht verantwortlich. Sie versuchten vielmehr, im Labor die Sporen vom Roten Planeten zu analysieren und ihnen ihre Geheimnisse zu entreißen. Eigentlich bemühten sich darum nur drei von ihnen, nämlich Han, Julia und gelegentlich Louis.

Die drei Wissenschaftler hatten von mehreren marsianischen Sporen die harte Außenhülle entfernt und den Rest mikrochirurgisch in dünne Plättchen zerlegt. Diese untersuchten sie unter dem Mikroskop. Dabei fanden sie wenig Bekanntes, sie stießen vielmehr auf eine Reihe von Rätseln. So besaß die Zelle keinen Zellkern und die Zellorganellen, auf die sie trafen, waren ihnen gänzlich unbekannt. Das gesamte Plasma dieser Winzlinge wurde von einer netzartigen Struktur durchzogen, von der Han annahm, dass es sich um die DNA der Zelle handelte.

„Weshalb braucht eine so kleine Zelle so eine riesige Menge an Erbinformationen, so viel DNA?", fragte Julia den Biologieprofessor. „Das weiß ich auch nicht", brummte dieser, „wir wissen ja noch nicht einmal, ob diese Spore pflanzlicher oder tierischer Natur ist." Die drei Wissenschaftler verbrachten die folgenden Tage mit intensiven Forschungen. Julia war so von den Sporen fasziniert, dass sie mehr Zeit bei Han im Labor zubrachte als in ihrer Ambulanz. Erik konnte das gut verstehen, denn die Ärztin hatte nicht nur Medizin studiert, sondern auch Biologie. Im Notfall war sie sogar in der Lage, Han zu vertreten. Zurzeit jedenfalls hatte sie ihre Tätigkeit fast ausschließlich auf das Fach Biologie verlagert.

Erik verstand davon wenig und hatte ihr diesbezüglich nichts zu befehlen. Er war nur für den Erfolg der Mission zuständig und für eine unversehrte Heimkehr all ihrer Teilnehmer. Deshalb nahm er sich eines Abends Han zur Brust und fragte ihn: „Achtest du auch auf die Sicherheitsstandards in deinem Labor? Wir haben es hier schließlich mit unbekannten Einzellern zu tun. Könnten die uns nicht gefährlich werden und uns beispielsweise mit völlig unbekannten Krankheiten anstecken?"

„Ich dachte, die Viecher seien längst tot!", warf Gregori alarmiert ein. „Wahrscheinlich sind sie tot", erklärte Han, „doch sicher ist das keineswegs. Sporen von Protozoen sind in der Lage, selbst in der lebensfeindlichsten Umgebung für lange Zeit zu überleben. Ich werde das bald herausgefunden haben, denn ich habe vor, ihnen mit einem passenden Umweltmilieu Leben einzuhauchen. Mit unseren mikroskopischen Untersuchungen treten wir auf der Stelle.

Wenn wir sie allerdings zu Stoffwechselaktivitäten oder gar zur Vermehrung anreizen könnten, werden wir vielleicht mehr über sie in Erfahrung bringen." „Na toll, jetzt willst du die Dinger auch noch scharf machen", kommentierte Louis das Vorhaben des Biologieprofessors. „Regt euch wieder ab", versuchte Julia die aufgeregten Gemüter zu beruhigen, „es ist äußerst unwahrscheinlich, ich glaube, so gut wie unmöglich, dass diese Zellen für uns pathogen sein könnten. Sie gleichen unseren irdischen Krankheitskeimen in nichts. Diese Sporen stammen aus einer ganz anderen Evolutionslinie und können daher nichts mit unseren Zellen anfangen." Das leuchtete allen ein und Erik schnitt dieses Thema auch nie wieder an.

In den folgenden Wochen bemühten sich Julia und Han, die Sporen vom Mars zum Leben zu erwecken. Sie versuchten wirklich alles, mixten diverse Aminosäuren und Spurenelemente zusammen und füllten diese Lösungen in Petrischalen. In diese mit Agar ausgekleideten Schalen verfrachteten sie die unterschiedlichsten Nährlösungen samt Sporen. Diese versuchten sie dann bei variablen Temperaturen auszubrüten. Sie bestrahlten dabei die Schalen mit Licht von unterschiedlicher Wellenlänge. Aber so sehr sich die beiden Wissenschaftler auch bemühten, es tat sich … nichts, gar nichts! Die renitenten Sporen weigerten sich, irgendwelche Lebenszeichen von sich zu geben. Sie zogen Louis hinzu, der sich mit anorganischen Substanzen bestens auskannte, und baten ihn, Lösungen von seltenen Spurenelementen zuzubereiten, die für das irdische Leben essentiell waren; doch auch das führte nicht zum Erfolg. Irgendwann waren alle drei mit ihrem Latein am Ende.

Erik, der täglich die Bodenstation kontaktierte, berichtete Pullok und dessen Wissenschaftlern minutiös von den Erfolgen bzw. Misserfolgen, die seine Leute einfuhren. Pullok meinte dazu: „Meine Experten sind schon ganz ungeduldig. Sie gieren quasi danach, diese marsianischen Einzeller selbst in die Finger zu bekommen, sie also selbst untersuchen zu können."

„Da müssen sie sich aber noch etwas gedulden", meinte Erik. Wir müssen hier noch gute 4 Monate ausharren und dazu kommt noch die Zeit für unsere Heimreise." „Da hast du verdammt recht", stimmte ihm Pullok zu. „Ich kann mir vorstellen, dass ihr eure Rückkehr vom Mars kaum noch erwarten könnt."

„Damit hast du voll ins Schwarze getroffen", sagte Erik. „Ich hoffe nur, unsere Heimreise wird weniger holprig als unsere Reise hierher. Wir müssen ja nicht bei jeder Katastrophe gleich ‚hier' schreien." „Ja, das bleibt zu hoffen, OVER", brummte Pullok. Angesichts seiner Misserfolge riss selbst dem zähen und beherrschten Biologieprofessor eines Tages der Geduldsfaden. Es geschah drei Wochen, nachdem er versucht hatte, diesen renitenten marsianischen Sporen Leben einzuhauchen. Er knallte seine Essenstube mit Vehemenz auf den runden Plastiktisch und rief: „Ich mache Schluss mit meinen vergeblichen Versuchen, ich strecke die Waffen, ich vergeude doch nicht sinnlos meine Zeit!

Sollen sich doch meine lieben Kollegen auf der Erde die Zähne an diesen verfluchten Sporen ausbeißen. Ich friere die Dinger einfach wieder ein, sollen sie doch in ihren Sammelbüchsen ewig weiterschlafen!" „Das solltest du dir noch einmal überlegen", mahnte Julia. „Wir haben doch schon so viel Mühe auf die Untersuchung der Sporen verwendet." „Und ob ich das kann", erklärte Han trotzig, „ich lass mich doch von diesen Dingern nicht auf der Nase herumtanzen!"

„Du kannst sie ja auf dem Plateau vor der Höhle entsorgen, auf diese Weise bist du sie endgültig los", schlug Gregori lächelnd vor. Den Russen schien der Ausbruch des Chinesen offensichtlich sehr zu amüsieren. Han holte tief Luft und setzte, angesichts der Unverschämtheit des Russen, zu einer zornigen Antwort an, stockte dann jedoch. Seine Gesichtszüge nahmen einen überraschten und nachdenklichen Ausdruck an. Er lehnte sich in Gedanken versunken eine Weile in seinen Stuhl zurück und murmelte dann: „Du meinst also, ich sollte die Sporen der dünnen Marsatmosphäre auf dem Plateau aussetzen? Gregori, du hast zwar keine Ahnung von Mikrobiologie, bist aber per Zufall auf eine interessante Idee gestoßen. Ich könnte dich dafür umarmen und küssen." „Das fehlte noch", brummte der Russe und rückte vorsichtshalber ein Stück vom Tisch ab.

„Die Sache ist nämlich die, Julia", wandte sich Han an seine Mitstreiterin, „wir haben etwas Grundlegendes übersehen. In der Frühzeit der Erde und des Mars' gab es auf diesen Planeten noch so gut wie keinen freien Sauerstoff und wir haben all unsere Versuche im Labor mit Sauerstoff gesättigter Luft durchgeführt." Die Astronauten am Tisch atmeten tief durch, denn nun stand ihnen gewiss wieder einer der schwierigen und langatmigen Vorträge des Professors ins Haus. Sie sollten recht behalten.

Han schlug sich theatralisch an den Kopf und ächzte: „Ich könnte mich in den Hintern beißen, dass ich nicht selber daran gedacht habe. Ihr müsst nämlich wissen, dass sich die frühesten Lebewesen auf der Erde, die sogenannten Prähbionten, tief auf dem Grund der Weltmeere in der Nachbarschaft von ‚Schwarzen

Rauchern' gebildet haben. Das sind Risse im Meeresboden, aus denen schwefelhaltiges, fast 100 Grad heißes Wasser quillt. Es wird durch sogenannte Plumes aufgeheizt, das sind flüssige Lava-Bezirke, knapp unterhalb der Meeresböden.

Die Prähbionten haben die für ihren Stoffwechsel notwendige Energie dem heißen Wasser und vermutlich auch den Schwefelverbindungen entzogen. Da gab es weit und breit keinen Sauerstoff. Wenn ich nun meine Petrischalen tagsüber vor der Höhle platziere, schaffe ich für die Sporen in etwa dieselben Bedingungen, wie sie vor Urzeiten auf dem Mars geherrscht haben mögen. Die Temperaturen vor der Höhle liegen dort um die Mittagszeit deutlich über Null.

Am Abend befördere ich die Schalen dann wieder ins Labor, lege sie in einen Autoklaven und stelle darin eine dem Mars ähnliche Atmosphäre her. Auf dem Plateau muss ich nur dafür sorgen, dass ich das in der dünnen Mars-Atmosphäre verdunstende Wasser ersetze. Ansonsten haben die Sporen, meiner Meinung nach, geradezu ideale Bedingungen, um ins Leben zurückzukehren."

An dieser Stelle schaltete sich Gregori ein, der empört ausrief: „Dem kann ich nicht zustimmen! Du verschwendest unser lebenswichtiges Wasser! Es verdunstet einfach in der dünnen Mars-Luft und wir können es nicht einmal recyceln." „Aber die Petrischalen besitzen doch Deckel, da kann nicht viel verdunsten", widersprach Han. Der Russe zeigte sich allerdings stur, er blieb bei seiner Meinung und sagte: „Unsere Wasservorräte sind äußerst knapp, da kommt es auf jeden Tropfen an."

Nun sah sich Erik gezwungen, einzuschreiten, um die beiden Kontrahenten zu beruhigen. Er tat dies nicht ungern, denn endlich durfte er wieder einmal zeigen, wer hier letztendlich das Sagen hatte. „Nun mal langsam, Gregori, Han tut nur das, wofür er auf dieser Reise dabei ist, nämlich außerirdisches Leben zu erforschen", brachte der Kommandant den Russen zur Räson.

„Außerdem können wir das bisschen Wasser entbehren und zur Not haben wir noch das Eis, das Han und ich vom unterirdischen Gletscher mitgebracht haben." „Meinst du, ich trinke das sporenverseuchte Wasser? Nein danke", beschwerte sich Gregori.

„Louis, was meinst du?", forderte Erik die Stellungnahme seines Freundes ein. „Ich bin natürlich dafür, dass wir an den Sporen weiterforschen", erklärte der Brasilianer. „Stellt euch nur die Sensation vor, wenn wir der Menschheit lebendige Zellen mitbringen könnten und nicht nur Fossilien. Das ist jede Anstrengung und auch ein kalkulierbares Risiko wert." „Das sehe ich genauso", pflichtete Julia Louis bei. „Du merkst also, Gregori, du stehst mit deiner Ansicht allein auf weiter Flur", konstatierte der Kommandant.

„Macht doch, was ihr wollt!", rief der Russe verärgert, „ihr werdet schon sehen, was ihr davon habt." Gregori sprang vom Stuhl auf und verließ den Mannschaftsraum in Richtung Schlafraum. „Jetzt hast du deinen Copiloten aber gründlich verärgert", wandte sich Louis schmunzelnd an Erik. „Nun können wir von Glück sagen, wenn er uns nicht allen das Wasser abdreht."

Am nächsten Morgen merkte man dem Russen seine Verärgerung immer noch an. Er sprach beim Frühstück kaum ein Wort mit den anderen und machte sich gleich nach dem Kaffee auf einen seiner berüchtigten Kontrollgänge im Habitat. Erik blieb mit Louis noch eine Weile sitzen, die beiden besprachen für den heutigen Abend eine gemeinsame Besichtigung des marsianischen Sternenhimmels.

Sie wollten noch einmal die beiden Marsmonde beobachten, denn für den heutigen Abend standen die Monde günstig. Julia und Han hatten dafür keine Zeit, sie wollten gleich nach dem Frühstück mit der Vorbereitung ihres Sporen- Experiments beginnen.

Sie verschwanden beide bald im Labor und bereiteten die Nährlösungen für die Sporen vor. Sie wählten fünf Petrischalen aus und füllten sie mit unterschiedlichen Lösungen. Als sie damit fertig waren, sagte Han: „So, die Schalen platzieren wir morgen Vormittag auf dem Plateau vor der Höhle für 6 Stunden. Gregori hat mir versichert, dort scheine von 10 bis circa 16 Uhr ununterbrochen die Sonne und erwärme die Luft und den Boden auf etwa 10 Grad Celsius. Über Nacht werden wir sie dann hier im Labor in einem anaeroben Behälter weiter ausbrüten und zwar in einer fast reinen Kohlendioxyd-Atmosphäre unter einem Druck von 5 Hektopascal und wiederum 10 Grad. So haben wir hoffentlich für die Protozoen ein Umfeld hergestellt, wie es früher auf dem Mars geherrscht haben mag und an das sich die Zellen angepasst haben. Wenn sie dann immer noch kein Lebenszeichen von sich geben, strafe ich sie mit Nichtachtung und friere sie ein."

Die Ärztin lachte und meinte: „Han, so pessimistisch kenne ich dich ja gar nicht. Bisher warst du von uns drei Forschern immer der, der als Letzter aufgab, zumal, wenn es um außerirdisches Leben ging." „Alles hat eben seine Grenzen", brummte der Chinese, „bei diesen Sporen bin ich mit meiner Geduld am Ende, die haben mich schon genug Nerven gekostet. Übrigens dürfen wir bloß nicht vergessen, das verdunstete Wasser in den Petrischalen zu ersetzen, sonst sinken die Chancen, mit unserem Experiment Erfolg zu haben, rapide." „Na schön, dann sehen wir uns morgen und versuchen unseres Glück", sagte Julia. „Doch jetzt musst du mich entschuldigen, ich habe in meiner Ambulanz zu tun; da ist in letzter Zeit viel liegen geblieben." Sie stand auf, winkte Han zu und verließ das Labor.

Am nächsten Vormittag stellten Julia und Han ihre fünf Petrischalen auf dem Plateau direkt in die Sonne. Als dann die ferne Marssonne hinter der Felswand verschwunden war, sammelten sie die Schalen wieder ein und versuchten, sie die Nacht über weiter im Labor auszubrüten. Dieses Wechselspiel veranstalteten sie eine Woche lang. Jeden Tag hofften sie, es würde sich bei den Sporen etwas tun, aber sie hofften vergebens. Han wurde immer ungeduldiger und verzweifelter. Dazu trug auch die tägliche

Nachfrage der anderen bei, die wissen wollten, ob denn ihr neues Experiment schon irgendeinen Erfolg zeige.

Den Vogel schoss natürlich wieder einmal Gregori ab, der zu dem Professor sagte: „Diese Dinger sind doch mausetot! Han, also warum strampelst du dich so ab?" Das machte den Chinesen so wütend, dass er sein Experiment tatsächlich abbrechen wollte.

Julia konnte ihn gerade noch davon abhalten, indem sie sagte: „Übe dich doch in Geduld, Han, es ist noch viel zu früh, aufzugeben." Am 2. Tag in der dritten Woche, nachdem Julia und Han mit ihrem Sporen-Experiment begonnen hatten, stürzte ein völlig aufgelöster Han aus dem Labor in den Mannschaftsraum des Habitats. Er fuchtelte mit einer Petrischale in der rechten Hand herum und schrie: „Sie leben, sie leben, das müsst ihr euch ansehen!"

Erik und Gregori, die bei einer Schachpartie am Tisch saßen, sprangen auf und fegten dabei die Figuren vom Brett. Louis, der vor dem Computer hockte, schnellte ebenfalls, wie von der Tarantel gestochen, von seinem Stuhl hoch. Von dem Geschrei angelockt, tauchte Julia aus ihrer Ambulanz auf und frohlockte: „Wir haben also tatsächlich mit unserer Methode Erfolg gehabt? Endlich!" „Ja", rief Han freudestrahlend, „die Sporen sind aus ihrem Kälteschlaf erwacht. Kommt und seht es mit euren eigenen Augen."

Das ließen sich die vier nicht zweimal sagen. Sie folgten dem Biologieprofessor ins Labor und drängten sich um das Mikroskop. Was sie da im Blickfeld des Apparates zu sehen bekamen, verblüffte sie derart, dass es ihnen die Sprache verschlug. Da zappelten in der Nährlösung eine Reihe von amöbenartigen Einzellern mit ihren Scheinfüßchen munter durch das Gesichtsfeld. Allerdings konnte man auch noch einige reglose Sporen in der Flüssigkeit entdecken. Julia erholte sich als Erste aus der Schockstarre des Erstaunens und fragte Han: „Konntest du auch Mitosen bei ihnen ausmachen?"

„Freilich", erklärte der Professor begeistert, „ich konnte schon zwei Zellteilungen beobachten." Jetzt fand auch Erik seine Stimme wieder und murmelte gedankenverloren: „Das muss ich gleich der Bodenstation mitteilen. Ich wette, das wird Pullok und seine Leute glatt vom Stuhl hauen." „Das kannst du laut sagen", ließ sich Louis vernehmen. „Mir geht es ähnlich, ich hätte nie gedacht, dass diese Mikroben so lange im Eis überleben könnten."

Nur Gregori fand keine Worte, sondern schüttelte nur ungläubig den Kopf. Die überraschende Neuigkeit, die Erik Pullok überbrachte, haute den Missionsleiter samt seiner Mitstreiter quasi aus den Socken. Besonders die Exobiologen unter Pulloks Leuten beknieten den Kommandanten, Han müsse seine Forschungen unbedingt fortsetzen. Vor allem aber solle er die Protozoen vom Mars in jedem Fall lebendig vom Planeten mitbringen, denn sie wollten ebenfalls intensive Forschungen an dieser außerirdischen Spezies vornehmen.

Die Nachricht, dass man lebende Zellen auf dem Planeten entdeckt habe, verbreitet sich in Windeseile um die ganze Welt und Pulloks Serie „Neues vom Mars" boomte wie nie zuvor.

Pullok schärfte Erik noch einmal ein, dass sich seine Leute strikt an die Hygiene- und Quarantänebestimmungen zu halten hätten, jetzt, da man es mit lebendigen außerirdischen Zellen zu tun hätte. Erik versprach dies hoch und heilig, ehe er die Verbindung unterbrach.

Die Exobiologen auf der Erde hätten sich gar keine Sorgen machen müssen, dass Han seine Untersuchungen an den Mikroben nicht weiterführen würde. Im Gegenteil, der Biologieprofessor war in seinem Forschungseifer von niemandem zu bremsen. Er war selbstverständlich im Labor anzutreffen, als Erik ihn von den strengen Sicherheitsbestimmungen, was die marsianischen Mikroben betraf, in Kenntnis setzte. Der Professor wischte die Bedenken von Pullok vom Tisch, indem er ausführte: „Wir befinden uns hier in einem Hochsicherheitslabor und halten uns fraglos an die diesbezüglichen Bestimmungen."

„Was möchtest du eigentlich an diesen Zellen erforschen, jetzt da ihr sie glücklich zum Leben erweckt habt?", erkundigte sich der Kommandant. „Da fällt mir auf Anhieb eine Menge ein", erwiderte Han, „z. B. wie genau teilen sich diese Zellen? In welcher Nährlösung gedeihen sie am besten? Und ist Sauerstoff für sie wirklich giftig?" „Verstehe", brummte Erik, obwohl er von diesen Dingen kaum etwas verstand. „Du wirst mir ja dann von euren Ergebnissen berichten, damit ich sie an die Bodenstation weiterleiten kann?" Als Erik den Biologieprofessor nicken sah, verließ er aufatmend das Labor. Louis ärgerte sich über Han, weil dieser ständig das Labor mit Beschlag belegte. Der Brasilianer hatte dort nämlich auch zu tun, er musste seine anorganischen Analysen über die Bühne bringen. Er beschwerte sich deswegen bei Erik über Han, über dessen rücksichtsloses Verhalten, wie er sich ausdrückte. Der Kommandant erklärte jedoch, da mische er sich nicht ein, weil er weder von anorganischer noch von organischer Chemie etwas verstünde, das sollten sie schön unter sich regeln.

Nach einigem Gerangel schafften sie dies auch über einen Kompromiss, mit dem beide leben konnten. Louis versprach Han, ihm bei seinen Untersuchungen zu assistieren, wenn dieser ihm das Labor für die Zeit überließ, die er durch die Hilfe von Louis eingespart hätte. Diese Vereinbarung war auch für Han von Vorteil, denn Julia hatte vor, sich wieder stärker um ihre Ambulanz zu kümmern. Auf diese Weise hatte Han einen neuen Assistenten gewonnen. Der Chinese und der Brasilianer stürzten sich alsbald in die Untersuchung der marsianischen Mikroben; sie fanden dabei allerhand Interessantes heraus.

Katastrophen pflegen im Allgemeinen wie der berühmte Blitz aus heiterem Himmel zu kommen. Die Astronauten auf dem fernen Mars mussten leider feststellen, dass dies nicht nur ein irdisches Gesetz zu sein schien, sondern offenbar überall im Weltall seine Gültigkeit hatte. An diesem denkwürdigen Katastrophentag arbeitete Han allein im Labor, denn Julia hatte in ihrer Ambulanz zu tun und Louis hatte das Labor verlassen, um sich wieder einmal über Han zu beschweren. „Er nimmt das Labor ständig für sich in Beschlag", beklagte er sich bei Erik. „Dabei ist es für uns alle gedacht; ich habe doch auch drin zu tun." „Mein Gott, Louis, Han arbeitet doch an einer für uns – tja, was sag ich – an einer für die Menschheit äußerst wichtigen Sache", versuchte der Kommandant den Brasilianer zu beruhigen. „Bis zum Rückflug bleiben uns noch 10 Wochen, da kannst du noch viel erledigen. Hans Versuche mit den Sporen haben nun einmal Vorrang."

In diesem Moment schaltete sich mit einem Knacken der Bildschirm über der Labortür ein und Hans bleiches, übernächtigtes Gesicht erschien auf dem Bildschirm. „Wenn man vom Teufel spricht", knurrte Louis. Erik betrachtete das verstörte Gesicht des Professors und er fühlte, wie sein Herz dumpf zu schlagen begann. Lange gehegte und immer wieder verdrängte Befürchtungen huschten durch sein Gehirn.

Auf dem Bildschirm atmete Han zunächst einmal tief durch, lächelte schief und sagte: „Leute, ich muss euch von einem kleinen Malheur berichten, das mir gerade im Labor passiert ist. Ich wollte mit einer Spritze Mikroben auf eine sorgfältig präparierte Petrischale übertragen, da bin ich über einen Stuhl gestolpert und habe mir die Spritze in den Oberschenkel gerammt." Erik und Louis sahen sich bestürzt an. Schließlich vergewisserte sich Erik: „Soll das heißen, du hast dich mit marsianischen Bakterien infiziert?"

„Das ist nicht auszuschließen, doch ziemlich unwahrscheinlich, denn in der Spritzte befanden sich nur wenige Protozoen", sagte Han müde. Julia, die gerade aus ihrer Ambulanz kam, hatte die letzten Worte mitbekommen und rief fast panisch: „Stimmt das, Han, du hast dich mit einer infizierten Nadel gestochen? Hast du die Wunde gleich desinfiziert?" „Natürlich, das war das

Erste, was ich getan habe", bemerkte Han, „aber leider weiß kein Mensch, ob unsere Desinfektionsmittel den marsianischen Zellen überhaupt etwas anhaben können. Doch guckt nicht so erschrocken! Erstens wissen wir nicht einmal, ob überhaupt Zellen in meinen Körper gelangt sind, und zweitens, wenn ja, können es nur sehr wenige gewesen sein und damit sollte mein Immunsystem fertig werden."

„Du vergisst dabei nur, dass unser Immunsystem womöglich nur in der Lage ist, auf irdische Fremdeiweiße zu reagieren", fiel Julia ihm ins Wort. „Diese marsianischen Zellen mit ihren bizarren Aminosäuresequenzen können von unserem Immunsystem vielleicht gar nicht erkannt werden.

Außerdem macht mir die ungeheure Anpassungsfähigkeit dieser Zellen Sorgen. Du musst unbedingt ein Antibiotikum und zusätzlich ein Antimykotikum einnehmen." „Gewiss, das werde ich, ihr könnt es mir über die Einwegklappe neben der Labortür hereinreichen, wie übrigens auch meine Verpflegung, denn ich werde hier in Quarantäne bleiben." „Gut, dass du das ansprichst", meldete sich Erik, „dann brauch ich dich gar nicht an die Sicherheitsbestimmungen zu erinnern, die im Falle einer Infektion mit einem fremden Keim gelten." „Damit bin ich als Exobiologe bestens vertraut", entgegnete Han. „Meine Umgebung während der Quarantäne könnte schlimmer sein. Ich habe eine Liege zum Schlafen hier, das Essen wird mir geliefert und eine Nottoilette ist auch vorhanden. Außerdem kann ich so in aller Ruhe meinen Forschungen nachgehen." Er blickte feixend auf Louis.

„Du hast vielleicht Nerven", sagte die Ärztin entsetzt, „du solltest deine Forschungen in erster Linie nun an dir vornehmen: Fieber messen, dein Blut untersuchen und eine Probeexzision an deiner Einstichstelle vornehmen." „Das werde ich, das werde ich, doch daneben bleibt mir noch viel Zeit. Was soll ich sonst den ganzen Tag tun, während ich hier eingesperrt bin."

„Vor allem solltest du in ständigem Kontakt mit uns bleiben und uns berichten, wie es dir geht", sagte Erik. „Und lass den Monitor eingeschaltet, damit wir sehen können, was du da drinnen so treibst." „Nur keine Bange, ich werde eure Anweisungen und das Sicherheitsprotokoll strikt befolgen und im Gemeinschaftsraum erst wieder auftauchen, wenn ich sicher bin, dass ich mich nicht infiziert habe. Doch macht nicht so besorgte Gesichter, noch steht gar nichts fest. Und nun müsst ihr mich entschuldigen, ich habe zu tun." Han wandte ihnen den Rücken zu und schritt zu seinem Mikroskop.

Obwohl der Professor versucht hatte, Optimismus zu verbreiten, wussten sie in ihrem tiefsten Inneren, dass sich da ein Unheil zusammenbraute. Julia löste sich als Erste aus der Erstarrung, in die sie diese schreckliche Nachricht von Han versetzt hatte. Sie eilte in ihre Ambulanz und tauchte mit einem ganzen Arsenal an Arzneimitteln wieder auf. Neben Antibiotika hatte sie Schmerzmittel, fiebersenkende Mittel und etwas zur Kreislaufstabilisierung mitgebracht. „Erbarmen, Julia!", sagte Louis, „meinst du, das nützt was gegen diese verfluchten Zellen? Sollten wir ihm nicht lieber etwas Ordentliches zu essen und Klopapier durch die Klappe reichen, um ihm seine Quarantäne zu erleichtern?"

„Ich versuche, sein Leben zu retten, und du reißt Witze", erwiderte die Ärztin empört. „Entschuldige, Julia, aber manchmal bleibt einem gar nichts anderes übrig, als eine schlimme Situation durch einen Witz zu entschärfen. Ich jedenfalls fühle mich, was Han betrifft, ihm gegenüber völlig hilflos. Wir wissen noch so wenig über diese fremdartigen Zellen vom Mars und sind daher zum Zuschauen verdammt, ohne wirklich eingreifen oder helfen zu können."

„Das sehe ich genauso", erwiderte die Ärztin traurig. „Trotzdem werde ich natürlich alles versuchen, um Han in seiner misslichen Lage zu helfen. Wir können, außer ihm psychischen Beistand zu leisten, momentan leider nur sehr wenig für ihn tun. Ich darf beispielsweise nicht einmal ins Labor, um ihn zu untersuchen. Na ja, wenigstens mit Medikamenten kann ich ihn versorgen. Wir können eigentlich nur hoffen, dass er sich nicht infiziert hat, und wenn ja, dass sich die Zellen in seinem Körper nicht vermehren können."

In diesem Moment rumpelte Gregori, noch im Raumanzug, jedoch ohne Helm, von der Luftschleuse in den Mannschaftsraum. Es schien, als habe er geahnt, dass irgendetwas im Habitat nicht stimmte, und war deshalb früher als sonst von seinem Kontrollgang bei den Vorräten in der Höhle aufgetaucht. Als er von den anderen die Schreckensnachricht erfuhr, wurde er bleich und es verschlug ihm für einen Moment die Worte. Dann stapfte er, so wie er war, ans hintere Ende des Raumes zum Monitor über der Labortür. Er blickte hoch und rief: „Han, alter Kumpel, hab ich dir nicht ständig gesagt, mit diesen Dingern vom Mars beschäftigst du dich mit riskanten Sachen? Jetzt hast du den Salat! Aber ich habe dich als einen zähen Burschen kennengelernt, Kopf hoch, du schaffst das schon!"

Han sah irritiert von seinem Mikroskop hoch und erwiderte mürrisch: „Ich weiß gar nicht, was ihr alle habt. Mir geht es gut, nur hungrig bin ich und etwas Schlaf könnte ich auch gebrauchen." „Warte, ich hol dir gleich was zu essen", erwiderte Gregori eifrig und machte sich auf den Weg zurück zu den Vorräten. Wenig später kehrte er mit einem Arm voller Nahrungstuben zurück und reichte sie Han durch die Einwegklappe ins Labor.

Julia tat das Gleiche mit ihren Medikamenten. Nachdem sie dies erledigt hatten, rief Erik seine restliche Mannschaft an den runden Plastiktisch im Habitat, um zu beratschlagen, wie man mit dieser neuen und ernsten Lage umgehen sollte. „Ihr entschuldigt, wenn ich diese Frage als Erstes auf den Tisch bringe: Aber ist das Labor sicher, kann nichts daraus in andere Räume gelangen?", begann er. „Sind wir vor Ansteckung gefeit?"

„Wir haben es hier mit einem Hochsicherheitslabor zu tun, selbst die Röhre zum Durchreichen ist dreifach gesichert", erklärte Gregori. „Sie besteht aus drei Abteilungen, die jeweils durch Klappen voneinander getrennt sind, und die jeweils folgende Klappe öffnet sich erst, wenn sich die Klappe davor geschlossen hat. Die Röhre besitzt außerdem ein Förderband und die Klappen verschließen luftdicht."

Pullok und sein Stab waren über die Hiobsbotschaft entsetzt, die ihnen Erik übermittelte. Sie zerbrachen sich die Köpfe, wie man eine solche Situation, zudem noch auf einem fremden Planeten, überhaupt meistern sollte. Es kam dabei aber nicht viel mehr heraus, als was Erik mit seiner Crew bereits beschlossen hatte.

Pullok wies lediglich mit allem Nachdruck darauf hin, dass für Han eine strikte Quarantäne einzuhalten wäre, bis geklärt war, ob sich der Chinese angesteckt habe oder nicht. „Wir können es uns nicht leisten, dass ihr euch auch noch ansteckt oder ihr gar eine fremde Krankheit vom Mars auf die Erde einschleppt", erklärte er mit ernster Miene. „Am besten, ihr behaltet Han rund um die Uhr im Auge und teilt uns seine eventuellen Symptome mit, damit wir abschätzen können, welches Risiko diese mögliche Krankheit für uns darstellt." Erik nickte gehorsam und unterbrach die Funkverbindung mit dem unbefriedigenden Gefühl, keine wirklich tollen Ratschläge von den Leuten der Bodenstation erhalten zu haben. Vielleicht gab es ja auch keine weit und breit!

Früh am nächsten Morgen wartete Han mit Neuigkeiten auf, die seine Kollegen hoffnungsfroh stimmten. „Ich habe keine fremden Organismen in meinem Blut entdecken können", erklärte der Professor erleichtert. „Jetzt muss ich nur noch Gewebe um die Einstichstelle entnehmen und wenn ich auch dort keine verdächtigen Zellen finde, bin ich so gut wie aus dem Schneider."

„Wie geht es dir sonst, wie fühlst du dich?", wollte Julia wissen. „Na prächtig, prächtig", erwiderte Han gut gelaunt. „Ich habe kein Fieber, keinerlei Schmerzen und kann frei atmen. Eines allerdings kommt mir sonderbar vor: ich habe eine Art Heißhunger. Und jetzt frage ich dich, kann man bei unserem eintönigen und miserablen Essen überhaupt Heißhunger bekommen?" „Das ist auch für mich ein Rätsel", sagte die Ärztin und nagte an ihrer Unterlippe. Darauf erwiderte Han aufgeräumt: „Schluss mit dem Gequatsche, ich will mit meinen Untersuchungen fortfahren", und seine Hand tastete nach dem Abschaltknopf des Monitors. „Halt!", rief da Erik im Befehlston, „der Monitor bleibt an!" Der Professor schaute erst ungläubig, dann wurde sein Gesicht misstrauisch und er sagte: „Ah, ich verstehe, ihr wollt mich unter Beobachtung haben, ich soll eure Labor-Ratte spielen für diverse Versuche mit den marsianischen Keimen."

Erik fühlte sich ertappt und sagte schnell: „Diese Idee stammt nicht von uns, die ist auf Pulloks Mist gewachsen." „Na schön", seufzte Han, „wenn es denn sein muss, spiel ich eben euer Versuchskaninchen. Es war ja in erster Linie mein Anliegen, extraterrestrisches Leben hier auf diesem Planeten zu erforschen. Allerdings ist es noch gar nicht sicher, ob sich überhaupt fremde Zellen in mir tummeln. Nach meiner Probeexzision und der Untersuchung des gewonnenen Gewebes gebe ich euch Bescheid." Er schritt zu einem Untersuchungstisch und griff zum Skalpell. Gregori, der neben Erik stand, stöhnte auf und wandte dem Monitor schnell den Rücken zu. „Ich kann einfach nicht zusehen, wenn einer an sich selbst herumschnippelt", erklärte er, „da wird mir schlecht." „Komm, Gregori, da musst du nicht zusehen, ich führe dich zum Tisch", sagte Louis mitfühlend. „Wir sollten jedoch einmal zusammen ergründen, was hinter deiner Neurose steckt, was der Auslöser ist."

„Wie lange wird es dauern, bis wir von Han Ergebnisse seiner Gewebeprobe erwarten können?", erkundigte sich Erik bei Julia. „Nun, er muss die Probe entnehmen, dann in dünne Scheiben schneiden, einfärben und unterm Mikroskop untersuchen. Bis zum Abend sollten wir Bescheid wissen." „Hoffentlich sind dann alle Proben negativ", seufzte der Kommandant.

Schon am frühen Nachmittag teilte ihnen der Professor seine aktuellen Untersuchungsergebnisse mit. Er wirkte niedergeschmettert, als er ihnen erklärte: „Ich habe mich leider infiziert, zwischen meinen Muskelfasern habe ich marsianische Zellen entdeckt. Sie befinden sich im Zwischenzellwasser und in meiner Lymphe. Im Blut konnte ich sie nicht entdecken, ich denke, dort ist ihnen das Milieu zu sauerstoffreich." „Sind es viele und hast du die Antibiotika genommen?", fragte Julia sorgenvoll. „Natürlich hab ich sie genommen und nehme sie noch immer, doch sie scheinen nicht zu wirken."

Hans Stimme klang verzweifelt. So fühlten sich auch die anderen drei Männer, sie wollten die katastrophale Nachricht nicht kommentieren.

Lediglich Julia ließ sich von den schlimmen Neuigkeiten nicht entmutigen, sondern versuchte, als Ärztin ihre Pflicht zu tun und Han irgendwie zu helfen. Nach einer Weile des Grübelns sagte sie: „Wir haben doch herausgefunden, dass die fremden Zellen keinen Sauerstoff vertragen – hier sehe ich einen Ansatz für eine Therapie. Eine Anreicherung deines Blutes mit Sauerstoff sollte zumindest die Vermehrungsrate der Mikroben in deinem Körper bremsen." „Ja, eine gute Idee", stimmte Han zu. „Ich habe eine Sauerstoff-Flasche im Labor, jetzt benötige ich nur noch eine Atemmaske und ich kann mit der Therapie beginnen." „Warte, ich hole dir eine aus der Ambulanz", sagte Julia und eilte dorthin.

Julias Vorschlag bewirkte tatsächlich etwas. Die Mikroben in Hans Körper vermehrten sich langsamer, ja, einige der Zellen wechselten sogar in ihren Sporenzustand über und vermehrten sich überhaupt nicht mehr. Han verkündete diese erste positive Nachricht noch am gleichen Abend, nachdem er schon am Nachmittag mit der Therapie begonnen hatte. „Was ich gar nicht verstehe", meinte er dann noch, „weshalb springt mein Immunsystem nicht an und bekämpft die Eindringlinge und weshalb fühle ich mich überhaupt nicht krank?"

„Vielleicht sind diese Zellen eine Art Symbiose mit dir eingegangen", vermutete Julia, „nach dem Motto: Du gibst mir Nahrung und Unterkunft und ich tue dir nichts. Das würde auch deinen enormen Appetit und die Abwesenheit von Krankheitssymptomen erklären. Die marsianischen Protozoen sind dann eben nur deine Gäste und die verköstigt man eben und bietet ihnen ein Zimmer an."

Gregori knurrte: „Solche Gäste können mir gestohlen bleiben", und Erik und Louis, die ebenfalls das Gespräch gespannt verfolgten, schüttelten nur den Kopf. „Eine schöne Vorstellung, Julia, doch die ist zu schön, um wahr zu sein", gab Han zu bedenken. „Zum einen scheint es mir beinahe unmöglich, dass Lebewesen aus unterschiedlichen Evolutionslinien Symbiosen miteinander eingehen können, zum anderen handeln Lebewesen meist egoistisch. Ihr oberstes Ziel ist es, am Leben zu bleiben, und daher interessieren sie die Belange anderer Lebewesen kaum. Und überhaupt, worin bitte sehr soll für mich der Vorteil dieser ‚sogenannten Symbiose' liegen? Etwa darin, dass ich mehr von unserer unsäglichen Astronautenkost essen kann?"

„Solange wir nicht wissen, was diese Zellen in Hans Körper anrichten können, müssen wir das Ganze als eine Art feindliche Invasion betrachten", schaltete sich Erik ein. „Als eine Krankheit, die wir irgendwie wieder loswerden müssen."

Julia saugte an ihrer Unterlippe und meinte nach einigem Nachdenken: „Da irdische Antibiotika nicht gegen marsianische Mikroben zu wirken scheinen, müssen wir auf Hans eigene Abwehr setzen. Ich werde ihm Mittel geben, die sein Immunsystem stärken." Sie verschwand in ihrer Ambulanz und tauchte mit den erwähnten Mitteln wieder auf. Nachdem sie diese durch die Schleuse neben der Labortür an Han weitergereicht hatte, zuckte sie mit den Achseln und sagte: „So, jetzt können wir nur abwarten und hoffen."

Dieses Eingeständnis der eigenen Hilflosigkeit passte natürlich niemandem, doch am meisten nervte es Erik. Er wusste selbst keinen Ausweg aus der verfahrenen Situation und wollte sich Rat von der Bodenstation holen, mit deren Stab von Fachleuten. Allerdings konnten ihm die „Missionsärzte" auch nicht weiterhelfen, sondern billigten lediglich das Vorgehen von Julia. Sie versprachen, die Lage des Professors zu analysieren, anschließend zu diskutieren und brauchbare Vorschläge an ihn weiterzuleiten. Das ganze Gespräch war für ihn sehr unbefriedigend. Er fühlte sich zum Abwarten und zur Untätigkeit verdammt, und das hasste er als Kommandant am meisten.

Am nächsten Morgen hatte sich die Situation von Han erneut verändert und zwar, wie es schien, nicht zum Besseren. Erik hatte sich mit seiner Crew vor dem Monitor versammelt, um etwas über den Zustand des Professors zu erfahren. Zu diesem Zweck hatten sie ihre Stühle vom Tisch vor die Labortüre geschoben und blickten nun angespannt auf den Bildschirm über ihren Köpfen.

Auf der anderen Seite saß Han ebenfalls auf einem Stuhl und musterte seine Kameraden mit einem verstörten, ungläubigen Gesichtsausdruck. „Leute, diese marsianischen Lebewesen bringen mich noch um den Verstand", begann er. „Jetzt ist es ihnen doch tatsächlich gelungen, irgendwie in meine Muskelzellen zu gelangen." „Wie ist das möglich?", flüsterte Julia entsetzt.

„Das kann ich dir sagen, ich habe es an einer Gewebeprobe unter dem Mikroskop mit eigenen Augen gesehen", entgegnete Han. „Du kennst doch das DNA-Gitter dieser Zellen?" Julia nickte nervös. „Dieses Gitter vermögen die marsianischen Zellen zu einem langen Strang zu formen und den haben sie mir dann quasi in meine Muskelzellen injiziert." „Wie ein Virus!", sagte die Ärztin atemlos und in ihren Augen blinkte die pure Angst.

„Genau wie ein Virus", pflichtete ihr Han bei. „Auf eine bizarre Art und Weise scheinen diese Einzeller gleichzeitig die Eigenschaften von Bakterien und Viren zu besitzen." „Aber wenn sie wie ein Virus in deine Zellen einzudringen vermögen, werden sie diese auf Virusvermehrung umstellen und sie zerstören!", rief die Ärztin wie außer sich. „Eben nicht, das ist ja das Unfassbare", stotterte Han. „Die fremde DNA schlingt sich um den Kern der Muskelzelle, in die sie eingedrungen ist, und verharrt dort unbeweglich. Es sieht so aus, als würden die DNA der Mikrobe mit der DNA meiner Zellen kommunizieren."

„Kommunizieren?", fragte Gregori verständnislos, „wie soll das denn gehen?" „Es gibt viele Formen der Kommunikation zwischen lebenden Zellen", erklärte Julia, „eine davon ist die über Botenstoffe, über Hormone zum Beispiel. Ich fürchte nur, die fremde DNA wird Hans Zellkern so umprogrammieren, dass er fremde Virusbausteine produziert und damit Hans Zellen zerstört."

„Das könnte sein", brummte Han, „es sind aber auch noch andere Möglichkeiten denkbar." „Welche?", fragten Erik und Louis wie aus einem Munde. „Darauf weiß ich im Moment auch noch keine Antwort, doch ich werde daran arbeiten", erwiderte der Professor. „Die neue Lage muss ich gleich mit der Bodenstation besprechen, vielleicht haben die Leute dort brauchbare Ideen oder Erklärungen", sagte der Kommandant und erhob sich von seinem Stuhl.

Als Erik Pullok von der neuerlichen Veränderung der Lage berichtete, meinte er: „Es ist zum Verrücktwerden, selbst meine klügsten Köpfe können sich keinen Reim auf das Verhalten dieser marsianischen Zellen machen – sie stehen vor einem Rätsel. Sie wissen nur eines: Diese Mikroben sind ungeheuer anpassungsfähig und wandlungsfähig und damit für uns Menschen brandgefährlich! Ich musste unsere Regierung von dieser Gefahr in Kenntnis setzen und die hat eine internationale Konferenz einberufen! Unsere Regierung will auf keinen Fall, dass diese unbekannten Keime auf die Erde gelangen, und ich denke, die anderen Regierungen werden das genauso sehen." „Und das bedeutet?", fragte Erik, nachdem in seinem Inneren böse Vorahnungen aufkeimten. „Das kannst du dir denken", sagte Pullok. „Von unserer

Regierung weiß ich definitiv, dass sie niemanden auf unsere Erde zurückkehren lassen, der sich mit diesen unbekannten Keimen infiziert hat. Han haben sie schon völlig abgeschrieben."

Dem Kommandanten verschlug es vor so viel Kaltblütigkeit die Sprache und er wusste gar nicht, was mächtiger in ihm hochstieg – seine Empörung oder sein Entsetzen. Schließlich atmete er tief durch und sagte mit heiserer Stimme: „Das könnt ihr nicht machen. Zuerst stilisiert ihr uns zu Helden hoch und dann wollt ihr uns gnadenlos opfern?"

„Ich möchte auf keinen Fall, dass es so weit kommt, das kannst du mir glauben", entgegnete Pullok unglücklich, „doch Politiker wählen in den meisten Fällen das kleinere Übel, wenn sie unangenehme Entscheidungen zu treffen haben. Zum Teil kann ich sie sogar verstehen. Was würdest du tun, wenn du vor der Entscheidung stündest, entweder fünf Menschen zu opfern oder eine Pandemie mit Millionen Toten zu riskieren? Doch Kopf hoch, noch ist es nicht so weit. Von Seiten der Politiker sind das alles erst noch vorbeugende Planspiele. Außer Han seid ihr doch alle noch gesund und selbst bei Han besteht eine kleine Hoffnung, dass er die Infektion überwindet. Ich wollte dich nur frühzeitig informieren, was sich da über euren Köpfen zusammenbraut." „Vielen Dank!", sagte Erik sarkastisch, „doch jetzt muss ich Schluss machen, ich will nämlich deine Hiobsbotschaft gleich mit meiner Crew besprechen", und er unterbrach die Verbindung.

Während Erik mit Pullok sprach, hatten sich Julia, Louis und Gregori an den Tisch gesetzt und unterhielten sich leise miteinander, um den Kommandanten bei seinem Funkkontakt nicht zu stören. Han hatte sich wieder seinen Forschungen gewidmet. Erik trat nun zu seinen Leuten an den Tisch und erzählte, was er vom Missionsleiter erfahren hatte. Die Empörung seiner Crew war riesig und entlud sich in entsprechenden Verwünschungen. „Das können die doch nicht so mir nichts dir nichts machen!", rief Louis wütend, „Menschen so einfach zum Tode zu verurteilen, die nichts verbrochen haben, denen lediglich ein Unglück widerfahren ist!"

„Die Schweine wollen einfach nur ihre Haut retten", knurrte Gregori und hieb mit der Faust zornig auf den Tisch. „Für die sind wir doch nur Bauernopfer!" Nur Julia wahrte ihre Fassung und sagte: „Bedenkt doch, Leute, wenn wir uns mit diesen unglaublichen Keimen infizieren, müssen wir vielleicht sowieso sterben. Was macht es da für einen Sinn, noch unzählige andere mit in den Tod zu reißen?"

„Nun mal ruhig Blut", versuchte Erik die Wogen zu glätten, „noch sind wir nicht infiziert und Pullok meint, selbst Han hätte noch eine Chance. Wir müssen eben alles tun, damit es nicht so weit kommt. Wir sollten vor allen Dingen die Klappe zum Labor so wenig wie möglich benutzen. Gregori, schaff für Han so viel Nahrung herbei, dass er für zwei Wochen genug hat, gib sie ihm und dann überprüfe noch einmal die Klappe auf ihre Dichtigkeit." „Da hab ich ganz schön was zu tun", maulte der Russe, „dieser kleine Chinese futtert ja wie ein Geisteskranker."

„Halt!", rief Julia, „ich wollte ja Han noch mit einem antiviralen Mittel behandeln." „Meinst du, dass das was bringt?", fragte Louis zweifelnd, „auf die Antibiotika hat er doch auch nicht reagiert." „Wir müssen alles versuchen", entgegnete Julia, „jedenfalls will ich mir später keine Vorwürfe machen müssen, nicht alle Chancen genutzt zu haben."

Julia und Gregori sprangen von ihren Stühlen hoch und eilten in verschiedene Richtungen davon. Als die beiden verschwunden waren, Julia in ihrer Ambulanz und Gregori in der Luftschleuse, fragte Louis Erik: „Bist du wirklich der Überzeugung, man würde uns im Falle einer Infektion einfach opfern?" „Zweifellos", antwortete Erik bestimmt. „Sie würden die PROMETHEUS abschießen, noch ehe sie die ISS erreicht hätte!"

Wenig später tauchten Julia und Gregori wieder im Mannschaftsraum auf. Gregori trug eine ganze Kiste voll mit Essens- und Trinkwassertuben, die er aus der Höhle geholt hatte, in der ihre Vorräte schön kühl lagerten. Julia hatte es da leichter, sie trug nur eine Tablettenschachtel in der rechten Hand. Beide strebten sie zum Labor, um die Sachen, schön der Reihe nach, Han durch die Einwegschleuse zu reichen. Als sie das erledigt hatten, setzten sie sich wieder zu Erik und Louis an den Tisch.

„Was treibt Han denn so und wie geht es ihm?", fragte Erik Julia. „Es geht ihm erstaunlich gut und er ist weiter den marsianischen Zellen auf der Spur", erwiderte die Ärztin. Er entnimmt gerade Gewebeproben an verschiedenen Stellen seines Körpers, um zu sehen, wo sich die Mikroben schon überall bei ihm eingenistet haben." Der Kommandant starrte die Tischplatte an und meinte: „Wenn man wenigstens wüsste, was das Ganze überhaupt soll, was diese Biester letztlich vorhaben. Eine Chimäre in Bakterien- und Virengestalt, wo gibt es denn so was? Kann sich einer von euch einen Reim darauf machen?"

Von Louis und Gregori erntete er nur ein Kopfschütteln. Julia zog die Stirne kraus und meinte: „Trotz der Fremdartigkeit dieser Zellen kommt mir doch einiges auch vertraut vor, aber worauf das Ganze hinausläuft, kann ich dir leider auch nicht sagen."

Am nächsten Morgen teilte Han ihnen mit, er habe Fieber. „Nicht schlimm, nur leicht erhöhte Temperatur", versuchte er gleich darauf seine Kollegen zu beruhigen. Keine Sorge, ich fühle mich nicht krank und mein Appetit könnte nicht besser sein." „Endlich", rief Julia erfreut, „endlich ist dein Immunsystem aufgewacht und setzt sich gegen die Eindringlinge zur Wehr. Du darfst das Fieber erst senken, wenn es anfängt, kritisch zu werden, also ab etwa 41 Grad. Die erhöhte Temperatur beschleunigt deinen Stoffwechsel und unterstützt damit dein Immunsystem." „Das ist mir bekannt, werte Kollegin, doch danke für deine Fürsorge", erwiderte der Professor charmant.

Im Laufe des Tages stieg Hans Fieber rasch und er begann über Kopf- und Gliederschmerzen zu klagen. „Na, jetzt ist doch die Sache klar", meinte Louis, „wir haben es mit einer simplen bakteriellen Infektion zu tun."

Doch das waren noch nicht alle Symptome, die Han zeigte. Er begann enorm zu schwitzen und es war ein ganz sonderbarer Schweiß, den er absonderte. Er war nicht farblos, sondern eher bräunlich und so klebrig, dass er Fäden zog. Han demonstrierte es ihnen, indem er seine verschwitzte Haut berührte und dann seine Finger wegzog. Da blieben lange, bräunliche Fäden daran kleben. Julia war über dieses neue, bizarre Symptom, das die marsianischen Mikroben in Hans Körper auslösten, sehr beunruhigt. Sie verordnete Han Antipyretika und Schmerzmittel. Mehr konnte sie für den Professor nicht tun. Das Fieber ließ zwar dadurch nach, trotzdem ging es Han immer schlechter. Das Sonderbarste aber war, dass er immer mehr von dem bräunlichen Schweiß ausschied, obwohl seine Temperatur fast wieder im Normalbereich lag.

Als dann Louis ihr noch berichtete, Han habe sich offensichtlich den Kopf angeschlagen und sich dabei zwei Beulen an der Stirn zugezogen, war die Ärztin mit ihren Nerven am Ende. Sie lief zum Labormonitor und bluffte Han an: „Wie kann man denn so unvernünftig sein und so im Labor herumturnen, dass man sich gleich zweimal den Kopf anschlägt? Ich habe doch gesagt, du sollst dich ausruhen!" Als sie jedoch bemerkte, in welchem Zustand sich der Professor befand, verstummte sie abrupt.

Er lag wie ein Häufchen Elend auf seiner Liege im Labor, war ganz von diesem unnatürlichen Schweiß bedeckt und atmete schwer. Nun betastete er seine Stirn, befühlte erstaunt die zwei Beulen an seiner Stirn und sagte mit kläglicher Stimme: „Julia, mir geht es nicht gut, ich fühle mich elend und wo ich mir die zwei Beulen zugezogen habe, das weiß der Teufel." Er nahm die Hand von seiner Stirn und an seinen Fingern klebten lange, braune Fäden.

Beim Anblick dieses Häufchen Elends, das einmal der beste Exobiologe der Welt gewesen war, zerriss es der Ärztin das Herz. Sie konnte gerade noch fragen, ob er seine Tabletten genommen habe, dann musste sie sich kurz abwenden. Hinter sich hörte sie Han mit matter Stimme antworten: „Ja, doch sie haben so gut wie nichts gebracht." Die Ärztin rang ihr Mitleid nieder, wandte sich wieder dem Monitor zu und sagte entschlossen: „Du musst dich schonen, dann geht es dir morgen schon viel besser."

Nun hielt sie nichts mehr vor dem Monitor. Sie drehte sich um und wankte zu dem Tisch in der Mitte des Raumes. Dort sank sie auf einen Stuhl, stützte den Kopf in beide Hände und starrte vor sich hin. So fand sie Erik vor, der von einem Kontrollgang zurückkam, den er mit Gregori in der Höhle unternommen hatte. „Was ist los, Julia, geht es Han so schlecht?", fragte er die Ärztin mit sorgenvoller Stimme.

Julia blickte mit abwesendem Blick hoch und klagte: „Wenn ich wenigstens wüsste, um welche Krankheit es sich bei Han handelt. Immer schwebt mir ein Bild vor Augen, aber ich kriege es nicht zu fassen!" Plötzlich wurde ihr Blick klarer, doch gleichzeitig leuchtete in ihren Augen auch die Angst auf und sie rief: „Ich hab's, ich ahne, was mit Han geschieht, die Zellen lösen in ihm eine Art Metamorphose aus." „Was soll das denn heißen?", brummte Gregori, der einen Blick auf den Labormonitor geworfen hatte und nun erschüttert zum Tisch zurückgekehrt war.

Auch Louis, der am Computer gesessen hatte, ließ bei dem Aufschrei von Julia sein Gerät im Stich und trat zu den anderen. „Denkt doch mal nach", fuhr die Ärztin aufgeregt fort, „alles passt zusammen: Hans Heißhunger, die virusartigen Zellen, die in seine Zellen eingedrungen sind, ohne sie zu zerstören. Die DNA der fremden Zellen haben sich lediglich um Hans Zellkerne geschlungen und programmieren sie vermutlich gerade um. Des Weiteren der bräunliche Schweiß, der gerade dabei ist, einen Kokon um Hans Körper zu bilden. Selbst die Auswüchse an seiner Stirn könnten mit ins Bild passen. Verdammt, warum bin ich nicht früher darauf gekommen?" Die Ärztin verstummte und rang nach Luft.

Louis, der die Situation am schnellsten erfasst hatte, wandte ein: „Aber eine Metamorphose kommt auf der Erde meines Wissens nur bei Insekten vor. Ich muss dabei immer an Raupen denken, die sich erst vollfressen, dann verpuppen und schließlich als Schmetterlinge ihren Kokon verlassen. Han hat allerdings immer behauptet, auf dem Mars könnten sich nur Einzeller entwickelt haben. Für die Evolution mehrzelliger Lebewesen hätte die Zeit nicht gereicht, da der Mars nur etwa eineinhalb Milliarden Jahre erdähnlich gewesen sei. „Behauptungen sind keine Beweise", entgegnete Julia, „er hat sich offenbar geirrt."

„Wenn Han sozusagen umgewandelt wird, so kann er das doch unmöglich überleben", sinnierte Gregori. „Natürlich nicht, wie sollte er auch, die Metamorphose wird sein Leben auslöschen", erwiderte Julia gereizt, in ihrer Stimme schwang ein Unterton von Hysterie mit.

Die Ärztin und Psychologin geriet nun offenbar selbst an die Grenzen ihrer Belastbarkeit. Sie diskutierten noch lange über das Für und Wider einer Metamorphose von Han und kamen schließlich zu dem Schluss: Es war zwar unwahrscheinlich, lag aber durchaus im Bereich des Möglichen. Julia beendete die Diskussion mit den Worten: „Ihr werdet mit eigenen Augen sehen, dass ich recht habe!" Sie schien völlig von ihrer Idee überzeugt zu sein. Und zum allseitigen Entsetzen und allgemeinen Bedauern sollte die Ärztin recht behalten. Am nächsten Morgen fanden sie Han reglos auf seiner Liege vor, umhüllt von einer braunen, chitinartigen Haut. Er atmete schwer und unregelmäßig und gegen Mittag hörte er auf zu atmen.

„Kannst du noch erkennen, ob er atmet?", fragte Erik Julia. Die schüttelte traurig den Kopf, denn auch sie hatte nicht damit gerechnet, dass es mit Han so schnell zu Ende gehen würde. „Nun hat er es überstanden", seufzte Louis, „vielleicht ist es für ihn auch besser so! Das Ganze war ja kaum noch mit anzusehen." In Gregori dagegen kochte die Wut hoch und er knurrte: „Man sollte mit einem Flammenwerfer ins Labor gehen und alles, was darin ist, einfach abfackeln!"

„Auf keinen Fall!", rief Erik, „niemand geht dort hinein, solange ich hier das Kommando habe! Das ganze Labor könnte von diesen grässlichen Zellen und Sporen durchsetzt sein." Julia stimmte dem Kommandanten sofort zu und sagte: „Wir haben erkennen müssen, welche überraschenden Eigenschaften diese marsianischen Protozoen besitzen. Ich bin überzeugt, dass sie noch viele Geheimnisse für uns parat halten, also sollten wir keinerlei Risiken eingehen, denn wir kennen auch ihren Übertragungsmodus nicht." Zu Gregori gewandt, fügte Erik hinzu: „Du solltest lieber die äußere Klappe der Durchreiche verschweißen, als solchen Unsinn zu verzapfen, dann würden wir uns hier alle gleich viel sicherer fühlen. Gregori verschluckte seinen Widerspruch und machte sich an die Arbeit.

In den nächsten Tagen beobachteten die Astronauten mit einer Mischung aus Verblüffung, Trauer und Faszination, was sich weiter im Labor abspielte. Han schien sich unter dem Kokon, der ihn umhüllte, ständig weiter zu verändern. Die zwei vermeintlichen Beulen an seiner Stirn, wuchsen zu einer Art Fühler heran und auch an seinem Bauch zeigten sich zwei Vorwölbungen. An beiden Seiten seines Kopfes formten sich kreisrunde Gebilde, sein Gesicht wurde spitz und endete in einer Art Rüssel. Jeden Morgen begab sich die Crew zum Labormonitor, um festzustellen, was sich am Körper von Han über Nacht alles verändert hatte. Da er in dieser braunen Hülle steckte, waren die Veränderungen nicht klar zu erkennen. Hans Gestalt wirkte unter diesem Kokon wie verschwommen.

„Was ich nicht verstehe, wie kann er überhaupt noch seine Gestalt verändern, obwohl er schon tot ist?", murmelte Gregori an Julias Seite. „Das macht nicht er", flüsterte Julia zurück, „das sind diese verdammten marsianischen Zellen, die gerade dabei sind, ihn komplett umzuwandeln." „Bin gespannt, was am Ende dabei herauskommt", ließ sich Louis ebenfalls mit gedämpfter Stimme vernehmen.

Nur Erik sprach in seiner normalen Lautstärke und wollte von Julia wissen: „Ob wir es wohl noch erleben werden, wie dieses Monster seine Verpuppung abstreift? Schon in circa 10 Wochen verlassen wir den Mars und fliegen heim!" Julia antwortete ihm mit ihrer normalen Stimme uns sagte: „Ich denke, wir haben durchaus eine Chance, mitzukriegen, was da ausgebrütet wird. Da die marsianischen Mikroben recht effektiv und flott zu arbeiten scheinen, könnten wir in 4 bis 6 Wochen Zeugen eines einmaligen Vorgangs werden."

Die Ärztin sollte mit ihrer Annahme auch dieses Mal recht behalten. Pünktlich 4 Wochen vor dem Abflugtermin der vier Astronauten schälte sich im Labor ihres Habitats ein unheimliches und sonderbares Wesen aus seinem Kokon. Es sah aus wie ein riesiges irdisches Insekt, d. h., es besaß sechs Beine, zwei antennenartige Fortsätze an der Stirn und es steckte in einer braunen, chitinartigen Panzerung. An jeder Kopfseite wölbte sich ein Facettenauge und die Mundpartie lief in zwei zangenartigen Kiefern aus, zwischen denen ein kleiner Saugrüssel hervorlugte.

„Du lieber Himmel, Han hat sich in ein überdimensionales Insekt verwandelt", staunte Erik. „Warum Insekt, es hat doch nicht einmal Flügel?", konterte Louis. „Ich jedenfalls halte es für das höchst entwickelte Wesen, das jemals auf dem Mars herumgekrochen ist." „Das glaube ich auch", stimmt Julia ihm bei, „aber Flügel sind kein essentielles Merkmal von Insekten, mein Lieber, und bei diesem niedrigen Luftdruck hier auf diesem Planeten wären sie eine glatte Fehlinvestition der marsianischen Evolution."

Gregori starrte nur mit weit aufgerissenen Augen auf das Wesen im Labor, ihm hatte es glatt die Sprache verschlagen.

Kaum war es allerdings aus seinem Kokon geschlüpft, gebärdete es sich quicklebendig. Es kroch eilig im ganzen Raum herum und schien sich für alles, was darin war, zu interessieren. Zum Erstaunen der Astronauten konnte es sogar senkrecht die Wände hochkrabbeln. „Wie eine Fliege an der Fensterscheibe", staunte Louis, „dabei muss es doch genauso schwer sein wie Han." „Vermutlich besitzt es Saugnäpfe an den Enden seiner Extremitäten", meinte Julia.

„Seht nur, es interessiert sich sogar für Hans Mikroskop!", rief Erik. „Ob es wohl zu allem Überfluss auch noch intelligent ist?", wandte sich der Kommandant an die Ärztin neben sich. „Diese Möglichkeit besteht durchaus", erwiderte Julia. „Mich quält aber vielmehr die Frage, ob es an Informationen in Hans Gehirn kommen konnte, ehe es auch diese Zellen umgewandelt hat. Sollte das der Fall gewesen sein, so wüsste es über uns viel besser Bescheid als wir über dieses sonderbare Insekt." Sie beobachteten das Wesen noch eine ganze Weile fasziniert, ehe sie der Kommandant zu einer Beratung an den Tisch des Mannschaftsraums bat. „Was sollen wir nun mit dieser neuen Situation anfangen?", fragte Erik, „hat jemand eine Ahnung oder einen Vorschlag?"

Nun meldete sich Gregori zum ersten Mal zu Wort und erklärte mit fester Stimme: „Ich bin dafür, dass wir diese Missgeburt ausrotten. Schade, dass wir nicht in Russland sind, da macht man mit solchen Viechern kurzen Prozess. Wir haben sehr effiziente Insektenvertilgungsmittel!" Louis schüttelte bedauernd den Kopf und meinte: „Gregori, Gregori, das ist wieder einer deiner kuriosen Vorschläge!

Das ‚Vieh', wie du es nennst, ist eingesperrt, kann uns also nichts tun und wird über kurz oder lang sowieso verhungern, außer du hast vor, es zu füttern." „Das hab ich doch schon!", rief Gregori verärgert, „oder hast du vergessen, dass ich Han kurz vor seiner Metamorphose eine ganze Schachtel von unserem kargen Essen ins Labor geliefert habe?" „Gräm dich nicht, Gregori", tröstete Julia den aufgebrachten Russen, „vermutlich hast du uns sogar einen Gefallen getan. Du hast uns vielleicht damit mehr Zeit verschafft, das Verhalten dieses Wesens zu studieren, genauso wie ein Tier im Zoo, das man durch die Gitterstäbe beobachtet. Du weißt doch, Louis und ich haben Psychologie studiert und verstehen etwas von den ererbten und erworbenen Verhaltensweisen von Menschen und Tieren." „Ich glaube, Julia hat recht", schaltete sich Erik ein. „Hier bietet sich uns die einmalige Gelegenheit, ein Alien ganz ohne Gefahr zu studieren, solange es noch am Leben ist. Übrigens: Danke Julia, du hast mich mit deinen Ausführungen daran erinnert, dass ich unbedingt noch heute, gleich nach unserer Besprechung, der Bodenstation von den überraschenden Ereignissen hier in unserm Labor berichten muss."

Pullok und seine Männer kamen aus dem Staunen nicht heraus, als sie von Erik zu hören bekamen, was sich neuerdings im Labor auf dem Mars alles abgespielt hatte. Der Missionsleiter billigte den Vorschlag von Julia, das Mars-Wesen zu beobachten und sein Verhalten zu studieren, und meinte: „Ja, das ist eine großartige Gelegenheit für uns, etwas ganz ohne Gefahr über ein Alien in Erfahrung zu bringen." „Ohne Nahrung wird es in seinem Käfig nicht lange überleben können und das finde ich nur gerecht, denn es hat Han auf dem Gewissen", erwiderte Erik. „Aber bis dahin wird es noch allerhand von sich preisgeben", vermutete Pullok. Ich möchte jedenfalls, dass du uns alles gleich berichtest, was ihr herausgefunden habt." „Wird gemacht, Chef!", versprach Erik und unterbrach die Verbindung.

Julia und Louis studierten die Verhaltensweisen des Mars-Wesens und staunten nicht schlecht. Sie wollten vor allem herausfinden, ob es Intelligenz besitze, und starrten stundenlang auf den Monitor über der Labortür. Jeden Abend erstatteten sie Erik Bericht, was sie herausgefunden hatten. Der Kommandant erkundigte sich meistens mit den Worten bei ihnen: „Na, was treibt euer Studienobjekt so den lieben langen Tag?" „Es scheint sich für alle Geräte im Labor brennend zu interessieren und selbst meine Bodenproben vom Pavonis Mons, die hat es sich auch gleich gekrallt", sagte Louis kopfschüttelnd. „Mich wundert es lediglich, dass es die nicht auch gleich noch unterm Mikroskop untersucht hat." „Heute hat es einige der übrig gebliebenen Essenstuben von Han aufgeschraubt und ausgesaugt. Es hantiert mit seinen zwei zangenartigen Fortsätzen an den Extremitäten äußerst geschickt und verfügt in meinen Augen fraglos über Intelligenz", erklärte Julia. „Das Insekt scheint ja eine wahre Wundertüte zu sein und da es sich auch noch mit Nahrung zu versorgen versteht, wird es uns wohl noch länger erhalten bleiben", vermutete Erik.

„Vielleicht übersteht es sogar die Zeit bis zu unserem Heimflug in vier Wochen. Also macht fleißig weiter und bringt so viel über unseren seltsamen ‚Gast' heraus, wie ihr nur könnt!"

Das war jedoch leichter gesagt als getan, denn am folgenden Tag war das Insekt vom Mars aus dem Labor verschwunden. Julia und Louis starrten eine Weile ungläubig auf den Monitor, suchten alle Ecken und Winkel ab, inspizierten sogar die Decke, doch das Tier blieb unauffindbar. Nun stürmten sie zu Erik, der am Computer saß, und verkündeten ihm die unglaubliche Neuigkeit.

Der Kommandant sprang blitzschnell aus seinem Stuhl und rannte verstört zum Monitor. Als er den Marsianer nirgends entdecken konnte, rief er bestürzt: „Wie ist das möglich, er kann sich doch nicht in Luft aufgelöst haben, er war doch weggesperrt!" Er rüttelte an der Tür, die nach wie vor verschlossen war, zog einen Schlüssel aus seiner Brusttasche, zeigte ihn den beiden und schrie wie von Sinnen: „Da, seht her, ich habe die Tür extra von außen nochmals verschlossen, obwohl sie von innen durch ein Zahlenschloss gesichert war. Das tat ich aus Sicherheitsgründen, damit niemand ohne meine Erlaubnis das Labor betreten konnte."

In diesem Moment trat Gregori gähnend aus dem Schlafsaal. Er war vermutlich von dem Geschrei geweckt worden. Als er von den anderen erfahren hatte, was passiert war, kam ein ellenlanger Fluch von seinen Lippen und er knurrte: „Hab ich es euch nicht gesagt, wir hätten diese Missgeburt umbringen sollen, jetzt haben wir den Salat!" Kurz nachdem er seine Schimpfkanonade beendet hatte, zuckte so etwas wie ein überraschender Gedanke über sein Gesicht, er fluchte erneut und brüllte: „Wir Narren haben etwas übersehen, das Biest ist uns über den Notausgang entwischt, der am hinteren Ende des Labors direkt mit der Höhle in Verbindung steht!"

„Das ist auch unmöglich, denn auch der ist über ein Zahlenschloss gesichert", widersprach Erik. „Wer hat denn immer behauptet, das Biest sei intelligent? Waren das nicht Julia und Louis, unsere psychologischen Experten?", sagte Gregori erbittert. „Einen Zahlencode kann man wirklich spielend knacken, das schaffen sogar meine Buben daheim, wie ich gelegentlich feststellen musste."

Julia sagte erbleichend: „Das ist leider wahr, der Marsianer hat den Code offenbar herausgefunden und ist uns so durch die Lappen gegangen." Louis schüttelte besorgt den Kopf und meinte: „Es kann aber auch ganz anders gewesen sein. Er hat den Code Hans Hirnzellen entnommen, ehe er sie zu den seinen umgewandelt hat." „Über das Wie könnt ihr euch später noch streiten, wichtig ist für mich jetzt nur, dass es uns hereingelegt hat und uns entkommen ist!" „Nun erhebt sich für uns die Frage, was wir als Nächstes zu tun haben. Als euer Kommandant muss ich das entscheiden", sagte Erik mit barscher, befehlsgewohnter Stimme.

„Also, hört mich an! Zum Ersten werden wir den Flüchtling suchen und ausfindig machen, wo er sich herumtreibt. Zum Zweiten werden wir Wachen aufstellen, und zwar in der Luftschleuse, denn dort befinden sich zwei Monitore, welche die Umgebung des Habitats abbilden. Dort wird jeder von uns jeweils 6 Stunden lang Wache schieben, damit wir über jeden Schritt dieses

Insekts informiert sind. Und drittens wirst du, Gregori, uns irgendwelche Waffen besorgen oder, wenn es nicht anders geht, wirst du sie eben schmieden müssen."

„Aber Pullok hat uns doch keine Waffen mitgeschickt. Wie sollte er auch, wer denkt denn an so was?", protestierte Gregori. „Wir haben doch Werkzeuge für diverse Reparaturen und einige Metallteile vom Bau des Habitats werden in der Höhle auch noch herumliegen – lass dir was einfallen", wischte Erik den Einwand von Gregori vom Tisch. „Na ja", murrte der Russe, „ein paar Schwerter und Speere könnte ich vielleicht zusammenbasteln." „Schwerter und Speere", maulte Louis, „sind wir jetzt schon auf Steinzeitniveau herabgesunken? Ich jedenfalls werde erst wieder ruhig schlafen können, wenn ich ein Schnellfeuergewehr unter meinem Kopfkissen habe."

„Befinden wir uns denn in Gefahr, denkst du das Tier könnte uns angreifen?", fragte Julia Erik ängstlich. „Das weiß ich nicht", antwortete der Kommandant, „ich möchte jedenfalls für alle Eventualitäten gewappnet sein. Und nun Schluss mit den Debatten! Gregori und ich werden die Höhle durchkämmen und schauen, ob sich das Biest dort versteckt hat, und Louis wird inzwischen Wache in der Luftschleuse halten."

Erik stapfte mit Gregori im Schlepptau zur Luftschleuse, wo sie in ihre Raumanzüge stiegen. Louis blickte ihnen kopfschüttelnd nach und sagte zu Julia: „Ich halte diesen ganzen Aufwand für Mumpitz. Das Insekt wird da draußen im Freien nicht lange überleben können und in unser Habitat kann es auch nicht eindringen. Die Türen sind elektronisch verriegelt und nur mit Fernbedienungen zu öffnen, die nur wir besitzen."

„Ich bin nicht ganz deiner Meinung. Dieses Insekt, wie du es bezeichnest, hat einst in grauer Vorzeit auf diesem Planeten gelebt und wir wissen noch herzlich wenig über dieses Wesen. Es kommt augenscheinlich ohne Sauerstoff aus und muss einen für uns völlig unbekannten Stoffwechsel besitzen. Wir wissen nur, dass es zu einer Art Metamorphose fähig ist und dass es dazu und zu seiner Ernährung organisches Material benötigt. Es scheint außerdem Intelligenz zu besitzen, und wenn dem so ist, so hat es sich längst aus unseren Vorräten in der Höhle bedient. Und was den elektronischen Türöffner betrifft: hast du vergessen, dass auch Han einen besessen hat?" „Du denkst jetzt aber nicht, dieses Alien habe sich den unter den Nagel gerissen?", staunte Louis. „Bei seiner Intelligenz wäre das durchaus denkbar", vermutete Julia. „Deshalb halte ich es lieber mit Erik, der auf alle Eventualitäten vorbereitet sein möchte."

Erik und Gregori durchsuchten inzwischen die Höhle, um das Insekt dort aufzuspüren. Als sie an der Stelle vorbeikamen, wo ihre Nahrungsmittel lagerten, stieß Gregori wieder ein Gebrüll aus und schrie: „Verdammt, die Missgeburt hat uns beklaut, es fehlen Nahrungsmittel, da bin ich mir ganz sicher!" „Wundert dich das?", fragte Erik, „das Insekt kam hier vorbei und hat die gute Gelegenheit gleich beim Schopf gepackt. Wenn es nicht so gehandelt hätte, würde ich an seiner Intelligenz zweifeln, von der Julia so überzeugt ist."

„Das können wir dem Biest nicht durchgehen lassen!", rief Gregori verärgert und er griff nach einer Eisenstange, die in der Nähe lag. „Ich werde unsere Nahrung wieder aus ihm herausprügeln, außerdem müssen wir sie vor ihm in unserem Habitat in Sicherheit bringen." „Da hast du vollkommen recht", stimmte ihm Erik zu, „wir werden so viel ins Habitat schaffen, wie wir bis zu unserer Heimreise benötigen." „Warum nicht alles?", fragte der Russe überrascht. „Überlege doch mal", meinte der Kommandant, „wenn das Wesen zu verhungern droht, wird es bestimmt alles tun, um dem Hungertod zu entgehen. Es wird dann sicherlich ganz rabiat und aggressiv werden und vielleicht sogar versuchen, in unser Habitat einzudringen, um sich Nahrung zu beschaffen. Womöglich wird es uns sogar als Beute betrachten." „Da hast nun du nun auch wieder recht", brummelte der Russe.

Sie gingen weiter und suchten die ganze Höhle ab, fanden von dem „Wesen" jedoch keine Spur. Auf dem Rückweg beluden sie sich mit Schachteln voller Essens- und Wassertuben, so viel sie eben tragen konnten. Gregori fragte zweifelnd: „Ob das reicht?", und Erik erwiderte: „Bis zu unserem Abflug in knapp drei Wochen sollte das allemal genügen. Die Metallteile für deine Waffenanfertigung müssen wir eben in einem zweiten Gang holen. Mir ist übrigens eingefallen, wir haben noch etwas zu tun: Wir sollten die Tür vom Notausgang im Labor abschließen. So vermeiden wir, dass es sich dort wieder einschleichen kann und sich womöglich Dinge besorgt, die es für seine Zwecke verwenden kann. Zum Glück passt mein Schlüssel von der Vordertür des Labors auch zur Hintertür."

Sie stapften schwer beladen zur Luftschleuse und bedeuteten Louis, der pflichtbewusst im Schleusenraum Wache hielt, dass sie hereinwollten. Der Brasilianer, der keinen Raumanzug trug, verließ fluchtartig den Schleusenraum, denn er wollte nicht im Vakuum stehen, wenn die beiden die Türe von außen öffneten. Nachdem der Kommandant mit dem Russen die Luftschleuse betreten hatte, entledigten sie sich lediglich ihrer Helme, als wieder normaler Atmosphärendruck in der Kammer hergestellt war. Sie griffen sich ihre Schachteln und polterten noch im Raumanzug in den Mannschaftsraum. Julia und Louis blickten ihnen erstaunt entgegen und Julia zog sogar fragend die Augenbrauen hoch, als sie die vielen Schachteln sah. Erik erklärte: „Wir mussten unsere Nahrung in Sicherheit bringen, weil sich dein Vieh an ihr vergriffen hat."

„Was heißt hier ‚mein Vieh'?", entgegnete die Ärztin empört, „habe ich es denn herbeigerufen?" „Han und du, ihr habt jedenfalls so lange herumexperimentiert, bis die Sporen schließlich zum Leben erwacht sind und jetzt stecken wir in der Scheiße." „Also, jetzt sollen wir Wissenschaftler wieder einmal an allem schuld sein", erwiderte Julia zornig. „Wie wäre es damit: Hättest du die Notfalltür im Labor nicht übersehen, so wäre uns das

Insekt erst gar nicht durch die Lappen gegangen." „Leute, Leute, regt euch wieder ab", versuchte Louis, die Gemüter wieder zu besänftigen. „Streit untereinander können wir jetzt am allerwenigsten gebrauchen, wir haben schon genug Probleme am Hals." Das sahen die beiden Streithähne natürlich ein und zügelten ihr Temperament.

Erik meinte zu Julia in versöhnlichem Ton: „Lassen wir es gut sein, niemand konnte ahnen, wie sich die Situation tatsächlich entwickeln würde. Viel trugen ja auch unglückliche Umstände zu unserem Desaster bei. Warum musste sich auch Han ausgerechnet eine Spritzte mit diesen Zellen in den Oberschenkel rammen? Julia, du könntest mir übrigens behilflich sein. Versuch doch mal, ob du unter meinem Raumanzug an den Schlüssel in meiner Brusttasche kommst. Den brauche ich nämlich dringend. Stecke ihn mir bitte in eine Außentasche meines Anzugs, sodass ich leicht an ihn herankomme." Julia strengte sich sichtlich an, als sie verzweifelt versuchte, über den Halsausschnitt von Eriks Anzug in dessen Brusttasche zu greifen.

Das Gesicht von Louis zerfloss bei diesem Anblick zu einem breiten Grinsen und er sagte: „He, Julia, ist bei dir der sexuelle Notstand schon so groß, dass du derart an unserem Kommandanten herumgrapschen musst?" Endlich bekam Julia den Schlüssel zu fassen, trat zu Louis, hielt ihn ihm triumphierend vor die Nase und meinte: „Ihr Brasilianer seid ein lockeres Völkchen, ihr nehmt wohl gar nichts ernst. Ich finde übrigens, die Psychologen sind die Allerschlimmsten. Sie müssen stets auf den Busch klopfen und in den Gehirnen anderer Leute herumstöbern." Doch der Brasilianer schien auch die Rüge der Ärztin nicht ernst zu nehmen, denn sein Grinsen wurde auch bei diesen Worten nur noch breiter.

Erik bat Julia, den Schlüssel ihm in die rechte Außentasche seines Raumanzuges zu stecken, denn so käme er, trotz seiner Handschuhe, gut an ihn heran. Danach erklärte er, er würde mit Gregori noch einmal in die Höhle gehen, um Metallteile für dessen

Waffenbau zu holen und um die hintere Labortür sicher zu verschließen.

Nachdem die beiden in der Luftschleuse verschwunden waren, fragte Julia Louis, wobei sie leicht errötete: „Hat es wirklich so verboten ausgesehen, als ich Erik nach dem ominösen Schlüssel abtastete?" Louis schien einen Moment intensiv nachzudenken und sagte dann mit todernstem Gesicht: „Wenn ich ehrlich sein soll, es sah so aus, als wolltest du ihn jeden Augenblick vergewaltigen."

Die Ärztin begann herzhaft zu lachen, knuffte Louis in die Seite und rief: „Du bist einfach unverbesserlich! Es wird Zeit, dass du dich in die Luftschleuse verziehst und deine Aufgaben als Wachsoldat wahrnimmst." Während sich der Brasilianer, ebenfalls lachend, auf den Weg in die Luftschleuse machte, verschwand die Ärztin in ihrer Ambulanz.

Erik und Gregori kehrten schon nach kurzer Zeit aus der Höhle zurück, die Arme voller Metallteile, die sie im Schleusenraum aufstapelten. „Ich würde vorschlagen, du richtest deine Werkstatt hier ein", bemerkte Erik, „da störst du mit deinem Lärm die Leute im Mannschaftsraum am allerwenigsten." „Werkstatt ist gut", brummte Gregori, „siehst du hier irgendwo eine Werkbank oder gar einen Amboss?" „Du hast doch genug Werkzeug und ansonsten ist eben deine Fantasie gefragt", sagte Erik lächelnd.

Als der Russe sah, dass Erik begann, seinen Raumanzug auszuziehen, fragte er überrascht: „Wollten wir nicht heute noch das verdammte Insekt vor der Höhle mit dem Marsmobil suchen?" „Nein", entschied der Kommandant, „für heute hatten wir schon genug Aufregungen, das genügt mir vollkommen. Außerdem wird es draußen bald dunkel, morgen ist auch noch ein Tag! Wenn du noch nicht müde bist, kannst du schon einmal mit deiner Waffenproduktion anfangen."

Der Kommandant schälte sich weiter aus seinem Raumanzug, streifte seine Uniform über und verließ die Schleusenkammer. Gregori stieg ebenfalls aus seinem Anzug und blickte stirnrunzelnd auf die Blechteile zu seinen Füßen. Erik betrat den Mannschaftsraum. Er sah Louis am Computer sitzen und Julia, die am Plastiktisch einen Tee schlürfte. Er wandte sich zuerst an Louis und rief erstaunt: „He, was treibst du da, dein Wachdienst ist meines Wissens noch nicht zu Ende!" „Soll ich denn während meiner Wache ersticken? Ich gehe schon wieder zurück, wenn Gregori herauskommt", gab Louis patzig zur Antwort. „Da kannst du lange warten, der hat da drin noch zu tun und in der Zwischenzeit bewachen sich die Monitore wohl selbst?", meinte Erik, der sich über die freche Antwort des Brasilianers ärgerte.

„Na, dann kann er an meiner Stelle die Monitore überwachen", meinte Louis zufrieden. „Nein, das kann er eben nicht, der muss für uns Waffen anfertigen. Nun komm schon in die Gänge oder ich mache dir Beine", erwiderte Erik drohend, denn er hatte mit dem lässigen Brasilianer die Geduld verloren. Louis verließ murrend seinen Computer und verschwand in der Luftschleuse.

Erik setzte sich seufzend neben Julia und klagte: „Das Insekt ist unauffindbar und jetzt wird auch noch die Mannschaft renitent. Wenn ich etwas hasse, dann sind das unklare Verhältnisse, und ich fürchte, darin befinden wir uns gerade. Oder kannst du dir einen Reim auf das Verhalten von diesem unglaublichen Wesen machen? Was z. B. führt es im Schilde, ist es uns feindlich gesinnt etc.?"

„Nein", antwortete Julia, dafür wissen wir noch viel zu wenig von ihm. Auch für mich ist es wie ein Buch mit sieben Siegeln, eben ein Wesen von einem fremden Stern. Dich allerdings kann ich gut verstehen, für dich bricht eine harte Zeit an. Du musst jetzt schwierige Entscheidungen treffen, ohne genügend Fakten dafür in der Hand zu haben." „Ja, so sehe ich das auch", erwiderte Erik trübsinnig. „Mir jedenfalls reicht es für heute, ich haue mich jetzt aufs Ohr, obwohl ich schon weiß, ich werde nur schwer Schlaf finden, so viele Gedanken schwirren mir durch den Kopf!"

„In deiner Haut möchte ich nicht stecken", sagte die Ärztin mitfühlend. „Ein Kommandant gerät eben manchmal in eine Situation, in der jede seiner Entscheidungen falsch sein kann, und trotzdem muss er sie treffen." „Willst du nicht mitkommen, du könntest auch etwas Ruhe vertragen?", fragte Erik hoffnungsvoll. Julia sah auf ihre Uhr und erwiderte: „Das geht leider nicht, denn in einer halben Stunde muss ich Louis ablösen." „Na, dann bleibt mir wohl nichts anderes übrig, als dir einen ruhigen Dienst zu wünschen." Der Kommandant erhob sich und ging mit müden Schritten Richtung Schlafsaal.

Gleich am nächsten Morgen, nach Sonnenaufgang, machten sich Erik und Gregori auf die Suche nach dem entschwundenen Mars-Wesen. Sie benutzten dazu den Rover und klapperten damit die Umgebung der Höhle ab, wurden jedoch nicht fündig. Sie fuhren weiter in die Wüste hinaus und zogen immer größere Halbkreise um die Höhle. Schließlich schimpfte Gregori, der mit einem Fernglas die Gegend absuchte: „Das gibt es doch gar nicht, selbst wenn es die ganze Nacht gerannt sein sollte, kann es gar nicht so weit gekommen sein!"

Schließlich wurde ihre Suche doch noch von Erfolg gekrönt. Gregori blickte zurück zu ihrer Höhle und da sah er das Insekt seelenruhig auf dem Felsplateau über ihrem Habitat hocken. Erik, der das Marsmobil steuerte, warf nun ebenfalls einen Blick durchs Fernglas Richtung Felswand und murmelte anerkennend: „Sehr schlau, nach dort oben können wir ihm unmöglich folgen, wenigstens nicht mit unserem Rover. Um das Ungeheuer zu erwischen, müssen wir schon die circa 100 Meter hohe Felswand hochklettern." „Diese Missgeburt hat es doch tatsächlich geschafft, uns reinzulegen", knurrte Gregori grimmig. Sie machten kehrt und fuhren enttäuscht zurück zur Höhle.

Dort erzählten sie Julia und Louis, die schon neugierig und ungeduldig auf sie warteten, von ihrer überraschenden Entdeckung. „Jetzt können wir dieses Insekt nicht einmal mit den Raupenketten unseres Rovers zerquetschen", beendete Erik seinen Bericht. „Müssen wir das denn?", wandte sich Julia an Erik. „Siehst du es wenigstens jetzt ein, dass es sich um eine intelligente Spezies handelt? Außerdem wissen wir nicht einmal, ob es uns feindlich gesonnen ist. Ich denke, es will nur das Gleiche wie wir – einfach überleben!"

„Wenn es um unsere Sicherheit geht, bin ich eben für klare Verhältnisse", erklärte der Kommandant, „oder möchtest du aus unserem Habitat spazieren, wenn dieses Wesen da oben lauert? In knapp zweieinhalb Wochen müssen wir nämlich unser trautes Heim verlassen und zum Mars-Lander marschieren, denn dann fliegen wir hoffentlich heim."

„Bis dahin bleibt uns noch genügend Zeit und vielleicht hat sich unsere Situation dann schon wieder verändert", meinte Louis, „außerdem können wir doch die circa zwei Kilometer lange Strecke bis zu unserem Shuttle gemütlich mit unserem Rover zurücklegen." „Gewiss werden wir das", entgegnete Erik, „du hast nur leider vergessen, dass nur drei Leute ins Cockpit passen, einer muss zu Fuß gehen. Ich sehe schon, dass du ganz wild darauf bist, dieser Wüstenläufer zu sein, mit dem Insekt im Nacken." Louis schwieg erschrocken.

Da die Astronauten das Versteck des Mars-Wesens nun aufgespürt hatten, zeigte es keinerlei Scheu mehr vor den Menschen. Es kletterte mehrmals pro Tag die Felswand hinab, spazierte vor ihren Augen in der Nähe der Höhle herum und schien sie interessiert zu beobachten. Louis kommentierte das so: „Tja Leute, gleiches Recht für alle, zuerst haben wir dieses Wesen in unserem Labor studiert und jetzt studiert es eben uns in unserem Habitat." „Wir sollten das Miststück mit unserem Rover jagen", brummte Gregori.

Erik und Julia rieten ab, denn der Kommandant wollte nicht seinen Rover beschädigen und die Ärztin wollte das Tier nicht reizen. „Wir wissen nicht, wozu das Wesen in der Lage ist, und weshalb ein Risiko eingehen, wenn es dafür keinen Anlass gibt?", meinte sie. Erik änderte seine Meinung jedoch, als das Insekt zu ihrem Mars-Lander schlich und da herumschnüffelte. „Was treibt es da, was hat es da zu suchen?", fragte er alarmiert, „will es unseren Abflug verhindern? Dieses Risiko können wir nicht eingehen, ich muss mich ihm stellen!"

„Hast du den Verstand verloren?", entfuhr es Julia erschrocken. „Vermutlich sind wir diesem Wesen hoffnungslos körperlich unterlegen. Ich jedenfalls kenne die Stärke und die Schnelligkeit von Insekten und hier haben wir es mit einem sehr großen Insekt zu tun!" „Gregori hat bereits zwei Waffen angefertigt, ich bin also nicht unbewaffnet", erwiderte Erik halsstarrig. „Außerdem werde ich mein posthypnotisches Notfallprogramm aktivieren, das verleiht mir die Kraft von fünf Männern und die dreifache Reflex-Geschwindigkeit eines Menschen. Damit fühle ich mich diesem Insekt durchaus gewachsen." „Das ist wieder typisch für euch Männer, ihr wollt euch ständig als Helden aufspielen und vergesst bei diesem Macho-Gehabe den Verstand!", sagte die Ärztin ärgerlich. „Sollten wir nicht noch etwas warten, bis ich weitere Waffen für Louis und mich angefertigt habe, und dann das Biest von drei Seiten angreifen?", schlug Gregori vor.

„Auf keinen Fall, das muss ich alleine erledigen, ihr würdet mir nur im Wege stehen. Ich wäre abgelenkt, da ich mir ständig Sorge um eure Gesundheit machen würde. Meinetwegen könnt ihr von der Luftschleuse aus zusehen, wie ich das Biest fertig mache." Julia schüttelte nur noch den Kopf und sagte nichts mehr, da sie als gewiefte Psychologin klar erkannte, dass Erik nicht mehr umzustimmen war. Er sah sich wohl schon als strahlenden Helden, der sie alle rettete, wie weiland Perseus, der den schrecklichen Kraken besiegte und damit Andromeda rettete.

Schon am nächsten Tag bot sich Erik die Gelegenheit für seine Heldentat. Das Insekt war wieder die Felswand herabgeklettert und lungerte vor der Höhle herum. Erik scheuchte seine Crew aus der Luftschleuse, stieg in seinen Raumanzug und griff zu Speer und Schwert. Danach benötige er noch einige Minuten, um über Codeworte sein Notfallprogramm zu aktivieren. Dann war er so weit. Mit entschlossenen, roboterhaften Schritten trat er aus der Luftschleuse und stapfte auf seinen Gegner zu.

Sobald Erik den Raum verlassen hatte, eilten Julia, Louis und Gregori zurück in die Schleusenkammer und starrten, halb ängstlich, halb erwartungsvoll, auf die Monitore über ihren Köpfen, denn keiner von ihnen wusste, wie das Duell „Mensch gegen Insekt" ausgehen würde. Louis flüsterte mit stockender Stimme: „Das habe ich mir nicht einmal in meinen kühnsten Träumen vorzustellen vermocht, dass es zu einem ‚High Noon' auf dem Mars kommen könnte, bei dem ein Mensch gegen ein Insekt antritt. Schrecklich!"

Erik musterte das seltsame Wesen vor sich aufmerksam und näherte sich ihm vorsichtig, mit dem Speer in der rechten Hand und dem Schwert in seiner linken. Für einen Moment glaubte er, das Tier würde vor ihm die Flucht ergreifen, doch diesen Gefallen tat es ihm nicht! Im Gegenteil, es richtete sich auf seinen zwei Hinterbeinen auf und hatte so vier Extremitäten frei, um ihn zu empfangen. Seine Facettenaugen glänzten im Licht der tiefstehenden Sonne und Erik glaubte, in ihnen so etwas wie Spott zu erkennen, doch da musste er sich wohl täuschen. Er näherte sich dem Tier vorsichtig und langsam bis auf ungefähr 20 Meter, holte mit seinem Speer weit aus und schleuderte ihn dann mit voller Wucht auf seinen Feind.

Das Insekt machte einen blitzschnellen Sprung zur Seite und das Geschoss zischte an ihm vorbei. Nun überkam Erik eine berserkerhafte Wut. Er wechselte das Schwert von der linken in die rechte Hand und stürmte, einen Schrei auf den Lippen, auf seinen

Feind los. Im Nu hatte er ihn erreicht, hob das Schwert hoch über seinen Kopf und wollte damit dem Insekt den Kopf spalten. Sein Schwert sauste mit furchtbarer Wucht nieder, zerschnitt jedoch lediglich die Luft, denn das Wesen war vor seinen Augen verschwunden. Der Stahl schlug Funken aus dem Wüstenboden und riss den Kommandanten mit nach vorne.

Noch ehe er sich umwenden konnte, um nach seinem Feind Ausschau zu halten, fühlte er, wie vier unglaublich starke Extremitäten ihn von hinten packten und zu Boden drückten. Er hörte seine Rippen knacken und dachte, sein letztes Stündlein hätte geschlagen. Sekunden später verlor er das Bewusstsein.

Von einem Schreckensruf Julias begleitet, verfolgten die drei Astronauten mit aufgerissenen Augen, was sich da draußen abspielte. Das Tier war einfach über Erik hinweggesprungen und hatte ihn von hinten gepackt und zu Boden gedrückt. Doch was dann kam, damit hatte niemand gerechnet! Den Leuten von Erik blieb vor Staunen buchstäblich der Mund offen stehen:

Das Wesen richtete sich auf, stellte eines seiner Beine auf den am Boden liegenden Kommandanten und verharrte einige Sekunden in dieser Siegerpose. Danach nahm es sein Bein wieder von Eriks Brustkorb und zog, scheinbar desinteressiert, von dannen.

Jetzt endlich kam Leben in die Crew. Gregori schrie: „Schnell, Louis, wir müssen ihm helfen, hoffentlich kommen wir nicht zu spät!" Die beiden Männer schlüpften so schnell so konnten in ihre Raumanzüge und Julia eilte hektisch in ihre Ambulanz, um sie für eine Notaufnahme herzurichten. Das seltsame Wesen war inzwischen über die Felswand auf das Plateau über dem Habitat geklettert und beobachtete aus luftiger Höhe, was sich zu seinen Füßen tat. Gregori und Louis stürmten zu ihrem bewusstlosen Kommandanten und sahen zu ihrer Erleichterung, dass er noch atmete. Sie fassten ihn unter die Achseln und schleiften ihn eilig in die Luftschleuse. Dort schälten sie ihn aus seinem Raumanzug und trugen ihn zu Julia in die Ambulanz. Julia wurde kreidebleich und blickte äußerst besorgt.

Die Männer legten den Kommandanten auf eine Liege und Julia begann, mit zitternden Fingern, Erik zu untersuchen. Im Laufe dieser Untersuchung gewann sie zusehends an Fassung und ihr Gesicht bekam wieder etwas Farbe. Sie wandte sich den beiden erwartungsvoll dreinblickenden Männern zu und meinte: „Er hat, glaube ich, wieder einmal Glück gehabt. Ich kann nur ein paar gebrochene Rippen an seiner rechten Brustkorbseite feststellen. Seine Bewusstlosigkeit ist seiner totalen Erschöpfung geschuldet. Diese aktivierten Notfall-Programme führen nämlich dazu, dass der Körper völlig ausgepowert wird. Ich habe das schon damals bei unserem Unfall in der Wüste festgestellt und Erik davor gewarnt, die Finger von diesem posthypnotischen Firlefanz zu lassen."

„Er wird also wieder ganz gesund werden?", fragten Louis und Gregori erleichtert. „Meiner Meinung nach schon", erwiderte die Ärztin. „Ich werde ihm eine Kreislaufspritze verpassen und mit Sauerstoff beatmen, das wird ihn hoffentlich wieder auf die Beine bringen." Die Behandlung von Julia zeigte Wirkung und 20 Minuten später schlug Erik die Augen auf.

Er blickte sehr verwirrt um sich und schien im ersten Moment gar nicht zu erkennen, wo er sich befand. Er versuchte, sich aufzurichten, sank jedoch gleich wieder mit einem Stöhnen auf seine Liege zurück. „Verdammt, was ist mit meiner rechten Seite?", fragte er etwas kläglich die Ärztin. „Das Insekt hat dir lediglich ein paar Rippen gebrochen, aber ansonsten scheinst du okay zu sein", antwortete ihm diese. Nun erfuhr Erik von seinen beiden Kameraden, was während seiner Bewusstlosigkeit geschehen war. „Das Biest hatte einen Fuß auf dich gestellt und stand triumphierend wie ein siegreicher Gladiator über dir. Vielleicht besitzen diese Viecher sogar eine Art Ehrenkodex", beendete Louis seinen Bericht.

„Ach ja, der Kampf, jetzt fällt mir alles wieder ein", stöhnte Erik. „Ich kann euch flüstern, ich hatte dabei so gut wie keine Chance, trotz meines optimierten Zustandes. Das Insekt war unglaublich stark und es besitzt Reflexe, davon können wir Menschen nur träumen. Selbst zu viert sind wir diesem Tier hoffnungslos unterlegen. Doch es will mir nicht in den Kopf, weshalb es mich nicht getötet hat, es wäre für ihn ein Klacks gewesen. An deine Idee von einer Art Ehrenkodex, Louis, vermag ich nicht zu glauben. Die scheint mir zu weit hergeholt. Hat einer von euch eine bessere Idee?", fragte er die drei, die um seine Liege standen.

Gregori und Louis schüttelten den Kopf. Julia ließ sich mit ihrer Antwort mehr Zeit. Sie kaute eine Weile auf ihrer Unterlippe und fixierte die Wand rechts von ihr, ohne etwas zu sehen. Nach einer Weile belebten sich ihre Gesichtszüge wieder und sie sagte: „Mir ist da so ein Gedanke gekommen, doch der ist so abstrus, dass ich ihn gar nicht aussprechen möchte." „Was, sag schon, heraus damit!", ertönte es von den drei Männern.

Julia wandte sich an Louis und sagte: „Du hast doch ebenfalls einen Master in Psychologie, demnach ist deine Empathie geschult und du kannst dich gut in andere reinversetzen. Also, dann versuche dich mal in die Lage dieses Mars-Wesens hineinzudenken. Du erwachst auf einem öden, wasserlosen Planeten, der dir keinerlei Überlebenschancen bietet. Da begegnest du vier Aliens, denn auf dem Mars sind wir die Aliens, denen es an nichts mangelt. Sie haben genug zu essen, eine Wohnstatt und jede Menge Technik zu ihrer Verfügung. Was würde dir da so durch den Kopf gehen?"

Louis überlegte kurz und sagte: „Die haben es gut, mit deren Ressourcen lässt es sich gut leben, in deren Lage würde ich auch gerne sein." „Ja, ich glaube, du bist auf dem richtigen Weg. Was weiter?" „Na ja", fuhr Louis fort, „vielleicht würde ich mit dem Gedanken spielen, die Menschen zu töten und ihnen alles wegzunehmen, denn ich bin stärker als sie." „Gut, weiter", hetzte Julia.

„Na nichts weiter, damit sind meine Optionen, meine Möglichkeiten erschöpft."

„Wirklich nicht!", sagte Julia triumphierend, „wie wäre es denn damit: Das Tier würde sich sicherlich auch Gedanken darüber machen, woher wir so plötzlich aufgetaucht sind, woher all unsere Ausrüstung stammt. Das muss in den Augen des Insekts ein wahres Paradies sein und der Gedanke, in dieses Paradies zu gelangen, dürfte in ihm übermächtig werden." „Ah, ich verstehe", murmelte Louis und fasste sich an den Kopf. „Es will mit unserer Hilfe in dieses Paradies gelangen, es will mit uns zur Erde und du meinst, deswegen hat es uns noch nicht umgebracht."

Erik hatte mit wachsendem Entsetzen den beiden gelauscht und nun hielt ihn nichts länger auf seiner Liege. Er schnellte hoch, sank jedoch mit schmerzverzerrtem Gesicht wieder zurück und rief: „Was redet ihr da, das Alien will mit uns zur Erde, dann stecken wir in einem noch größeren Schlamassel, als ich bisher geglaubt habe. Wie sollen wir das denn verhindern?"

„Wir könnten es mit dem Rover jagen und es zur Strecke bringen, dann hätten wir endlich Ruhe vor diesem Ungeheuer!", schlug Gregori vor. „Ihr Männer mit eurer ‚Hau-drauf-Methode'!", sagte Julia kopfschüttelnd, „ihr bringt euch damit nur selbst in Gefahr und ob ihr es überhaupt erwischt, steht in den Sternen. Es ist sehr flink und kann jederzeit die Felswand hochklettern." „Dann müssen wir eben warten, bis es sich weit genug von der Wand entfernt hat, z. B., bis es wieder einmal einen Ausflug zu unserem Mars-Lander unternimmt", entgegnete Gregori halsstarrig.

„Das wäre eine Option, auch wenn es nicht ganz ungefährlich wäre", kommentierte Erik den Vorschlag Gregoris, „doch von einer weiteren Kalamität habe ich euch noch gar nichts erzählt, weil ich euch schonen wollte." „Von welcher?", fragten die drei anderen überrascht und beunruhigt.

„Ich habe neulich mit Pullok gesprochen und der hat mir gesagt, dass die Regierungen erwägen, uns gar nicht erst landen zu lassen, wenn wir diese verfluchten Sporen an Bord haben. Und nun schleppen wir ihnen womöglich ein ausgewachsenes Alien mit Milliarden dieser Sporen an. Ihr könnt euch denken, wie das ihre Entscheidung beeinflussen wird!" „Na toll, dann sind wir also voll am Arsch, wenn wir dieses Insekt nicht loswerden", sagte Gregori wenig prosaisch. Auch Louis war von Eriks Mitteilung erschüttert und meinte: „Gut zu wissen, da stilisiert man uns zuerst zu Helden hoch und lässt uns dann fallen wie eine heiße Kartoffel, sobald Probleme auftauchen!"

„Der Vorschlag stammt, wie gesagt, von unseren glorreichen Regierungen und nicht von der NASA. Pullok würde alles tun, um uns heil zur Erde zurückzubringen, das könnt ihr mir glauben", sagte Erik. „Er hat allerdings auch etwas von unseren blauen Pillen gefaselt. Ich denke, er wollte damit andeuten, dass wir uns opfern sollten, falls wir es nicht schaffen, quasi keimfrei zurückzukehren."

„Das wird ja immer skurriler!", empörte sich Julia, „die müssen eine höllische Angst vor diesen Sporen haben. Vielleicht fürchten sie sogar, wir könnten damit eine veritable Pandemie auf der Erde auslösen. Und wir sollen auch noch aus freien Stücken Selbstmord begehen, damit sie sich nicht die Finger schmutzig machen müssen. Aber Leute, da werden wir nicht mitspielen, noch gibt es Möglichkeiten für uns." „Ja welche denn?", fragte der Kommandant und in seiner Stimme schwang ein Unterton von Resignation mit. Die Ärztin beantwortete seine Frage mit einer Gegenfrage, so wie es häufig ihre Art war. „Stellt euch vor, ihr habt es mit einem Gegner zu tun, der euch haushoch überlegen ist und gegen den ihr trotzdem antreten müsst. Was würdet ihr tun?"

„Ich würde versuchen, eine offene Auseinandersetzung zu vermeiden und mir was anderes ausdenken", sagte Louis. „Sehr gut,

Louis, genau das habe ich getan, denn einen solchen Gegner wie dieses Mars-Wesen kann man nur versuchen, zu überlisten", sagte Julia. „Aber wie?", fragte Erik ziemlich ungeduldig, „komm schon zum Punkt und sag mir, wie du das anstellen willst." Julia machte eine Kunstpause, um die Wirkung ihrer Worte zu erhöhen, und fuhr dann fort: „Ich habe mir überlegt, wir könnten doch die restliche Nahrung aus unserer Höhle in die Wüste hinausschaffen und damit das Insekt von unserem Habitat weglocken. Wenn uns das gelingen würde, hätten wir freie Bahn zu unserem Mars-Lander und wir könnten uns klammheimlich aus dem Staub machen."

„Eine feige Flucht", brummte Gregori, „das ist wieder einmal typisch für das weibliche Geschlecht. Frauen lieben eben nicht den fairen, offenen Kampf wie wir Männer, weil sie dabei meist keine Chance haben. Im Gegenteil, sie arbeiten meist mit Tricks und Hintergedanken, das habe ich schon viel zu oft bei meiner eigenen Ehefrau erfahren müssen, die eine ganz gewiefte Intrigantin sein kann." „Was willst du denn, Gregori: etwa in einem ehrenhaften, heldenhaften Kampf sterben?", fragte Louis sarkastisch nach. „Sei doch froh, dass uns Julia einen Ausweg aus unserer prekären Lage aufgezeigt hat." Auch Erik fand Julias Plan eigentlich genial und nahm den beschämenden Umstand einer feigen Flucht mit in Kauf. Er meinte allerdings, der Plan habe noch einige Schwachpunkte, die es auszuräumen gelte. Er fragte daher Julia: „Was machen wir, wenn das Tier wirklich so intelligent ist, deinen Plan durchschaut und nicht in die Falle tappt?"

„Selbst wenn es den Plan durchschauen sollte, wird es gezwungen sein, nach ihm zu handeln", erklärte Julia, „oder würdest du lieber verhungern wollen, als deinen Beobachtungsposten für kurze Zeit im Stich zu lassen, um dir Nahrung zu beschaffen?" „Ich verstehe, deine Schlussfolgerung ist nicht zu widerlegen", stimmte ihr der Kommandant zu. „Aber, wenn ich es recht bedenke, haben wir nur einen Versuch und wir müssen ständig auf dem Sprung sein, unser Habitat zu verlassen."

„Und wenn das Tier uns flüchten sieht, wird es keinen Augenblick zögern, uns zu verfolgen – und dass es schnell ist, das wissen wir bereits." „Das alles können wir handeln", meinte die Ärztin zuversichtlich. „Wir müssen seine Nahrung eben weit genug vom Mars-Lander entfernt deponieren, sodass es uns bei diesem Wettrennen nicht einholen kann. Den Rover sollten wir zuvor mit den Dingen beladen, die wir auf unserem Heimflug mitnehmen wollen, und einfach alles so vorbereiten, dass wir das Habitat jederzeit und auf schnellstem Wege verlassen können."

„Gut", sagte Erik, den die vielen Diskussionen sichtlich mitgenommen hatten, „ich schlage jetzt vor: Wir werden zuerst versuchen, Gregoris Plan auszuführen, und wenn das nicht klappen sollte, dann haben wir noch Julias Plan in der Hinterhand. Doch nun müsst ihr mich entschuldigen, ich fühle mich völlig ausgelaugt, ich brauche etwas Ruhe." Der Kommandant glitt mühsam von seiner Liege, dann verließ er mit müden Schritten die Ambulanz und steuerte auf seine Koje im Schlafsaal zu.

Die drei Zurückgebliebenen diskutierten noch lange über die Vor- und Nachteile der beiden Pläne. Julia verteidigte ihren eigenen Plan, denn sie hielt ihn für besser und vor allem für den weitaus ungefährlicheren. Gregori wiederum hielt seinen Plan für den Besseren, denn er sei zwar etwas riskanter, schaffe aber klare Verhältnisse. Sollte sein Plan nämlich aufgehen, meinte Gregori, so hätten sie mit einem Schlag alle Sorgen mit diesem Biest vom Hals und könnten sich in aller Ruhe auf ihre Abreise vom „Roten Planeten" vorbereiten.

Da sie zu keiner einvernehmlichen Entscheidung kommen konnten, beschlossen sie, morgen mit dem Kommandanten nochmals darüber zu reden, denn schließlich hatte er bei wichtigen Entscheidungen das letzte Wort. Am nächsten Tag ging es Erik schon viel besser. Er wirkte ausgeruht und nur der Brustkorb schmerzte ihn noch bei tiefen Atemzügen und beim Husten. Nachdem ihm seine Crew von ihren Diskussionen vom

Vorabend berichtet hatte, blieb der Kommandant trotzdem bei seiner Entscheidung vom Vortag und begründete sie wiederum mit dem Hinweis: „Wenn Gregoris Plan klappt, haben wir unser Problem ein für alle Mal gelöst, können wieder ruhig schlafen und brauchen keine Wache mehr in der Luftschleuse. Aber keine Sorge, Julia, über deinen Plan freue ich mich auch riesig, und es ist immer gut, eine Alternative in der Hinterhand zu haben. Louis, du wirst Gregori bei der Durchführung seines Vorhabens behilflich sein, ich fühle mich noch nicht ganz fit für eine solche Treibjagd."

Gregori und Louis schlüpften nach dem Frühstück in ihre Raumanzüge, stiegen in das Marsmobil und lauerten dem Insekt auf. Sie mussten nicht lange warten. Das Mars-Wesen kletterte wie all die letzten Tage die Felsmauer herab und bezog vor ihrem Habitat, unweit des Höhleneingangs, Stellung.

„Verdammt", schimpfte Gregori, „es ist noch zu nah an der Wand, so kann es uns leicht entkommen." „Ob es etwas ahnt?", fragte Louis zweifelnd. Nach Stunden der Warterei gaben die beiden entnervt auf und kehrten in den Mannschaftsraum zurück. „Das Biest denkt gar nicht daran, sich weiter als ein paar Schritte von der Felswand zu entfernen", erklärte Gregori grimmig. „Vielleicht solltet ihr nicht im Rover warten, das Insekt hat euch vermutlich bemerkt und wurde misstrauisch", meinte Julia.

Am nächsten Tag befolgten die Männer den Ratschlag der Ärztin und beobachteten das Tier von der Luftschleuse aus. Sie trugen bereits ihre Raumanzüge und hatten ihre Helme griffbereit, sodass sie jederzeit loslegen konnten. Das Biest tat ihnen aber wiederum nicht den Gefallen, sich so weit von der Felswand zu entfernen, dass sie es mit dem Rover von der Wand wegtreiben konnten. Louis seufzte und meinte: „Mensch, Gregori, dein Plan fordert einem schon eine Menge Geduld ab." „Das tut jede Jagd!", war die Antwort des Russen.

Letztendlich waren sie aber mit ihrer Geduld am Ende und sie kehrten zurück in den Gemeinschaftsraum. „Ein Gutes hat eure Jagd dann doch, wenn auch nur für Julia und mich", erklärte Erik. Wir müssen keinen Wachdienst schieben, denn den habt dankenswerter Weise schon ihr übernommen. Doch ich möchte nicht ungerecht sein, eure Überstunden werde ich euch selbstverständlich gutschreiben.

Der Russe war ein Mensch voller Ausdauer und sagenhafter Geduld, er wollte sich nochmals auf die Lauer legen. Am dritten Tag war ihnen das Schicksal hold und ihr Durchhaltevermögen wurde belohnt. Louis war gerade vor lauter Langeweile in der Luftschleuse eingedöst, als ihn das Gebrüll von Gregori weckte, der lautstark kundtat: „Die Missgeburt bewegt sich in Richtung unseres Mars-Landers, jetzt schnappen wir sie uns!"

Die beiden Männer stülpten sich in aller Eile ihre Helme über und stürmten zum Rover. Als Gregori endlich ihr Gefährt in Gang gebracht hatte, war das Tier schon fast beim Lander angelangt. Gregori jagte den Rover auf die maximale Geschwindigkeit hoch und so kamen Tier und Maschine fast gleichzeitig beim Landemodul an. Gregori fuhr sofort mit dem Rover auf das Insekt los, doch dieses raste mit affenartiger Geschwindigkeit um die Rakete herum und spielte mit ihnen „Fang mich doch".

Die Raupenketten ihres Rovers schleuderten Sandfontänen gen Himmel. Doch sie bekamen das Tier nicht zu fassen. Gregori fluchte und rief ganz außer Atem, so als wäre er und nicht das Tier so schnell gelaufen: „Das gibt's doch gar nicht, irgendwann muss doch das Biest auch mal müde werden!" Genau so, als habe es Gregoris Stimme vernommen, sprang das Tier vor ihnen hoch und war mit einem Satz auf dem Landemodul.

Es klammerte sich dort mit seinen Saugnäpfen fest. Es sah beinahe so aus, als hätte es wirklich nur mit ihnen gespielt und hätte jetzt das Spiel satt. „Tja, was machen wir jetzt?", fragte Louis, der vor Aufregung ebenfalls schwer atmete. „Wir warten, denn irgendwann muss es da ja auch wieder runter", antwortete Gregori. „Meinst du nicht, dass wir hierbei die schlechteren Karten haben?", gab Louis zu bedenken. „Das Tier sitzt dort oben ganz bequem, während uns hier unten langsam der Sauerstoff in unseren Anzügen ausgeht." „Dann werde ich eben versuchen, es herunterzulocken", brummte Gregori und er fuhr den Rover etwa 100 Meter vom Mars-Lander weg.

Das Tier ergriff die Chance, sprang herab und raste in Richtung Felswand. Gregori rief „Halali" und gab Vollgas. Doch sie hatten keine Chance, es einzuholen. Es erreichte lange vor ihnen die Felswand, kletterte hinauf und blickte auf sie herab, als auch der Rover unter der Wand angekommen war. Gregori blinzelte ärgerlich zu diesem unglaublichen Wesen hoch und murmelte enttäuscht: „Eine klassische Pattsituation, keiner kann dem anderen was antun."

KAPITEL 6

Flucht und Heimkehr

Die beiden Männer kehrten frustriert und ziemlich nachdenklich mit dem Rover zum Habitat zurück und stellten ihr Gefährt dicht neben der Luftschleuse ab. Sie verließen das Fahrzeug, entledigten sich in der Luftschleuse ihrer Raumanzüge und schlichen wie geprügelte Hunde und mit hängenden Köpfen in den Gemeinschaftsraum. Julia und Erik sahen den beiden etwas erschrocken entgegen und fragten, was passiert sei.

Die schlechte Laune war dem Russen förmlich anzusehen, als er dem Kommandanten und der Ärztin erzählte, wie es ihm und Louis bei der Alienjagd ergangen war. Er schloss mit den Worten: „Nie im Leben hätte ich mir träumen lassen, dass mich einmal ein intelligentes Insekt derart an der Nase herumführen würde. Das war wirklich ein empfindlicher Tiefschlag gegen mein menschliches Selbstbewusstsein!"

Louis versuchte, die Situation durch einen Witz aufzulockern, und sagte zu Gregori: „Du kannst froh sein, dass nicht auch noch unsere irdischen Insekten mit Intelligenz gesegnet sind. Was würdest du beispielsweise von intelligenten Stechmücken halten, unseren allseits gehassten Blutsaugern?" Da niemand lachte, versuchte er, auf andere Weise die allgemeine Stimmung etwas zu heben, und erklärte: „Unsere Jagd hatte auch ihr Gutes. Jetzt wissen wir wenigstens, wie schnell dieses Biest wirklich sein kann, nämlich fast so schnell wie unser Rover bei Maximalgeschwindigkeit. Damit können wir aber auch leicht errechnen, wie weit wir die Nahrungstuben in die Wüste hinausbringen müssen, damit uns das Tier nicht einholen kann, wenn wir zu unserem Mars-Lander flüchten. Das ist eine einfache Dreisatzrechnung

aus der Grundschule, die ich euch im Kopf ausrechnen kann."
Er zog aber dann doch den Computer zu Rate.

Erik hatte die Berichte der beiden Männer wortlos angehört und sagte nun zu Julia: „Na, jetzt kommt dein genialer Plan ja doch noch zum Einsatz, freust du dich darüber?" „Keineswegs", antwortete die Ärztin zu seiner Überraschung, „ich fühle mich nämlich von diesem unglaublichen Wesen immer abhängiger, ja geradezu bedroht. So sind wir beispielsweise bei der Durchführung meines Planes von seiner gnädigen Mithilfe abhängig. Schließlich muss es unser Lockvogelangebot erst einmal akzeptieren und zum Nahrungsdepot in der Wüste marschieren, ehe wir aus unserem Habitat flüchten können."

„Ich denke, von einer unmittelbaren Bedrohung zu reden, ist schon etwas übertrieben", meinte Erik, „ich halte es praktisch für ausgeschlossen, dass das Wesen bei seiner Flucht von Han auch noch den elektrischen Türöffner mitgenommen hat, wie Louis einmal vermutet hat. Ansonsten hätte es bestimmt schon den Mars-Lander geöffnet, neugierig, wie es ist.

Oder es hätte sogar versucht, in unser Habitat einzudringen. Nein, hier drinnen sind wir vor dem Insekt vorläufig sicher." „Mag sein", räumte Julia ein, „doch wir sind hier auch eingesperrt. Nur mit dem Rover kommen wir noch vor die Tür. Oder willst du dem Biest noch einmal zu Fuß begegnen? Du hast es schon einmal versucht und das hätte dir beinahe das Leben gekostet." „Nein, bestimmt nicht", brummte Erik, „das eine Mal genügt mir. Aber ehe wir uns weiter über unsere prekäre Lage auslassen, sollten wir lieber deinen Plan durchgehen und versuchen, irgendwelche Schwachpunkte zu erkennen und auszumerzen."

Jetzt schaltete sich auch Gregori ein und meinte: „Einer der Knackpunkte bei Julias Plan ist sicherlich, wie schnell uns der Einstieg in den Mars-Lander gelingt, wenn uns das Monster auf den Fersen ist. Die Luftschleuse unseres Moduls bietet nämlich nur Platz für einen von uns. Von Umziehen kann da selbstverständlich keine Rede sein, das würde uns viel zu viel Zeit kosten, ja wir dürfen nicht einmal unsere Helme abnehmen, denn sonst müssten wir viermal den Luftdruck in der Schleuse ändern. Ich würde also vorschlagen, wir sollten das Marsmodul total entlüften und dann in unseren Raumanzügen zur PROMETHEUS fliegen. Für die kurze Zeit geht das."

„Ein sehr guter Vorschlag", lobte Erik. „Wie lange schätzt du, wird deiner Meinung nach unser Um- bzw. Einstieg dauern?" „Wenn ich für jeden von uns 15 Sekunden rechne, etwa eine Minute", erklärte Gregori. „Louis, wie weit bist du mit deinen Berechnungen?", wollte der Kommandant wissen. „Das ist nicht so einfach, wie ich gedacht habe", kam die Antwort des Brasilianers. „Ich muss hier mit mehreren Unbekannten jonglieren, wie: Wann kriegt das Tier mit, was hier gespielt wird, und beginnt, uns zu verfolgen, oder wie hoch ist seine Maximalgeschwindigkeit wirklich und Ähnliches mehr."

„Ich glaube, ich kann dir deine Berechnungen etwas vereinfachen. Gehe einmal davon aus, dass wir mehr als eine Minute Vorsprung brauchen, sagen wir mindestens eineinhalb."

„Ja, das vereinfacht die Sache etwas, warte, ich hab's gleich!" Sekunden später teilte der Brasilianer mit, dass sie das Nahrungsmitteldepot mindestens eineinhalb Kilometer weiter vom Mars-Lander entfernt errichten müssten, als dieser von ihrer Höhle entfernt war. „Hat sonst noch jemand einen Vorschlag auf Lager?", fragte Erik in die Runde.

„Ja, ich", meldete sich Julia. „Wie gesagt, wir sind vom Verhalten dieses Tieres abhängig. Wenn es sich bequemt, zu dem Nahrungsmitteldepot zu kriechen, müssen wir sofort los. Mir wäre das lieber heute als morgen, ich kann erst wieder ruhig schlafen, wenn ich auf der PROMETHEUS bin. Nun meine Frage: Können wir schon früher an Bord unseres Raumschiffes als unmittelbar vor unserem Abflugtermin?"

Darauf antwortete ihr Gregori an Stelle von Erik: „Ja natürlich, wir haben glücklicherweise ein Startfenster von 4 Wochen, denn die PROMETHEUS ist so ausgestattet, dass sie 4 Wochen länger im Raum bleiben kann, als sie für die kürzeste Stecke zwischen Mars und Erde benötigt. Dafür reichen ihre Energie-, Luft- und Nahrungsvorräte."

„Das ist sehr gut", freute sich Julia, „dann würde ich vorschlagen, wir bauen unsere Falle gleich morgen auf." „Einverstanden", erklärte der Kommandant. „Halt, nicht so hastig!", rief Louis. „Was wird aus meinen Bodenproben und den ganzen Computersticks, auf denen unsere Forschungsdaten gespeichert sind? Wir wollen doch schließlich nicht mit leeren Händen daheim ankommen." „Gut, dass du daran gedacht hast, Louis", bemerkte Erik, „also befehle ich dir, die Sachen noch heute im Marsmobil zu verstauen." Der Brasilianer schaute zwar etwas verdutzt, sagte aber nichts dazu.

Erik fand in dieser Nacht kaum Schlaf. Zu viele Gedanken und Befürchtungen gingen ihm durch den Kopf und ihn plagte ständig das Gefühl, etwas Wesentliches übersehen zu haben. Trotzdem machten sich er und Gregori gleich nach dem Frühstück auf den Weg, um die Falle aufzubauen.

Das Tier war noch nicht vor ihrer Höhle aufgetaucht und das galt es zu nutzen. Nachdem sie in ihre Raumanzüge gestiegen waren, schlichen sie wie zwei Diebe aus dem Habitat zu ihren Vorräten in der Höhle. Als sie bei den Nahrungsmitteln angekommen waren, sagte Gregori grimmig: „Es fehlen schon wieder etliche Tuben, das Teufelsvieh hat uns erneut bestohlen!" „Fehlt viel?", fragte Erik erschrocken, „sonst können wir noch lange warten, bis der Hunger das Vieh zu den Tuben treibt, die wir in die Wüste bringen wollen."

„Ich glaube nicht, ansonsten könnten wir tatsächlich den Plan von Julia gleich vergessen", erwiderte Gregori. „Was ich nicht verstehe, wie konnten wir das übersehen? Niemand von unserer Wachmannschaft hat mir was gemeldet und ich selbst habe auch nichts bemerkt." „Es wird sich nachts, während wir schliefen, an uns vorbeigeschlichen haben", vermutete Gregori. „Das Insekt ist also zu allem Überfluss auch noch nachtaktiv, das hat uns gerade noch gefehlt", sagte Erik niedergeschlagen. „Jetzt müssen wir auch noch nachts Wache schieben. Komm, lass uns schnell die Tuben hier zusammenraffen, ehe das Biest wieder auftaucht, um sich auch noch den Rest unter den Nagel zu reißen."

Erik und Gregori stapelten die Nahrungs- und Wassertuben in einen Behälter und trugen diesen, so schnell sie konnten, zum Habitat. Dort erzählte Erik der Ärztin und dem Brasilianer, was sie in der Höhle entdeckt hatten. Julia meinte: „Ich bin gespannt, was dieses Wesen noch für Überraschungen für uns bereithält, aber dass es auch nachts gut sieht, hätten wir allein schon an seinen Facettenaugen von der Größe einer Untertasse erahnen können."

Der Kommentar von Louis war lapidarer, als er meinte: „Dann werden wir uns wohl auf eine Flucht bei Nacht und Nebel einstellen müssen, denn bei der Schlauheit des Tieres wird es sicherlich nachts in die Wüste schleichen, um sich seine Nahrung zu holen." Und Gregori brummte: „Jetzt müssen wir also auch noch nachts Wache schieben. Zum Glück ahnt das Miststück nicht, dass unsere Kameras am Habitat und am Rover nicht nur zoomen können, sondern auch für die Nachtsicht geeignet sind."

Erik, der in die Luftschleuse gegangen war, kam zurück und berichtete: „Unser ‚Freund' ist soeben vor der Höhle aufgetaucht, komm schon, Gregori, halten wir ihm sein Fresschen unter die Nase." Die beiden Männer, die noch ihre Raumanzüge trugen, schickten sich an, ihre Helme aufzusetzen, doch Julia hielt sie zurück und rief: „Halt, was machen wir, wenn das Tier euch folgt und sich gleich sein Essen schnappt! So schnell sind wir noch nicht zur Flucht bereit." „Das glaube ich nicht", sagte Gregori, „das Vieh hat einen Heiden-Respekt vor unserem Marsmobil.

Sollte es uns aber tatsächlich folgen, so jagen wir es zurück zur Felswand." Nachdem das Tier noch circa 100 Meter von ihrem Habitat entfernt war, setzten die Männer ihre Helme auf und stapften zum Rover.

Als das Insekt sah, dass die Männer den Rover bestiegen, machte es sofort kehrt und kletterte die Wand hoch. Von seinem sicheren Platz dort oben beobachtete es, wie Erik und Gregori in die Wüste hinausfuhren, dort in der Wüste etwas ausluden und wieder zurückkamen. Wenig später betraten sie den Mannschaftsraum, rieben sich die Hände und Gregori meinte: „So, die Falle für das Biest steht." „Meint ihr, es hat mitbekommen, welche Leckerbissen da draußen herumliegen?", fragte Louis zweifelnd.

„Spätestens, wenn es in der Höhle mitkriegt, dass sein Futterplatz leer ist, wird es ahnen, wohin wir sein Futter geschafft haben", vermutete Erik.

„Ich denke, so neugierig, wie es ist, wird es vielleicht noch heute seinen neuen Futterplatz inspizieren. Also Leute, bereiten wir uns auf eine schnelle Abreise vor. Louis, du übernimmst die erste Wache und ich löse dich in 6 Stunden ab. Zieh aber deinen Raumanzug an, ohne natürlich deinen Helm aufzusetzen, dann bist schon einmal du zum Abmarsch bereit. Das sollte jeder, der zur Wache eingeteilt ist, so machen. Übrigens: Ich möchte euch mitteilen, dass ich derjenige sein werde, der zum Mars-Lander sprinten wird. Ich werde dafür mein Notfallprogramm aktivieren und ich wette mit euch, dass ich einen neuen Weltrekord über 1500 Meter aufstellen werde."

Niemand fand sich bereit, diese Wette mit dem Kommandanten einzugehen, denn alle trauten ihm das zu. Leider bot ihnen das Alien keine Gelegenheit für einen raschen Abschied vom Mars. Die Tage vergingen und es zierte sich lange, zu der ausgelegten Futterstelle zu pilgern. Die Stimmung im Habitat sank auf den Nullpunkt, während die Anspannung und Nervosität unter den Astronauten wuchs.

Die langen Wachen im Schleusenraum und die Ungewissheit, wie es weitergehen sollte, stresste die Crew doch sehr. Die Bodenstation war ihnen auch keine Hilfe, denn von dort kamen nur Durchhalteparolen. Nach einer Woche Wartezeit, die quälend langsam zu vergehen schien, sagte Louis genervt: „Ich versteh das nicht, das Biest muss doch längst Hunger leiden, also warum macht es sich nicht auf den Weg zu seiner Futterstelle, wir haben ihm ja sein Futter quasi auf dem Präsentierteller serviert." „Vielleicht riecht es den Braten und lässt uns zappeln", vermutete Julia.

„Wir sollten es nochmals mit dem Marsmobil jagen, vielleicht schaffen wir es ja diesmal, es unter die Raupenketten zu bekommen", schlug Gregori grimmig vor. „Nur Geduld, Leute, uns bleibt noch genug Zeit, unser Startfenster schließt sich erst in drei Wochen", ermahnte Erik seine Crew. Das Alien tauchte jeden Tag vor der Höhle auf und patrouillierte davor auf und ab, so, als wollte es zeigen, es habe alle Zeit der Welt.

Schließlich, am 10. Tag, nachdem die Astronauten die Falle aufgestellt hatten, schnappte sie zu. Es geschah in der Nacht, als Julia gerade Wachdienst hatte. Ihr drohten beinahe die Augen zuzufallen, so lange hatte sie schon auf den linken Monitor der Luftschleuse gestarrt, der die Felswand zeigte. Plötzlich glaubte sie, einen Schatten zu erkennen, der langsam die Wand hinabglitt. Die Ärztin war sofort hellwach. Sie stellte fest, dass es tatsächlich das Insekt war, das da die Mauer hinabkrabbelte und sich auf den Weg in die Wüste machte, wo sein Futter lag. Julia konnte nicht anders, sie musste die Schlauheit dieses Tieres bewundern. Zunächst hatte es versucht, die Menschen durch seine Tatenlosigkeit einzulullen, und nun versuchte es, sich mitten in der Nacht davonzuschleichen.

Julia ergriff hastig den Helm ihres Raumanzuges, rannte durch den Mannschaftsraum in den Schlafsaal und ihr lautes Geschrei hallte durch den Raum: „Aufwachen, Leute, raus aus den Federn, es ist so weit, das Tier ist auf dem Weg in die Wüste!"

Die drei Männer sprangen aufgescheucht von ihren Lagern auf und eilten in die Schleusenkammer. Sie zogen sich hastig ihre Raumanzüge über, während sich Julia im Mannschaftsraum ihren Helm überstülpte, denn die Schleuse bot nur Platz für drei Leute. Erik hatte sich mit dem Anziehen sehr beeilt und war als Erster fertig. Er zoomte das Bild des linken Monitors näher heran und erkannte, dass das Tier bereits bei dem Nahrungsmitteldepot angekommen war. Er trieb Louis und Gregori zur Eile an und aktivierte wieder mal sein Notfallprogramm. Danach rief er: „Steckt jetzt jeder endlich in seinem Anzug und hat jeder seinen Helm auf?" Als er von allen die Bestätigung über sein Helm-Mikrophon erhalten hatte, fuhr er fort: „Dann haltet euch alle schön fest, denn ich öffne jetzt die Schleusentür." Er verließ als Erster die Schleuse und begann, sich sofort in gewaltigen Sprüngen in Richtung Mars-Lander zu bewegen.

Infolge seiner Stirnlampe sah es so aus, als bewege sich ein Irrlicht über ein dunkles Moor. Seine Gestalt war in der Dunkelheit schon bald nicht mehr zu erkennen. Nun war auch Julia zu den beiden Männern gestoßen und Gregori öffnete per Fernbedienung die Kuppel des Rovers. Die drei kletterten hektisch in den Wagen und der Russe startete, sobald sich alle angeschnallt hatten. Louis schwenkte das Nachtsichtfernglas, das auf der Kuppel des Rovers montiert war, nach hinten und versuchte, draußen in der Wüste etwas zu erkennen. Er rief: „Beeilung, ich glaube, das Insekt hat unsere Flucht mitgekriegt, es rast zurück zur Höhle!"

Gregori schaltete die Scheinwerfer ein, startete den Rover und preschte los in Richtung Mars-Lander. Durch den unebenen Boden, über den ihr Wagen schaukelte, wurden seine Insassen heftig durchgerüttelt. Obwohl der Russe, trotz miserabler Sicht, mit Höchstgeschwindigkeit fuhr, holten sie Erik nicht mehr ein. Julia hatte Angst, sie würden umkippen, wie damals in der Wüste. Louis trieb jedoch Gregori zur höchste Eile an und rief: „Gib Vollgas, das Untier hat schon unsere Höhle erreicht! Es ist einfach unglaublich, wie schnell sich dieses Insekt bewegen kann!" Der

Russe tat sein Bestes, doch auch er konnte nicht zaubern, mehr als Maximalgeschwindigkeit zu fahren, war einfach nicht drin.

Erik hatte inzwischen den Mars-Lander erreicht und öffnete den Einstieg. Pfeifend schoss die Luft aus der Schleusenkammer und aus dem Cockpit und wirbelte den Wüstensand auf. Sobald sich der Windstoß gelegt hatte, sprang der Kommandant in die Luftschleuse und eilte weiter ins Cockpit.

Inzwischen war auch das Marsmobil beim Mars-Lander eingetroffen und Gregori platzierte es so, dass seine Scheinwerfer den Eingang beleuchteten. Da es beim Einstieg möglichst wenig Zeit zu verlieren galt, hatten sie diese Prozedur schon des Öfteren miteinander besprochen. Die Ärztin hatte das Privileg, als Erste vom Rover in den Mars-Lander wechseln zu dürfen. Sie schnallte sich los, nahm die paar Meter bis zum Einstieg im Laufschritt und sprang problemlos hinein. Nun war Louis an der Reihe. Er trug die Box mit den Bodenproben, wollte es Julia gleichtun und rannte los. Leider übersah er dabei eine Bodenunebenheit und landete der Länge nach im Wüstensand.

„Mensch, was treibst du?", gellte die aufgeregte Stimme von Gregori aus den Kopfhörern des Brasilianers. „Das Biest ist gleich da und du veranstaltest Turnübungen im Sand!" Louis rappelte sich hoch, packte seine Box und eilte weiter auf die Luftschleuse zu. Dort angekommen, warf er seine Box hinein und sprang hinterher. Nun wurde es für den Russen höchste Zeit. Er hatte den Rover bereits verlassen und war hinter dem Brasilianer hergerannt. Es gelang ihm, quasi im allerletzten Augenblick, in den Mars-Lander zu gelangen, ehe ihn das Insekt fassen konnte.

Erik konnte die Schleuse gerade noch verschließen, bevor das Alien dort einzudringen vermochte. Es prallte gegen das verschlossene Eingangsschott, versuchte, mit seinen Krallen die Türe zu öffnen, und als ihm dies nicht gelang, trommelte es mit seinen Pfoten derart gegen die Rakete, dass es wie Donnerschläge klang.

„Du solltest dich etwas beeilen und die Rakete starten, ehe uns das Insekt alles ruiniert. Bei seinen übermenschlichen Kräften habe ich Angst, dass es unser Mars-Modul umkippen könnte", mahnte Erik. Der Russe war zwar noch immer etwas außer Atem, doch er hatte seinen sprichwörtlichen Gleichmut schon wiedererlangt, als er erwiderte: „Bei den vielen Tonnen, den das Modul samt Treibstoff wiegt, wird ihm das wohl schwerlich gelingen." Er beeilte sich aber dann doch, weil ihm die Wucht und der Lärm der Schläge auf die Nerven gingen. Er gurtete sich auf dem Pilotensitz fest, denn ebenso, wie er das Mars-Modul sicher auf dem Planeten gelandet hatte, war es auch wieder seine Aufgabe, es sicher zur PROMETHEUS zurückzubringen. Während seine Finger über die Schalter vor ihm hasteten, presste er zwischen den Zähnen hervor: „Ich hoffe nur, die Missgeburt ist noch in Reichweite, wenn ich die Raketen zünde, dann könnte ich sie abfackeln, wie ich es mir schon immer gewünscht habe."

Das Insekt tat ihm jedoch nicht den Gefallen, denn kaum hatte Gregori den Schalter bedient, der die Raketentriebwerke anwärmte, ergriff es eilends die Flucht. Sekunden später zündeten die Raketen und der Mars-Lander ritt auf zwei Flammensäulen in den dunklen Mars-Himmel.

Augenblicke später, als sich der Staub gelegt hatte, sahen die vier Astronauten im Schein der Düsen-Flammen auf dem Monitor über ihnen, wie ihnen das Insekt, in gekrümmter Haltung, scheinbar verzweifelt nachblickte. Julia konnte nicht anders – sie empfand plötzlich Mitleid mit diesem Wesen, das da traurig und resignierend auf der Marsoberfläche stand und zu ihr hochblickte. Es hatte, ebenso wie die Menschen, auch nichts anderes gewollt, als am Leben zu bleiben!

Die drei Männer neben ihr dachten da viel prosaischer. Sie waren heilfroh, dass sie diesem unglaublichen Alien entkommen waren, und ihr Mitleid mit diesem Insekt hielt sich sehr in Grenzen. Gregori drückte das recht treffend aus, als er das Tier, im

Licht des Raketenstrahls, wieder aus dem aufgewirbelten Sand auftauchen sah. Er brummte vor sich hin: „Verdammt, jetzt hab ich es doch nicht erwischt!"

Etwa eine halbe Stunde später dockten sie an der PROMETHEUS an. Sie stiegen vom Mars-Lander in die Rakete um, entledigten sich ihrer Raumanzüge und versammelten sich in ihrem wohlbekannten Wohn- und Schlafraum.

Louis hatte bereits seine sprichwörtlich gute Laune wiedererlangt und sagte: „Ich hätte nie gedacht, dass ich mich einmal über einen Umzug von einem winzigen Habitat in noch winzigere Räume so freuen würde. Doch hier sind wir wenigstens vor dem grässlichen Alien sicher." „Ja, davor sind wir sicher", stimmte Erik zu, „doch wir sind noch lange nicht daheim, da kann noch viel passieren. Aber jetzt sollten wir uns alle erst mal ausschlafen. Es ist mitten in der Nacht und die letzten Tage waren alles andere als erholsam. Das sah seine gesamte Crew genauso und sie nahm den Vorschlag ihres Kommandanten dankbar an.

Die vier Astronauten waren so erschöpft, dass sie alle bis zum frühen Nachmittag des nächsten Tages durchschliefen. Dann schnallte sich einer nach dem anderen von seiner Koje los und sie versammelten sich um den einzigen Tisch in ihrem Wohn-/Schlafraum. Alle sahen noch etwas mitgenommen aus, doch wenigstens hatten sie wieder einmal richtig ausschlafen können und sie verspürten einen Bärenhunger. Julia, Erik und Louis schnallten sich an den Stühlen fest, die um den Tisch herumstanden, während Gregori sie mit Essenstuben versorgte.

Bei diesem verspäteten Mittagessen fragte die Ärztin den Kommandanten: „Wann geht es los, wann starten wir? Ich kann es gar nicht erwarten." Erik legte bedächtig seine Essenstube auf den Tisch und antwortete: „In vier Tagen starten wir die Triebwerke der PROMETHEUS, denn zu diesem Zeitpunkt ist unsere Strecke Mars – Erde am kürzesten und wir holen die Zeit, die wir noch in der Umlaufbahn um den Mars verbracht haben, spielend wieder herein."

Nach dem Essen schwebte die Crew sozusagen in alle Richtungen davon. Sie hatten sich schnell wieder an die totale Schwerelosigkeit gewöhnt, denn sie kannten sie ja bereits von der ISS und von ihrem Flug zum Mars.

Die beiden Piloten entschwanden in Richtung Cockpit, um dort nach dem Rechten zu sehen. Die Ärztin machte sich auf den Weg zu ihrer Ambulanz, die eine Abteilung tiefer lag, und Louis ließ sich an einem der zwei Computer nieder. Erik und Gregori setzten sich aufatmend in ihre Pilotensessel und begannen mit der Überprüfung der Instrumente vor ihnen. Sie fanden allerdings nichts, was sie korrigieren mussten, alle technischen Funktionen der PROMETHEUS liefen einwandfrei. Gregori war begeistert, für ihn war dies das Verdienst ihres Überwachungscomputers im Cockpit. Er fuhr der Maschine mit der Hand liebevoll über das Gehäuse, wie man einem braven Hund den Kopf tätschelt, und murmelte: „Ausgezeichnete Arbeit, hast du fein gemacht!" Dann wandte er sich an Erik und meinte: „Weißt du, ich halte die Überwachung des Cockpits durch die Crew für überflüssig, der Computer kann das genauso gut. Ich denke, die Bodenstation hat sich das für uns nur als Beschäftigungsprogramm ausgedacht, damit wir uns an Bord nicht allzu sehr langweilen."

„Das sehe ich etwas anders", widersprach Erik. „Für die Routineüberwachung mag das gelten, doch es kann immer wieder einmal zu Ausnahmesituationen kommen, wo schnelle Entscheidungen und rasches Handeln vonnöten sind. In solchen Fällen ist der Computer überfordert. Und wenn du denkst, die Maschine könne ja auf Anweisungen der Bodenstation warten, so vergisst du die Endlichkeit der Lichtgeschwindigkeit. Die Signale würden erst nach Minuten auf der PROMETHEUS eintreffen und da kann es längst zu spät sein. Denk nur an den Solarsturm oder an den Meteoriteneinschlag, die uns auf unserem Weg zum

Mars überrascht haben." Der Russe hatte sich den Monolog des Kommandanten schweigend angehört, änderte seine Meinung aber dennoch nicht. Er vertraute den Maschinen immer noch mehr als den Menschen.

Julia fand ihre Ambulanz genauso vor, wie sie sie in Erinnerung hatte. Das Komische daran war nur, dass ihr einiges an der Einrichtung nicht mehr gefiel. Sie führte ihren veränderten Geschmack darauf zurück, dass sie sich während ihres eineinhalb jährigen Aufenthalts auf dem Mars auch selbst sehr verändert hatte. Also begann sie damit, vieles anders anzuordnen. Sie wollte bald wieder mit den Gesundheitschecks der Crew beginnen und sie erstellte dafür einen Plan. Dabei fiel ihr ein, dass sie die Besatzung dazu auffordern musste, etwas gegen den Muskelabbau in der Schwerelosigkeit zu tun. Dazu war es nötig, dass sie mindesten eine Stunde pro Tag im „Netz" trainierten.

Den Männern war dieses Training ein Grauen, sie behaupteten, sie kämen sich dabei wie eine Fliege im Spinnennetz vor. Sie würde also eine ziemliche Überzeugungsarbeit leisten müssen. So verbrachte Julia die restlichen Stunden dieses ersten Tages an Bord.

Louis nützte die Zeit am Computer, um das Außenteleskop der PROMETHEUS auf die Marsoberfläche unter ihnen auszurichten. Er studierte die unter ihm vorbeiziehenden Oberflächenformationen. Er interessierte sich besonders für die Schildvulkane und bedauerte immer noch, nicht bis an die Basis des mächtigen „Mons Olympus" vorgedrungen zu sein. Doch leider war dies aufgrund der großen Entfernung zu ihrem Habitat nicht möglich gewesen. Nun konnte er ihn wenigstens in seiner ganzen Größe vom Orbit aus studieren. Später wollte er das Teleskop noch auf das Erde-Mond-System ausrichten, ihr fernes Ziel, zu dem sie hoffentlich bald aufbrechen würden.

Nun also hatten die vier Astronauten ihr abenteuerliches Leben auf dem Mars wieder gegen eine recht eintönige Routine auf der PROMETHEUS eingetauscht. Der Kommandant verdonnerte sie erneut zu einem mehrstündigen Wachdienst im Cockpit, trotz des heftigen Widerspruchs von Gregori, der das für unnötig hielt. Da Han jetzt fehlte, ergab sich für jeden von ihnen pro Tag 6 Stunden langweiliger Wachdienst im Steuerraum der PROMETHEUS.

Ja, der Verlust von Han schmerzte jeden von ihnen sehr! Er hinterließ bei allen Crewmitgliedern und vor allem beim Kommandanten, der sich für das Wohl seiner Leute besonders in der Pflicht sah, eine seelische Wunde, die nie mehr ganz heilen würde. Und, was das Schlimmste war, sie konnten diesen Verlust auch nicht aus ihrem Geist verbannen, denn er verfolgte sie auf Schritt und Tritt.

Da war das oberste der Doppelstockbetten an der linken Seite ihres Wohn-Schlafraumes, das nun für immer leer bleiben würde. Oder der Computer, an dem Han immer gesessen hatte, um seine Fachliteratur über extraterrestrisches Leben zu studieren. Er hatte das mit großer Ausdauer und einem Fanatismus getan, der ihnen allen unverständlich blieb. Vielleicht hatte diese Besessenheit ihm letztendlich sogar das Leben gekostet.

Mit der Routine an Bord verging die Zeit und ehe es sich die Astronauten versahen, war der Tag da, den sich alle so sehnlichst herbeigewünscht hatten. Für den großen Moment versammelten sich alle im Cockpit. Erik und Gregori saßen angeschnallt in ihren Pilotensesseln und Louis und Julia hatten sich hinter ihnen postiert. Erik sagte feierlich und mit schlecht unterdrückter Rührung in der Stimme: „Nun, Leute, es ist so weit, wir beginnen jetzt mit unserer Heimreise."

Der Kommandant drückte auf einen Knopf, der das Plasmatriebwerk der PROMETHEUS in Gang setzte. Es war kaum eine Veränderung zu spüren, als das Triebwerk zu arbeiten begann. Allenfalls erkannte jeder durch den minimalen Schub wieder, wo in ihrer Rakete vorne und hinten war. Es dauerte ziemlich lange, bis sich ihre Geschwindigkeit so weit erhöht hatte, dass die PROMETHEUS in eine höhere Umlaufbahn wechselte.

Nachdem der feierliche Augenblick ihres Starts vorüber war, verließen Julia, Louis und Gregori das Cockpit und nur Erik blieb zurück, denn er hatte die erste Wache übernommen. In den nächsten Stunden entfernte sich das Raumschiff in Spiralen vom Roten Planeten. Schließlich hatte es seine Fluchtgeschwindigkeit erreicht und das Gravitationsfeld des Mars' gab das Schiff frei. Der Kommandant richtete die Spitze der PROMETHEUS auf einen strahlend hellen Stern aus: Es war die Erde, auf der nun alle ihre Wünsche und Hoffnungen ruhten.

Nachdem die vier Besatzungsmitglieder ihr Schiff wieder in Besitz genommen hatten, besserte sich die Stimmung an Bord spürbar, ja, sie wirkte geradezu euphorisch. Das war verständlich, denn die Astronauten hatten, bis auf Han natürlich, die Abenteuer auf dem Mars nicht nur glücklich überstanden, sie befanden sich auch auf dem Heimflug. Die tägliche Routine hatte sie wieder fest im Griff und sie verfügten über eine Menge ungetrübter Freizeit, wenn man einmal von der Enge an Bord absah.

Sie bemühten sich auch, die ihnen gebotene Zeit sinnvoll zu gestalten, und waren heilfroh über die zwei Computer, die ihnen in ihrem Aufenthaltsraum zur Verfügung standen und die sie zu wahren Multimedia-Geräten umfunktionierten. Damit konnten sie sich Filme ansehen, Musik hören oder Bücher lesen. Na schön, manchmal wurden sie von Erik und Gregori auch zweckentfremdet, denn die beiden benutzten sie auch zu diversen Computerspielen.

Allerdings gesellte sich zu diesen Möglichkeiten des Zeitvertreibs noch ein weiterer: Sie hatten es sich angewöhnt, sich häufig an dem einzigen Tisch im Wohn-Schlafraum zu versammeln, um sich über ihre Abenteuer auf dem Mars zu unterhalten. Zwei dieser Gespräche blieben Erik für immer im Gedächtnis haften.

Das erste führte Erik mit Julia und Louis, während Gregori Dienst im Cockpit hatte. Er fragte die Ärztin: „Was meinst du, wie wird es dem Epigonen von Han, dem Insekt, jetzt wohl auf dem Mars ergehen?" „Das ist nicht schwer zu erraten", erwiderte Julia. „Wenn es unsere zurückgelassene Nahrung aufgebraucht hat, wird es in seiner jetzigen Form nicht überleben können, es wird sterben." „Was meinst du mit: ‚In seiner jetzigen Form?'", fragte Erik etwas perplex nach.

„Ihr erinnert euch doch noch, dass Han und ich uns über die umfangreich gespeicherte DNA in den marsianischen Zellen gewundert haben. Das hat mich neuerdings auf eine Idee gebracht." Nun war auch Louis interessiert und meinte neugierig: „Eine neue Idee, welche denn?" „Es ist zwar bis jetzt nur eine Theorie", antwortete Julia nachdenklich, „aber je mehr ich darüber spekuliere, desto plausibler erscheint sie mir. Ich denke, das Leben auf dem Mars ist einen völlig anderen Weg gegangen als das auf der Erde." „Was meinst du denn damit?", fragte Erik überrascht. „Ich glaube, das Leben auf dem Mars hat es irgendwie geschafft, die Evolution umzukehren. Als nämlich die Umweltbedingungen für das Leben dort immer schlechter wurden, entwickelten sich die Mehrzeller wieder zu Einzellern, die mit den sich verschlechternden Bedingungen gerade noch so zurechtkamen."

„Unmöglich", behauptete Louis, doch Julia ließ sich nicht beirren und sagte: „Denkt doch mal nach! Von Han wissen wir, dass die Periode, in der sich auf dem Mars Leben entwickeln konnte, relativ kurz war. Danach wurde es für die Lebewesen auf dem Planeten immer mühsamer, zu überleben, und sie reagierten meiner Theorie nach mit einer Rückentwicklung. Wir kennen auf der Erde ähnliche Prozesse. Denkt nur an die Pygmäen im Urwald oder an die Mammutfunde auf der Halbinsel Kamtschatka. Diese Tiere waren deutlich kleiner als die Skelettfunde der Mammuts auf dem Festland. Vermutlich lag das an den schlechteren Lebensbedingungen für die Tiere auf der Halbinsel. Allerdings, wenn auf der Erde für manche Arten ein Überleben nicht mehr möglich war, starben sie aus."

„Ihr Gen-Code ging damit für immer verloren und sie wurden durch andere Arten ersetzt. Das Leben auf dem Mars ging offenbar einen anderen Weg. Die mehrzelligen Lebewesen desintegrierten sich wieder zu Einzellern, die besser mit den sich verschlechternden Umweltbedingungen zurechtkamen. Und wenn die Bedingungen noch schlechter wurden, mutierten die Einzeller zu Sporen, die auf diese Weise sehr lange Zeiten überdauern konnten. Sie speicherten dabei ihre im Laufe der Zeit angesammelte DNA, ein Potenzial, das sie für eine spätere schnelle Höherentwicklung nutzen konnten. So viel zu meiner Theorie!"

Die beiden Männer waren zunächst sprachlos und Louis sagte erst nach einer Weile kopfschüttelnd: „Und wenn dann beispielsweise ein paar dumme Aliens wie wir auftauchen und den Sporen eine günstige Gelegenheit zur Weiterentwicklung bieten, so nehmen sie diese Gelegenheit dankend an, schnappen sich unsere Zellen und wandeln sie durch Metamorphose in ihre eigenen um. So stellst du dir das also vor?" Erik sprang erschreckt auf und rief: „Dann könnte ja unsere ganze Höhle jetzt sporenverseucht sein! Das muss ich sofort der Bodenstation melden!"

Erik schnallte sich los und sprang so ungestüm aus seinem Stuhl hoch, dass er an der Decke landete. Von dort stieß er sich ab und schwebte ins Cockpit. Er nahm neben Gregori Platz und kontaktierte die Bodenstation.

Pullok fiel aus allen Wolken, als ihm Erik von der Theorie der Ärztin berichtete. Er beruhigte sich jedoch schnell wieder und meinte: „Ich werde euren Landeplatz und die Höhle vorsorglich als Sperrgebiet deklarieren lassen, obwohl mir die Theorie deiner Ärztin schon als etwas weit hergeholt erscheint. Ich werde die Sache natürlich noch von meinen Exobiologen überprüfen lassen. Doch wenn du glaubst, ich werde deswegen überhaupt keine Menschen mehr zum Mars schicken, bist du auf dem Holzweg. Auf diesem Planeten gibt es noch so viele weiße Flecken, wir können noch so viel erforschen, dass ich das Aussetzen unserer Expeditionen als ausgelassene Chance ansehen müsste. Und dass ihr diese Sporen überhaupt gefunden habt, das werte ich als einen gigantischen Zufall. Ich bin überzeugt, diese sonderbaren Zellen finden sich nirgendwo sonst auf der Marsoberfläche. Vielleicht mögen ja noch einige im Untergrund, tief unter der Oberfläche, schlummern, wo ihr sie in einem unterirdischen Gletscher aufgegabelt habt. Dieser ‚Glückstreffer' hat dann leider auch Han das Leben gekostet." „Tut, was ihr nicht lassen könnt, ich habe euch jedenfalls gewarnt", erwiderte Erik verärgert und er unterbrach die Verbindung.

Das zweite Gespräch, an das sich der Kommandant noch lebhaft erinnerte, führte er mit Louis. Es fand circa 6 Wochen nach ihrem Aufbruch vom Roten Planeten statt und es war nicht geplant, sondern dem Zufall geschuldet. Erik war aufgefallen, dass Louis, wenn er am Computer saß, sehr häufig die Erde auf seinem Bildschirm hatte.

Dort saß er dann oft minutenlang bewegungslos vor dem Gerät, starrte das kleine Scheibchen an, das der Computer von dem Außenteleskop der PROMETHEUS erhielt, und schien vor sich hin zu träumen. Vermutlich dachte er an seine Familie auf der Erde. Als Erik wieder einmal an dem Brasilianer vorbeischwebte und ihn so gedankenverloren dasitzen sah, bremste er seinen Flug an der Stuhllehne von Louis ab und blickte ihm über die Schulter. Er wollte einfach wissen, ob er mit seiner Vermutung richtig lag, und tatsächlich erkannte er auf dem Bildschirm des Brasilianers die beiden Scheibchen des Erde-Mond-Systems.

Er tippte Louis freundschaftlich auf die Schulter und sagte: „Na, werden sie schon größer, die beiden Scheibchen?" Louis schreckte aus seiner Träumerei hoch und entgegnete einsilbig: „Ein wenig, doch es geht schon elend langsam voran." Dann kam er wieder ganz zu sich und fuhr mit wesentlich lebhafterer Stimme fort: „Übrigens, was ich dich schon immer einmal fragen wollte, warum haben wir, während unseres Aufenthalts auf dem Mars, so wenig über unsere Familien erfahren?" „Das hast du deinen Psychologen-Kollegen bei der NASA zu verdanken", entgegnete Erik. „Die wollten nämlich, dass wir nicht ständig unter Heimweh leiden oder mit unseren Gedanken bei unseren Familien sind. Das jedenfalls wollten sie unter allen Umständen verhindern. Wir sollten unsere fünf Sinne stets beisammen haben und uns um unsere Aufgaben kümmern." „Ich glaube eher, dass da Pullok dahintersteckt. Ihm ist jedes Mittel recht, wenn es nur dazu beiträgt, dass unsere Mission ein Erfolg wird. Wie wir uns dabei fühlen, ist ihm herzlich egal."

„Da missverstehst du Pullok völlig", erklärte Erik. „Natürlich bedeuten ihm Erfolge für die NASA viel, er ist schließlich ihr Chef. Doch er hat auch uns in sein Herz geschlossen und wird alles tun, damit wir heil von unserer Mission zur Erde zurückkehren können. Die NASA, ihre Angestellten und die Astronauten, betrachtet er nämlich als seine Familie, eine andere hat er nicht."

„Gut, dass du mir das gesagt hast", sagte Louis, „jetzt verstehe ich die Handlungsweise unseres Chefs viel besser. Nun ist mir auch klar, dass er all seine Kraft für die NASA einsetzen wird. Jetzt verstehe ich auch den ganzen Publicity-Rummel, seine vielen Fernsehauftritte, ja selbst die zahllosen Bilder, die wir ihm vom Mars schicken mussten. Läuft übrigens seine Fernseh-Sendung ‚Neues vom Mars' noch, der Name stimmt doch hinten und vorne nicht mehr?" „Ja, sie läuft noch", antwortete ihm Erik, „sie lautet jetzt allerdings sinnigerweise ‚Neues von der Marsexpedition'. Im Übrigen kannst du dich freuen, er hat mir versichert, dass er auch wieder Sendungen aus dem Cockpit der PROMETHEUS ins Fernsehen bringen möchte. Allerdings müssten wir uns dazu der Erde ein Stück weiter genähert haben. Zum Dank für unsere Mitwirkung dürft ihr dann auch eure Familien auf dem Bildschirm begrüßen."

„Das sieht dem alten Gauner ähnlich, er handelt wohl nach dem Prinzip, eine Hand wäscht die andere", sagte Louis kopfschüttelnd. „Das siehst du völlig richtig, so ist er eben", stimmte ihm Erik zu. „Aber freu dich doch, so bekommst du endlich wieder einmal deine Familie zu Gesicht." Der Kommandant klopfte dem Brasilianer freundschaftlich auf die Schulter, stieß sich von dessen Stuhl ab und segelte eine Etage tiefer. Dort wartete Julia in ihrer Ambulanz auf ihn, um einen Gesundheitscheck vorzunehmen.

Drei Wochen nach diesem Gespräch hatte die PROMETHEUS die halbe Strecke zur Erde zurückgelegt und Erik und Gregori drehten das Schiff, um mit dem Bremsvorgang zu beginnen. Nun trat bei den Astronauten ein Effekt ein, den auch andere Reisende und bevorzugt Urlauber schon bemerkt hatten. In der ersten Hälfte des Urlaubs schlich die Zeit dahin, während sie in der zweiten Hälfte scheinbar zu galoppieren begann.

Nach der Drehung der PROMETHEUS verging die Zeit für die Astronauten buchstäblich wie im Fluge. Die Besatzung konnte dies am Wachstum der beiden Scheibchen von Erde und Mond gut erkennen. Nach weiteren drei Wochen Flugzeit waren nämlich aus den Scheibchen schon kleine Kugeln geworden.

Nun meldete sich auch Pullok und erklärte ihnen, dass er schon in einer Woche mit seiner Fernsehsendung aus dem Raumschiff beginnen wolle. „Ich möchte fünf Sendungen an 5 aufeinanderfolgenden Tagen bringen", verkündete er. „Ihr solltet euch schon mal Gedanken machen, was ihr den Menschen über eure Expedition erzählen wollt. Und – ach ja, ihr werdet auch Fragen von Zuschauern beantworten müssen." „Wir haben auf unserem Weltraumausflug mehr als genug erlebt, wir wissen gar nicht, wie wir das alles in fünf Sendungen unterbringen sollen", beruhigte Erik den Missionschef. „Aber von Zuschauerfragen war eigentlich nie die Rede gewesen." „Das stammt auch nicht von mir", erwiderte Pullok, „das ist die Idee des Fernsehregisseurs, der die Übertragung leitet." Danach schaltete Pullok überraschend schnell ab.

Die Schaltungen ins Cockpit der PROMETHEUS wurden auf der ganzen Welt mit lebhaftem Interesse verfolgt und wurden damit zu einem großen Erfolg. Die Astronauten erzählten von ihren spannenden Erlebnissen auf dem Mars und ärgerten sich nur über die immer gleichen Fragen der Zuschauer. Die drehten sich meist nur um Han und wie es zu dessen seltsamer Metamorphose gekommen sei.

„Die Menschen haben sich seit dem Beginn unserer Reise überhaupt nicht verändert", behauptete Louis genervt. „Sie verhalten sich wie immer und sind im Wesentlichen nur auf Sensationen und Katastrophen erpicht. Unsere überaus wichtigen Forschungsarbeiten dagegen interessieren sie einen Dreck!"

Nachdem die Astronauten ihre fünf Fernsehauftritte glücklich hinter sich gebracht hatten, warteten sie ungeduldig auf ihre Belohnung. Pullok hielt Wort und die Besatzung der PROMETHEUS durfte mit ihren Familien in Kontakt treten, sofern sie eine hatten. Louis konnte nur mit Mühe Tränen der Rührung zurückhalten, als er nach so langer Zeit seine Familie auf dem Bildschirm wiedersah. Seine Frau strahlte vor Glück und war schöner denn je. Sein kleines Töchterchen, das noch den Kindergarten besucht hatte, als ihr Vater sie verlassen hatte, war zu einem Schulkind herangereift. Sie streckte ihre Ärmchen nach dem wiedergefundenen Papa aus. Louis sprach mit seiner Familie schnell und gehetzt, denn ihr Kontakt war zeitlich begrenzt, das war von der Bodenstation so geplant worden.

Danach war Gregori mit seiner Familie an der Reihe. Der Russe platzte fast vor Stolz, als seine Familie auf dem Bildschirm erschien. Sein Stolz war berechtigt, denn aus den zwei pubertierenden Flegeln, von denen er sich verabschiedet hatte, waren zwei ernsthafte, schmucke junge Männer geworden, die bald ihren Militärdienst antreten würden. Da konnte er es verschmerzen, dass seine untersetzte Frau mit dem breitflächigen Mongolen-Gesicht während seiner Abwesenheit offensichtlich noch einige weitere Pfunde zugelegt hatte. Sie sprachen alle wild durcheinander und ihr gutturales Russisch erfüllte den ganzen Raum.

Auch Julias Vater hatte man zugeschaltet. Der ansonsten etwas steife und würdevolle Medizinprofessor begrüßte seine Tochter mit ungewohnter Herzlichkeit. Zwar konnte er es immer noch nicht ganz fassen, dass seine Tochter plötzlich berühmter sein sollte als er selbst, der doch Träger des Nobelpreises war, doch er nahm es mit einer gewissen Gelassenheit zur Kenntnis. Er lud seine Tochter ein, ihn in Deutschland zu besuchen, sobald es ihr möglich sei. Julia betrachtete ihren Vater erstaunt und mit einer gewissen Zurückhaltung, sagte aber natürlich zu.

Der ganzen Crew fiel ein Stein vom Herzen, weil es Pullok unterlassen hatte, auch noch Frau Han zuzuschalten. Was sollte man der armen Frau auch sagen, die auf so tragische und bizarre Weise ihren Mann verloren hatte? Angesichts eines solchen Dramas versagten alle tröstenden Worte. Bedauerlicherweise gab es für Erik niemanden, der ihn auf der Erde sehnsuchtsvoll erwartete, er hatte keine Angehörigen mehr. Doch er durfte sich wenigstens an dem begeisterten Empfang via Bildschirm erfreuen, der seiner Crew zuteilwurde.

Diese digitale Familienzusammenführung löste bei der Besatzung der PROMETHEUS das Gefühl aus, schon so gut wie zu Hause zu sein. Sie hatten es ja auch nicht mehr weit, denn schon zehn Tage später schwenkte ihr Raumschiff in einen hohen Orbit um die Erde ein. Sie blieben einige Umläufe lang in diesem Orbit, während Erik der ISS und der Bodenstation ihre glückliche Rückkehr zur Raumstation verkündete.

Die anderen drei konnten sich währenddessen gar nicht sattsehen an den herrlichen Bildern, die ihnen ihre Heimat, ihr „Blauer Planet", von ihrer hohen Warte aus bot. Schließlich waren alle Vorbereitungen für ihre Ankunft auf der Raumstation getroffen. Erik und Gregori brachten das Raumschiff in die Umlaufbahn, die auch die ISS einnahm. Die PROMETHEUS näherte sich ihr langsam und zu guter Letzt gelang den beiden erfahrenen Piloten auch noch ein bravouröses Andockmanöver.

Die vier Astronauten wurden auf der ISS wie heimkehrende Helden gefeiert. Nach ihrer langen Odyssee waren sie alle heilfroh, glücklich und gesund angekommen zu sein.

Auf ihrem Heimflug waren sie diesmal von bösen Überraschungen und Katastrophen verschont geblieben. Leider sahen die Heimkehrer unter den Menschen, die ihr Empfangskomitee bildeten, nur ein bekanntes Gesicht, und das war Bob, der immer noch, oder besser gesagt, schon wieder als Kommandant der ISS diente, denn die Crew der Raumstation wurde regelmäßig ausgetauscht. Von Bob wurden die vier wie Freunde begrüßt, die lange abgetaucht waren und mit deren plötzlichem Auftauchen man gar nicht mehr gerechnet hatte. Umso größer war die Wiedersehensfreude! Bob umarmte jeden Astronauten stürmisch, wobei er Julia am längsten umklammert hielt. Die Ärztin war jedoch vorgewarnt, hatte das schon kommen sehen und sich vorsorglich an die Wand gestellt, um nicht mit Bob, unter dem Gelächter der anderen, davonzusegeln.

Nachdem der Kommandant der ISS diese Begrüßungszeremonie vollzogen hatte, verkündete er, über das ganze Gesicht strahlend: „Ich habe für euch zur Feier des Tages ein Festessen vorbereitet. Ich bitte, mir zu folgen, denn ich bringe euch selber dorthin." Als Gregori etwas von einem Festessen hörte, war er sofort an der Seite von Bob und fragte ihn: „Es gibt doch hoffentlich auch wieder diesen vorzüglichen Wodka in den roten Tuben wie beim letzten Mal?" „Leider nein", antwortete Bob zur Enttäuschung des Russen, „es ist mir diesmal nicht gelungen, den Alkohol durch die Kontrollen zu schmuggeln. Aber es gibt vorzügliche Astronautenkost mit ganz neuen Geschmacksrichtungen, die habt ihr noch nie gegessen!" Gregori murmelte etwas Unverständliches vor sich hin und ließ den Kommandanten der ISS stehen.

Das gut vorbereitete Festessen von Bob wurde dann auch zu einem großen Erfolg. Leider kamen die Astronauten kaum zum Essen, denn sie mussten Bob und seinen Gästen ständig von ihren Abenteuern auf dem Mars erzählen. Gregori beschwerte sich gar und meinte: „Geschmack hin oder her, es ist das gleiche labbrige Zeug in Tuben, das wir schon während unserer ganzen Expedition genießen durften. Ich möchte endlich wieder einmal richtiges Essen zwischen die Zähne bekommen."

Als das Fest seinem Ende zuging, zeigte sich Bob sogar selber als Stimmungskiller, indem er sagte: „Ach ja, Leute, das hätte ich fast vergessen. Ich soll euch von der Missionsleitung ausrichten, man habe beschlossen, euch in eine vierzehntägige Quarantäne hier auf der ISS zu stecken." Louis rief empört: „Das ist doch Quatsch, hätten wir eine Krankheit vom Mars mitgebracht, so wäre die bei unserem langen Rückflug längst ausgebrochen!"

„Um Infektionen geht es doch gar nicht", beruhigte Bob die aufgebrachten Astronauten. „Ihr sollt lediglich gründlich medizinisch durchgecheckt werden." Er wandte sich an Julia: „Miss Winter, Sie haben sicherlich alles getan, um die Crew gesundheitlich bestens zu betreuen. Doch Sie mussten mit begrenzten Mitteln auskommen. Wir auf der ISS haben dagegen die neuesten Medizin-Geräte und Untersuchungsmöglichkeiten zur Hand und dazu einen Arzt, der gut damit umzugehen versteht. Ihr seht also, diese Quarantäne ist nur zu eurem Besten."

Die Heimkehrer vermuteten allerdings, dass dies nicht der einzige Grund für diese drastische Maßnahme war. Doch was sollten sie machen, sie mussten der Missionsleitung Folge leisten. Bei ihrem eineinhalb-jährigen Aufenthalt auf dem Mars hatten sie Geduld gelernt, Zeit war etwas Relatives geworden, und so ließen sie all die Untersuchungen und Tests mit stoischem Gleichmut über sich ergehen. Dabei stellte sich heraus, dass sie, außer wenigen Strahlenschäden, ihr Marsabenteuer erstaunlich gut überstanden hatten. Als sie diese Tortur glücklich hinter sich gebracht hatten, wurden sie in einen Shuttle verfrachtet und nach Cape Canaveral zurückgeflogen.

Hier ging allerdings der Wirbel, der um sie veranstaltet wurde, erst so richtig los. Pullok hatte nämlich für ihren Empfang unzählige Fernsehstationen und Reporter von diversen Zeitungen eingeladen. Die Astronauten, die so lange in der Einsamkeit ihres Habitats und an Bord der PROMETHEUS gehaust hatten, wussten nicht mehr, wo ihnen der Kopf stand. Sie wurden von Fernsehteam zu Fernsehteam und von Reporter zu Reporter weitergereicht. Erik platzte von dem ganzen Zirkus, der um sie veranstaltet wurde, schnell der Kragen. Deshalb bat er Pullok, dem Ganzen ein Ende zu machen. Er drängte sich zum Missionschef vor und sagte: „Ernest, kannst du den Rummel nicht abbrechen? Wir sind das alles nicht mehr gewöhnt und stehen kurz vor einem Herzinfarkt!"

Pullok hatte ein Einsehen und hielt an die versammelte Menschenmenge eine kleine Ansprache. „Meine Herrschaften, ich bitte um Ruhe! Meine Herrschaften, ich muss Ihnen meine heldenhaften Astronauten jetzt leider entführen. Die drei Männer und Miss Winter sind von ihrer langen und anstrengenden Expedition noch sehr erschöpft. Sie werden noch genug Gelegenheit haben, sie zu einem späteren Zeitpunkt zu filmen und zu interviewen." Danach rief er seine Sicherheitsleute zusammen und ließ sie seine völlig erschöpften und genervten Heimkehrer einsammeln.

Sie wurden von zwei Autos, die von einem Sicherheitskorso begleitet wurden, in ein nahes Sanatorium gebracht, das die NASA selbst betrieb. Das Sanatorium, in das sie gebracht worden waren, glich eher einer Wellnessoase als einem Sanatorium. Nach den engen Unterkünften während ihrer Expedition kam es der Crew riesig vor! Es besaß zwei Schwimmbäder, Saunen, Massageräume und sogar einen Fitnessraum. Für Erik und seine Leute war das ein wahrer Segen, denn dort konnten sie ihre von der Schwerelosigkeit degenerierten Muskeln wieder aufbauen.

Darüber hinaus genossen sie das gute, abwechslungsreiche Essen in dem großen Speisesaal und führten lange, interessante Gespräche mit den anderen Insassen. Es fehlte ihnen zu einem wunschlosen Glück also nicht viel, wäre da nicht auch ein Wermutstropfen gewesen: Und das waren die vielen Reporter, die ihnen auch hier in diesen abgeschirmten Räumen nachstellten.

Pullok hatte zwar versucht, den Aufenthaltsort seiner Leute geheim zu halten, doch diese Medienhaie hatten sie bald aufgespürt. Unter allerlei Vorwänden und mit perfiden Tricks schlichen sich die mit allen Wassern gewaschenen Reporter in das Sanatorium und machten Jagd auf die vier Astronauten.

Die wiederum griffen auch zu Tricks, um ihnen zu entkommen. So sprangen sie beispielsweise in den Pool, wenn sie einen dieser Medienleute kommen sahen, oder verschwanden in einer Sauna. Zum Schluss empfanden sie dieses Versteckspiel sogar als amüsant, denn es regte die Fantasie an. Nach drei Wochen Aufenthalt glaubte Pullok, seine Leute hätten sich nun genug erholt und man könne sie wieder auf die Menschheit loslassen.

Darauf hatten die vier nur gewartet, denn jeder von ihnen hatte sich schon Gedanken gemacht, wie es danach weitergehen sollte. Louis und Gregori wollten natürlich, so schnell es ging, heim zu ihren Familien und hatten sich schon übers Internet Tickets für ihren Heimflug besorgt. Schon einen Tag nach ihrer „Entlassung" fuhren die beiden mit dem Taxi zum nächstgelegenen Flughafen und Julia und Erik begleiteten sie.

Die vier standen auf einmal wie verloren in der riesigen Abflughalle des Flughafens und der bevorstehende Abschied legte sich wie ein dunkler Schatten über ihre Gemüter. Zwar hatten sie vereinbart, sich in drei Monaten in New York wiederzusehen, doch dieses Treffen schien in weiter Ferne zu liegen.

Gregori musste als Erster aufbrechen, denn sein Flugzeug startete vor Louis' Flug. Er sagte: „Tja, für mich wird es Zeit und denkt an unser Treffen in New York." Dann wanderte sein Blick zu Julia und Erik, er sah die beiden sonderbar an und meinte dann: „Es könnte natürlich sein, dass wir uns schon früher wiedersehen, man weiß ja nie!"

Julia errötete unter dem seltsam eindringlichen Blick des Russen und Erik dachte: Sieh mal an, dieser Holzklotz von einem Russen sieht mich doch tatsächlich in der Rolle eines Bräutigams, obwohl er gar nicht wissen kann, ob ich mich dafür überhaupt eigne.

Erik befand sich seit drei Wochen in einem inneren Zwiespalt und diese innere Zerrissenheit machte ihm mächtig zu schaffen. Als er nämlich nach seiner Rückkehr aus dem All das bunte Treiben der Menschen auf der Erde sah, begann es ihn in den Fingern zu jucken, sein altes Leben wieder aufzunehmen, wie er es vor seinem Marsabenteuer geführt hatte. Das hieß für ihn, in der Welt herumzuvagabundieren, nie lange am selben Ort zu verweilen, zahllose Affären mit diversen Frauen zu haben – mit einem Wort, sich frei wie ein Vogel zu fühlen.

Doch da gab es ja auch noch den anderen Erik. Der hatte genug von all den Abenteuern, suchte nach einem Sinn im Leben, sehnte sich nach einem Ruhepol, nach einem festen Ort, an den man immer wieder zurückkehren wollte. Er wusste auch schon, wer dieser Ruhepol sein könnte: natürlich Julia! Für einen der beiden Lebensentwürfe musste er sich nun entscheiden, denn die beiden schlossen sich eigentlich gegenseitig aus. Das Fatale an der Sache war nur, er konnte oder wollte es nicht, er ging einer Entscheidung aus dem Weg und schob lieber alles auf die lange Bank.

Erik schreckte aus seinen Überlegungen auf, als Gregori ihn zu umarmen versuchte. Dessen mächtige Arme umfassten den eher schmächtigen Kommandanten und schnürten ihm die Luft ab. Die gleiche Abschieds-Zeremonie wurde Julia und Louis zuteil.

Danach ergriff der Russe den Koffer zu seinen Füßen und machte sich auf den Weg zur Gepäckannahme. Als er die lange Schlange der dort Wartenden fast erreicht hatte, drehte er sich noch einmal um und winkte den Zurückgebliebenen eher gutmütig zu.

Die drei sahen Gregori nach, bis ihn die Menschenmenge verschluckt hatte. Louis räusperte sich und sagte mit leiser, trauriger Stimme: „Da waren's nur noch drei." Doch das sonnige Gemüt des Brasilianers überwand bald die Traurigkeit und er sagte mit deutlich lebhafterer Stimme: „Ihr werdet doch meine Einladung nach Rio nicht vergessen, ihr werdet doch kommen?" Julia und Erik versicherten, das würden sie bestimmt nicht vergessen.

Da erschien auf dem Gesicht des Brasilianers ein spitzbübisches Lächeln und er meinte: „Es könnte natürlich sein, dass wir uns schon früher wiedersehen, es soll ja Feste geben, die fallen völlig unverhofft aus heiterem Himmel." Bei diesen Worten wurde Julia nicht rot, sie lächelte sogar zurück, denn sie bewunderte die Geschicklichkeit ihres Psychologie-Kollegen, anderen Menschen Gedanken zu suggerieren, die ihm gerade selbst durch den Kopf gingen.

Erik indes dachte nur: „Jetzt fängt der auch noch an!" Louis aber sah auf seine Armbanduhr und sei Lächeln verschwand. „Verdammt", sagte er, „ ich bin spät dran." Er umarmte Julia und Erik flüchtig, griff nach seinem Handgepäck und ging mit langen, federnden Schritten, ein Lied vor sich hin trällernd, in Richtung Passkontrolle. Julia und Erik sahen ihm nach, bis er verschwunden war.

Jetzt fuhr Julia mit dem Kinderreim fort, den Louis begonnen hatte, und sagte nachdenklich: „Da waren's nur noch zwei! Was machen wir zwei Hübschen jetzt mit dem angebrochenen Tag?" Sie gab sich gleich selbst die Antwort und meinte: „Siehst du dort drüben das Café? Wir könnten doch noch dort etwas zu trinken bestellen und ein wenig plaudern." Bei dem Wort „plaudern" schrillten bei Erik alle Alarmglocken. Aber was sollte er machen, einfach davonlaufen? Das würde ihm Julia nie verzeihen. So folgte er ihr ergeben zu dem Lokal. Sie setzten sich an einen Zweiertisch am Rande und Julia bestellte sich ein Glas Wein und Erik einen Kaffee.

Die beiden waren mit ihren Gedanken noch so sehr bei der Verabschiedung ihrer Freunde, dass keine rechte Plauderstimmung aufkommen wollte. Julia nippte an ihrem Weinglas und Erik rührte nachdenklich in seinem Kaffee. Schließlich sagte Julia: „Und, was hast du nun vor, was steht bei dir in nächster Zeit auf dem Plan?" Erik antwortete: „Das weißt du doch, ich muss nach Hongkong und Frau Han die Ehrenmedaille der NASA für ihren verstorbenen Mann überreichen. Und du?", fuhr er fort.

Seine letzten Worte waren erst halb ausgesprochen, da wusste Erik auch bereits, dass ihm ein dummer Fehler unterlaufen war. Er hatte zugelassen, dass ihr Gespräch in ein für ihn gefährliches Fahrwasser geraten war. Julia ergriff auch sogleich diese Steilvorlage, die ihr Gegenüber ihr geboten hatte, und ihre Antwort kam prompt: „Ich werde meinen Vater in Deutschland besuchen und ich möchte, dass du mich begleitest."

„Da haben wir's!", fuhr es Erik durch den Kopf, „aber ich bin ja selbst schuld." Laut jedoch sagte er zu ihr: „Du willst mich also tatsächlich deinem Vater vorstellen? Aber Julia, das ist doch eine derart angeschimmelte Tradition, das ist so antiquiert, dass es in unserer modernen Zeit geradezu peinlich wirkt." Doch Julia ließ sich von ihrer Meinung nicht abbringen und erwiderte: „Mein Lieber, es gibt eben Traditionen, die werden auch in 500 Jahren noch up to date sein." Erik überlegte verzweifelt, wie er aus dieser Sackgasse, aus dieser von ihm selbst aufgestellten Falle, wieder herauskommen könnte. Schließlich kam ihm ein Gedanke, er griff nach diesem Strohhalm und sagte: „Ich werde mit dir kommen, doch erst, wenn du mich zuvor nach Hongkong begleitest. Weißt du, diese Ordensübergabe liegt mir doch sehr im

Magen. Was soll ich Frau Han erzählen, wenn sie mich fragt, wie ihr Mann ums Leben gekommen ist? Da könnte ich deine professionelle Hilfe gut gebrauchen.

Ich möchte dich da wirklich sehr gerne an meiner Seite haben, denn schließlich bist du auch eine promovierte Psychologin." Die Ärztin kaute auf ihrer Unterlippe, was sie stets tat, wenn sie scharf nachdachte, und sagte: „Ich verstehe deine Bedenken, denn solche Gespräche sind wirklich nicht einfach und du bist nun nicht gerade ein Ausbund an Empathie. Na gut, ich werde dich begleiten. Wir haben also eine Vereinbarung!", und sie streckte Erik die Hand hin. Dieser ergriff sie dankbar, atmete auf und dachte, er hätte etwas Zeit gewonnen.

Doch er täuschte sich, Julia wollte offenbar reinen Tisch machen, denn nach kurzem Überlegen fuhr sie fort: „Erinnerst du dich noch an das Versprechen, das wir uns in unserem Habitat auf dem Mars gegeben haben?" „Nein, aber was meinst du?", log Erik. „Na ja, ich meine das Gespräch damals mit unseren eingefrorenen Geschlechtszellen, dieser Invitro-Fertilisation. Der Vorschlag kam ja damals sogar von dir, wenn ich mich recht erinnere."

„Ach das", erwiderte Erik in schlecht gespieltem Erstaunen. Julia lächelte und meinte: „Dein Vorschlag kam mir damals schon etwas schräg vor. Doch je länger ich Zeit hatte, über ihn nachzudenken, desto sympathischer wurde er mir. Vor allem jetzt, wo wir keine Leihmutter mehr benötigen, ich unser Kind sogar selbst austragen könnte und wir es selbst aufziehen könnten! Ich habe mich deswegen schon mit Pullok in Verbindung gesetzt und er hat mir versichert, unsere eingefrorenen Zellen seien putzmunter und warteten nur noch auf ihren Einsatz. Ich hoffe nur, du erinnerst dich auch noch an die Bedingung, die ich für diese Vorhaben gestellt habe."

Es gibt Situationen im Leben, da gibt es keine Rückzugsmöglichkeiten mehr, das erkannte auch Erik, und deshalb ergriff er die

Flucht nach vorne. Er atmete tief durch, setzte sein charmantestes Lächeln auf und sagte: „Ja, natürlich erinnere ich mich daran! Deine Worte klingen mir jetzt noch in den Ohren." Er rang erneut nach Luft und stotterte dann: „Julia, willst – willst du meine Frau werden?" Da verklärte ein glückliches Lächeln das Gesicht von Julia, ihre Augen strahlten und sie sagte: „Na siehst du, das war doch gar nicht so schwer, aber meine Antwort kennst du ja bereits, die habe ich dir schon auf dem Mars gegeben!"

So endete die abenteuerliche Reise von Julia und Erik zum „Roten Planeten" und ein neues Abenteuer begann für die beiden. Es endete auch ihre lange, von Umwegen geprägte Reise zueinander – wie übrigens alles im Leben einmal zu Ende geht.

Der Autor

Nach dem Medizin-Studium an der Universität
München und dem Staatsexamen arbeitete der
Autor, Heinz Karel Lorenz, zunächst in diversen
Krankenhäusern im Raum Augsburg, bis er eine
Landarzt-Praxis in Diedorf, in der Nähe von Augs-
burg, eröffnete.

Bereits als Jugendlicher war er begeisterter Amateur-
Astronom und auch während seines Studiums haben
ihn die Evolutions-Biologie, die Paläontologie sowie
die Philosophie lebhaft interessiert. Als enthusiasti-
scher Sciencefiction-Leser in jungen Jahren trug er
sich schon damals mit dem Gedanken, selbst etwas
aus diesem Genre zu schreiben, den er nun jetzt,
nachdem er in den Ruhestand ging, verwirklichen
konnte.

Seine Partnerin Ruth hat ihn zu dem Roman ermun-
tert und unterstützt, wofür er ihr sehr dankbar ist.

novum VERLAG FÜR NEUAUTOREN

Der Verlag

*Wer aufhört
besser zu werden,
hat aufgehört
gut zu sein!*

Basierend auf diesem Motto ist es dem novum Verlag
ein Anliegen neue Manuskripte aufzuspüren, zu ver-
öffentlichen und deren Autoren langfristig zu fördern.
Mittlerweile gilt der 1997 gegründete und mehrfach
prämierte Verlag als Spezialist für Neuautoren in
Deutschland, Österreich und der Schweiz.

**Für jedes neue Manuskript wird innerhalb
weniger Wochen eine kostenfreie, unverbind-
liche Lektorats-Prüfung erstellt.**

Weitere Informationen zum Verlag und
seinen Büchern finden Sie im Internet unter:

www.novumverlag.com